张桃洲 —— 主编

中国现代诗人的思想文化阐释

中国画报出版社 · 北京

图书在版编目（CIP）数据

中国现代诗人的思想文化阐释 / 张桃洲主编. —— 北京：中国画报出版社，2020.6
ISBN 978-7-5146-1920-1

Ⅰ.①中… Ⅱ.①张… Ⅲ.①诗歌研究－中国－当代－文集 Ⅳ.①I207.22-53

中国版本图书馆CIP数据核字(2020)第084599号

中国现代诗人的思想文化阐释

张桃洲 主编

出 版 人：于九涛
责任编辑：李聚慧
封面设计：王薯聿
责任印制：焦　洋
营销主管：穆　爽

出版发行：中国画报出版社
地　　址：中国北京市海淀区车公庄西路33号
邮　　编：100048
发 行 部：010-68469781　010-68414683（传真）
总编室兼传真：010-88417359　版权部：010-88417359

开　　本：16开（710mm×1000mm）
印　　张：19.25
字　　数：256千字
版　　次：2020年8月第1版　2020年8月第1次印刷
印　　刷：北京通州皇家印刷厂
书　　号：ISBN 978-7-5146-1920-1
定　　价：58.00元

目录

探寻新诗研究的新径（代序） / 1
　　　　　　　　　　　　　　　　　　张桃洲

郭沫若《卷耳集》及其论争研究
　　　　　　　　　　　　　　　　　　林　东

引言 / 6
一、《卷耳集》时期郭沫若的思想、文学观念 / 14
二、《卷耳集》与早期的《诗经》今译 / 31
三、20世纪20年代初历史语境中的《卷耳集》论争 / 52
四、《卷耳集》与郭沫若的"胡适情结" / 67
结语 / 86

徐志摩诗歌的宗教文化内蕴
　　　　　　　　　　　　　　　　　　余婷婷

引言 / 94
一、浪漫气质下的宗教文化接受 / 104
二、杂与浮——跳动的思想轨迹 / 118
三、热烈与空寂——趋于两极的诗歌美学 / 140
四、从题材到形式——诗歌实践中的宗教印痕 / 154
结语 / 172

20世纪40年代废名文学观的佛学维度
—— 郭建超

引言 / 176
一、《阿赖耶识论》：20世纪40年代废名的思想内核 / 186
二、从文人之"心"到士人心态：废名的思想转换及文学呈现 / 200
三、《欢喜的话》：新中国语境下废名的思想与文学 / 222
结语 / 230

沈从文与20世纪20年代至40年代诗坛
—— 彭慧芝

引言 / 234
一、初入诗坛的卑微者：在北京（1923—1928） / 248
二、"京海"之间的诗坛：去上海（1928—1933） / 261
三、"京派"诗人的流变：回北平（1933—1937） / 276
四、残缺的生命诗章：南渡昆明（1938—1949） / 289
结语 / 301

探寻新诗研究的新径（代序）

张桃洲

这里收录的四篇论文，分别出自本人指导的四位硕士研究生之手，算是较为集中地展示了近年来本人在指导研究生过程中，从论文选题到研究思路寻求某种新径的尝试：不再仅仅拘泥于诗人、作品自身，即不再对象化地处理诗人、作品，而是将之问题化，并置放到一定历史语境中予以考察和剖解，厘清诗人、作品与其周边社会文化的互动关系，论析诗人的思想状态、创作取向、文字风格及文本特征受到其身处的社会文化氛围之影响的效应。

上述"新径"的探寻，大抵呼应了一段时间以来部分新诗研究学者所倡行的由"内"向"外"转变的趋向。当然，所谓由"内"向"外"并非简单地回到以往研究中的庸俗社会学和主题学路数，而是为了矫正过于"自足"的"内部"研究产生的偏颇——议题、方法的重复和观念、视域的狭窄，打破由此累积起来的种种"成见"和思维惯性，通过发掘蕴含于诗人、作品之内的思想文化资源，辨析诗人、作品与社会、历史之间的错杂关联，重新激发新诗研究的问题意识和创新动力。本人这几年发表的论文《诗歌与社会：新的张力关系的建立》《重构新诗研究的政治学视野》《如何重返新诗本体研究》《诗歌批评的位置》，编选的论集《内外之间：新诗研究的问题与方法》《新世纪诗歌批评文选》等，也力图体现这一新的研究趋向。

另一方面，所谓由"内"向"外"也并非研究角度的单向移动，而是要考虑在向"外"的同时如何返回"内"，做到"出乎其外、入乎其内"（借用王国维的说法而另立其意），将"内""外"进行有机而有效的沟通、融合，甚至将"外"引入"内"，从"外"的眼光更好地理解和诠释"内"。以本书的四篇论文为例：林东的《郭沫若〈卷耳集〉及其论争研究》，围绕郭沫若的古诗今译著作《卷耳集》展开讨论，不仅聚焦于该书本身及其引起的论争，而且将该书与郭沫若20世纪20年代初的思想、文学观念及当时的古诗今译格局联系起来，并将论争同当时的社会文化语境进行勾连，这样就使得讨论既有繁复的历史层次感，又未脱离《卷耳集》自身的形式、翻译及新诗创制等议题；余婷婷的《徐志摩诗歌的宗教文化内蕴》试图突破已有徐志摩研究从文本到文本、从修辞到修辞、从审美特色到审美特色等自我循环的套路，引入徐志摩与宗教文化相关联的诸多因素，重新阐发其思想轨迹、美学趣味和作品构成，诚如有论者指出"在后人的印象中，徐志摩似乎只是一个浪漫的布尔乔亚诗人，用轻盈、柔美的语言书写爱情和理想……但事实上，徐志摩的诗'泥沙俱下'，还有多种类型，如暴烈、粗伧的社会批判之作，如充满宗教虔诚的人生玄思等"[1]，这应当成为今后徐志摩研究值得开掘的路向，或可呈现徐志摩诗歌的丰富性与复杂性，改变关于徐诗的单一、刻板的评判；郭建超的《20世纪40年代废名文学观的佛学维度》探讨已经受到较多关注的废名与佛学的联系，将20世纪40年代废名思想状态、文学观念与创作实验及其相互关系，落实到对《谈新诗》《莫须有先生坐飞机以后》等几个文本的分析上；彭慧芝的《沈从文与20世纪20年代至40年代诗坛》从考察作为编辑家的沈从文（对诗歌的重视）入手，结合沈从文的诗歌创作、诗评文章和大学讲义（关于诗歌的讲稿），全面梳理了沈从文置身于20世纪20年代至40年代诗坛的境遇与举动，该文以翔实可靠的史料和充满细节的叙述见长，为理解沈从文的总体文学成就和了解当时诗坛的某些侧面，提供了富于启示的研究视角。总之，由"内"向"外"首先意味着研究视野的拓展，其意义不只在于方法上

---

[1] 洪子诚等编选《百年新诗选》上卷，生活·读书·新知三联书店2015年，第35页。

的"内""外"黏合，更在于松动新诗研究中某些观念认知和范畴表述的板滞样态。

这几篇论文在答辩阶段都得到了校内外评审、答辩专家的佳评。现在看来，它们也许仍有较多不尽如人意、亟待完善之处，但经过数年沉淀和检验，它们讨论的话题和探讨问题的方式，依然是具有启发性和一定学术价值的，且这些话题和个案依然值得深入探究。从私心来说，把这几篇论文汇编在一起出版，乃是意在留存本人和几位年轻学子共同为探寻新诗研究"新径"而努力的印迹。几位作者由于毕业后忙于各自的工作，故在编辑过程中未能对论文做大的修改，只由本人对各篇的章节标题、格式和行文进行了少许调整。敬请读者不吝指教。

本书出版得到了北京市长城学者培养计划（项目编号：CIT&TCD 20180329）的资助，特此说明并致谢。

2019年8月，酷暑
于北京定慧寺恩济里

郭沫若《卷耳集》及其论争研究

林 东

引言

郭沫若的《卷耳集》1923年8月由泰东图书局出版,收录了四十首《国风》情诗的今译,后附原诗及译者注解,列为"创造社辛夷小丛书"第二种,出版后部分译作曾陆续刊登在《创造日》上。在《卷耳集·序》中,郭沫若为这次翻译赋予了浓重的文化意义,即为了"最古的优美的平民文学","想把这木乃伊的死象苏活转来";称受泰戈尔《园丁集》的暗示,在翻译方法上"纯依我一人的直观,直接在各诗中去追求它的生命"。[1]

《卷耳集》的出版在当时引起了一场持续数月的论争。参与论争者包括郭沫若、洪为法、曹聚仁、俞平伯、施蛰存、梁绳祎等,主要以《文学周报》和《创造周报》为阵地。论争焦点集中于《卷耳集》译文的准确性、郭沫若的翻译方法、古诗今译的可行性等方面,并涉及了文学研究会与创造社的对抗、郭沫若对胡适及其"整理国故"运动的不满等种种问题。

早在《卷耳集》之前,古诗今译已有零星尝试,如周木若译《石壕村吏》[2]、胡适译《节妇吟》[3]、家钺译《送杨氏女》[4]和《过故人庄》[5]等。但《卷耳集》作为古诗今译的第一本专著,仍有其独特性和重要性——其源文本是新文化运动讨论热点之一的《诗经》,加之郭沫若独特大胆的翻译方法而受到争议。

---

1. 郭沫若:《卷耳集·序》,上海:泰东图书局,1923年。
2. 《晨报》,1920年7月11日。
3. 《新青年》第8卷第3号,1920年11月。
4. 《晨报》,1921年3月15日。
5. 《晨报》,1921年3月18日。

更加值得注意的是，《卷耳集》论争背后浮现的"期待落差"与"描述偏差"。一方面，它不像郭沫若本人预料的那样"此书出版或当引起多少争论"。一些论争参与者甚至并未读过《卷耳集》；相关研究文献的梳理也表明，《卷耳集》在已经较为成熟的郭沫若研究领域中仍然是一个被遗忘的角落。另一方面，它似乎也不像后来研究者形容的那样"立即引起学术界和文学界的重视"[1]，"引起轰动"[2]。后来的研究者常常提到的曹聚仁所编《卷耳讨论集》[3]并非专为讨论郭沫若的《卷耳集》，而是讨论《诗经·周南·卷耳》一诗。这种"期待落差"与"描述偏差"提示了新的阐释空间——如何看待《卷耳集》独特的文本处理方式与郭沫若略带自负期待之间的联系；深入挖掘论争中表面看似交锋，实则没有形成对话关系的错位的批评；结合20世纪20年代初新旧对立及融合的复杂格局，探寻郭沫若创作《卷耳集》背后微妙的动机，以及这场论争在历史语境中的内涵和意义，等等。

在郭沫若研究中，相对于其他文本，对《卷耳集》以及郭沫若古诗今译的研究还较为薄弱。关于《卷耳集》的研究文献仅有一篇专论论文，其余绝大部分都是"片段式"地论及，或仅仅在行文中引为例证；对于《卷耳集》论争的梳理更是几乎空白。

首先，涉及这一论题的学者是以《诗经》研究史为框架，将《卷耳集》作为民初《诗经》研究的通俗化成果加以描述和分析。最早从这一角度论述的是胡义成的《郭沫若与〈诗经〉》[4]。此文梳理了郭沫若对《诗经》研究的贡献，提及了包括《卷耳集》《中国古代社会研究》《简单谈谈〈诗经〉》等在内的著作和文章。该论文发表于1981年，尚未完全摆脱"十七年"和"文化大革命"

---

1. 夏传才：《试论郭沫若对〈诗经〉研究的贡献》，《文学评论》1982年第6期。
2. 唐瑛：《百年来古典诗文今译的回顾与反思》，《四川师范大学学报（社会科学版）》2012第5期。
3. 曹聚仁编：《卷耳讨论集》，上海：梁溪图书馆，1925年。
4. 《西南师范大学学报（人文社会科学版）》1981年第2期。

强调政治性和阶级性的研究定式，认为《诗经》反映了特定时代的统治阶级的观念，郭沫若在《卷耳集·序》中将《国风》定义为"优美的平民文学"是错误的"文学超阶级"观点。稍后出版的夏传才《诗经研究史概要》[1]一书也提及了郭沫若的《卷耳集》并给以恰当的评价，指出《卷耳集》是《诗经》最早的白话译解，是民初《诗经》研究的成就之一。这类论文中，陈文采的《民初〈诗经〉研究的通俗化思考——以〈国风〉婚恋诗的新解与翻译为例》[2]、赵沛霖的《现代学术文化思潮与诗经研究——二十世纪诗经研究史》[3]、朱孟庭的《民初〈诗经〉白话注译的发展——以疑古思潮建构文学性质的影响为论》[4]，史料梳理较为细致，论述较为深入翔实。特别是台湾学者朱孟庭的论文，将《卷耳集》作为民初白话注译中"意译"文本的代表，详细分析了四十首《国风》选译中或改变诗体形式，或改变"兴体"为"赋体"，或增添故事情节的处理方法。另外，也有研究者将《卷耳集》同《屈原赋今译》等作品一同纳入郭沫若古籍整理工作中，认为这是郭沫若史学研究生涯中的早期史学成果，如谢保成的《郭沫若古籍整理的特色与成就》[5]、郭小武的《郭沫若与古籍整理》[6]。值得一提的是章原的论文《古史辨〈诗经〉学研究》[7]。章原从郭沫若本人《诗经》研究历程的变化入手，辨析《卷耳集》与郭沫若其他《诗经》研究成果之异处，认为郭沫若对《诗经》的研究经过了两个阶段：文学研究阶段和史学研究阶段。20世纪20年代的郭沫若是一个狂热的诗人，《卷耳集》属于文学研究阶段的成果；而之后在《中国古代社会研究》等著作中郭沫若审视《诗经》的角度变化了，开始更多强调《诗经》的史料价值。

---

1. 郑州：中州书画社，1982年。
2. 中国诗经学会《第六届诗经国际学术研讨会论文集》，2004年。
3. 北京：学苑出版社，2006年。
4. 《台北大学中文学报》2011年第10期。
5. 《史学史研究》1992年第2期。
6. 《郭沫若学刊》1992年第1期。
7. 复旦大学博士论文，2004年。

其次,《卷耳集》作为郭沫若《诗经》白话译文的创作成果,诞生于新文化运动复杂的文化背景之下,且在当时引发了一场学术争论——这一代表性的事件为郭沫若文化思想研究提供了生发点。研究者从《卷耳集》与郭沫若文化思想研究角度出发,探讨了郭沫若对传统文化、民间文化的态度。可惜多数并未进行深度挖掘,仅有只言片语一带而过。在20世纪80年代后期就有学者注意到了《卷耳集》与郭沫若的传统文化观念之联系。高文平的《郭沫若研究的历史回顾》[1]在回顾20世纪20年代的郭沫若研究时论及了《卷耳集》及其论争,他认为《卷耳集》讨论的意义和价值超过了《卷耳集》本身,涉及郭沫若对待古代文化遗产的态度,且历来很少被研究者注意。但这篇文献综述性质的论文只是提出问题,并没有具体分析。秦川的《郭沫若与五四时期中外文化论争》[2]以《卷耳集》为例证,简单说明了郭沫若对待传统文化、对待新诗和旧诗关系上的辩证观点。秦川的《试论郭沫若与民间文学的关系》[3]和王薇的《论郭沫若与民间文化》[4]都认为郭沫若在"五四"时期就积极研究和倡导民间文化,而《卷耳集》正是一项振兴民族文化和民间文学的开创性工作。另外,刘纳在《青春的挽歌——从郭沫若1922年至1925年的几篇作品窥探他的心灵》[5]一文中结合《卷耳集》《残月》《喀尔美萝姑娘》等几部郭沫若同期作品,详细分析了其中表现出的对青春的怀念和对青春逝去的伤悼。刘纳认为《卷耳集》专选《国风》中的恋爱诗,实际上是郭沫若借古诗今译创作的一首首青春的恋歌。

再次,《卷耳集》作为古诗今译的第一本专著,围绕其延伸出了关于古诗今译的翻译问题。研究者多数重在讨论古诗今译的具体译法得失,以及关于

---

1. 中国郭沫若研究会《郭沫若研究》编辑部:《纪念郭沫若逝世十周年研讨会论文集》,1987年。
2.《郭沫若学刊》1988年第2期。
3.《郭沫若研究》1985年第1期。
4.《郭沫若学刊》1992年第3期。
5.《郭沫若学刊》1991年第3期。

古诗今译的合法性探讨。唐瑛的《随意点染也译诗——由郭沫若今译〈卷耳集〉引发的一点思考》[1]是目前关于《卷耳集》的唯一一篇专论论文,主要探讨怎样翻译才是古诗今译的最佳途径。论者首先指出,《卷耳集》是古诗今译的滥觞,但却没有得到学界的重视。他结合自己的翻译和教学实践,并比照了余冠英等其他《诗经》今译版本,认为《卷耳集》的译文主观性太强,"随意点染",因而失多于得;但仍然肯定了古诗文今译的价值,认为今译如同外文的翻译一样,是值得重视和探讨的。高玉的《论古代汉语的"诗性"与中国古代文学的"文学性"——以〈关雎〉"今译"为例》[2]和《古诗词"今译"作为"翻译"的质疑》[3]提出古代汉语与现代汉语两种语言系统的差异性在文学作品中无法翻译转化,因而反对古诗今译。另外,也有一些论文由于摆脱了仅从文本出发评价译文好坏的研究定式,因而具有较强的创新性和参考价值。王晓生的《"1917—1923"新诗问题研究》[4]、伍明春的《现代汉诗的合法性研究》[5]、赖彧煌的《晚清至五四诗歌的言说方式研究》[6]等三篇有关新诗发生期的博士论文均在某些章节论及了《卷耳集》。结合早期新诗发展语境及新与旧、文与白、现代与古典的论争问题,剖析了以《卷耳集》为代表的古诗今译在早期新诗的建构与发展中的作用。王晓生的博士论文第四章"新旧传统:几次论争",分析了包括《卷耳集》、胡适翻译《节妇吟》、1923—1924年关于古文今译的讨论等在内的案例,指出由于白话和文言语言系统的不同,造成了新诗与古诗美学面貌的差异;通过具体的文本分析,说明《卷耳集》的翻译存在的诸多问题,如删节增改、失却含蓄韵味,等等,实际上是不可避免的。伍明春的博士

---

1. 《郭沫若学刊》2008年第2期。
2. 《湖北大学学报》(哲学社会科学版),2006年第1期。
3. 《社会科学研究》2009年第1期。
4. 首都师范大学博士论文,2004年。
5. 首都师范大学博士论文,2005年。
6. 首都师范大学博士论文,2006年。

论文在"'新诗'的形象塑造"一节中提出古诗今译是新诗形象塑造的手段之一，也是20世纪20年代初陷入表达困境的新诗回首古典资源以寻求活力的手段之一。译诗也可以视为另一种形态的"新诗"，其意义主要体现在行动性上，即以"新诗"的价值观去打量"旧诗"，以此锻炼新诗作为一个新文类的活力。赖彧煌的博士论文中"被规训的'旧诗'"一节指出古诗今译是新诗以现代性诉求改写旧诗、规训旧诗，从而进行新诗观念建制的手段之一。他对比了胡适译《节妇吟》和《卷耳集》，认为前者主要目的是实践流畅的白话，而不是增添新意；后者则以恢复本义的名义将"自我"的现代意识放入译诗中，是一种"重写历史"的冲动。

综上所述，已有的研究大部分或将其作为《诗经》研究史中不甚重要的一环，做零星片段的研究；或止步于译文的好坏和翻译方法的探讨，研究思路较为单一，并未与更广阔的时代背景结合起来；又或是史料分析不够全面，尤其是未把《卷耳集》引起的论争纳入研究视野加以剖析。因而，关于《卷耳集》与古诗今译尚有许多值得挖掘的研究空间。同时，郭沫若研究自新中国成立以来长期受到政治因素的影响，而20世纪90年代郭沫若诞辰百年纪念活动后，针对知识分子人格问题又反弹式地出现了许多对于郭沫若的质疑。此后郭沫若研究逐渐冷却，出现了"有关郭沫若的两极阅读现象"[1]，研究者尤其是青年研究者当中，以郭沫若为研究对象的选题日趋减少。这种质疑和反思固然对现代知识分子的道路选择问题大有借鉴，但青年研究者常常先入为主，以简单的人格评判来否定学术研究的意义。因此，选择这一论题不仅试图为"被冷落"的郭沫若研究提供新的视角，输入新的血液，也有助于理性对待历史和历史人物。

在这样的研究背景下，本文拟以《卷耳集》及其论争为中心展开讨论，但不是拘泥于译文好坏或论争观点的正误评判，而是追寻着译者思想轨迹和相关

---

1. 温儒敏：《浅议有关郭沫若的两极阅读现象》，《中国文化研究》2001年第1期。

历史语境,将研究层层扩散开来。首先考察《卷耳集》的创作初衷与郭沫若本人20世纪20年代初的思想、文学观念之间的关联;其次,结合具体文本及白话文运动的相关背景,从语言变革和翻译角度,探讨《卷耳集》的译文特点及其背后凸显的早期《诗经》今译相关问题;最后,在20世纪20年代初的历史语境中梳理"《卷耳集》事件"始末,分析其中折射出的文学格局的变动和文坛话语权的交锋。

译者本身的思想观念首先决定了翻译行为的达成,因此第一部分将从《卷耳集》的创作背景,即郭沫若20世纪20年代初的思想文学观念入手,结合其同期的文学作品及相关文章,分析《卷耳集》"从何而来"——郭沫若为何会在这一时期关注《诗经·国风》?又为何选择对古诗进行"今译"?从译者的追述中可以发现,这部后来被归为逃避空想之作的《卷耳集》首先与郭沫若处于思想转型期密切相关。《诗经》一方面召唤着郭沫若的返古避世倾向;另一方面,《诗经》作为古代诗歌和周秦文化的代表,对其翻译也暗含着一种对民族认同与文化复兴的希冀。之所以选择使用白话文"今译"则与郭沫若认为新旧文学并非二元对立的观点相契合。

译者的思想状态也影响着译文的呈现形态,从形式到内容,《卷耳集》都烙上了鲜明的风格特征,融入了郭沫若对于"文化复兴"的希冀、对于新与旧、文与白关系的思考,因而它并非"搬运式"的翻译,而是创造性的"重写"。第二部分聚焦于《卷耳集》文本处理特点,而不做优劣高下的评判。首先结合新文学运动中文与白、雅与俗的对立和转换,揭示《诗经》今译这一新的解读形式出现的内涵和意义。其次,从作品形式和语言翻译两方面对《卷耳集》进行具体的文本分析,探讨郭沫若"重写"《诗经》中的"更新"和"损耗"问题;并通过对比20世纪二三十年代其他《诗经》今译文本,辨析《卷耳集》译文的特点。

第三部分将详细梳理《卷耳集》论争始末,揭示《卷耳集》论争中存在的"期待落差"和后人在研究中的"描述偏差"。史料分析将带我们回到"历史现场",展示其中复杂而有意味的细节。这场论争并没有得到期待中的回应,也没有像描述中那般有影响力。首先郭沫若对于《卷耳集》的预期和辩解,便显示出了一种自信满满与犹疑不定相交融的暧昧态度。以《卷耳集》为中心展开的论争则处处隐藏着"错位"和"裂痕",郭沫若的翻译方法没有得到肯定,他赋予古诗今译的文化内涵也被忽略,同时,创造社的变动让郭沫若孤掌难鸣,最终让这场论争成为一枚寂寞的"哑炮"。

在论争梳理的基础上,第四部分将重点勾勒一个闪现在"《卷耳集》事件"背后的身影:胡适。20世纪20年代初文化格局的融合、变动,特别是以"整理国故"为代表的"复古"热潮的出现,这一特定背景提示了郭沫若欲与胡适的"整理国故"分庭抗礼、寻找一个有区别度的"空白"位置的微妙意图。他利用多少带有学术色彩的今译以扩展话语空间,同时,又强调"文学性"以将"古诗今译"与"整理国故"区别开来。而《卷耳集》的姿态性的宣告,以及郭沫若本人在30年代史学研究成熟后,对《诗经》及"古诗今译"看法的变化,又反映出这次古诗今译尝试的"投机"色彩。

一、《卷耳集》时期郭沫若的思想、文学观念

虽然在后来的追述中，相对于其他"重要作品"，郭沫若关于《卷耳集》的"创作谈"很少，并未明确论述过其创作背景和动机；但结合他当时的思想、文学观念，及同期写作实践的相互印证，我们还是能从只言片语中窥探一二，进而理解《卷耳集》"从何而来"。

《卷耳集》的翻译于 1922 年 8 月初完成；1923 年 7 月郭沫若为其作跋、校对并稍作改动，同年 8 月由泰东图书局出版，9 月开始部分译作陆续刊登在《创造日》上。《卷耳集》的写作时间正值郭沫若思想转型期，区别于《女神》时期火山爆发式的激情澎湃，显得犹疑彷徨。在翻译《卷耳集》期间，郭沫若还完成了诗集《星空》、译作《鲁拜集》等重要代表作。同时期的不同文本间也"共享"了相近的思想状态。

在《卷耳集·序》中，郭沫若提到希望通过古诗今译尝试复活《诗经》这一"最古的优美的平民文学"[1]。《诗经》是古代诗歌的源头和周秦文化的代表，尤其是《国风》中的婚恋诗，记录了先民还未受封建礼教束缚的恋爱状态，在推崇个性解放和婚恋自由的"五四"新文化运动中备受关注。显然，无论是源文本的选择，还是白话这一翻译工具的使用都绝非随意为之，在很大程度上与郭沫若 20 世纪 20 年代初的思想、文学观念密切相关。

---

1. 郭沫若：《卷耳集·序》，上海：泰东图书局，1923 年。

（一）处于思想转型期的郭沫若

在写于20世纪30年代的《创造十年》一书中，郭沫若以"反思"的姿态追忆了翻译《卷耳集》时的心理动态。这是在20世纪20年代初《卷耳集》的写作及论争过后，郭沫若再次谈论到《卷耳集》的极少数几次场合之一：

> 空洞地主张流血的人碰着这个实际上的问题（武力问题——笔者注），便没有方法解决。他要为自己解嘲，那空想者便不能不抱着"独善其身"的态度，而率性高蹈。暑假期中，我在上海译出了《卷耳集》，暑假过后回到日本又译出了《鲁拜集》，做了一篇《孤竹君之二子》，完全就是那种态度的表现。[1]

当然，在个人思想和社会整体思潮变迁的背景之下，郭沫若将《卷耳集》等作品定位为逃避空想之作，不免是一种"政治正确"的角度，也是在时间的距离优势下的"后见之明"，但作者的这一"反思"并非是毫无根据的"顺势"之言。

学界普遍认为，1922—1924年是郭沫若逐渐从无政府主义、泛神论转向社会主义的时期。此时郭沫若处在观念混杂的"'半眠'状态"[2]：一方面虽接触到了社会主义，但还未看到新思想清晰的曙光；另一方面，乐观激情被不满和质疑所取代，现实"滔滔的浊浪/早已染透了我的深心"，痛恨自己"污浊了的我的灵魂"（《彷徨〈诗十首〉》）。在此期间，郭沫若的创作集中表现出了返古避世的主题。正如蒲风分析的那样，"不满意这混乱的社会，他便回忆到古代，做着葛天、无怀氏的梦"[3]。他时而否定"与自然为友的人生之逃遁者"，

---

1. 郭沫若：《创造十年》，《郭沫若全集·文学编》第12卷，北京：人民文学出版社，1992年，第147—148页。
2. 郭沫若：《孤鸿——致成仿吾的一封信》，《郭沫若全集·文学编》第16卷，北京：人民文学出版社，1989年，第9页。
3. 蒲风：《五四到现在的中国诗坛鸟瞰》，《诗歌季刊》，1934年12月至1935年3月。

鼓吹"彻底奋斗，做个纠纷的人生之战士与丑恶的社会交绥"[1]；却只有"空洞"的呐喊和反抗，"缺少执行的勇气"和切实解决问题的方法；"想亲近民众"又"有些高蹈的精神"[2]，在矛盾困惑中只能索性逃遁，做一个"独善其身"的空想者。

除了观念的转型，更现实的个人经历也是不能忽略的因素之一。可以说这种"避世"是一种郁郁不得志的消极避世，是"创造"的热情受挫后的强烈失落。此间郭沫若、郁达夫、成仿吾三人正在闷热的四马路阁楼，为初期的创造社打拼。郭沫若在《创造十年》中记载："（《创造》季刊）创刊号由五月一号出版已经有两三个月了，才仅仅销掉千五百部……我们感觉着同情我们的人真是少。"[3] 寄予厚望的创刊号并未如期待般一鸣惊人，这一事件对郭沫若打击想来不小，他将自己与郁达夫因销量不佳而醉酒街头之事记录在了《创造十年》中。正是这一事件直接导致了《孤竹君之二子》的诞生，接下来的《卷耳集》《鲁拜集》《哀时古调》都或多或少发酵于这种失落心境之中。

个人状况的窘迫，加之"五四"落潮期低迷、苦闷的大环境，成就了郭沫若"《星空》时期"的风格特征——"产生《女神》时代的那种火山爆发式的内发感情是没有了"，《星空》反映的是"五四""退潮后的一些微波，或甚至是死寂"[4]。斗士和破坏者的抒情主人公形象悄然退去，转而成为怀古空想的弱文人；创作上的一大特点是"西洋贾宝玉（即歌德——笔者注）所给我的恶

---

1. 郭沫若：《我们的文学新运动》，《郭沫若全集·文学编》第16卷，北京：人民文学出版社，1989年，第4页。
2. 郭沫若：《孤鸿——致成仿吾的一封信》，《郭沫若全集·文学编》第16卷，北京：人民文学出版社，1989年，第17页。
3. 郭沫若：《创造十年》，《郭沫若全集·文学编》第12卷，北京：人民文学出版社，1992年，第141页。
4. 郭沫若：《序我的诗》，《郭沫若全集·文学编》第19卷，北京：人民文学出版社，1992年，第408页。

影响",倾向于采用"借着古人的皮毛来说自己的话"这样的表现形式。[1]

作为一次翻译实践,首先——并且最为明显的——《卷耳集》从源文本的选择上便宣告了"避世"。《诗经》所呈现的纯净的古人和平和的世界,无疑是一个远离尘世的、极具吸引力的桃花源,召唤着郭沫若的返古倾向。在基调和强度上也体现出了"《星空》时期"的特点。《卷耳集》里没有大海、宇宙、太阳、地球、火这样宏大的意象,没有大悲大喜的喷涌而出:热恋不过"琴瑟在御,莫不静好"(《诗经·郑风·女曰鸡鸣》),思念不过"所谓伊人,在水一方"(《诗经·秦风·蒹葭》),悲痛不过"百年之后,归于其居"(《诗经·唐风·葛生》)。源文本已然规定了力量和激情的"极限"。

与《卷耳集》并提,被"反思"的另外两部作品同样如此。短剧《孤竹君之二子》写于1922年11月。剧中郭沫若将精神解脱寄托在"返于自然"的诗情中,沉醉于纯净的太古和纯净的古人世界,赞颂伯夷和叔齐不食周粟、独善其身的高尚节操,并傲气地称自己和郁达夫为资本家世界里的"孤竹君之二子"。郭沫若在回顾创作时写道,《孤竹君之二子》原本"是想用写实的手法写成小说的",但矛盾的是"我对于现实的逃避癖",却最终"逼着我把伯夷、叔齐写成了那样一篇不成名器的作品"。[2]在《卷耳集》完成之后,1922年9月郭沫若回到日本时创作了"用古诗格调写出来的"《哀时古调》九首,是《孤竹君之二子》的"副产品"。这组"歪诗"中大量使用古代典故,以"暗示出当时中国的大势和我自己的心理"。[3]《哀时古调》同样在"出世"与"入世"、"直面"与"逃避"间游移:开篇即以阮籍、刘伶夫子自道,又自比伯夷、叔

---

1. 郭沫若:《创造十年》,《郭沫若全集·文学编》第12卷,北京:人民文学出版社,1992年,第79页。
2. 郭沫若:《创造十年》,《郭沫若全集·文学编》第12卷,北京:人民文学出版社,1992年,第149—150页。
3. 郭沫若:《创造十年》,《郭沫若全集·文学编》第12卷,北京:人民文学出版社,1992年,第150页。

齐，在"不合时宜"的情况下只能选择独善其身；讽喻现实颇有指点江山的气魄，却又以极其隐晦、秘而不宣的叙述策略进行处理，这恐怕不只是出于言说禁忌，还有一种刻意的距离感（直到20世纪30年代《创造十年》中，郭沫若才特意宣明了自己对这组诗的解释）。

稍晚于《卷耳集》，郭沫若翻译了古波斯诗人莪默·伽亚默的《鲁拜集》。"避世"的意味在此表露无遗。在诗集前有一篇介绍性的文章《波斯诗人莪默·伽亚默》，其中第一章在1957年收入《译诗集》时被删除，恐怕也是郭沫若自己认为它太过消极颓废。在第一章中他写道：生活中有太多"在人类智力的范围以外""科学不能回答的问题"，这些问题的解决途径有三种："自然的发狂""人为地自杀""彻底的享乐"。最后一种消极者的代表就是《唐风·蟋蟀》《唐风·山有枢》《古诗十九首》和《鲁拜集》[1]。译作中同样传达了人生苦短、及时行乐的思想；在注释部分，郭沫若还专门提到了原作中的数首诗都可以与《诗经》中的《山有枢》"并读"[2]，"宛其死矣，他人入室"，暗示出译者自身消极的命运感和虚无迷茫的心理状态。

（二）《诗经·国风》：民族复兴、认同危机与政治隐喻

作为翻译源文本的《诗经》除了传达语言层面的显性信息外，还包含着文化层面的隐形信息。重写《诗经》这一行为投射出了郭沫若的某种精神诉求。

建构"周秦中国"是此时郭沫若文化思想及文学创作的一个重要主题。《诗经》无疑是这个精神家园的一个重要载体。除了《卷耳集》之外，在同期的文学作品中亦时常涉及对周秦时代的描述。《星空》中诗人一面赞颂"自由的时代""青春的时代""自由优美的古人"，一面"哀哭我们堕落了的子孙，哀哭我们堕落了的文化，/哀哭我们滔滔的青年/莫几人能知/哪是参商，哪是井

---

1. 郭沫若：《波斯诗人莪默·伽亚默》，《郭沫若全集·文学编》第15卷，北京：人民文学出版社，1990年，第294—301页。
2. 莪默·伽亚默：《鲁拜集》，郭沫若译，北京：人民文学出版社，1958年，第106—107页。

鬼？"¹《孤竹君之二子》中他向往清明的远古，悲叹"堕落了的人类""不可挽救的人类"²。而在1919—1923年间，郭沫若陆续发表了六篇有关中国思想与文化的长文——《我国思想史上之澎湃城》《中国文化之传统精神》《论中德文化书》《伟大的精神生活者王阳明》《读梁任公〈墨子新社会之组织法〉》《惠施的性格与思想》——这些论文都大篇幅集中于论述周秦时期。他提出，"我国的古代精神表现得最真切、最纯粹的总当得在周秦之际"³，这是"我国文化史上的一个黄金时代"⁴；我们的民族"在四千年前便有极优美的抒情诗"，但是"民族精神如今是萎靡到了极点了"⁵；因此建设新的文化要"吸吮欧西的纯粹科学的甘乳"，也要"唤醒我们固有的文化精神"⁶。在1936年的《与蒲风谈作诗》中，郭沫若也回忆到，自己在《女神》《星空》时期"很渴望中华民族复兴"⁷。

复兴周季文化、诟骂后世的退化，这是"五四"时期的总体趋势。最具代表性的观点是蔡元培在《新文学大系·总序》中写到的，将"五四"新文学运动与欧洲文艺复兴相提并论，认为"周代的哲学与文学，确可以与希腊罗马相

---

1. 郭沫若：《星空》，《郭沫若全集·文学编》第1卷，北京：人民文学出版社，1982年，第177页。
2. 郭沫若：《孤竹君之二子》，《郭沫若全集·文学编》第1卷，北京：人民文学出版社，1982年，第225页。
3. 郭沫若：《论中德文化书》，《郭沫若全集·文学编》第15卷，北京：人民文学出版社，1990年，第149页。
4. 郭沫若：《文艺之社会的使命》，《郭沫若全集·文学编》第15卷，北京：人民文学出版社，1990年，第204页。
5. 郭沫若：《一个宣言》，《郭沫若全集·文学编》第15卷，北京：人民文学出版社，1990年，第222页。
6. 郭沫若：《论中德文化书》，《郭沫若全集·文学编》第15卷，北京：人民文学出版社，1990年，第157页。
7. 郭沫若：《与蒲风谈作诗》，王锦厚等编《郭沫若佚文集（1906—1949）》上册，成都：四川大学出版社，1988年，第253页。

比拟",经过类似中世纪的衰退后,"非有一种复兴运动,不能振发起衰"[1]。当然,这种"复兴"不是简单的"复活"或"返回",而是新视野下的"重新挖掘"。"五四"时期,"复兴"的观点并非郭沫若所独有,但通过"古诗今译"的手段来表达却是相当特别的。郭沫若在《卷耳集》序言中明确将"古诗今译"与民族文化的"苏活"联系起来,为这次翻译实践附加了严肃、宏大的文化意义:

> 我们的民族,原来是极自由极优美的民族。可惜束缚在几千年来礼教的桎梏之下,简直成了一头死象的木乃伊了。可怜!可怜!可怜我最孤独优美的平民文学,也早变成了化石。我要向这化石中吹嘘些生命进去,我想把这木乃伊的死象苏活转来,这也是我译这几十首诗的最终目的,也可以说是我的一个小小的野心。[2]

正如同统一的印刷文字创造了共时的"想象的共同体",《诗经》今译所包含的文化传承性也可以是一种历时的"想象的共同体"。在这个意义上,《卷耳集》构成了郭沫若"周秦中国"的一个重要组成部分。尤其是聚焦于"国风"中恋爱诗这一特定题材,除了在于借助先民自然、自由的恋爱,反抗礼教束缚,呼吁个性解放之外;在深层次上,还包含着创造民族青春文化之意。关于恋爱诗与民族青春文化的关系,宗白华在《恋爱诗的问题》和《乐观的文学》中曾有过这样的阐释:"少年的民族"和少年人一样歌颂恋爱,比如"诗经和古歌谣","老年的民族"则反之。因而在1922年关于恋爱诗的争论中,针对文学研究会提出的"血与泪的文学",宗白华反问道,难道"中国

---

1. 蔡元培:《新文学大系·总序》,《中国新文学大系导论集》,天津:天津人民出版社,2009年,第1页。
2. 郭沫若:《卷耳集·序》,上海:泰东图书局,1923年。

民族老气太深，已经没有这种盲目的乐观了吗？"[1] 民族复兴时期的文学应当是乐观向前的。

有学者用"青年文化"[2]一词概括了郭沫若与创造诸君表现出的特点：朝气蓬勃、先锋傲气、真诚敏感。登上文坛初期，创造社即剑指新文学的权威们，批判新文学已经"暮气深沉，日趋衰远"[3]，"少年中国"的展望与民族青春文化的复兴被新的权威所压制，并没有完成——涤除新文学的暮气，涤除民族的暮气，这正是他们这些更年轻的一批作家的肩头重任。20世纪30年代至40年代，郭沫若在纪念"五四"运动的多篇文章中提到，"五四"最大的遗产就是"永远青年化"。中国是贫弱的"老人国"，有太多未老先衰的人，是"五四"运动复兴了我们民族本身具有的青年化的精神。[4] 在这个意义上，回到《诗经》，就像是回到中华民族的少年时期，为衰老的民族注入活力。类似的，顾颉刚在为《诗经情诗今译》所作的序中也提出，要以《诗经》情诗中的"真性情""救起我们的民族"。[5]

除了对民族文化的整体思考，从个人角度而言，复活"最优美的平民文学"也具有更现实、更具体的精神功用。对复兴周季文化这一主题的关注，很大部分原因与郭沫若留学东洋及归国后切身感受到的民族认同危机相关。郑伯奇在分析留学经历对创造社文学倾向的影响时曾指出："他们在外国住得很久，对于祖国便常生起一种怀乡病，而回国以后的种种失望，更使他们感

---

1. 宗白华：《恋爱诗的问题——致一岑》，《宗白华全集》第一卷，合肥：安徽教育出版社，1994年，第418页。
2. 王富仁：《创造社与中国现代社会的青年文化》，《灵魂的挣扎》，长春：时代文艺出版社，1993年。
3. 郑伯奇：《国民文学论》，《创造周报》第33号，1923年12月23日。
4. 郭沫若：《青年化，永远青年化》，《郭沫若全集·文学编》第18卷；《青年哟，人类的春天》，《郭沫若全集·文学编》第19卷，北京：人民文学出版社，1992年。
5. 顾颉刚：《诗经情诗今译·序一》，陈漱琴编：《诗经情诗今译》，上海：上海女子书店，1935年，第3页。

到空虚。"¹ 郭沫若曾于 1921—1922 年间往返于日本与上海,对政治现实和文坛现状的直接体验粉碎了原本单纯的乡愁,由此产生了民族认同危机。正如 1922 年秋郭沫若写给一位台湾青年的信中提到的:"我们的祖国已不是古时春花烂漫祖国,我们的祖国只是冢中枯骨的祖国了",即使回来"你也不免要大失所望"。² 对比郭沫若在日期间的诗作《炉中煤》和回国后所作《上海印象》可以看出这种明显的变化。《炉中煤》一诗中思念之情单纯火热。诗人说,"'五四'以后的中国,在我的心目中就像一位很葱俊的有进取气象的姑娘,她简直就和我的爱人一样……'眷念祖国的情绪'的《炉中煤》便是我对于她的恋歌"³。"黑奴卤莽"的"我"卑微地臣服于这位"年青的女郎"⁴。实际上回国前的这种思乡只是脆弱的臆想。回国后作《上海印象》,郭沫若"从梦中惊醒",看见到处是行尸走肉。原来作为一个整体形象("青年的女郎")的祖国,现在散成上海街头一个个现实的丑陋的同胞,这无法激起任何仰慕和民族归属感。殖民化的上海处处充满来自"西方"世界的鄙薄,热烈奔放的诗情变得自卑敏感。这时的郭沫若迫切需要寻找新的认同方式,即通过重述历史想象一个新的整体形象,那就是他笔下建构的"周秦中国"。现实中"冢中枯骨"的祖国让郭沫若的情感纽带断裂,他只有回到"古时春花烂漫"的祖国,"认同中国古老的历史文化,以确立自己的文化身份"⁵,在那个黄金时代找回民族认同感和文化自信。

---

1. 郑伯奇:《新文学大系·小说三集》导言,《中国新文学大系导言集》,天津:天津人民出版社,2009年,第102—103页。
2. 郭沫若:《反响之反响》,《郭沫若全集·文学编》第16卷,北京:人民文学出版社,1989年,第134页。
3. 郭沫若:《创造十年》,《郭沫若全集·文学编》第12卷,北京:人民文学出版社,1992年,第73页。
4. 郭沫若:《炉中煤——眷恋祖国的情绪》,《郭沫若全集·文学编》第1卷,北京:人民文学出版社,1982年,第58页。
5. 李永东:《文化身份、民族认同的含混与危机——论郭沫若五四时期的创作》,《文学评论》2012年第3期。

此外，《诗经》尤其是《国风》作为一部"从民间收集的无名诗人的作品"[1]，其收集和成书过程本身就具有一定的政治隐喻。郭沫若很早便表露了对"采风"和"国民情调"的热衷。在《三叶集》中，郭沫若就提到"抒情诗中的妙品最是俗歌民谣"[2]，要像孔子一样编"《新国风》"，"可为'民众艺术底宣传''新文化建设底运动'之一助"[3]。1923年他为何中孚《民谣集》作序，感叹民间歌谣散失，再次提出希望各地有志之士"各事收集，汇以成册……再经一道严峻的删定，则我国又可以有一部新的国风出现了"[4]。对歌谣的关注在新文化运动中并不少见，比如北京大学歌谣研究会和《歌谣周刊》的创办，沈伊默、刘半农等新诗人对歌谣体的尝试，等等。然而，郭沫若此时除了在诗学上推崇民间歌谣的真情实感、不矫揉造作之外，并没有对此做系统的研究，在诗艺上也没有太多借鉴民谣的痕迹；相较其他译本，也可以看出《卷耳集》的译文歌谣体色彩淡薄。那么郭沫若是在什么层面上推崇"采风"和"国民情调"的呢？

还原到语境中我们可以发现，"《新国风》"的提出是在郭沫若赞美"球形天才"孔子时所写：

> 他删《诗》《书》，笔削《春秋》，使我国古代底文化有个系统的存在；我看他这种事业，非是有绝伦的精力，审美的情操，艺术批评底妙腕，那是不能企冀得到的。我常希望我们中国再生出个编纂国风的人物——或者由多数的人物组成一个机关——把我国各省各道各县各村底

---

1. 郭沫若：《文艺之社会的使命》，《郭沫若全集·文学编》第15卷，北京：人民文学出版社，1990年，第204页。
2.《郭沫若致宗白华》，《郭沫若全集·文学编》第15卷，北京：人民文学出版社，1990年，第48页。
3.《郭沫若致宗白华》，《郭沫若全集·文学编》第15卷，北京：人民文学出版社，1990年，第20页。
4. 郭沫若：《民谣集·序》，何中孚编：《民谣集》，上海：泰东图书局，1924年。

民风，俗谣，采集拢来，采其精粹的编集成一部《新国风》……[1]

可见，郭沫若的重点与其说在于从诗艺上挖掘民谣对新诗建设的作用，不如说在于寓言式的民谣编集过程——换言之，在于"采诗之制"。关于民谣的运动从来不是单纯的群众文艺活动。统一的中央集权政府设立专门的采编机构，到各地采集民谣，即各地的"风"，并最终汇总成带有政治意味的一种"合集"，其中每一部分"风"都是这个合集下的子集。官员"由民间采集些歌谣来献给政府，政府借以知道民间的状态"[2]。因此，"新国风"的采编、集合过程，从某种意义上说，暗含着"想象的共同体"的建构和今人对一种象征性的权力中心的呼唤，其内在逻辑与国语运动和现代民族国家的建立相似，反映了"五四"运动后"群体倾向的国家意识上升的世风"[3]。联系民国前期政府的权力状况或许能更好理解这种政治呼唤。当时"北洋体系处于群龙无首的状态"，"分裂日甚，名存实亡"，"各地中小军阀复频繁互斗"[4]。北洋"弱政府"存在地方自治与中央权威弱化、有效统治能力缺乏、在国际政治中的发言权有限等问题[5]。政府的"弱"尤其体现在外交上，留日的郭沫若对这种弱国子民的待遇是有深刻体验的，他将之概括为"读的是西洋书，受的是东洋气"[6]。因此，呼唤一个有力的权力中心，意味着获得一种政治国家上的认同和凝聚力。其次，这种权力中心不仅是政治的，还包括文化的。郭沫若的文化野心在于期盼做一个像孔子一样的"天才"，一个权威的文化生产者，将散落的民间歌谣汇

---

1. 《郭沫若致宗白华》，《郭沫若全集·文学编》第15卷，北京：人民文学出版社，1990年，第20页。
2. 郭沫若：《民谣集·序》，何中孚编：《民谣集》，上海：泰东图书局，1924年。
3. 罗志田：《南北新旧与北伐成功的再诠释》，《新史学》1994年5卷1期。
4. 罗志田：《南北新旧与北伐成功的再诠释》，《新史学》1994年5卷1期。
5. [日]川岛真：《中国近代外交的形成》，北京：北京大学出版社，2012年，第49页。
6. 郭沫若：《三叶集》，《郭沫若全集·文学编》第15卷，北京：人民文学出版社，1990年，第140页。

集成共时状态,固定为书写形式,创造民族文化凝聚力,以传后世。(在20世纪50年代的"新民歌运动"中,他实现了这个夙愿。)

(三)郭沫若的文学新旧观

在新文化运动大背景下,作为新诗人代表、创造社成员的郭沫若一向以趋新、激进的形象出现,然而相较当时新文坛的普遍观点,他对新旧文学的看法却相当平和。郭沫若认为新旧文学并非二元对立、互不相容,选择使用白话文翻译《诗经》正是基于这一点。

当国内文坛为新与旧、文与白激辩时,郭沫若提出"这都是见理不全各执一偏的现象","文白只是工具,工具求甚利便而已","文字的精神不在于其所借以表示的工具"。[1]他从辩证的角度看待新与旧的转变,认为"一切新旧古今等等文字只是相对的"[2],"几千年后的今体会成为古典,几千年前的古体在当时也是时髦"[3]。郭沫若更强调文学作品价值的永恒性和普遍的诗学规范,好的诗是"命泉中流出来的Strain,心琴上弹出来的Melody,生底颤动,灵底喊叫",而无论是"新体的或旧体的,今人的或古人的,我国的或外国的"[4];"是诗的无论写成文言白话,韵体散体,它根本是诗"[5]。在1922年与文学研究会关于古代文学有无介绍价值的争论中,郭沫若质疑道:"我们能说一部《国风》是死文学么","文学的好坏,不能说它古不古,只能说它醇不醇,真不真"。[6]

---

1. 郭沫若:《王阳明礼赞》,《郭沫若全集·历史编》第3卷,北京:人民文学出版社,1984年,第300页。
2. 郭沫若:《孤竹君之二子》附录,《郭沫若全集·文学编》第1卷,北京:人民文学出版社,1982年,第238页。
3. 郭沫若:《雪莱的诗》小引,《创造》季刊第1卷第4期,1923年2月。
4. 郭沫若:《三叶集》,《郭沫若全集·文学编》第15卷,北京:人民文学出版社,1990年,第13页。
5. 郭沫若:《雪莱的诗》小引,《创造》季刊第1卷第4期,1923年2月。
6. 郭沫若:《论文学的研究与介绍》,《郭沫若全集·文学编》第15卷,北京:人民文学出版社,1990年,第263页。

这场争论很有可能也是郭沫若译《卷耳集》的一个导火索。从实践上看，除了"亦旧亦新"的《卷耳集》之外，在同期郭沫若的外汉翻译中也能看到新与旧的融合：《茵梦湖》（1919年）中的五言律诗，《雪莱诗八首》（1922年）中的骚体形式，《鲁拜集》（1924年）中"我国的李太白的面目"[1]，等等。

由于远离国内新旧对立的文学场域，客观上说，郭沫若面对着相对较小的新与旧过渡的困难。国内诗坛在新诗与旧体诗壁垒分明的话语体系下，互相争夺领地。当时新诗人都有类似于"蜕变"的自白，就像胡适在《尝试集·四版自序》中回顾自己的新诗写作时说的那样，"像一个缠过脚后来放大了妇人回头看她一年一年的放脚鞋样，虽然一年放大一年，年年的鞋样上总还带着缠脚时代的血腥气"[2]。对比之下，从郭沫若颇具偶然性的新诗写作的发端可见"传统"并未对他造成太大的"负担"。据郭沫若在《创造十年》中回忆，1919年9月他从《时事新报》上读到康白情的新诗，"暗暗地惊异"道："这就是中国的新诗吗？那么我从前作的一些诗也未尝不可发表了"。他的反应是"惊异"（恐怕还带有些许微妙的不屑），却没有对这种新体诗合法性产生实质性的质疑。他将从前的旧体诗和外文诗改写成了新诗，为"第一次看见了自己的作品印成铅字"[3]兴奋不已——可见是"发表欲"促成了最初的新诗创作动机。[4]另外，在新诗集选编上，与当时具有代表性的新诗集，如《尝试集》《冬夜》相比，郭沫若的《女神》呈现出不同的面貌。它没有记录过渡历程的"旧体诗附录"，以实践"从传统中解放的想象框架"[5]。在郭沫若看来，旧体诗仍有资格收入新诗集，如《女神》中直接收录了旧体诗《春愁》，以及用新诗体改译

---

1. 郭沫若：《鲁拜集·小引》，北京：人民文学出版社，1958年，第7页。
2. 胡适：《尝试集·四版自序》，欧阳哲生编：《胡适文集》卷9，北京：北京大学出版社，1998年，第91页。
3. 郭沫若：《我的作诗的经过》，《郭沫若全集·文学编》第16卷，北京：人民文学出版社，1990年，第215页。
4. 姜涛：《"新诗集"与中国新诗的发生》，北京：北京大学出版社，2005年，第171页。
5. 姜涛：《"新诗集"与中国新诗的发生》，北京：北京大学出版社，2005年，第173页。

的旧作《别离》[1]（其中旧体诗作为正文，而译文作为附白；二者并非严格对译，《卷耳集》的翻译风格在此可见端倪）。

当然，不能忽视的是，在更深层次上，文学无新旧之分有一个重要前提，即"旧"的文学需要通过"新"的视角、方法、范式（更具体而言，是"新"的阐释者）才具有合法性。郭沫若用"是否做到了'新价值的创造'"这一评判标准，缝合了古诗今译中"求新"与"恋古"的裂缝。在《整理国故的评价》中，他批评"一般经史子集的整理"仍是传统学术性质的研究，只是一种"旧价值的重新评估，而不是一种新价值的创造"[2]，具有创作性质的古诗今译在他看来则当属"创造"——这就是郭沫若所认为的"在旧纸堆中寻生活"[3]的内在合法性，是他不屑于"与迂腐的古儒作无聊的讼辩"[4]的内心根基。

从外部文学环境来说，郭沫若不仅没有参与国内文坛的"厮杀"，留日的他当时还正处于多元包容的日本大正时期（1912—1926）。日本学者伊藤虎丸曾用"大正青年""文学青年""艺术家意识"来描述创造社成员。不同于以鲁

---

1. 郭沫若：《别离》，《郭沫若全集·文学编》第1卷，北京：人民文学出版社，1982年，第131—133页。正文："残月黄金梳，/我欲掇之赠彼姝。/彼姝不可见，/桥下流泉声如泣。/晓日月桂冠，/掇之欲上青天难。/青天犹可上，/生离令我情惆帐。"改译如下：
一弯残月儿/还高挂在天上。/一轮红日儿/早已出自东方。/我送了她回来，/走到这旭川桥上；/应着桥下流水的哀音，/我的灵魂儿/向我这般歌唱：
月儿啊！/你同那黄金梳儿一样。/我要想爬上天去，/把你取来；/用着我的手儿，/插在她的头上。/咳！/天这样的高，/我怎能爬得上？/天这样的高，/我纵能爬得上，/我的爱呀！/你今儿到了哪方？
太阳呀！/你同那月桂冠儿一样。/我要想爬上天去，/把你取来；/借着她的手儿，/戴在我的头上。/咳！/天这样的高，/我怎能爬得上？/天这样的高，/我纵能爬得上，/我的爱呀！/你今儿到了哪方？/
一弯残月儿/还高挂在天上。/一轮红日儿/早已出自东方。/我送了她回来，/走到这旭川桥上；/应着桥下流水的哀音，/我的灵魂儿/向我这般歌唱。
2. 郭沫若：《整理国故的评价》，《郭沫若全集·文学编》第15卷，北京：人民文学出版社，1990年，第162页。
3. 郭沫若：《卷耳集·序》，上海：泰东图书局，1923年。
4. 郭沫若：《卷耳集·自跋》，上海：泰东图书局，1923年。

迅为代表的"明治青年""政治青年"[1]，大正时期是"跨近代和现代的、漫长而阴冷的雨季中短暂的晴朗天气"[2]，军国主义主导的昭和时期尚未到来，急剧变革的明治时期如今已变得相对稳定，社会经济相对繁荣。西方社会思潮逐渐渗透日本的同时，古典文化也并没有受到如中国国内一般激烈的否定和批判，而是秉承"和魂洋才"的思想进行了适应社会发展的改造。比如具有代表性的大正文化主义，作为一种"欧化思潮"和"启蒙思想"，却对古典文化充满"同情和敬意"，并以文化价值与自我完善为核心的思想继承、发展了孔子的人伦之道。[3]

初来日本时，郭沫若原是想"克服"从前"古诗、古学"的文学倾向，"学些实际的学问来把国家强盛起来"[4]，而来年在家书中却转而劝告弟弟："吾国旧书，不可不多读也。一国文学，为一国之精神，物质文明，固不缺少，而自国精神，终不可使失坠也。"[5] 厄尔·迈纳在论述跨文化视角的重要性时，引用了一句谚语："灯塔下面是黑暗"[6]——稳定封闭的本国文化体系常常无法自我反观，需要另一座灯塔来照亮自己。日本东西交融的文化语境为郭沫若采取较为平和、理性的心态来反观本国文化创造了机会。得益于此，郭沫若"重新发现"了王阳明和庄子。在回忆自己的思想历程时，郭沫若写道：

> 因为喜欢太戈尔，又因为喜欢歌德，便和哲学上的泛神论（Pantheism）的思想接近了……我由太戈尔的诗认识了印度古诗人伽毕尔（Kabir），

---

1. [日]伊藤虎丸：《鲁迅、创造社与日本文学》，北京：北京大学出版社，1995年，第201—204页。
2. [日]中野久夫等：《大正的日本人》，日本：鹈鹕出版社，昭和56年，转引自童晓薇：《创造社的诞生与日本大正时期文化界》，《郭沫若学刊》2005年第1期。
3. 刘岳兵：《近代日本的孔子观》，《孔孟月刊》第39卷第3期，2000年11月。
4. 郭沫若：《创造十年》，《郭沫若全集·文学编》第12卷，北京：人民文学出版社，1992年，第65页。
5. 郭沫若：《樱花书简》，成都：四川人民出版社，1981年，第58页。
6. [美]厄尔·迈纳：《比较诗学》，北京：中央编译出版社，1998年，第368页。

接近了印度古代的《乌邦尼塞德》（Upanisad）的思想。我由歌德又认识了斯宾诺莎（Spinoza）……和国外的泛神论思想一接近，便又把少年时分所喜欢的《庄子》再发现了。我在中学的时候便喜欢读《庄子》，但只喜欢文章的汪洋恣肆。那里面所包含的思想，是很茫昧的，待到一和国外的思想参证起来，便真是到了'一旦豁然而贯通'的程度。[1]

从玩味《庄子》的文辞，到参透其中的思想，"国外的泛神论"是一个重要媒介。因此，与其说郭沫若经历的是从旧到新的蜕变，不如说是在接触外来文化的过程中，激活、重现了内心深处的传统文化记忆，让他能将庄子、王阳明与歌德、泰戈尔、斯宾诺莎放到同一个思想体系中去理解，相互印证。这种融会贯通的思维方式是郭沫若得以形成不同于主流的新旧文学观的主观原因。

同样的，也是经由这样的思维方式，来自异质文化的冲击和影响为郭沫若带来了对《诗经》的重新发现。这在回顾中被描述成为一次诗的"顿悟"，它激活了对于《诗经》的新的感受方式和阅读模式。在《我的作诗的经过》中，郭沫若指认了自己"诗的觉醒"来自美国诗人朗费洛：

> 民国二年进了高等学校的实科，发现了美国的朗费洛的《箭与歌》那首两节的短诗，一个字也没有翻字典的必要便念懂了。那诗使我感觉着异常的清新，我就好像第一次才和"诗"见了面的一样。……使我悟到了诗歌的真实的精神，……使我在那读得烂熟，但丝毫也没感觉受着它的美感的一部《诗经》中尤其《国风》中，才感受着了同样的清新，同样的美妙。[2]

---

1. 郭沫若：《创造十年》，《郭沫若全集·文学编》第12卷，北京：人民文学出版社，1992年，第66—67页。
2. 郭沫若：《我的作诗的经过》，《郭沫若全集·文学编》第16卷，北京：人民文学出版社，1989年，第211页。

《诗经》不仅文本中凝聚着几千年沿袭下来的相对固定的解释,并且还有着相对固定的"经"的传授和阅读模式。传统的阅读系统带有"强烈的实用主义色彩"[1],正如郭沫若所说,熟练背诵《诗经》是为着科举目的而做的"基本工作及练习"[2]。从前"读得烂熟"的方式未必是诗化的理解,未必是以获得文学美感为目的的诵读,反而可能意味着诗意在机械的重复背诵中流失。

　　但解决方式并不是将所有"旧的"全然抛弃。在另一座"灯塔"的照耀下,郭沫若找到了一个新的"文学文本"的阅读模式来进入"旧的"《诗经》的世界:它将读者抛入无凭借亦无束缚、审美无功利的情境中,无需训诂、考源、微言大义,"一个字也没有翻字典的必要便念懂了"。这里我们看到了《卷耳集》自序中所谓"不要摆渡的船","纯依我一人的直观,直接在各诗中去追求它的生命"[3]这一翻译原则的影子。它鼓励读者抛开实用主义目的去感受"清新"和"美妙",抛掉陈陈相因的旧说去自由理解。

---

1. 许欢:《中国古代传统阅读模式研究》,《图书与情报》2010年第5期。
2. 郭沫若:《我的作诗的经过》,《郭沫若全集·文学编》第16卷,北京:人民文学出版社,1989年,第210页。
3. 郭沫若:《卷耳集·序》,上海:泰东图书局,1923年。

二、《卷耳集》与早期的《诗经》今译

早在1920年,古诗今译已有零星尝试,最早见诸报刊的是周木若翻译的《石壕村吏》[1]。胡适译《节妇吟》[2]还引来了胡怀琛、王无为等人的批判,认为不可"以白话而改文言诗"[3]。但古诗今译首次颇具规模的尝试当数1923年郭沫若的《卷耳集》。成集出版往往比散见于报刊更具影响力,加上围绕《卷耳集》出现的论争,使古诗今译这一形式逐渐引起了各方的关注,其中今译《诗经》颇为兴盛。除《卷耳集》外,其后还有"古史辨"派在20世纪20年代中期关于《邶风·静女》译文的讨论、许啸天著《分类诗经》(上海群学社,1926年)、陈淑琴编《诗经情诗今译》(上海女子书店,1932年)、吕曼云著《三十六鸳鸯》(上海黎明书局,1933年)、陈子展著《诗经语译》(上海太平洋书店,1934年)、纵白踪著《关雎集》(上海经纬书局,1936年)等关于今译《诗经》的尝试。

古诗今译创造了一种有别于传统《诗经》学的解读形式,它出现在"五四"时期并非偶然。今译《诗经》源于新文化运动对儒家经典的重新认识,更与白话文运动中雅与俗的转换密切相关——观念的变革和语言的变革赋予古诗今译不同于传统注疏,也不同于晚清白话注解的特征和意义。

《卷耳集》是古诗今译的第一本专著,在诗集视觉形态和语言翻译两方面都具有鲜明的特点,不仅与从前的传统注疏、白话注解有着深层区别,与20

1.《晨报》,1920年7月11日。
2.《新青年》第8卷第3号,1920年11月。
3. 王无为:《改诗的问题》,胡怀琛编《诗学讨论集》,上海:新文化书社,1924年,第97页。

世纪20年代至30年代后出的其他《诗经》今译文本亦相去甚远。它不只是注解与普及,更是一次以新诗为模板的"重写"和"新价值"的创造,特别是郭沫若不拘泥于文本的翻译方法,常常有溢出原诗之笔。当然,"更新"必然伴随着一定程度上的"损耗"。需要说明的是,"损耗"在这里并不是一个纯粹的贬义词,而是作为文本处理结果的一种描述,不包含优劣高下的评判。除了译文本身以外,序跋、注释等"附加文本"中同样隐含了丰富的信息。

(一)从白话注解到古诗今译

夏传才在《二十世纪诗经学》中把"1919年的'五四'运动和狂飙奋进的20年代"称作"现代诗经学的创始期"。[1]《诗经》成为古诗今译选择的源文本,其前提在于新文化运动破除了《诗经》的经学光环,将《诗经》从"儒家经典"变为"文学总集"。一面是经学观念的破除,为"离经叛道"的《诗经》今译扫除了思想障碍;一面是文学观念的树立,为今译以"新诗"的形式对《诗经》进行文学性解读提供了基础。[2]

《诗经》从西汉就一直背负着"儒家经典"的神圣光环。唯经是从,疏不破注,稳定强大的学术传统制约了诠释的可能性。《诗经》作为"诗"的文学面貌被遮蔽,成为负载儒家思想道德的不容置疑的"经","凡古人的一句一字都不敢更易"[3]。直至"五四"时期《诗经》和《诗经》研究才得以从经学观念中解放,正如顾颉刚所说:"历史观念发达了,圣道的压迫衰微了,我们方始可以抬起头来,把《诗经》'平视'。"[4] 同时,来自西方的"文学"概念取代了中国古代宽泛含混的"文学"概念,让文学作品从笼统的文章中分离了出

---

1. 夏传才:《二十世纪诗经学》,北京:学苑出版社,2005年,第84页。
2. 赵沛霖:《现代学术文化思潮与诗经研究——二十世纪诗经研究史》,北京:学苑出版社,第351—352页。
3. 郭沫若:《古诗今译的问题》,《创造周报》第37号,1924年1月。
4. 顾颉刚:《重刻〈诗疑〉序》,《古史辨》第三册,上海:上海古籍出版社,1982年,第411页。

来。新知识分子呼吁恢复《诗经》"诗"的文学本质,其中最具代表性和影响力的便是胡适的论断:"从前的人把这部《诗经》都看得非常神圣,说它是一部经典,我们现在要打破这个观念;假如这个观念不能打破,《诗经》简直可以不研究了。因为《诗经》并不是一部圣经,确实是一部古代歌谣的总集。"[1]

其次,古诗今译的出现还与"五四"时期的白话文运动密不可分。胡适提出"文学的国语,国语的文学",从理论上宣告了具有艺术审美价值的现代白话文的确立;新文学作品的涌现亦从实绩上加以证明。1920年,教育部通令全国:一、二年级的国文教科书停止使用文言文教科书;到1922年以后,所有小学教材都改用白话[2]。来自政府的正式认可标志着白话文获得了合法地位,不再是新文学先驱们的单打独斗,文白之争以白话文"获胜"暂告一段落。在这场激烈的语言变革中,白话文由"俗"转为"雅"。这意味着,"今译"所用语言的文学特征获得承认,从理论上说,它有能力艺术化地再现"古诗",有能力触及这一传统文化中最高的文学殿堂。(当然,从实际效果考量,古诗今译的再现能力到现在也还存在争议和质疑。)

实际上,在晚清时已经出现了《诗经》白话注本。最早的白话文注本是清末钱荣国所著《诗经白话注》。钱荣国在自序中说明了白话注本的目的:一是"意在启发童蒙,以显浅明白为主务",可对初学者起到助读的作用,"无师可自通";二是"保存国粹",新学和国文教科书的兴盛让人"习惯简易",古奥的经书"必至弃而不读"。在语言上,注本"重在讲解,不求华丽,不拘体裁"。此时的白话文虽然作为开启明智的工具被认可,却仍被视为"引车卖浆者流"使用的语言,自然只能担任疏通文意的任务,不能胜任艺术化的理解和表达,因此钱荣国似略有歉意地表示此书"语多俚语,不免为大雅所嗤"[3]。

---

1. 胡适:《谈谈〈诗经〉》,《胡适文集》第12卷,北京:北京大学出版社,1998年,第12页。
2. 胡适:《胡适口述自传》,《胡适文集》第1卷,北京:北京大学出版社,1998年,第333页。
3. 钱荣国:《诗经白话住·序》,江阴礼延高等小学堂,1908年。

在这里,他仍以传统文士自居,文言是他的表达方式,白话只是他权宜借用的工具。

古诗今译保留了白话注本通俗助读的作用,不同的是,这种通俗化还与"五四"时期兴起的大众化意识相关[1],即反对少数人拥有的"贵族文学",提倡多数人拥有的"平民文学"。针对传统观念尊视古书为"上天符箓","惟恐其不神秘,惟恐其被一般人接近了会泄露天机",郭沫若提出古诗今译正是在于"使有用的古书普及,使多数的人得以接近",读《卷耳集》"必比读《国风》原诗容易领略"[2]。

但今译不只有工具性的作用,更有挖掘白话审美价值,挖掘白话作为新诗语言的文学性的作用,宣告着古诗不仅是需要翻译的,而且是可以被白话文"艺术地"翻译的。正如夏济安所说:

> 假如白话文只有实用的价值,假如白话文只为便于普及教育之用,白话文的成就非但是很有限的,而且将有日趋粗陋的可能……白话文能不能成为"美"的文字。假如不能,白话文将证明是一种劣等的文字。[3]

相较晚清传统文人所做白话注解,古诗今译的译者转换了立场,白话文成为其情感和话语的表达方式。今译与传统注解的区别在于"完整性",尤其就诗歌的翻译而言。郭沫若在《关于"接受文学遗产"》中写道:"在我们中国注释的工作虽然为历代文人所好尚,但总嫌寻章摘句,伤于破碎,没有整个翻译得那样的直切了当。"[4]"破碎"的注释是以原文为中心的释义,即使是白话注

---

1. 参考赵沛霖:《现代学术文化思潮与诗经研究——二十世纪诗经研究史》,北京:学苑出版社,第353—354页。
2. 郭沫若:《古诗今译的问题》,《创造周报》第37号,1924年1月。
3. 夏济安:《白话文与新诗》,《夏济安选集》,沈阳:辽宁教育出版社,2001年,第73页。
4. 郭沫若:《关于"接受文学遗产"》,《郭沫若全集·文学编》第19卷,北京:人民文学出版社,1992年,第246页。

解也是用白话作为通俗性的表达，作为从属地位的"注脚"去解释古诗，为了使原文更易理解而存在。从功用上来说，白话注解意在"得鱼忘筌"，在很大程度上，理解原文后注解就没有存在的价值了。古诗今译则是将古诗和今译的新诗作为两个平等的"系统"对照起来，白话译诗在这里成为一个有文学意蕴的独立的审美对象，译者不仅要传达文意，更要费心打磨译诗的语言。从后文的分析我们将会看到，郭沫若的《卷耳集》在这一点上走得更远，它放大了译文本身的独立性，甚至译文都不再通往原文。因此可以说，白话注本是向着"过去"的一种单向理解，只可讲解，不可与原文平等对话。而古诗今译是向着"未来"的一种融会阐释，如郭沫若所说"吹嘘些生命"[1]进去的再创作，融入了译者的主观理解和个人情感，融入新语言的表达特点，融入新的思想和新的文本感受方式。

（二）《卷耳集》的形式特点

在读者阅读到具体内容之前，《卷耳集》的"新"首先就体现在了版面形式上。根据乔纳森·卡勒的阅读程式理论，文本的外观形态会对读者阅读期待产生影响。

> 文本在改排前后所产生的不同意义……必须看成是阅读诗歌的特殊程式所造成的结果，这种阅读程式引导读者以新的方式看待语言，从先前未曾发掘的语言中又找出了某些有意义的属性，把文本纳入了与前不同的一套阐释运作过程。[2]

可以说，正是《卷耳集》的版面形式首先引导着读者以"新诗"的方式进行阅读。

---

1. 郭沫若：《卷耳集·序》，上海：泰东图书局，1923年。
2. ［美］乔纳森·卡勒：《结构主义诗学》，盛宁译，北京：中国社会科学出版社，1991年，第17页。

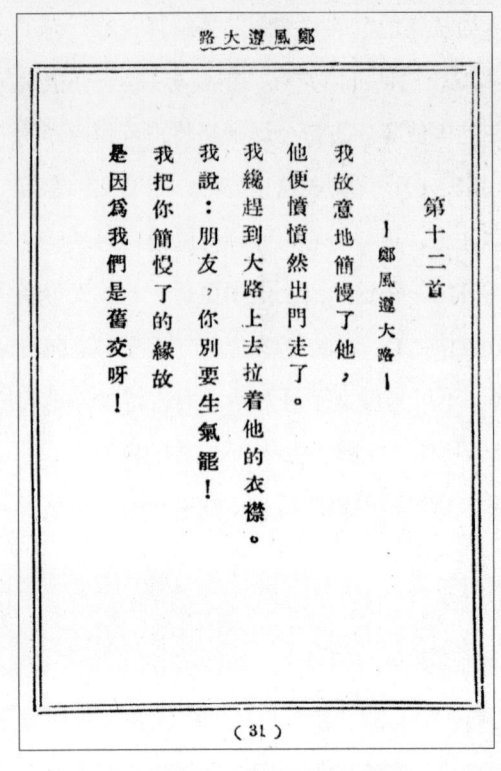

《卷耳集》类似"新诗集"的排版

《卷耳集》版面的视觉形态与传统的《诗经》注解有很大差异，在直观上给读者带来了不同的阅读体验。传统的诗词文本在版式上不使用分行和标点，注疏与正文多为间杂排列，形成"众语喧哗"的阅读效果，乃至"错综复杂"的压迫感。读者容易将注意力集中在理解各家之言上，而湮没了原诗本身，有的注解考源甚至与原诗的理解基本无关。《卷耳集》版面上从简从新，符合现代读者的阅读习惯。没有了冗长的信息，没有了大量注疏的负担，释放出诗歌文本本身带来的享受，给读者更轻松的阅读节奏和想象的自由。诗集主体部分是郭沫若的译诗，大幅留白的边距、分行排列的译诗，让《卷耳集》呈现出当时常见的"新诗集"的面貌。

《卷耳集》的这种版面形式不仅区别于传统《诗经》文本，也区别于不分行的散文体白话译文。我们可以将《卷耳集》与许啸天的《分类诗经》、吕曼云的《三十六鸳鸯》(《国风》的恋诗)进行对比。许啸天的《分类诗经》是言文对照，译文独立成段但不分行，后有大段注解。吕曼云选译的《三十六鸳鸯》(《国风》的恋诗)将"译"与"注""解"并排，用小一号字体印刷附于《诗经》正文之后；译文亦不分行，摘抄一句原文附一句译文。分行译文是新诗形态的作品，它触发了读者的情感状态和新诗阅读机制；不分行白话散文形式的译文凸显出更多的"解说"意味，虽然有时二者在译义上未必有太多差别。分行这一技术手段对于现代新诗的意义，众所周知的例子便是美国诗人威廉斯的短诗《便条》。类似的，郭沫若也曾将《日出入行》"用新体款式写了出来"[1]，分行并标点。这种改写，正如研究者所言："尽管这里没有发生翻译行为，然而郭沫若此举对古典诗歌文本的形式颠覆性的重构，同样颇具象征意味。"[2]

另一方面，同样是分行今译，将《卷耳集》与稍后几年出版的《诗经情诗今译》对比可以发现，后者采用的

《三十六鸳鸯》的排版

是一古一今、基本句句对译的版式，而《卷耳集》则把今译的四十首作品整体作为正文，原诗及注解作为书后附录。二者的注解风格也相差甚远。《诗经情诗今译》中许多译诗后都有大段注解，包括讲解某一字的文法或其在传情达意上的作用，大量引用诗序、毛传、郑笺的旧说及胡适、刘大白等今人的观点，解说主旨和诗情时引入其他古诗等（如汉乐府《上邪》与《邶风·击鼓》，李商隐《为有》与《齐风·鸡鸣》），在注解中形成某种讨论空间。而《卷耳集》

---

1. 郭沫若：《三叶集》，《郭沫若全集·文学编》第15卷，.北京：人民文学出版社，1990年，第25页。
2. 伍明春：《现代汉诗的合法性研究（1917—1926）》，首都师范大学博士论文，2005年。

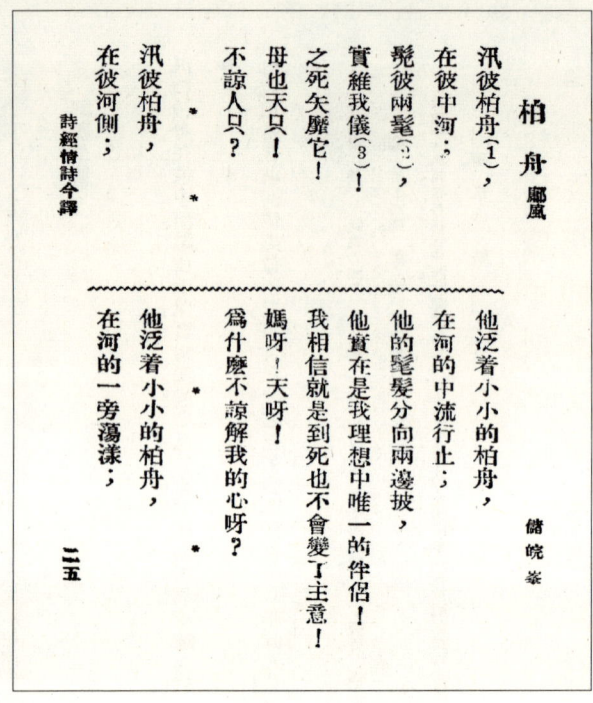

《诗经情诗今译》的排版

不重解说注释。每首仅有少量注释[1]或无注释，注释内容简短，很少引用旧说或是标明注释出处；注解中还数次出现"读译诗自明"[2]一句。译者将一切指向译诗，对超出诗歌本身之外的元素不甚关注，让读者将解说功能抛开，面对文本，自行感受。即使在今天，《诗经》已经有了无数的今译译本，《卷耳集》的编排方式仍然是十分独特的。从读者的角度而言，《诗经情诗今译》的版式显然更加友好，《卷耳集》的处理可能会带来阅读上的许多"麻烦"，但恰恰是这种阅读障碍"强迫"读者摆脱原诗，直接面对以新诗形态出现的译文。

当然，这可能是由于没有前例可供参考，但更有可能是译者故意为之。通过这样的安排，郭沫若充分突出了翻译作品的独立性和创作性，虽然这一点在自述中并未明确表达。（这一意图在1931年出版的另一部《诗经》今译——纵白踪的《关雎集》中被明确提出。《关雎集》在译文风格上与郭沫若的《卷耳集》相近，纵白踪在跋中写道："在诗歌的写作上曾尽了最大的努力。这正

---

1. 《卷耳集》中最多注释的一首是《周南·卷耳》，但也仅有6处注释。
2. 如第25首《齐风·鸡鸣》，第37首《陈风·墓门》，第40首《陈风·泽陂》。

好当作一本新的、独立的诗歌集去欣赏它。"[1]）在"五四"时期，这种"译作"与"创作"不分的观念并不少见，例如胡适将译诗《关不住了》作为自己"'新诗'成立的纪元"[2]收入《尝试集》中；周作人"相信翻译是半创作"[3]而将译文收入自己的文集中。但除此之外，《卷耳集》还试图最大程度降低原文及注解对于译诗文本自足性的"干扰"，并进一步地颠覆了原文与译文的从属关系，尤其是对于不可随意删述的"经"。在传统观念看来，注解是《诗经》的附庸，对它的翻译也应是

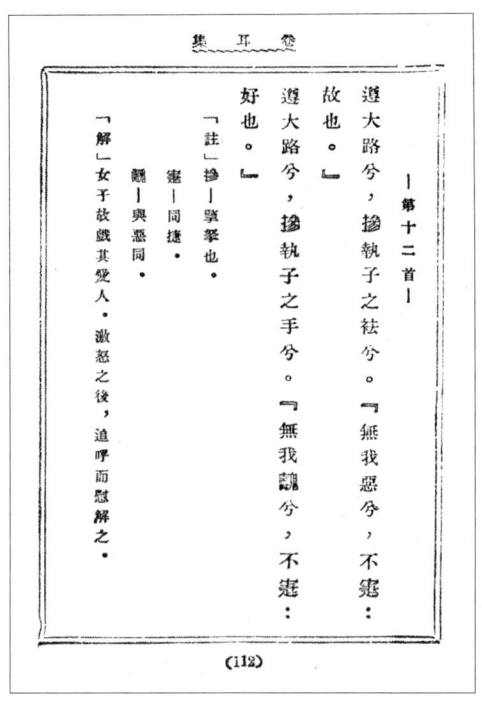

《卷耳集》"附录"中的原文及注解

如此。而《卷耳集》中译文被突出、放大，原文变成了附录，变成了从属。尽管郭沫若在《卷耳集》的自序中显得如此自负，大胆模仿孔子口吻说"启予者沫若也"[4]；但作为译者，他仍然无法摆脱来自原文的隐藏的压力。在后来的论争中，郭沫若也试图辩驳，淡化乃至切断译作与原作的关系，称"别人要嗜好骨董的则骨董具在，我的《卷耳集》译诗于《国风》的存在未损毫末"[5]。附录

---

1. 纵白踪：《关雎集·跋》，上海经纬书局，1931年。
2. 胡适：《尝试集·再版序》，北京：人民文学出版社，1984年，第186页。
3. 周作人：《艺术与生活·序一》，《周作人自编文集·苦雨斋序跋文》，石家庄：河北教育出版社，2002年，第45页。
4. 郭沫若：《卷耳集·序》，上海：泰东图书局，1923年。
5. 郭沫若：《古诗今译的问题》，《创造周报》第37号，1924年1月。

部分在1957年收入由作者亲自编定的《沫若文集》时被直接删去，这在一定程度上是为了解除参照的压力，解除"对原文负责"的翻译原则的约束，使"译作"成为"创作"的这一意图更加明显。另外，"卷耳集"这一命名也与其他大部分《诗经》今译作品不同（如《诗经情诗今译》《诗经选读》《分类诗经》《诗经童话》《诗经语译》等）。它并没有被称作"国风今译"或"国风选译"，而是首先从命名上"摆脱"《诗经》，获得自己独立的名字——"因为第一首诗是'卷耳'，所以就定名这本小诗集为'卷耳集'"[1]；以同样方法命名的纵白踪的《关雎集》仍然标记了"诗经百科丛书"的字样，而《卷耳集》甚至在封面也没有任何附加标题，倔强般地不透露出丝毫《诗经》的痕迹。

（三）以新诗为模板的"重写"

郭沫若译《卷耳集》不求"纯粹逐字逐句的直译"[2]，而采用了他所谓"风韵译"的译法，"原文的气韵尤其不许走转"，强调阅读效果的对等，但"不必逐字逐句的呆译，或先或后，或综或析，在不损及意义的范围以内，为气韵起见可以自由移易"[3]，不求形似，而求神似。他推崇泰戈尔自译的《园丁集》和菲兹杰拉德翻译的《鲁拜集》，这二者可称为"衍译"[4]。如果说泰戈尔的《园丁集》尚属自译自诗；而菲氏的翻译"则是读了原诗所得的感兴用自己的文字写出来的"，可以"算得和创作无异了"。[5]

郭沫若对菲茨杰拉德的这句评价也可以用来评价他自己的这本《卷耳集》。相对其他《诗经》今译而言，郭沫若的译法并不追求"准确"，甚至某

---

1. 郭沫若：《卷耳集·序》，上海：泰东图书局，1923年。
2. 郭沫若：《卷耳集·序》，上海：泰东图书局，1923年。
3. 郭沫若：《讨论注译运动及其他》，《创造季刊》第2卷第1期，1923年4月。
4. "衍译"的概念，参考邵斌：《诗歌创意翻译研究：以〈鲁拜集〉翻译为个案》，杭州：浙江大学出版社，2011年。
5. 郭沫若：《批判意门湖译本及其他》，《创造》季刊第1卷第2期，1922年6月。

种程度上是在追求"变异"。《诗经》在这里不是作为固化的传统遗产,而是作为可以不断重写的活的文本。翻译本就是一种"改写"(rewriting),"身在一定社会、文化环境中的改写者往往会对原作进行一定程度的加工或者调整,以使其与改写者所处的社会和时代的主流意识形态和诗学形态相符"[1]。反之,在译文文本中留下的"痕迹"也彰显着译者的风格个性、诗学及文化诉求。

1. "更新"

首先,从诗旨主题的更新上,我们不难发现《卷耳集》鲜明的"五四"时代色彩。《卷耳集》专门挑选了"男女间相爱恋的情歌"[2]这一具有"五四"特色的题材,在译文中融入了新的价值观念和大胆的批判精神,将传统观念中的刺时、淫奔之诗转为描写男女婚恋、原始恋爱风俗的诗。这里需要说明的是,诗无达诂,现代解释学也认为文本本意是不存在的,因此无论旧说或新解,都并无相对于文本本意的对错之分。

与汉儒研究方法不同,郭沫若解读《诗经》的方法是"只在诗中直接求她的生命"[3],即诗歌本身是自足的,不需要借助文本之外的因素,如写作意图、时代背景来解读。以《鄘风·柏舟》为例,古人以"柏舟之誓"指女子丧夫后守节不嫁,郭沫若反对贞妇自誓一说。他剥离了旧说中"卫世子共伯早死,其妻守义,父母欲夺而嫁之"的背景,译为女子因为父母反对,不能嫁给心爱的人而"生怨望"[4],这一理解与同期郭沫若翻译施笃谟的《我的妈妈所主张》一诗有异曲同工之处。同样是反对父母之言,"守义"是传统社会命名的美德,而"生怨望"无疑与现代恋爱观念相通。同样的还有《唐风·扬之水》,《毛诗序》释为:"刺晋昭公也。昭公分国以封沃,沃盛彊,昭公微弱,国人将叛而

---

1. [美]安德烈·勒菲弗尔:《翻译、改写以及对文学名声的制控》,上海:上海外语教育出版社,2010年,第iii页。
2. 郭沫若:《卷耳集·序》,上海:泰东图书局,1923年。
3. 郭沫若:《卷耳集·序》,上海:泰东图书局,1923年。
4.《鄘风·柏舟》注,《卷耳集》,上海:泰东图书局,1923年,第103页。

归沃焉。"[1] 郭沫若去除了其政治寓意，直解为恋人私会之诗："你带个口信来叫我，/我不敢告诉我的母亲，/我不敢告诉我的女伴，/我便一个人悄悄地来了。"

针对宋儒淫奔之说，郭沫若以"五四"时期自由恋爱的话语和观念予以回击。例如《郑风·遵大路》一诗，朱熹在《诗集传》中认为此诗是："淫妇为人所弃，故于其去也，揽其袪而留之曰：子无恶我不留，故旧不可以遽绝也。"[2] 郭沫若于原文之外在首句添加了两句译文，交代背景："我故意地简慢了他，/他便愤愤然出门走了"，从而将此诗译为"女子故戏其爱人，激怒之后，追呼而慰解之"的口吻，原本辛酸悲痛的"弃妇"形象变成了一位活泼调皮的"少女"。再如《郑风·蘀兮》被朱熹斥为"淫女之词"[3]，郭沫若以文化人类学的视角进行释义，认为它描绘了"原始人每以唱歌为合欢之媒"的自由恋爱风俗，译文活泼清新。

其次，从语言上说，白话译文提供了一个"陌生化"的视角，激活新的诗意，帮助读者重新审视《诗经》。现代语言学认为，"人类的思想存在是语言本身，他不能通过语言传达自身（through language），而只是在语言中传达自身（in language）"[4]。换言之，不同语言本身就代表着不同的思维方式，乃至文化模式。翻译带有诠释性，所使用语言的变化会造成内容的变形。在从前的文言系统下，过于熟稔于心造成了意型的安逸和稳定，经学的阅读模式造成了诗意的老化和脱落。现代白话文包含着现代的经验世界、欧化的异质性和口语活泼的生长力，它入侵、搅动、更新着这个古老的文本。

第一，置入新的词汇和概念。"新名词"具有"释放新观念，传播新思

---

1. [明] 徐光启：《毛诗六帖讲意》（上），上海：上海古籍出版社，2011年，第186页。
2. [宋] 朱熹：《诗集传》，北京：中华书局，2011年，第66页。
3. [宋] 朱熹：《诗集传》，北京：中华书局，2011年，第68页。
4. [德] 本雅明：《论语言本身和人的语言》，陈永国、马海良编《本雅明文选》，北京：中国社会科学出版社，1999年，第266—267页。

想,打动交际对象,影响交际对象"[1]的力量,为古诗添加了新的情调。译诗中常出现诸如"浪漫"(《陈风·宛丘》)、"女伴"(《唐风·扬之水》)、"女郎"(《陈风·月出》)、"爱人"(《郑风·女曰鸡鸣》)等"五四"色彩浓重的词汇。又如《邶风·静女》中"静女其姝"一句译为"她是又幽闲又美丽的牧羊女子"。这句诗的翻译还受到了陈梦韶的质疑,认为"牧羊女子"这一翻译无中生有,是"自牧归荑"的过度阐发[2]。有意思的是这个形象所携带的西方文化色彩:"牧羊女子"这一形象来自《圣经·雅歌》,它也是出现在郭沫若早期小说《牧羊哀歌》和诗歌《电火光中》中的核心意象。同时在注释部分,郭沫若也有意引入了来自西方世界的平行例证(以医学和科学为主),似乎在创造某种《诗经》与西方现代文化相关的互文性。《邶风·静女》中包含"变态心理(Fetichism)拜物恋",《秦风·蒹葭》中飘渺朦胧的"伊人"则是一种精神疾病"幻觉(Hallucination)",这恐怕与郭沫若的医学知识背景不无关系。《唐风·绸缪》中"三星"解释为"西洋的Orion星座"(猎户座),这个星座同样还出现在了与《绸缪》一诗互文的新诗《星空》中("哦,Orion星何处去了?/我想起《绸缪》一诗来了")。《陈风·东门之枌》中,"越以鬷迈"郑笺释为"男女合行",郭沫若释为"郊外会食",还特别加上了一句"如西人之Picnic"("我们拿着些干粮/大家走到南郊去跳舞"),在这一细节上,将中国古人的风俗与西方现代生活方式相关联。

第二,融入新的抒情方式。《卷耳集》不仅是语言的翻译,还带来了新诗的语感、新诗的情趣。郭沫若的诗学观强调"诗是情绪的直写"[3],是"纯粹的

---

1. 周光庆:《汉语与中国早期现代化思潮》,哈尔滨:黑龙江教育出版社,2001年,第205页。
2. 陈梦韶:《读郭沫若的〈卷耳集〉以后》,《泰东月刊》第1卷11期,1928年7月。
3. 郭沫若:《论节奏》,《郭沫若全集·文学编》第15卷,北京:人民文学出版社,1990年,第353页。

情绪的世界"[1]。译诗中他大量运用语气词和感叹词,情感奔放,直抒胸臆。如在《秦风·蒹葭》译诗末节添加了一句:"啊!我的爱人呀!/你毕竟只是个幻影吗?"这句感叹是完全脱离源文本的,它打破了《蒹葭》一诗"静"的整体审美形态。在译诗中还常常出现诸如"我可爱的""我的爱人呀"这样的第一人称内心独白,这种欧化的表达方式带有明显的"五四"时期恋爱诗的口吻和情绪,传递着全新的阅读感受。如《唐风·绸缪》中有"他悄悄地在我耳边说道:'我的爱呀,我的爱呀,/你肯把我怎么样呢?/——我没有话来回答他'",又如《郑风·女曰鸡鸣》中"琴瑟在御,莫不静好"一句,译为"我们的生命要融合在一起"。现代的主题、现代的情绪,这几乎可以说与新诗无异了。这种主体性突出的抒情方式嵌入译文,让相对含蓄的"起兴"发生了变异。传统的起兴是"对应"而不必"交融","兴"的部分相对独立,"可以忽然凑泊结合,但又未至于情景交融般二者变为一"[2]。而在白话译文中郭沫若将"原本纯粹的起兴式的'以物观物',置换成具有浪漫主义色彩的主体介入式的'以我观物'"[3]。《鄘风·蝃蝀》和《郑风·扬之水》皆译为表现女子恋情遇挫的诗,郭沫若将"朝齐于西,崇朝其雨"译作"清晨起来登上西山/天也落了一早晨的眼泪",将"扬之水,不流束薪"译为"激扬的眼泪,难道不能打动你的心?",与原诗相比,译诗将女子悲痛的心境表现得更极致直接。类似的还有《邶风·新台》中"河水弥弥""河水浼浼"译作"黄河呀,泪漫漫""黄河呀,泪滔滔"。这种创造性的发挥明显受到了新诗抒情方式的影响,在《女神》和《星空》中也能看到相同的手法,如"眼泪之海"(《女神》中的《胜利之死》)、"远远只听着海水的哭声"(《星空》中的《暗夜》)等。

---

1. 郭沫若:《文学的本质》,《郭沫若全集·文学编》第15卷,北京:人民文学出版社,1990年,第348页。
2. 翁文娴:《"兴"之涵义在现代诗创作上的思考》,《台湾诗学季刊》1994年第7期,转引自须文蔚:《华语现代诗抒情式批评初探》,《海南师范大学学报(社会科学版)》2008年第6期。
3. 伍春明:《古诗今译——另一种"新诗"》,《重庆邮电学院学报(社会科学版)》2006年第6期。

这本全新面貌的《诗经》文本再版时，被创造社出版部收入"世界名著选"丛书中[1]。这套丛书从20世纪20年代中期开始陆续出版，多为外国文学作品的白话译本，郭沫若的《卷耳集》（值得注意的是，这里在场的是白话译本《卷耳集》，而非《诗经》或《国风》），是18部作品中唯一一部"中国名著"，与《浮士德》《少年维特之烦恼》《雪莱诗选》《茵梦湖》等并肩。这一事件或许出于偶然，但从隐喻意义而言，恰恰印证了《诗经》通过今译完成了从经学

1923年版《卷耳集》封面

到文学、从"古"到"今"的现代性转化。一来《诗经》成为可接近的、世俗的"文学名著"供以欣赏，而不是通过人们对"圣书"的敬畏和瞻仰来获得存在的合法性；二来以白话文为媒介，《诗经》脱离了传统"四书五经""儒家经典"的封闭系统，被纳入新的"世界文学"坐标系中。《卷耳集》为《诗经》融入了新价值、新活力、新的民族认同，并展开了与西方文学的对话。另外，《卷耳集》的封面设计也颇具意味。据郭沫若自跋，封面为李尊庸所画，是一个弹钢琴者的剪影。不言而喻，"钢琴"这个舶来品表征了一种异质文化，西洋色彩与中国古老的《诗经》相碰撞，带来了陌生化的审美效果。

---

1. 饶鸿竞等编：《创造社资料》（上），北京：知识产权出版社，2010年，第389页。

2. "损耗"

"更新"的同时，必然会带来相应的"损耗"。首先，从客观上说，翻译的完全等值是不可能的。在《汉语现象论丛》中，启功分析了今译作品为何会"打许多折扣"：

> 这并不是古今的差别造成的距离，而是如前所说甲乙不能密合的问题。今有两人相聚，甲说一句话，另乙重述甲话的原意，不许用重复的词，而要不分歧、不遗漏，恐怕谁都知道是极不容易的。[1]

他所说的其实就是"语内翻译"的有限性问题。根据雅各布森的翻译理论，语内翻译是指用同种语言内的其他符号来解释语言符号。古诗今译属于语内翻译。语内翻译"在同一语言的不同历史阶段进行，或在其不同的变体之间进行，一般具有一致的内容和语言文化基础"[2]。语内翻译的有效性使文化传承成为可能，维护民族统一性和个体认同感；其有限性则带来了表述的偏差。

从词义层面而言，同义词并不能完全同义。在古诗今译的置换过程中，《诗经》中古词本身的语意、色彩，以及裹挟着的文化记忆不可避免地损耗了。一方面，许多艰涩古奥的字词已经远离了现代人熟悉的语言世界，因读者不能理解而变成死去的"化石"，因此不能不译。另一方面，正如叶公超所说："每个字都有它的特殊的历史：有与它不能分离的字，与它有过一度或数度关系的字，以及与它相对的字。这可以说是每个字本身的联想。因此严格说来，译一个字非但要译那一个而已，而且要译那个字的声、色、味以及其一切的联想。"[3] 一些词汇或是在《诗经》原文的语义网络中，或是在后世文学作品中沉淀了某些文化含义，如《伯兮》中"自伯之东，首如飞蓬"一句，"飞蓬"常

---

1. 启功：《汉语现象论丛》，《启功全集》（一），北京：北京师范大学出版社，2009年，第109页。
2. 李静：《雅各布森翻译理论研究》，《文学教育（上）》2009年第1期。
3. 叶公超：《论翻译与文字的改造——答梁实秋》，《新月》第4卷第6期，1933年3月。

用于离别之诗,如李白《鲁郡东石门送杜二甫》有"飞蓬各自远,且尽手中杯"。郭沫若意译为"自从他从征去后,/我久已不想梳头",句意到位却失去了"飞蓬"这一意象带来的孤独飘零、身不由己之感。又如《诗经》中"束薪""束楚"往往以捆束柴草喻指夫妻关系[1],比如《唐风·绸缪》三章分别以"绸缪束薪""绸缪束刍""绸缪束楚",《郑风·扬之水》分别以"扬之水,不流束楚""扬之水,不流束薪"起兴。但对比郭沫若译文"激扬的流水,难道不能冲动一束薪?"在缺少注释补充的情况下,"一束薪"在现代读者这里并没有获取相应的含义。即使是没有特定文化含义的词也会在翻译中"受损"。王晓生在《1917—1923新诗问题研究》中提出:不同词汇的集合会形成不同的诗歌美学面貌。《诗经》"词汇在'趋古'",给现代读者带来的"美学感受也越来越'古雅'",译为白话以后不免失之直率。[2] 以《唐风·扬之水》为例,"素衣朱襮""素衣朱绣"郭沫若译为"有红领的白衣""绣红花的白衣",虽无太大不妥,阅读感上却失去古意盎然之韵味。

除了词义的替换,文言和白话在句法层面上的差别也是不容忽视的一个因素。中国古典诗学追求"言有尽而意无穷",与文言的模糊性、意会性不同,欧化的现代白话文追求细密,强调更准确的逻辑、更明晰的指向。这一特点限制了原文的丰富性,模棱多义变成了"单线的说明"[3],所谓水至清则无鱼,进而在审美面貌上造成不可避免的散文化。谢榛在《四溟诗话》中就曾说过"凡多用虚字便是讲"[4]。且看《卷耳》译文:

---

1. "三百篇言取妻者,皆以析薪取兴。盖古者嫁娶以燎炬为烛。"([清]魏源:《诗古微》,《魏源全集(第一册)》,长沙:岳麓书社,2004年,第330页)
2. 王晓生:《1917—1923新诗问题研究》,首都师范大学博士论文,2004年。
3. 叶维廉:《中国古典诗中的传释活动》,《中国诗学》(增订版),北京:人民文学出版社,2006年,第18页。
4. 朱恒:《略论语言的欧化对中国传统诗歌韵味的消解》,《江汉大学学报》(人文科学版),2012年第4期。

>　　她的爱人<u>不久才</u>出了远门，
>　　是骑着<u>一</u>匹黑马，携着<u>一</u>个童仆<u>去的</u>。
>　　她在家<u>中</u>思念<u>着</u>他坐立不安，
>　　<u>所以才</u>提着篮儿走出郊外<u>来</u>摘取卷耳。

关联、定向、澄清，大量虚词的入侵暴露着思维的踪迹，使抒情的语调变为了叙述的语调。又如《静女》中"匪汝之为美，美人之贻"，译为"茅草呀，我想你自己未必怎么美，/是她送给我的，所以你就美起来了"，大量连接词的干扰让译诗略显生硬，文气不畅。

此外，从主观上说，郭沫若有意将译诗向新诗特别是自由体新诗靠拢。"解说"追求准确明白，而不怕伤害译文之美。"风韵译"要求"译诗也应该是诗"，"翻译须寓有创作的精神"[1]，这意味着需要对真实原则进行一定程度上的"背叛"。宁愿失之不忠，不愿失之板滞。这种以自我表现为中心的诗学观念，突出了译者主体性，译者自身情绪的投影、创作的欲望，可能会遮蔽或者损耗原作的本意。

其一，虽说诗无达诂，但过度自由的译法可能造成随意阐发，导致词义、句义不准确或者误译。譬如《王风·大车》被释为"女子畏巡吏之峻严不敢与其爱人相会"，郭沫若自己在校对后亦觉得这个说法"未免牵强"；又如《陈风·墓门》弃政治讽刺一说，释为女子守亡夫不肯再嫁，但译诗却不能自圆其说，"夫也不良，国人知之"被译为"我的良人过不惯奴隶的生活，/这在全国的人都是已经知道"实在有些不知所云。不过意译之处有时也更加出彩。如《郑风·东门之墠》中"其室则迩，其人甚远"一句，吕曼云《三十六鸳鸯（《国风》的恋诗）》中直译为"她的房子倒近，她的人隔得比什么都远"，郭沫若意译为"他的住家是近在眼前，/他的心儿是远在天涯"，从诗意和韵律上

---

1. 郭沫若：《致郑振铎》，《学灯》，1921年6月14日。

都更胜一筹。再如《唐风·葛生》末句"百岁之后，归於其居""百岁之后，归於其室"，《诗经情诗今译》中储皖峰的译文是"想我要挨到了百年之后，才能跑到我爱的那儿住宿""想我要挨到了百年之后，才能跑到我爱的那座居舍"，"居"译得过于具体，反而有伤诗情，拘谨呆板；郭沫若译为"我要受过了一百年的痛苦，才能挨近到她的身旁"，不只是陈述或者传递信息，更兼及译诗的表达效果。

其二，改造章节结构，另铸新意。郭沫若并不关注与原诗"句句对应"的关系，译诗常有语句增减或章节合并拆分的结构性调整，"在诗意不明之中力求完整，在诗意重复之中力求精减的考虑，虽有其用心，却恐造成原诗义涵的扭曲，甚至连《诗》中'重章迭咏'此一最具特色的乐歌特质也随之丧失"[1]。有的是为篇幅的完整或紧凑考虑。如《君子于役》《郑风·溱洧》，"两节义同，只译其一"；《唐风·葛生》和《陈风·衡门》最末两节合并成一节；《陈风·月出》《蒹葭》"三节同解，只译其一"，末二句加上了译者的想象演绎。《齐风·鸡鸣》从三节增译为七节，在每段男女对话后穿插叙述"鸡已叫了，日已高了，/他们还在贪着春睡"，有如戏剧场景。章节不变的情况下也有增句增意的情况，如《野有死麕》《褰裳》等。有的是为译诗审美效果考虑，译者频繁介入，或添加背景、增补空白，或加强描绘、进行渲染。《卷耳》一诗衍译得最多，原本16句的诗译为了48行。尾节完全是没有依据的过度引申，却巧妙地呼应了前文女子心中想象丈夫远方羁旅，尤其是"旅途中的一山一谷/便是她心坎中的一波一澜"一句回味无穷，将主旨充满诗意地表达出来。又如《女曰鸡鸣》第一节是原诗中没有的，郭沫若自行为对话设定了角色和故事背景："猎人同他的爱人/在一座崖洞里过夜/他们说了通宵的情话/惺松松没有些儿睡意。"人物形象更显丰满，充满了文学性的细节描写："两人走出崖洞来看看天

---

[1] 朱孟庭：《民初〈诗经〉白话注译的发展——以疑古思潮建构文学性质的影响为论》，《台北大学中文学报》2011年第10期。

色,/还看见光琳琅的一天星斗;/并立在星光之下幽幽地对语。"过度的费词却也常常造成诗意的苍白和想象空间的丧失。如《野有死麕》一诗描写了勇士打鹿子回来,"用白色的茅草把它包好/搭在左边的肩上","右手拿着弓和箭,/背后有只猎犬跟着","放下弓箭,把鹿子捧在手里/走去跪在她面前把鹿子献给她"。情节饱满,如在眼前,但失去了原诗的"兴味",成为平铺直叙的散文。

其三,从诗体形式上看,与其他译文相比,《卷耳集》译诗呈现更贴近于自由体新诗的样貌。这一点与《诗经情诗今译》对比最为明显。后者多数译诗都采用歌谣化或拟歌谣的诗体形式,重视音韵和节奏感。如魏建功所译《静女》末节"野里带回的荑草,/实在好看又希奇;——'不是你生来的好,/好在人儿送的礼!'"与前文所引郭译风格大相径庭。汪静之所译《遵大路》[1]《泽陂》[2]、陈漱琴所译《褰裳》[3]在节奏和韵脚的使用上都颇为用心。陈漱琴《狡童》一诗的译文完全是"民歌的声口"[4]。而郭沫若追求"精神上的吻合及译入语选择的放纵自由,这导致了诗歌形式的极度放纵,有些译文偏向散文体式"[5]。诗行有长短、疏密、轻重的变化,除《十亩之间》《采葛》等少数几首译诗较为工整外,多数译文诗行参差不齐。部分译诗韵脚丢失,仍然保留押韵的译诗中也多以"了""的"等虚词结尾,如《螟蛛》《搴兮》,非重音押韵稀释了浓厚响亮的节奏感,节奏和语气相对平淡。加上前文所说的更改原本重章叠咏的章

---

1. "沿着大路赶得快,/牵住他的衫袖衣裳带:'请你不要讨厌我,/不可弃绝了旧相爱!'/沿着大路跟着他跑,/拖住他的手儿说道:'请你不哟啊嫌我丑,/不可弃绝了老相好!'"
2. "那池塘之中,/生着蒲草与荷花。/想起那位美人儿,/伤心到怎么样呀!醒时梦里都没法,/眼泪鼻涕如雨挂。/那池塘的陂上,/生着蒲草和兰花。/想起那位美姑娘,/苗条的身段,卷曲的螺发。/醒时梦里都没法,心中忧愁乱如麻!/那池塘之中,生着蒲草和莲花。/想起那位美小姐,态度端庄,气概又潇洒。/醒时梦里都没法,/翻来覆去把枕头乱抓!"
3. "承你的厚意爱慕到我,/我便揭着衣裳渡过溱水的洪波。/假使你不再爱我,/难道我就找不着别的情哥?/你这滑头鬼哟,滑头鬼!/承你的厚意对我有情,/我便揭着衣裳渡过洧水之滨。/假使你对我无心,/难道我就找不着别的爱人?/你这滑头鬼哟,滑头鬼!"
4. 陈漱琴:《狡童》注,《诗经情诗今译》,上海女子书店,1932年,第51页。
5. 咸立强:《译坛异军:创造社翻译研究》,北京:人民文学出版社,2010年,第181页。

节结构，使"摇曳生姿的兴诗"变成了"质率鲜味的赋诗"[1]。这些都在很大程度上损伤了《诗经》的歌谣体色彩。1922年郭沫若在《批判意门湖译本及其他》一文中曾指出："俗歌民谣尤以声律为重，否则不是艺术家的译品，只是言语家的解释"，但"翻译散文、自由诗自另当别论"[2]，可见他是明白声律在其中的重要性的。更改诗体形式可能是有意为之，即并不是把《诗经》当作纯粹的俗歌民谣去翻译，而是当作自由体新诗去对待。俗歌民谣大多整齐、押韵、重章叠咏，是为了吟唱和记忆；新诗是"看的诗"[3]，是相对沉默的"视觉艺术"。因此，正如赵沛霖所说的那样，若以自由体诗而复踏、起兴，那么"有些译诗将变得不伦不类"，郭沫若正是"为了自由体的需要"而"牺牲了民歌体的特征"。[4]

---

1. 钟敬文：《谈谈兴诗》，《古史辨》第三册，上海：上海古籍出版社，1982年，第683页。
2. 郭沫若：《批判意门湖译本及其他》，《创造季刊》第1卷第2期，1922年6月。
3. 温儒敏：《"新诗集"与中国新诗的发生》序言，北京：北京大学出版社，2005年。
4. 赵沛霖：《现代学术文化思潮与诗经研究——二十世纪诗经研究史》，北京：学苑出版社，第362页。

三、20世纪20年代初历史语境中的
《卷耳集》论争

《卷耳集》的出版在当时引起了一场包括郭沫若、洪为法、曹聚仁、俞平伯、施蛰存、梁绳祎等人在内的讨论；1925年曹聚仁还据此编了一本《卷耳讨论集》[1]。这场持续数月的论争仿佛是一个小有规模的事件。唐弢在《晦庵书话》中这样描述道：《卷耳集》出版后，"引起轩然大波，称赞之者，诋毁之者，遍及书报杂志，群众图书公司（误记，应为上海梁溪图书馆——笔者注）曾为辑成一集，曰《卷耳讨论集》"[2]。后来的研究者也用"立即引起学术界和文学界的重视"[3]、"引起轰动"[4]这样的词语来形容。究竟《卷耳集》论争是否如同后来叙述的那样有影响力呢？若是如此，何以曾"引起轩然大波"的《卷耳集》一直以来都处于被遗忘的角落？

事实上，分析郭沫若关于《卷耳集》的自述和辩解，以及详细梳理论争事件始末，显示着这是一场相对"寂寞"的论争，尤其是对于创造社这样善于制造热点的团体而言。多数讨论表面看似交锋，实则没有形成对话关系。前期创造社的衰落也让郭沫若孤掌难鸣。他本是满怀期待，蓄势待发，而《卷耳集》却最终像一枚"哑炮"悄然沉寂。

---

1. 曹聚仁编：《卷耳讨论集》，上海：梁溪图书馆，1925年。
2. 唐弢：《诗经今译》，《晦庵书话》，北京：生活·读书·新知三联书店，2007年，第278页。
3. 夏传才：《试论郭沫若对〈诗经〉研究的贡献》，《文学评论》1982年第6期。
4. 唐瑛：《百年来古典诗文今译的回顾与反思》，《四川师范大学学报》（社会科学版），2012第5期。

（一）译者预期：自信与犹疑的混杂

在《卷耳集》中郭沫若延续了"狂妄"的形象，将自己的这个尝试评价为"就是孔子再生，他定也要说出'启予者沫若也'的一句话"[1]；并曾在《卷耳集》出版前对洪为法说"此书出版或当引起多少争论"[2]；在30年代回顾自己的创作经历时，他也表示出对《卷耳集》颇为满意，将它与雪莱译诗、《鲁拜集》并称，自认为是"关于诗的工作比较称心的"[3]。可见郭沫若对于《卷耳集》似乎自信满满。

作为与《卷耳集》最直接相关的附加文本，《卷耳集·序》与《自跋》包含了丰富的信息，透露出译者对于这次翻译实践预期效果的期望。前者写于1922年8月，后者则完成于1923年7月。相距一年的"序"与"跋"之间暗含着从"自我"到"公众"言说对象的变化。且看：

> 我这个小小的耀试……
> 我对于各诗的解释，是很大胆的……
> 我仅凭我的力所能及，在这诗海中游泳……
> 我自己感受着无限的愉快
> 我的一个小小的野心
>
> ——《卷耳集·序》

> 近来青年人士对于古代文学改变了从前一概唾弃的态度……
> 人们研究文学……
> 研究《诗经》的人也不免有这种习气
> 旧解的腐烂值不得我们去迷恋，也值不得我们去批评

---

1. 郭沫若：《卷耳集·序》，上海：泰东图书局，1923年。
2. 洪为法：《读卷耳集》，《创造日》第76—78期，1923年10月6日—7日。
3. 郭沫若：《我的作诗的经过》，《质文》第2卷第2期，1936年11月。

我们当今的急务……

朋友们哟，快从乌烟瘴气的暗室中出来……

——《卷耳集·自跋》

在1922年8月完成译稿后写的序言中，"我想""我相信""我觉得"这样的"自语"表达方式频繁出现在语篇中。时隔一年后，1923年7月写作的自跋中则少了这种"自我指涉"的色彩，多了些"指点江山"的意味，集中面向公众的说教，以及评论"近来的青年人士""人们""研究者"等他者（"我们"一词无疑主要涉及的也是读者一方）。

从"序"到"跋"的这种变化正是1922—1923年间创造社的发展、郭沫若文坛话语权变动的一个表征。1922年5月[1]创刊的《创造》季刊，属于创造社初期成果，内容侧重于创作实绩的展示。这支锐气十足的"异军"当然不会满足于此。成仿吾在《创造》季刊第1卷第3期《编辑余谈》中写道，觉得季刊中"还缺少一件很重要的东西"，即"关于文艺上的意见与近来的研究"[2]。同时，季刊的时效性不足，使创造社一方在争论交锋中反应滞后。"光凭三个月出版一次的季刊来应战，的确显得太不及时了"，因而需要一种"适宜于战斗"的"轻便的刊物"[3]——这个结果就是1923年5月《创造周报》的创刊。《预告〈创造周报〉》中为两本姊妹刊物进行了不同的定位："季刊素来偏重于创作，而以评论介绍为副。这回的周报想偏重於评论介绍而以创作副之"[4]，《周报》以文艺论争为办刊策略，意在建构"战斗"的舆论阵地。《创造周报》一时间成为"最受欢迎"的刊物，郑伯奇在回忆到畅销情况时这样描述："每逢

---

1. 《创造》季刊于1922年5月1日正式出版，"刊物上印的日期是3月15日，与实际不符。郁达夫2、3月间在上海把稿子发出后，同日本夫参加大学的毕业考试，因此稿件排印后没有亲自仔细校对"，引自《郭沫若年谱》（上），龚济民、方仁念编，天津：天津人民出版社，1992年，第130页。
2. 成仿吾：《编辑余谈》，《创造》季刊第1卷第3期，1922年12月。
3. 郑伯奇：《二十年代的一面》，《文坛》第2卷第1期，1943年4月。
4. 《预告〈创造周报〉》，《创造》季刊第2卷第1期，1923年5月。

星期六的下午，四马路泰东书局的门口，常常被一群一群的青年所挤满，从印刷所刚搬运来的油墨未干的周报，一堆又一堆地为读者抢购净尽，定户和函购的读者也陡然增加。"[1]《创造周报》发行量达到 3000—6000 册[2]，在现代中国早期主要报刊发行量中排行第八[3]。这种盛况与一年前《创造》季刊创刊初期稍显"落寞"的情形形成了鲜明对比。这标志着前期创造社进入鼎盛期，形成了与文学研究会"双星并耀"[4]的争辉局面。

可以说，直到 1923 年《创造周报》时，郭沫若在新文坛的地位才得以确立。虽然在文学史叙述中，《女神》被描述为奠定了郭沫若在诗坛卓越地位的诗集，但是仅凭《女神》他还未获得太多认可。《创造周报》树立了郭沫若作为文化名人、公共知识分子的形象，读者看到的不只是从前纯文学领域的抒情新诗人，而是一位批评触角涉及整个新文坛，涉及社会、文化、时政综合领域的"才华横溢、能言善论、高瞻远瞩"[5]的文化领袖。在《卷耳集·自跋》中"指点江山"的意味其背后投射出的正是这种作家社会历史责任感的建构和浮现。如果说在 1922 年的"序"中他意在苏活"优美的平民文学"，在诗海中"自己感受着无限的愉快"；那么在 1923 年的"跋"中则更多是公众话语层面的批评和倡导，是一种获得话语权后与新文坛的对话乃至"较量"关系。其后在关于《卷耳集》的论争中，郭沫若发表在《创造周报》上的《整理国故的评价》《古书今译的问题》可以看作是这种话语方式的延续。通过接下来对论争始末的梳理可以看到，他的"小小的野心"不只在这本小册子本身，而是通过对《卷耳集》评论情况和接受情况进行"干预"，从而指向更广泛的国故和古代文化的问题。

---

1. 郑伯奇：《二十年代的一面》，《文坛》第 2 卷第 1 期，1943 年 4 月。
2. 于昀：《郁达夫与创造社》，《新文学史料》1979 年 11 月第 5 辑，第 148 页。
3. 陈平原：《中国小说叙事模式的转变》，北京：北京大学出版社，2003 年，第 261 页。
4. 叶中强：《20 世纪 20 年代的新文学生产——论创造社与上海泰东图书局的关系》，《社会科学》2007 年第 1 期。
5. 魏建、张勇：《〈创造周报〉与郭沫若文坛地位的确立》，《中国现代文学研究丛刊》2007 年第 1 期。

然而，与言说上的"狂妄"相比，在实际行动上，郭沫若却隐约透露出某种不自信。《卷耳集》译稿于1922年8月初完成，在搁置近一年后才出版。这也是一个颇有意味的细节。郭沫若在自跋中抱怨道："去年交出去的稿子，今年来自行校对，我们中国的出版界只好像一个 amoeba（变形虫——笔者注）在蠕动。"[1]《创造》季刊第1卷第4期（1923年2月）和第2卷第1期（1923年5月）都刊登了广告表示《卷耳集》已经在"印刷中"，"不日出书"。而根据自跋（1923年7月）的完成情况来看，译稿显然还没有付印。这其中固然有出版社方面的原因，或许泰东图书局出于商业上的考虑，对这本今译作品热情不高；但也很可能有郭沫若自身的原因。从客观方面而言，1922年9月初郭沫若返回日本完成学业，1923年4月毕业回到上海，其活动轨迹意味着在此期间他对国内之事鞭长莫及，难以督促。从主观方面而言，这本郭沫若期待甚高的作品译毕后，即使没有付印出版，可用的"发表阵地"也包括前后三期《创造》季刊（第1卷第3期、第4期，第2卷第1期，不包括1923年5月创刊的以评论为主的《创造周报》），但实际上《卷耳集》译稿却一直没有公开发表，颇值得细细揣测。这与同期译诗集形成了明显的对比：《鲁拜集》完成于1922年9月底，较《卷耳集》晚近两个月，而译成后同年12月便首先在《创造》季刊第1卷第3期上发表，后于1924年1月由泰东图书局列为"辛夷小丛书"第四种出版，采用"先见刊，后出版"的方式。而另一译稿《雪莱的诗》于1922年12月译成，次年2月即在《创造》季刊第1卷第4期上发表。

《卷耳集》于1923年7月出版，列为"辛夷小丛书"第二种；随后9月4日至9月26日间部分译诗（连同《卷耳集》序）陆续在《中华新报·创造日》（以下简称《创造日》）上刊登。这种"先出书，后见刊"的方式，一方面或许是考虑到将《创造日》作为新书的二次宣传手段，另一方面却暗示了优先性与等级性问题。尤其值得注意的是《创造日》在创造社三本刊物中的地

---

[1] 郭沫若：《卷耳集·自跋》，上海：泰东图书局，1923年。

位。《创造日》于1923年7月21日创刊,旨在与文学研究会的日刊《时事新报·学灯》和《晨报副刊》《民国日报·觉悟》形成"对抗"。郭沫若对《创造日》创刊是持反对意见的,认为季刊与周报已经让他们自顾不暇。而这也是一个短命的报纸,同年11月便停刊,共出101期。成仿吾后来也承认"开辟这块新土地"是"一个小小的冒险"。[1] 不同于影响力较大的季刊和周报,《创造日》上很少有吸引注意力的"'打架'的文章"[2],稿件水平似乎也不如前二者。原本是考虑到季刊和周报"标准太高",因而以日报来做"尾闾","销纳外来的投稿",但不久便由于"闹稿荒"而有些吃力,加之9月郁达夫离开上海赴北大任教,《创造日》更加难以为继[3]。《卷耳集》译诗自9月起刊于《创造日》,很可能是出于"救稿荒"的目的。

(二)一枚"哑炮"——《卷耳集》论争始末

在《卷耳集》出版前(1923年7月)和出版后(同年10月),创造社同人洪为法在《创造日》上分别发表了《我谈国风》和《读卷耳集》两篇文章。

《我谈国风》[4]可算是"抛砖引玉",以期引发读者关注《诗经》(尤其是《国风》)这一日趋"时髦"的话题。文章将"导火索"指向了文学研究会《小说月报》第14卷第3号的两篇文章:主要是针对郑振铎的《关于诗经研究的重要书籍介绍》[5],还包括顾颉刚的《诗经的厄运与幸运》[6]。他揶揄道:"像我

---

1. 成仿吾:《〈创造日汇刊〉终刊感言》,《成仿吾文集》,济南:山东大学出版社,1985年,第137页。
2. 刘纳:《创造社与泰东图书局》,南宁:广西教育出版社,1999年,第208页。
3. 郭沫若:《创造十年》,《郭沫若全集·文学编》第12卷,北京:人民文学出版社,1992年,第173—174,181页。
4. 洪为法:《我谈国风》,《创造日》第7—8期,1923年7月27—28日。
5. "渊博"的郑振铎"罗列出许许多多的诗经参考书来"。(《我谈国风》)
6. "一部国风,原无什么微言大义,怎经得起一班笺注家叠叠加以诠释……谈什么诗经的厄运与幸运,诗经(国风尤其是的)流传到今日,不都是在荆天棘地里走?"(《我谈国风》)

们一般学无根柢的,既无目录学的修养,又没考据学的伎俩",对于这些书籍根本摸不着头脑。因而认为"与其费时费日去读那汗牛充栋的著作,不如先以自家的心灵吟味它"。有意思的是,在提出论点时,洪为法引用了郭沫若口述的两段话("沫若向我说过……")——自然真挚的《国风》被后代注解淹没了,不必庸人自扰地去阅读历来的述作。洪为法认为郭沫若的看法是"比较中肯"的,这个"比较"当然是就郑氏的解读方法而言。两人观点的"不谋而合"可以说是对郭沫若《诗经》观念的一种先行介绍;甚至洪为法提出的具体解读方法与《卷耳集》的意图也较为接近,"将国风加上新式标点,编个目录,不加一点诠注",以此洗刷《国风》上的"污泥蔓藤"。因此,这篇文章不排除有为新书造势之意。

洪为法的另一篇《读卷耳集》[1]是关于《卷耳集》最早的评论,可以看作是《卷耳集》的"阅读指南"。他强调读者应当重点关注《卷耳集》摒弃历来之传统解释的"革命的精神","卷耳集的精神,便是卷耳集的功绩"。无限放大"精神"层面的重要性,而"译的好坏,忠实不忠实,这是第二步","读这书的人,其首便不应注意到此"。可见他们所想象的青年读者应当如此:他们并不在意从郭沫若的译文中得到字义的准确理解,而是获得全新的阅读感受。此外,洪为法颇有预见性地对接下来《卷耳集》可能引发的论争做出了提前辩解:只可问这种今译的"手段"正不正确,而不是"执旧解以相绳"。另一方面,由于回避了翻译的真实原则问题,这种鼓吹又表现得"底气不足"——"卷耳集究竟译得怎么样,这个问题,我不愿意解答,也不须来解答"。"不愿意解答"或是回避问题争论焦点的一种修辞策略,又或是多少对郭译的不苟同。在文章的末尾,洪为法还加上了谨慎的一笔,认为"对郭氏的另译也不必奉为金科玉律"。

文学研究会又如何看待《卷耳集》呢?1923年10月22日,文学研究会

---

1. 洪为法:《读卷耳集》,《创造日》第76—78期,1923年10月6日—7日。

的期刊《文学周报》第93期刊登了署名"小民"的文章《十页卷耳的赞词》，对于郭沫若在序文中自负的态度表示强烈不满，以无不讽刺的语气批评了创造社的"天才论"，称"三熏三沐"才可读"天才的平生杰作"：

> "天才"创作的才情确乎是可惊，而所谓"译得非常自由"真是自由非常，诗上先说"采采卷耳"，后说"不盈"，再后说"寘彼"；在我们的"天才"眼中却毫不在意，毅然把次序弄颠倒了，真是难得！……有人说他是模仿郑玄，我决不信。我们天才的字典中，满纸尽是些"创造"，几时见过一个"模仿"的！……腐儒算什么东西，其学说那里值得引用。[1]

"小民"真名不可考，但这样火药味浓重的文章经过编辑之手刊登出来，多少能够代表文学研究会一方对于《卷耳集》的态度。郭沫若一定是看过这篇文章的，在随后答复曹聚仁的《我对〈卷耳〉一诗的解释》中便提到过"前几天有人为《卷耳集》也很痛快地骂了我一场"[2]。他对此并未立即作文反驳（或许是由于此时创造社锐气大减）。但沉默不代表"不记仇"，不会只是"一笑视之"[3]。1924年7月，在与梁俊青关于《少年维特之烦恼》翻译的争论中，郭沫若在致《文学周报》编辑的信里又旧事重提——"贵刊物中有一位'小民'君批评过我的卷耳集"，称之为"刻毒谩骂的批评"，并将矛头指向《文学周报》的编辑："在上海方面有一部分最卑劣的编辑者，怀恨私仇又不敢正正堂堂以直报怨，时常假名匿姓，暗刀伤人，于是犹为快时更怂恿少年徒党妄事攻击。"[4]这次交锋显然是文学研究会与创造社的意气之争，很难说有什么实质上的见解。

---

1. 小民：《十页卷耳的赞词》，《文学周报》第93期，1923年10月22日。
2. 郭沫若：《我对〈卷耳〉一诗的解释》，《郭沫若全集·文学编》第15卷，北京：人民文学出版社，1990年，第331页。
3. 郭沫若：《古书今译的问题》，《创造周报》第37号，1924年1月。
4. 郭沫若：《郭沫若致文学编辑》，《文学周报》第131期，1924年7月21日。

郭沫若与后来被归入"古史辨派""疑古派"的曹聚仁、俞平伯、施蛰存等人也就《卷耳》一诗发生过论争，相较之下，这更像是一次严肃的、充实的学术讨论。然而，对郭沫若而言似乎并非完全如此。

讨论主要发生在郭沫若与曹聚仁两人之间。曹聚仁在《民国日报·觉悟》上发表了《读卷耳二则》[1]（1923年10月28日、30日），提到郭译《卷耳》一诗中关于"我马玄黄"（"玄黄，病也"，实为双声，而非郭沫若引《毛传》所说"玄马病则黄"）和"云何吁矣"（引据《尔雅》及戴震，"吁"应为"盱"，意为忧伤，而非"长吁短叹"）两处有所不妥。郭沫若作《我对〈卷耳〉一诗的解释》予以答复。对于前者，郭沫若引"医学的经验"指出《毛传》之解合乎学理，毛发由黑变黄是由于"营养不良，表皮的胚芽层中色素减少了的原故"；对于后者，郭沫若承认自己"望文生义"，但认为各人之说都是众多"机数（probability）"之一。随后曹聚仁和郭沫若分别再登《读卷耳——答郭沫若先生》[2]（1923年11月9日）和《说玄黄》[3]（1923年11月11日）继续辩论"玄黄"一词。曹聚仁从考据学层面出发，首先质疑毛苌此人所属时代，指出郭沫若引用毛苌的观点属于"时代错误"，并引古书《牛马经》作为"实地考之"的证据反驳玄马变黄。郭沫若则扬长避短（"我不是考据家，只好待善于考证的人去考证"），搬出了更强大的医学专业词汇——"色素制造""细胞机能""莓囊脓""亚爹生氏病"，等等。至此，实际上双方已经没有对话关系了。在《说玄黄》一文中，郭沫若写了一个饶有意味的结尾："事忙，恕不再事多说"，主动终止讨论。

郭沫若与曹聚仁、俞平伯、施蛰存四人的分歧则主要在于《卷耳》一诗中究竟是谁在作诗。郭沫若的译文是第三者口中的转述（"她"）；曹聚仁取"悬

---

1. 文章已佚，下文引言引自郭沫若《我对〈卷耳〉一诗的解释》。
2. 文章已佚，下文引言引自郭沫若《说玄黄》。
3. 郭沫若：《说玄黄》，《郭沫若全集·文学编》第15卷，北京：人民文学出版社，1990年，第334页。

想"之说,认为全诗均为思妇自述;俞平伯提出首章是写思妇,后三章写征夫,均为直写,并非代作[1];施蛰存认为完全是征夫行旅时的悲歌,首章是征夫回想别离之景,还附上了自己用白话翻译的《卷耳》[2]。但这场讨论基本上属于曹、俞、施三人的内部讨论,郭沫若并未亲身参与,只是其见解被施蛰存《苹华室诗见》一文引入讨论中而已。对此,亦未见任何来自郭沫若的回复。

可见,这场论争基本是针对《周南·卷耳》一诗的具体字义之争,而不是讨论作为整体诗集的《卷耳集》。其中热情最高的当数曹聚仁,以至在1925年他还将旧日纠纷编为《卷耳讨论集》出版。而郭沫若的应答则稍显"勉强"。他自然无法拒绝异议,但在回复曹聚仁时已早早表明立场:

> 我相信古诗的解释没有绝对的是非,只有相对的自信。有人有更适当的解释,赢得我的自信,我可以服从。[3]

在郭沫若看来,这些纠结于细枝末节的讨论似乎意义不大。如洪为法所说,他不想纠结于"译的好坏",而期待反对者指责他精神上和方法上的问题,可惜这个愿望几乎落空了。"古史辨派"对于他的批评显然是错位的。

从某种意义上说,梁绳祎(容若)算得上是整个过程中唯一与郭沫若真正形成论争的人。当然,通过仔细辨析我们仍能发现其中的一些"裂痕"。

梁绳祎在1923年12月7日的《晨报副刊》上发表了《评郭著卷耳集》,批评郭沫若的翻译"态度不一定可法","成功也十分渺小"。在翻译态度上,《卷耳集》译文过于随意,应当"比较考究从来之注解,而得一比较合理之解释","断不容武断的我作如是观,即作如是观"。文章还就具体译文进行了讨

---

1. 俞平伯:《葺芷缭衡室读诗杂记》,《文学周报》第92—93期,1923年10月15—22日;《再论卷耳——答曹聚仁》,《文学周报》第100期,1923年12月10日。
2. 施蛰存:《苹华室诗见——周南·卷耳》,《文学周报》第100期,1923年12月10日。
3. 郭沫若:《我对〈卷耳〉一诗的解释》,《郭沫若全集·文学编》第15卷,北京:人民文学出版社,1990年,第332页。

论,如认为《采葛》《将仲子》等原意清晰的"无逐译之必要",《君子于役》《泽陂》等大段删节合并而"全神俱非","最滑稽"的《卷耳》一诗是"作而非译",等等。

如果说与曹聚仁等人关于字义之争的讨论并非情愿,也并非擅长的话,那么这一次由于涉及"古诗今译"这一途径可行与否的"方法"问题,对郭沫若而言可谓"正中下怀"。郭沫若作《古书今译的问题》[1]认真回驳,并刊于以"吵架"为特点的《创造周报》上,而此前答复曹聚仁的两篇文章均发表于《民国日报·觉悟》。从行文、篇幅、口吻对比而言都显示出郭沫若显然更加重视这次论争:"我的翻译失败是一个小小的问题,而古书今译却另外是一个重大的问题",因此"大有讨论的必要"。郭沫若首先提出今译的必要性。今译是整理古书"不可忽略"的、"必然盛行"的一种通俗化的方法。"青年朋友们"读译诗"必比读《国风》原诗容易领略","年纪稍长"的人要"改换头脑"才能理解这种"离经叛道的行为"。其次论证了今译的可能性,列举了外国文学史上古书今译的例子,如《旧约》《贝奥武甫》等,并强调诗的翻译不是直译,而是"情绪的复现"。

在《古书今译的问题》一文中,郭沫若除了提到梁绳祎的文章以外,还有周世钊的一篇《评卷耳集》。此文发表于《东南评论》上,文章已佚,但结合周世钊当时所处环境及从事的研究,大致可以推断周文的态度是"复古"的,即反对古诗今译。而梁绳祎的情况则复杂一些。

梁绳祎随后于同年2月27日、28日在《晨报副刊》上发表《读卷耳集的尾声》作为回应,指责郭沫若的批评完全是"无的放矢"。问题在于梁文开头那句"……使我们知道译古代文学,那条("那条"即"哪条"——笔者注)路是走不通的"。梁绳祎辩白道:"我所谓的那一条路,是 what way 的意思,并不是 that way 的意思",澄清自己并未反对古诗今译,只是反对郭沫若的

---

1. 郭沫若:《古书今译的问题》,《创造周报》第37号,1924年1月。

译法和态度，系郭沫若理解有误。当然，抛开这一误解，二人对翻译问题确有不同见解。梁绳祎认为古诗今译与外汉翻译一样，"翻译的目的，只是从一种文字变成另一种文字"，"译文只在传达原作者之风格"，虽然"勿须死死板板的守着原文"，也应当注重真实原则，断不是"吹嘘点生命进去"。这与郭沫若对翻译的看法有很大差别。郭沫若在《古书今译的问题》中关于翻译的论述在梁绳祎看来"都是笼统的空洞的名词"。他写道："我的评卷耳集是以一字一句一义作起点，是从文学的技术上情感的表现上修辞的原理上推究"，因而郭沫若的回应也应当"作一字一句一义的辩解"才算得上讨论。而这种"一字一句一义"的讨论却不是郭沫若兴趣所在。对于翻译中的"损耗"他未必不自知。在《三叶集》中，郭沫若在翻译了雪莱的诗后曾感慨道："诗不能译，勉强译了出来，减香减色，简直不成个东西。"[1] 但从整个"《卷耳集》事件"来看，无论是自我叙述还是论争反馈，他几乎没有触及且有意回避这个焦点问题。《读卷耳集的尾声》一文郭沫若未见回复，不知是否看到。虽然其中有所误解，但事实上他的目的已经达成——梁绳祎和周世钊扮演了他期待中反对古诗今译的"假想敌"。正如梁文所评，郭沫若是替他"创造下牌位，然后用箭去射"，此前论争"郁郁不得志"，在此终于可以一吐为快。

引起笔者兴趣的是梁绳祎的另一个观点。他以"十九岁的顽童""不曾受过郭先生幼时所受的私塾教育"这一更年轻者的身份奚落了郭沫若那"很自以为豪的精神"：

> 郭先生以为中国人多是有古物崇拜狂的，译古代文学是离经叛道的行为，只要肯去作便是绝等的伟大，便已有了与众不同的头脑。至于他的成绩，或是卑下，他的作法或是错乱，都可以不问的。[2]

---

1. 郭沫若：《三叶集》，《郭沫若全集·文学编》第15卷，北京：人民文学出版社，1990年，第134页。
2. 梁绳祎：《评〈卷耳集〉的尾声》，《晨报》副刊，1924年2月27—28日。

可谓一语中的。这正是洪为法在《读卷耳集》中所鼓吹的"卷耳集的精神，便是卷耳集的功绩"。但梁绳祎认为"可惜他说的太晚了"，新思想迅速普及，"中国已不是十年前的中国了，古代文学的当译，是稍明世界文学情形，稍明汉字改革趋势的人都可以知道，业已不成问题的"。这种反应的出现怕是出乎郭沫若意料之外的。他臆想的论敌是两类人："老师硕儒"指责他"离经叛道"，"新人名士"指责他"在旧纸堆中寻生活"[1]。可惜这两类人似乎都没有出现。反而是更年轻一辈的"新人"讽刺他自以为的"离经叛道"实则早已过时。不由得让人想起刘半农感慨新文化运动中新旧转化之快："当初努力于文艺革新的人，一挤挤成了三代以上的古人"[2]，以新文坛中的"新人"面目出现的郭沫若和创造社亦不能幸免。

值得注意的一个现象是，参与《卷耳》一诗和《卷耳集》讨论的其他文章中，论者都没有读过或者没有提到《卷耳集》。由曹聚仁、俞平伯等人引发的关于《卷耳》一诗的小规模讨论集中于《文学周报》第100期前后。其中如蒋钟泽《我也来谈"卷耳"》[3]表示"对于郭先生的卷耳集"还"没有见过"，胡浩川《我对于"卷耳"的臆说》[4]也说"郭沫若氏的卷耳集我还不曾拜读"。与此同时，1924年初，在《学灯》上发生了一次关于"古文今译"的小规模讨论，主要集中于古文今译的必要性、今译的研究前提、学术储备和具体方法等问题，先后包括胡怀琛《古文今译之管见》[5]、绶杨《古文今译问题发端》[6]、卢

---

1. 郭沫若：《卷耳集·序》，上海：泰东图书局，1923年。
2. 刘半农：《初期白话诗稿·序》，转引自旷新年：《1928：革命文学》，济南：山东教育出版社，1998年，第1页。
3. 蒋钟泽：《我也来谈"卷耳"》，《文学周报》第102期，1923年12月24日。
4. 胡浩川：《我对于"卷耳"的臆说》，《文学周报》第100期，1923年12月10日。
5. 《学灯》，1924年1月29日。
6. 《学灯》，1924年1月31日。

叔恒《翻译古文在学校国文教学上的价值》[1]、绮中《古文今译问题的我见》[2]、吕一鸣《我反对古文今译》[3]、王耘庄《古文今译有必要吗》[4]等。但以上文章一字也未提及当时已经出版、小有争论的《卷耳集》。这大概多少与"圈子"不同也有些关系。直到30年代，朱光潜在《诗论》中探讨古诗今译时还论及了郭沫若的今译，认为一首诗"不能译为本国文中的另一体裁或是另一时代的语言"，有趣的是他同样没有读过《卷耳集》，却下结论说这"想来"是"一种大失败"[5]。另据《志摩日记》，郭沫若曾在1923年10月赠书《卷耳集》与徐志摩，徐志摩反应平淡，"意思是很好的"，却"翻看了几首"，只认为他"有自负的话"[6]。这些现象都反映了这场关于《卷耳集》论争在1920年初的真实影响力。此后，1928年《泰东月刊》1卷11期还刊登了陈梦韶的一篇《读郭沫若的〈卷耳集〉以后》，时过境迁，当然未见有回应，也难有影响了。

通过论争始末的详细梳理可以发现，其中存在着"描述偏差"和"期待落差"。首先，《卷耳集》论争并不像后来研究者描述的那样"立即引起学术界和文学界的重视"[7]，"引起轰动"[8]，"引起文学界的极大注意"[9]。研究者常常提到的曹聚仁所编《卷耳讨论集》一书并不是讨论郭沫若的《卷耳集》，而是讨论《诗经·周南·卷耳》一诗。其次，它也不像郭沫若本人预料的那样"此书出版或当引起多少争论"[10]，甚至一些参与者并未读过《卷耳集》。创造社同人中除

---

1. 《学灯》，1924年1月31日。
2. 《学灯》，1924年2月8日。
3. 《学灯》，1924年2月9日。
4. 《学灯》，1924年5月1日。
5. 朱光潜：《诗论》，北京：北京出版社，2009年，第217页。
6. 陆小曼编：《志摩日记》，北京：书目文献出版社，1992年，第19页。
7. 夏传才：《试论郭沫若对〈诗经〉研究的贡献》，《文学评论》1982年第6期。
8. 唐瑛：《百年来古典诗文今译的回顾与反思》，《四川师范大学学报》(社会科学版)，2012第5期。
9. 龚济民、方仁念编：《郭沫若年谱》(上)，天津：天津人民出版社，1992年，第138页。
10. 洪为法：《读卷耳集》，《创造日》第76—78期，1923年10月6日—7日。

了洪为法以外，郁达夫、成仿吾等"核心"人物当时并未参与争论或发表意见表示支持。只有在60年后，成仿吾在1983年出版的郭沫若《英诗译稿》序言中才稍稍提到了《卷耳集》："把中国古诗变成新诗，如果没有译诗的锻炼，恐怕也是难以做到的。"[1]

究其原因可能与《卷耳集》论争过程正处于初期创造社的衰落期有关。自1923年秋郁达夫离开上海，继而《创造日》停刊后，创造社景象萧条，接近离散。《创造周报》"已成了强弩之末，失掉了它从前的刺激性"，《创造》季刊"出到第五期以后便很难为继"[2]。实际上《创造周报》在第二十号（1923年9月23日）到第四十号（1924年3月23日）都处于"困难期"[3]。1924年初，创造社将《创造周报》索性交给郑伯奇代理，陷入了"最消沉的时候"[4]。因此，在关于《卷耳集》的整个论争期间郭沫若都可谓是孤掌难鸣，难成气候。另外，处于思想转型期的郭沫若，其自身兴趣也在悄然转移。可以假想，若是《卷耳集》提前一年出版，说不定会是另一个"夕阳楼事件"[5]。

---

1. 成仿吾：《郭沫若〈英诗译稿〉序》，《成仿吾文集》，济南：山东大学出版社，1985年，第295页。
2. 郭沫若：《创造十年》，《郭沫若全集·文学编》第12卷，北京：人民文学出版社，1992年，第179页。
3. 张勇：《1921—1925中国文学档案——"五四"传媒语境中的前期创造社期刊研究》，济南：山东人民出版社，2012年，第158页。
4. 郭沫若：《创造十年》，《郭沫若全集·文学编》第12卷，北京：人民文学出版社，1992年，第184页。
5. 1922年8月《创造》季刊第1卷第2期刊登了郁达夫的《夕阳楼日记》，指责余家菊所转译的《人生之意义与价值》错误百出，并将锋芒指向胡适，胡适随后在《努力周报》第20期发表《骂人》回击。郭沫若在《创造》季刊一卷三期上发表了《反响之反响》一文声援郁达夫。郭沫若在《创造十年》中回忆道："由达夫的《夕阳楼》惹起了胡适的骂人，由胡适的骂人惹起了仿吾和我的回敬，以后便愈拉愈远了。张东荪来参加过这场官司，接着是惹出了仿吾的《形而上学序论》的指摘，张东荪的'手势戏'喧传了一时，成仿吾的'黑旋风'也因而名满天下"，吴稚晖、陈西滢、徐志摩等亦有参与，"这场事件的因果文字，如有人肯好事地把它收集起来，尽可以成为一部《夕阳楼外传》"。引自《创造十年》，《郭沫若全集·文学编》第12卷，北京：人民文学出版社，1992年，第163—164页。

四、《卷耳集》与郭沫若的"胡适情结"

在当时复杂的文化格局中,郭沫若"重写式"的古诗今译是一个饶有意味的存在。它很难说是一个单独的、即兴的行为,时代语境为我们打开了更广阔的阐释空间。《卷耳集》"亦旧亦新"的特点暗示了它与20世纪20年代初的"复古"倾向有着或明或暗、千丝万缕的联系。

《卷耳集》虽然在实际效果上未能一鸣惊人,但这场论争仍然折射出了文学场域中不同力量的对比和交锋。除了直接参与《卷耳集》论争的几位人物以外,实际上还有一个闪现在背后的身影,即胡适和他的"整理国故"。布迪厄关于知识分子"追求差别的动力法则"提示了《卷耳集》写作的微妙动机:在20世纪20年代初新旧对立及融合的文学场域中寻找一个有区别度的"空白"位置,特别是与胡适的"整理国故"分庭抗礼。同时,《卷耳集》显示出的姿态意义远远大于其实质,郭沫若本人在30年代后,对《诗经》及"古诗今译"的看法也发生了变化,这都反映出了在各方面时机不成熟的情况下,这次古诗今译尝试的"投机"性质。

(一)"对抗":"追求差别的动力法则"

20世纪20年代初,中国思想界和文学界出现了一股明显的"复古"倾向与"国学热"。茅盾在1924年回顾时称之为"文学界的反动运动":"这种反动运动酝酿已久,前年下半年已露朕兆,不过直到今年方始收了相当的效果,有了相当的声势。……不论他们是反对白话、主张文言的,或是主张到故纸堆寻求文学的意义的,他们的根本观念是复古。"[1] 基于"新旧不两立"的整体性观念,茅盾态度鲜明地划分了"进步"与"复古"的界限,但实际上"新"与"旧"并不是抽象的整体,而是多层次的。这个"反动运动"中既有新派学者胡适等发起"整理国故"运动,也有"似旧还新"[2] 的学衡派提出"昌明国粹,融化新知",还有梁启超、梁漱溟等"东方文化派"的"东方文化救世论",国粹派国学大师章太炎倡导的"以复古为革新",等等。不同于发难期新旧阵营壁垒分明,此时各个阵营的知识分子"新"与"旧"之间界限模糊,甚至偏于相似:被划为保守一派的知识分子同样掌握着西方话语资源,对新派进行挑战。新文化运动自身也开始加速分流,对"旧"的传统有了多样化的理解。

20 世纪 20 年代初复杂暧昧的文化场域提示了郭沫若古诗今译这一行为的意图,尤其是它与胡适的"整理国故"之间可能存在的微妙关系。布迪厄的场域理论认为,知识分子总是希望在文化场域中占据独特的位置,以维护或强化其在场域中的利益,布迪厄称之为"追求差别的动力法则",即"占据一个独特的位置",以"突出个人特异性"为策略进行斗争。特别是,这种追求差别的斗争场域在持相近立场的主体之间表现得更加紧张,因为他们更需要标识一种区别度[3]。通过郭沫若关于《卷耳集》的自述及其在论争中的回应可以看到,在 20 世纪 20 年代初的文化格局下,同样是"在旧纸堆中寻生活"[4],作为"异军突起"者,郭沫若如何为《卷耳集》正名,从而寻找一个有区别度的"空白"位置:比如反复强调古诗今译"离经叛道"的性质,以区别于守旧派;避开学术性的短板,而选择文学性作为卖点,以区别于考据家;引入西方古书

---

1. 茅盾:《文学界的反动运动》,《文学周报》121 期,1924 年 5 月 12 日。
2. 罗志田:《新旧能否两立:二十年代〈小说月报〉对于整理国故的态度转变》,《历史研究》2001 年第 3 期。
3. [美] 戴维·斯沃茨:《文化与权力:布尔迪厄的社会学》,陶东风译,上海:上海译文出版社,2012 年,第 258 页。
4. 郭沫若:《卷耳集·序》,上海:泰东图书局,1923 年。

今译的先例，以增加合法性筹码，等等。对郭沫若而言，同处于新文学阵营中的胡适无疑是他更在意的"对手"，风生水起的"整理国故"是他关注的一个重点。

在普遍印象中，郭沫若对"整理国故"是持反对态度的。在1922—1923年创造社与胡适及文学研究会"打"得不可开交之时，郭沫若和郁达夫分别作了《卓文君》和《采石矶》"刻薄了考据家""胡大博士"[1]。1923年与胡适"讲和"的回信中曾写道"目下士气沦亡，公道雕丧，我辈极思有所振作"，婉劝胡适不要在"整理国故"的复古之路上越走越远，"尚望明晰如先生者大胆尝试，以身作则，则济世之功恐不在提倡文学革命之下"[2]。写于1924年初的《整理国故的评价》中则批评"整理国故"运动"在一个时代的文化的进展上，所效的贡献殊属微末"[3]。

其实不然，一向以激进面貌出现的郭沫若对于"国故""复古"的评价相对温和。何况从文学领域来说，如前文所述，郭沫若本就认为新旧文学并非二元对立、互不相容。热衷于历史剧创作的他还曾在1921年与胡适首次会面时，被胡适评价道："你在做旧东西，我是不好怎样批评的。"[4] 与其说他反对"整理国故"，毋宁说他反对胡适提出的"整理国故"。将郭沫若《整理国故的评价》与"黑旋风"成仿吾同期的文章《国学运动的我见》对比来看更加明显。成仿吾态度激烈地称"整理国故"的"神髓可惜只不过是要在死灰中寻出火烬来满足他们那'美好的昔日'的情绪"，"利用盲目的爱情的心理实行他们倒行逆施的狂妄"。针对胡适所说"发明一个字的古义，与发现一颗恒星，

---

1. 郭沫若：《创造十年》，《郭沫若全集·文学编》第12卷，北京：人民文学出版社，1992年，第171页。
2. 郭沫若：《致胡适》，《郭沫若佚文集（1906—1949）》上册，王锦厚等编，成都：四川大学出版社，1988年，第104页。
3. 郭沫若：《整理国故的评价》，《创造周报》第36号，1924年1月13日。
4. 郭沫若：《创造十年》，《郭沫若全集·文学编》第12卷，北京：人民文学出版社，1992年，第133页。

都是一大功绩"[1],成仿吾认为那"充其量不过增加一些从前那种无益的考据","欠少科学的素养",只是"搜罗死字,据以相争,曾不一问它们的价值与 probability"。[2] 同样激进的,还有吴稚晖将线装书"丢在茅厕里三十年"(《箴洋八股化的理学》[3])的说法,以及茅盾"必须十分顽固,发誓不看古书"(《进一步退两步》[4])的观点。在《整理国故的评价》中郭沫若辩护道:"吴稚晖的态度我觉得最难使人心服,仿吾亦失之偏激","我们不能因为有不真挚的研究者遂因而否认国学研究的全部"。郭沫若对"整理国故"的批评主要在于"强天下人于一途","一人要研究国学必使群天下的人研究国学,一人要造机关枪必使群天下的人去造机关枪"[5]。这应是少数专家的事,不该鼓动青年都去做。可见,其重点不在于对"整理国故"本身的评判,而在于争夺青年学生这一受众群,在于这种"一呼百应"现象背后的垄断和偶像化。1923年初胡适为清华学生开具"国学书目"一事想必是郭沫若所耿耿于怀的。

由此可见,郭沫若并非根本反对国学研究,所以,20世纪30年代流亡日本后着手于古史研究也是情理之中。学者逯耀东曾指出,郭沫若之所以从事中国古代社会研究,其中重要的一个原因就是要和胡适对抗,"他的中国古史研究,是被胡适的'整理国故'运动挤出来的"[6]。在《中国古代社会研究》自序、《金文丛考》序言中,郭沫若直接表明了"对抗""整理国故"之意。事实上,正如郑伯奇所言,"沫若研究中国古代社会的动机由来已久"[7]。这种"对抗"意

---

1. 胡适:《论国故学——答毛子水》,《胡适文存》一集卷二,上海:亚东图书馆,1921年,第286页。
2. 成仿吾:《国学运动的我见》,《创造周报》第28期,1923年11月。
3. 吴稚晖:《箴洋八股化之理学》,《晨报副刊》,1923年7月23日。
4. 沈雁冰:《进一步退两步》,《文学周报》第122期,1924年5月19日。
5. 郭沫若:《整理国故的评价》,《创造周报》第36号,1924年1月13日。
6. 逯耀东:《郭沫若吻了胡适之后》,收入《胡适与当代史学家》,东大图书出版公司,1998年,第149—150页。
7. 郑伯奇:《二十年代的一面》,《文坛》第2卷第1期,1943年4月。

识从 20 世纪 20 年代初就已经开始了。

  从个人层面而言，不得不提到郭沫若身上挥之不去的"胡适情结"。学成归国后"暴得大名"[1]的胡适，已然成为新文坛的典范；年龄相仿的郭沫若则错过了得以成名的最佳时机，虽然凭借《女神》小有成就，但在文坛尚处于尴尬的起点位置。就像何公敢调侃的那样："资格可惜还不够"，"想闹到梁任公，胡适之一流的资格，总怕还要等几年"[2]。在趋于稳定的新文化运动格局下，郭沫若与其中的主要人物也并无渊源关系，只能寂寞地扮演"边缘人"与"后来者"角色，甚至还面临着急需解决的基本生存问题，只能"一边在饮书局的薄醴，一边更在受社会上已成名的诸人的反对，苦战恶斗，拼命的吃苦，拼命的做文章"[3]。在文化场域中不同的等级层次，导致了倡导"异端"者——发明新的知识和合法性，趋于激进与破坏，与捍卫"正统"者——已经确立了有利地位的掌控者，趋于稳固与建设之间的冲突。在创造社成立初期郭沫若便为之树立了主动出击、孤军反抗的方针："杀开一条血路"[4]，"第一步和胡适对立，和文学研究会对立"[5]。也便有了郁达夫在"夕阳楼事件"中刻薄地谩骂胡适"同清水粪坑里的蛆虫一样"[6]，成仿吾指责胡适"抹杀他人的论旨，压迫他人的言论"[7]。而这种争夺在"异端"者看来属于"垄断"之下的"正当的防御"[8]。

---

1. 胡适：《复胡光麃》，耿云志、欧阳哲生编：《胡适书信集》（上册），北京：北京大学出版社，1996年，第1374页。
2. 郭沫若：《创造十年》，《郭沫若全集·文学编》第12卷，北京：人民文学出版社，1992年，第168页。
3. 郁达夫：《创造社出版部的第一周年》，《新消息》创刊号，1927年3月19日。
4. 瞿秋白：《瞿秋白致郭沫若》，香港《大风》半月刊第60期，1944年1月。
5. 郭沫若：《文学革命之回顾》，《郭沫若全集·文学编》第16卷，北京：人民文学出版社，1992年，第98页。
6. 郁达夫：《夕阳楼日记》，《创造》季刊第1卷第2期，1922年8月。
7. 成仿吾：《学者的态度——胡适之先生的〈骂人〉的批评》，《创造》季刊第1卷第3期，1922年12月。
8. 成仿吾：《创造社与文学研究会》，《创造》季刊第1卷第4期，1923年2月。

而郭沫若"没想到新诗的努力成果，正可以与胡适相提并论之时，胡适又从新文学进展到新思潮的新阶段了"[1]。20世纪20年代初胡适开始大力宣传并实践"整理国故"：1921年和1924年在东南大学发表演讲《研究国故的方法》《再谈谈整理国故》，1923年主持出版"对中国的知识界是有极大影响"[2]的《国学季刊》，计划出版"国故丛书"[3]，开具"国学书目"，等等。为了扩展话语空间，郭沫若也在此时陆续发表了一些国学论文：从开始的《我国思想史上之澎湃城》[4]、《中国文化之传统精神》[5]、《论中德文化书》[6]，对传统文化泛泛而谈，到后来写下《读梁任公〈墨子新社会之组织法〉》[7]、《惠施的性格与思想》[8]，质疑梁启超和胡适的观点，认为胡适"不仅没有懂到庄子，而且没有懂到惠施"[9]。

从某种意义上说，我们可以将《卷耳集》看作是郭沫若史学研究"前状态"的成果之一。从郭沫若关于《卷耳集》的自述及其在论争中的表现来看，无疑有相当成分是指向"整理国故"的。在《卷耳集·自跋》中有感于当下"研究诗经的人"都有"每每重视别人的批评而忽视作者的原著"的"习性"，呼吁"从古诗中直接去感受它的真美，不在于迂腐的古儒作无聊的讼辩"。在《古书今译的问题》一文中，郭沫若将古书今译这一新方法与"整理国故"进行了对比：

> 整理中的古书，如考证真伪，作有系统的研究，加新式标点，作群书

---

1. 蔡登山：《郭沫若亲吻胡适的前后》，《书屋》2008年第2期。
2. 胡适：《胡适口述自传》，《胡适文集》第1卷，北京：北京大学出版社，1998年，第371页。
3. 胡适：《致顾颉刚》，耿云志、欧阳哲生编：《胡适书信集》（上册），北京：北京大学出版社，1996年，第253页。
4. 《学艺杂志》第1号第3卷，1921年5月。
5. 《创造周报》第2号，1923年5月20日。
6. 《创造周报》第5号，1923年6月10日。
7. 《创造周报》第7号，1923年6月23日。
8. 《创造周报》第32号，1923年12月16日。
9. 郭沫若：《惠施的性格与思想》，《创造周报》第32号，1923年12月16日。

索隐，都是必要的事。但是此外我觉得古文今译一事也不可忽略。这在不远的将来是必然盛行的一种方法。……古书虽经考证、研究、标点、索隐，仍只能限于少数博识的学者，而一般人终难接近。[1]

郭沫若称，"整理国故的最大目标，是在使有用的古书普及使多数的人得以接近"。他并未否定"整理国故"，但认为由此"最大目标"来看，自己提出的古书今译一改古书古涩的外观，"换上一套容易看懂的文字"，无疑比胡适的"考证、研究、标点、索隐"更加成功，"足以济诸法之穷，而使有用古书永传不朽"。选择直面文本，强调感性认识——这是一次采用更新颖的"方法"以标榜区别度，并从而获得同一领域发言权的尝试。即使从实际效果而言，还谈不上与胡适"分庭抗礼"，但至少也是不甘人后而想"分一杯羹"。

这种"对抗"和"区别"甚至可以追溯到更早。1921年郭沫若第一次到上海，在泰东图书局任职期间，他就颇具慧眼地在标点古籍的浪潮中"独辟蹊径"，标点《西厢记》，以别于亚东的招牌产品：古典章回小说。胡适正是亚东这一事业的核心人物，并为《水浒传》《红楼梦》等新版小说写了一系列具有文化号召力的考证性序文。郭沫若不仅关注到元曲这一被忽略的角落，在具体内容上亦略有创新。除了标点之外，还采用"西洋歌剧或诗剧的"[2]体制，从文本、结构上对《西厢记》进行增删，使之更加简洁紧凑。这可以看作是郭沫若古书今译的先声了。

从社团层面而言，文学研究会对"整理国故"做出的积极回应也是一个不可忽视的"刺激因素"。《文学研究会章程》曾宣布"整理中国旧文学"[3]为其宗旨之一；《小说月报》1922年6月预告开设"故书新评"专栏，实践小规

---

1. 郭沫若：《古书今译的问题》，《创造周报》第37号，1924年1月。
2. 郭沫若改编：《西厢记》，上海：泰东图书局，1921年。
3. 《文学研究会章程》，《小说月报》第12卷1号，1921年1月。

模"整理国故",从而将学术领域的整理国故扩大到到文学领域[1]。郑振铎随后在《小说月报》上发表了《关于诗经研究的重要书籍介绍》,罗列了众多研究《诗经》需要阅读的书目,追求研究的"完备"和"精密"[2],之后还有《关于中国戏曲研究的书籍》[3]、《中国文学研究的重要书籍介绍》[4]等。一则,这与郭沫若提倡的"依我一人的直观"[5]大不相同。从影响力和发表时间来看,《卷耳集·自跋》中批评的"杂志上贩输些广告过来,做几篇目录,便算是尽了能事的一样","《诗经》一书为旧解所淹没",旧解"值不得我们去迷恋",这样的话语很可能指涉了郑振铎的这一系列举动。客观地说,在精力有限的情况下,郑氏这样庞大的整理工作确实不易办到。二则,这种指导性的姿态、为读者设立阅读书目和研究门径之举,在创造社看来或许亦有"垄断"之嫌[6]。因而洪为法看后讽刺道:"郑氏总算代我们俭腹的青年想得周到,替我们罗列出许许多多的诗经参考书来。"[7]

(二)"古诗今译"与"整理国故"的对比

《小说月报》第十四卷第三号(1923年3月10日)《国内文坛消息》曾介

---

1. 罗志田:《新旧能否两立:二十年代〈小说月报〉对于整理国故的态度转变》,《历史研究》2001年第3期。
2. 郑振铎:《关于诗经研究的重要书籍介绍》,《小说月报》14卷3号,1923年3月。
3. 郑振铎:《关于中国戏曲研究的书籍》,《小说月报》14卷7号,1923年7月。
4. 郑振铎:《中国文学研究的重要书籍介绍》,《小说月报》15卷1号,1924年1月。
5. 郭沫若:《卷耳集·序》,上海:泰东图书局,1923年。
6. 王晓明认为,文学研究会表现出了强烈的"自居为中心"的"全局意识",以"全局性的战略运作思路"提出一系列建构和改造的主张(王晓明:《一份杂志和一个"社团"——重识"五四"文学传统》,《上海文学》1993年第4期)。从1922—1923年创造社与文学研究会关于翻译的论争中也可见一二:茅盾、郑振铎强调翻译的经济性,考虑的是社会影响和全局意识,译品"适合一般人需要""足就时弊"(茅盾《介绍外国文学作品的目的》,《时事新报·文学旬刊》第45期,1922年8月1日),从而引导翻译文学以及整个新文学的标准;而创造社则强调译者和原者的精神共鸣,不放弃个人爱好的取向。
7. 洪为法:《我谈国风》,《创造日》第7—8期,1923年7月27—28日。

绍过郭沫若的《卷耳集》，将其作为中国文学的研究"近来已渐见流行"的一个例证：

> 《努力周刊》及北京大学所出的《国学季刊》都有很好的成绩表现出来。在上海方面，文学研究会、创造社及本报，也都很努力于此。闻郭沫若君曾选《诗经》里的四十首，译为近代语，名做《卷耳集》。郑西谛君也将选辑自《诗经》起至陶潜、李白、杜甫、白居易、李后主、苏轼、李清照、马致远诸人作品，出一《中国诗人丛书》（未见出版——笔者注）。上海文学研究会的会员顾颉刚、周予同诸君也将计划出版一种《国故丛书》，以新的方法，来整理重要的旧籍。[1]

可见，文学研究会是将古诗今译定位为与"整理国故"同样性质的一种实践。这样"混为一谈"显然不是郭沫若的看法。洪为法的观点大概更得其心。在《读卷耳集》中，洪为法将《卷耳集》与"整理国故"对比起来，讽刺了那"令人感慨"的"整理国故"其业绩不外乎是各种保守的"考证"，而高度评价《卷耳集》"摆脱一切，另寻'诗'的真生命，在历来诗经研究上开一个新纪元"[2]。他强调了一个重要的区别："研究诗经在历代诠释上种种之变迁，更是号称整理国故的人去搅的，这怕不是研究文学的人正分之事。"[3] 郭沫若在《论诗三札》中也提到："要研究诗的人恐怕当得从心理学方面，或者从人类学、考古学——不是我国的考据学方面着手"[4]。

"纯文学"是郭沫若用以与胡适"整理国故"对抗的话语武器。在20世纪40年代回顾新文学运动时，郭沫若如此评价道：

---

1. 《国内文坛消息》，《小说月报》第14卷第3号，1923年3月10日。
2. 洪为法：《读卷耳集》，《创造日》第76—78期，1923年10月6日—7日。
3. 洪为法：《我谈国风》，《创造日》第7—8期，1923年7月27—28日。
4. 郭沫若：《论诗三札》，《郭沫若全集·文学编》第15卷，北京：人民文学出版社，1990年，第340页。

> 胡适在启蒙时期有过些作用，我们并不否认。但因出名过早，而膺誉过隆，使得他生出了一种过分的自负心，这也是无可否认的实情。他在文献的考证上下过一些功夫，但要说到文学创作上来，他始终是门外汉。[1]

《卷耳集》亦使用了这一话语武器（且不论其今译文本的实际效果，至少在意图层面如此）。大体而言，"古诗今译"主情而"整理国故"主智，前者强调审美功用、文学价值，后者强调科学功用、学术价值。

"整理国故"强调学术考据的"科学法则"和"科学精神"[2]，追求准确性和客观性。吴宓曾批评胡适的考据漠视"文章之义理、结构、辞藻、精神美质"[3]。同样是面对《诗经》，胡适研究《诗经》的方法中第一条便是"训诂"，"对于《诗经》的文法细心地做一番精密的研究……才能领略《诗经》里面真正的意义"[4]。1925年的讲稿《谈谈诗经》中胡适提出了研究的两条路，即"训诂"（"用小心的精密的科学方法"来研究文法）与"解题"（"用社会学的、历史的、文学的眼光"推翻附会之说）[5]。《周南新解》[6]是其较为系统的新解成果。早在1922年便开始着手的《诗经新解》（最终只写成了《周南新解》），直至1931年才正式发表，可见其作为学者相对而言谨慎的一面。胡适等古史辨派认为"国故"的"建设"断不是"我们自己的创造"，而是通过"整理"以"扫除尘障"[7]，"各还他一个本来面目，然后评判各代各家各人的义理是非"[8]。20世纪20年代中期，古史辨派关于《静女》的讨论中亦有今译尝试，

---

1. 郭沫若：《论郁达夫》，《郭沫若全集·文学编》第20卷，北京：人民文学出版社，1992年，第318—319页。
2. 胡适：《胡适口述自传》，《胡适文集》第1卷，北京：北京大学出版社，1998年，第357页。
3. 吴宓：《文学研究法》，《学衡》第2期，1922年。
4. 胡适：《谈谈〈诗经〉》，《胡适文集》第12卷，北京：北京大学出版社，1998年，第17页。
5. 胡适：《谈谈〈诗经〉》，《胡适文集》第12卷，北京：北京大学出版社，1998年，第14页。
6. 胡适：《谈谈诗经》，《青年界》第1卷4号，1931年6月10日。
7. 顾颉刚：《古史辨第三册·自序》，上海：上海古籍出版社，1982年，第1页。
8. 胡适：《国学季刊发刊宣言》，《国学季刊》第1卷第1号，1923年1月。

但目的相差甚远。例如顾颉刚在《瞎子断扁的一例——〈静女〉》中曾按照各家不同解释,将《静女》翻译成不同版本的白话诗。但他认为"这样的翻译固然是徒劳无功,但竟还算得文从字顺"[1],今译在这里只是为了便利于读者理解、便于讨论而展开的。

我们虽然无法"大胆假设",若是胡适来作一部《国风》今译会是怎样的面貌,但1932年出版的《诗经情诗今译》是一个可以参考的例子。胡适虽然未曾参与《诗经情诗今译》,但在其中"无处不在"。顾颉刚、魏建功、刘大白、钟敬文、汪静之、陆侃如等多位译者与胡适关系密切。在编者自序,陈漱琴交代了此书的体例,即以胡适提出的"训诂"加"解题"的方法为宗。对于不易解释的句子,还"须赖长期的研究","逐次修改"。[2]繁多的注释与《卷耳集》形成了鲜明的对比。同时,编者也明确表示对于郭译的不满,称"压根儿不喜欢'臆译'的诗歌"[3]。胡适在1922年4月26日的日记中曾强调:"没有文学的赏鉴力与想象力的人,不能读《诗》。"[4]然而,汪静之在为《诗经情诗今译》作的序中写到,他曾为古诗今译一事写信给胡适,请他"指导",在回信中胡适告诫道:"诗经极难译,学力不足,难免错误,须十分谨慎。"[5]今译作为一种研究方法不仅需要"赏鉴力与想象力"的文学功底,更需要扎实的"学力"基础;正如外汉翻译一样,"费了几十年的苦功,至今只觉其难,不见其易"[6]。

事实上,胡适也是古诗今译早期尝试者。他曾于1920年在《新青年》发

---

1. 顾颉刚:《瞎子断扁的一例——〈静女〉》,《古史辨》第三册,上海:上海古籍出版社,1982年,第513页。
2. 顾颉刚:《诗经情诗今译》序,上海:上海女子书店,1932年。
3. 陈淑琴:《诗经情诗今译》自序,上海:上海女子书店,1932年。
4. 曹伯言编:《胡适日记全编》第3册,合肥:安徽教育出版社,2001年,第644页。
5. 汪静之:《诗经情诗今译》序,上海女子书店,1932年。
6. 胡适:《致郭沫若、郁达夫》,耿云志、欧阳哲生编:《胡适书信集》(上册),北京:北京大学出版社,1996年,第315页。

表过一篇张籍《节妇吟》的今译。此举源于他在病中读了《张籍全集》，"译了这两篇（另一篇《乌夜啼引》'译的不好，不值得存稿'——笔者注）解闷"[1]。相比《诗经》，这首中唐乐府语言"浅易"[2]许多。从诗后自跋中可以看到，在新文化运动初期语境中，张籍对"社会文学"尤其是对"妇人问题"的描写乃是胡适关注的焦点，认为张籍的《离妇》一诗"竟是痛骂孔二先生"，至于文学性层面似乎并非这首今译作品的重点[3]。

文学性恰恰是《卷耳集》的核心所在。如前文所述，它突出了译诗的独立性，注解只是"略供参考"可有可无，要"向作品本身去求生命"。[4]郭沫若"想象力比观察力强"[5]、易于冲动的诗人性格，导致了他运思方式与学院派学问的疏离：带有强烈的主观色彩，不求准确严谨，而是"屏去一切因袭之见，以我自由之精神直接与古人相印证"[6]，有时"忍不住就要信手拈来随意生发"[7]。在《卷耳集》中他反复强调自己"不要摆渡的船"，要"以我自己的精神直接去求对象中的世界"[8]。《卷耳集》既可以看作是其学术研究的成果，亦可以看作是他的一部诗集。文学与学术在郭沫若这里是相辅相成的。前期关于中国古代思想文化的论述文章，比如《中国文化之传统精神》《王阳明礼赞》《马克思进文庙》等，与其说是"以理服人"的理性解读，不如说是诉诸感情上的共鸣。这

---

1. 胡适译：《节妇吟》跋，《新青年》第8卷第3号，1920年11月。
2. 汪静之：《诗经情诗今译》序，上海女子书店，1932年。
3. 此前胡适也曾将《节妇吟》与自己翻译的《老洛伯》对比："'我又不敢想着他，想着他须是一桩罪过，我只得努力做一个好家婆，我家老洛伯他并不曾待差了我。'凡是读了这几句诗的人，决没有不生一种无可奈何的悲剧观念的。中国古诗说的'还君明珠双泪垂，恨不相逢未嫁时'，哪里比得上这种真挚高尚的哀情！"（胡适：《致〈晨报〉副刊》，《晨报副刊》，1919年3月8日）
4. 郭沫若：《卷耳集·自跋》，上海：泰东图书局，1923年。
5. 郭沫若：《论国内的评坛及我对于创作上的态度》，《郭沫若全集·文学编》第15卷，北京：人民文学出版社，1990年，第225页。
6. 郭沫若：《我国思想史上之澎湃城》，《学艺杂志》第1号第3卷，1921年5月。
7. 咸立强：《译坛异军：创造社翻译研究》，北京：人民出版社，2010年，第74页。
8. 郭沫若：《卷耳集·序》，上海：泰东图书局，1923年。

些文章被他收录在1925年出版的《文艺论集》中。可见郭沫若本人大概也没有将它们作为一种"历史学的研究",而是"文艺论著",作为"他彰显个性解放意识、阐扬人道主义思想的一个文化载体"[1]。即使是20世纪30年代后古代社会研究期间的成果也同样带有文学家的才气,因而得到了来自"正统"学术圈这样的评价:"极丰富"的"科学的想象力"(马伯乐)[2];"其治文字学与史学,亦颇表现文学家之色彩","想象力如天马行空,绝非真理与逻辑之所能控制也"(齐思和)[3];"过于大胆","敢用未认得的金文来做证据"(胡适)[4]。

"智"与"情"也是二人为与保守阵营区分开来而采用的不同的策略,并由此衍生出了对于"国故""复古"与民族主义关系的不同理解。胡适多次强调"整理国故"的学术独立性,以避免成为有碍新文化事业的"洋八股"[5]:"若以民族主义或任何主义来研究学术,则必有夸大或忌讳的弊病。我们整理国故只是研究历史而已,只是为学术而作工夫,所谓实事求是也;从无发扬民族精神感情的作用"[6](当然,这种说法或许更多是一种修辞功效,不能完全确认为事实)。郭沫若则毫不避讳其"复兴"之意,强调今译的"离经叛道"赋予了古文本以现代性,把它作为文学文本重新经典化,在古今相近的生命体验和情感空间中复活民族精神和复兴周秦文化。

另一方面,从阅读分层机制上考察,"古书今译"与"整理国故"面对的群体也相去甚远。虽然胡适宣称"整理国故"的目的是"使从前少数人懂得的,现在变为人人能解的",但这个"人人"显然不是所有人,而是通过整理

---

1. 蔡震:《文化越境的行旅——郭沫若在日本二十年》,北京:文化艺术出版社,2005年,第91页。
2. 马伯乐:《评郭沫若近著两种》,陆侃如译,《文学年报》1936年第2期。
3. 齐思和:《西周地理考》,《燕京学报》1946年第30期。
4. 胡适:《致丁声树》,耿云志、欧阳哲生编:《胡适书信集》(上册),北京:北京大学出版社,1996年,第624页。
5. 徐茜:《四面楚歌、腹背受敌——20年代"整理国故"运动的困境》,《理论月刊》2008年第4期。
6. 胡适:《致胡朴安》,耿云志、欧阳哲生编:《胡适书信集》(上册),北京:北京大学出版社,1996年,第465页。

国故"能使人有研究的兴趣,并能使有研究兴趣的人容易去研究"[1]。可见其话语对象范围很窄,这种"不大通俗的专门学术工作"[2]在指导性意义上而言,主要面对的是青年学者。另一重意义则是面对精英圈子,以获得国学研究领域的话语权。余英时分析道:"如果胡适仅以提倡白话而轰动一时,那么他的影响力最多只能停留在通俗文化的领域之内。上层文化界的人不但不可能承认他的贡献,而且还会讥笑他是'以白话藏拙'。"正是《中国哲学史大纲》为代表的成就让胡适摆脱"学行浅薄"的嘲讽,得以"跻身于考证学的'正统'之内"[3]。胡适自云传承乾嘉之学,"受近三百年来中国古典学术的影响"[4],诚如唐德刚在《胡适口述自传》中注解说,这种治学方法是"学术界的奢侈品",只有像在"乾嘉之世"的太平盛世中才能发展的"文化余事"[5]。

《卷耳集》可以说是一部"通俗读本"性质的书籍。郭沫若的话语面对的是更广泛的非专业读者,古诗今译为文学欣赏之用,亦为普及之用,以改变古书经过整理"仍只能限于少数博识的学者,而一般人终难接近"[6]的局面。与胡适的"导师"姿态不同,《卷耳集》中的郭沫若建构了一个著者与读者相对平等的空间。《卷耳集》采用的简明今译和注释反映了郭沫若对于目标读者的认知能力和阅读趣味的判断,抓住了一批青年读者的阅读心理,毕竟不是每个读者都想进入研究的大门,获得考据上的乐趣。当然,他的方法和价值也必然无法在学术圈内获得认可和发言资格。即使到今天,古诗今译在学术圈内也被普遍认为是不登大雅之堂的。

---

1. 胡适:《研究国故的方法》,《胡适文集》第12卷,北京:北京大学出版社,1998年,第91页。
2. [美]周策纵:《五四运动史》,长沙:岳麓书社,1999年,第323页。
3. 余英时:《中国近代思想史上的胡适——〈胡适之先生年谱长编初稿〉》,《现代危机与思想人物》,上海:生活·读书·新知三联书店,2012年,第155—156页。
4. 胡适:《胡适口述自传》,《胡适文集》第1卷,北京:北京大学出版社,1998年,第295页。
5. 胡适:《胡适口述自传》,《胡适文集》第1卷,北京:北京大学出版社,1998年,第300页。
6. 郭沫若:《古书今译的问题》,《创造周报》第37号,1924年1月。

（三）带有"投机"色彩的古诗今译

20世纪20年代初，郭沫若写的几篇国学论文并未见来自学界的回应，即使是《读梁任公〈墨子新社会之组织法〉》《惠施的性格与思想》这样带有论争性的文章。一方面，当时郭沫若基本尚未进入国学的学术圈内；另一方面，大概是像胡适评价的那样"新诗颇有才气，但思想不大清楚，工力也不好"[1]。一边要为创造社事宜奔波应战，一边还要解决生活问题以及照顾妻儿，这样的状态确实也不适合相对沉静地做学术。而古诗今译门槛相对较低，完成较快，能在短期内成书（理论上独立成书自然比散论更有影响力），因此不失为"学力不足"以及资格欠缺时，一种便捷的、速成的"投机"方式。

《卷耳集》的"投机"性质首先表现在以"姿态"制造热点的策略上。惊人之语冒犯了规则的约束，却带来了吸引力经济。比如在方法论上郭沫若强调直接面对文本，自述各诗解释"纯依我一人的直观"[2]，"我读一切诗——不仅是诗，便是一切的古书——都是不用注的"[3]。但这种"直接性"有多彻底值得怀疑。多处注解显示了对前人见解的借鉴（这几乎是不可避免的），这在论争中甚至有过直接承认，如自云《卷耳》中"我马玄黄"的解释出自毛传[4]。这样的夸张之言不是一种知识立场，更多的可能是一种"包装"和修辞策略。另外，如前文所述，具体的译文中不难发现一些有意的改译、新奇的阐释（比如《静女》中将"彤管"释为"红色针筒"），陈梦韶评价为"太过于有意翻陈出新"[5]。这种违背常规的"突兀"多少带有语不惊人死不休的"炒作"性质。大量删节衍译是《卷耳集》给人又一深刻的印象。首篇《卷耳》"最为用心"，

---

1. 曹伯言编：《胡适日记全编》第3册，合肥：安徽教育出版社，2001年，第425页。
2. 郭沫若：《卷耳集·序》，上海：泰东图书局，1923年。
3. 洪为法：《我谈国风》，《创造日》第7—8期，1923年7月27—28日。
4. 郭沫若：《我对于〈卷耳〉一诗的解释》，《郭沫若全集·文学编》第15卷，北京：人民文学出版社，1990年，第328页。
5. 陈梦韶：《读郭沫若的〈卷耳集〉以后》，《泰东月刊》第1卷11期，1928年7月。

将16句的诗扩展成了48行，在一定程度上加深了这种"第一印象"。事实上，《卷耳集》中仍有近一半的译文是句句对应的。

另一个细节也值得一提，即对《诗经》今译"发明权"的声明。汪静之在为《诗经情诗今译》作序时曾提到，"说起译诗经，我是最早最热心的一个"。受启发于胡适译《节妇吟》之举，他于"一九二二年暑假在吴淞中国公学开始译了十四首"，自觉"译得很拙劣"所以并未发表。正好郁达夫和郭沫若到访，汪静之"把国风译稿给沫若看，他看了发生了兴趣，说他也要回去译一些，后来他便译成了一册卷耳集"[1]。这件事郭沫若并未提及，相反他拟孔子语气宣称"启予者沫若也"[2]，似有创始之意。实际上不排除他受启于汪静之乃至胡适和易家钺的古诗今译。相反，陈淑琴在《诗经情诗今译》自序中梳理《诗经》今译的历史时，则给予了胡适一派时间上的优先性：先有1921年胡适《诗经新解》尚未公开的片段，以及同年顾颉刚今译《静女》的尝试（虽然迟至1926年才发表），而后才有1923年郭沫若所译《卷耳集》。[3] 当然，真相难以考究，但重点在于，做首开风气的"第一人"自然是更有影响力的，亦是一大"卖点"。正如成仿吾专门撰文分辨创造社与文学研究会创立之时间先后，强调"创造社后起"是错误的，创造社酝酿之际"胡适之才着手提倡国语的文学"，"文学研究会这团体还没有出世"；然而因为"进行很缓"，而让文学研究会捷足先登。[4]

郭沫若后期关于古诗今译观点的变化也印证了此前《卷耳集》作为"便捷之径"的作用。1928年郭沫若流亡日本后过起了深居简出的书斋生活，开始了较为扎实的史学研究，取代了前一时期的感性认识，逐渐完成了从"诗人"身份到"学者"身份、从文学创作到学术研究领域的转化。今译的实践仍然在

---

1. 汪静之：《诗经情诗今译》序，上海女子书店，1932年。
2. 郭沫若：《卷耳集·序》，上海：泰东图书局，1923年。
3. 陈淑琴：《诗经情诗今译》自序，上海女子书店，1932年。
4. 成仿吾：《创造社与文学研究会》，《创造》季刊第1卷第4期，1923年2月。

进行着。1935年由上海开明书店出版了郭沫若的《屈原》一书，其中《离骚》今译作为"附录"收入，相较《卷耳集》而言更加整饬，也更加注重"外在"的韵律。在附注中他写道：

> 原文乃中国至和谐之韵文，译为今语，实多勉强而难于讨好……以今言译之……则古文之节段与意境有不烦辞费而豁然自呈者。本篇之译述，读者请视为韵语注疏可耳。[1]

1953年出版的《屈原赋今译》中虽然认为"离开原文单读这些译文，我觉得也还顺口"，但是"无论怎样，总不及原文的简洁、铿锵"，"最好还是直接读原文"。[2] 这与20世纪20年代初《卷耳集》那种对今译的自信乃至自负形成了鲜明对比。在翻译上虽然认为自己是"胆大派"，但"只要有相当的依据，只要在逻辑上、韵调上合乎情理，我倒赞成不妨稍微胆大一点"[3]、"请读者仔细读那些注文……便可以知道，我并不是毫无依据"[4] 这样的说法，与从前"纯依我一人的直观"相比还是谨慎得多了。

后期的研究成果还透露出作为学者的郭沫若对《诗经》态度的微妙变化。不再为了苏活那"优美的平民文学"，而是将《诗经》作为重要的研究史料，是"比较可靠的文献"[5]，认为"《国风》里可以找到很多对于研究历史有用的材料"[6]。如《青铜时代》《十批判书》从农事诗考察井田制的存在；《中国古代社会研究》中从《大雅》考察母系社会的存在，从《七月》考察农业发展与奴隶

---

1. 转引自郭沫若：《屈原赋今译》，北京：人民文学出版社，1981年，第134页。
2. 郭沫若：《屈原赋今译》，北京：人民文学出版社，1981年，第80页。
3. 郭沫若：《屈原赋今译》，北京：人民文学出版社，1981年，第79页。
4. 郭沫若：《屈原赋今译》，北京：人民文学出版社，1981年，第174页。
5. 郭沫若：《简单谈谈〈诗经〉》，《郭沫若全集·文学编》第17卷，北京：人民文学出版社，1989年，第227页。
6. 郭沫若：《关于大规模收集民歌问题》，《郭沫若全集·文学编》第17卷，北京：人民文学出版社，1989年，第152页。

制度等。由于古代经济社会研究领域的需要,此时郭沫若所注重的题材也从婚恋诗转移到农事诗。在《由周代农事诗论到周代社会》中他翻译了《诗经》的十篇农事诗,译述的作用在于使论述更清晰,反而与20世纪20年代"古史辨派"今译的意图比较接近。因此,译文风格与《卷耳集》也相当不同,准确客观成为一个重要标准。其中《甫田》《大田》《七月》等几首还直接译成了不分行的白话散文。

除了"学力"的增加,这也是文化资本和话语权力的积累过程。1930年出版的《中国古代社会研究》大受欢迎,"当年就印了三版"[1],被"靡然从风誉为杰构"[2],其关于古代社会和古文字的研究"为一般青年所最信仰者"[3]。虽然来自"圈内"学术评价尚有非议,但较之于20世纪20年代初已经相当受注意了。"圈外人"的评价更能说明作为学者的郭沫若的普遍影响力。李初梨看到郭沫若关于中国古史的研究时说:"那是几部在日本出版的,而且是郭先生亲手抄写线状石印的书。那些刻在骨片上奇怪的字,我是无法认识的,只仅仅对于那浩大的工程,也不禁令人肃然起敬。"[4]

同样是针对"整理国故",在相距几年后的批评中,可以看到郭沫若学术姿态的变化。同样是"科学方法"给予国故研究以合法性,在胡适那里是实验主义的科学方法,在郭沫若这里是唯物史观。他掌握了更有力的"武器",可以"理直气壮"地对抗胡适的"整理国故",而不用以"情"对抗"智",用"古诗今译"这个文学的方法打学术的擦边球了。在20年代批判整理国故时,郭沫若本就属于温和派。如今这种批评已经从"外围因素",如作对胡适垄断

---

1. 叶桂生、谢保成:《郭沫若的史学生涯》,北京:社会科学文献出版社,1992年,第74页。
2. 苏雪林:《中国二三十年代作家》"第五章 郭沫若与其同派诗人",转引自王锦厚等选编:《百家论郭沫若》,成都:成都出版社,1992年,第2页。
3. 王森然:《郭沫若先生评传》,转引自王锦厚等选编:《百家论郭沫若》,成都:成都出版社,1992年,第233页。
4. 李初梨:《我对于郭沫若先生的认识》,《解放日报》,1941年11月18日。

文坛、垄断学术的指责,转变成公开地、直接地对思想内容的批判,明言性质上的分歧。写于1929年的《中国古代社会研究·自序》中认为"在中国的新学界上也支配了几年"的胡适的《中国哲学史大纲》实际上对于中国古代的实际情形,几乎没有摸着"一些儿边际",所以"对他所'整理'过的一些过程,全部都有重新'批判'的必要",并声称"没有辩证唯物论的观念,连'国故'都不好让你们轻谈"。[1] 直到1952年的《金文丛考·重印弁言》中,郭沫若仍然态度激烈地写道:"想向标榜'整理国故'的胡适之流挑战","搞一点成绩出来给他们看看"。[2]

---

1. 郭沫若:《中国古代社会研究·自序》,《郭沫若全集·历史编》第1卷,北京:人民文学出版社,1982年,第9页。
2. 郭沫若:《金文丛考·重印弁言》,北京:人民文学出版社,1954年。

结语

综上所述，虽然只是一个并未在文学史上留下什么痕迹的文本和一场未必有很大影响力的论争，《卷耳集》及其论争辐射开来的内涵却是相当复杂而有趣的。

《卷耳集》首先是译者本身思想文学观念的产物。郭沫若的思想轨迹、留学经历、追述回忆，加上同期写作实践的相互印证，为我们窥探《卷耳集》的创作初衷提供了线索。反之，《卷耳集》也深深烙上了这一时期思想转型期的矛盾困惑、对民族复兴的希冀和民族认同的建构，以及对新旧文学关系的独特思考。这些因素转而内化于这部"古诗今译"文本最终的呈现上。

译者思想、文学观念的复杂性以及对创作初衷的推断提示了我们，《卷耳集》很难说是单纯出于一种诗歌写作技术上的借鉴，更多的是以新诗为模板的"重写"，是将古老文本纳入现代轨迹的一次创造性阐释。"五四"时期观念的变革和语言的变革带来了"今译"这一全新的解读形式。作为古诗今译的第一本专著，《卷耳集》打破了传统经学阅读范式，与从前的传统注疏、晚清白话注解有着深层区别；同时，在文本视觉形态和翻译风格上，也与20世纪20年代至30年代其他《诗经》今译文本相去甚远。

这本个性鲜明的《卷耳集》引发了一场持续数月的论争，这在后来者的叙述中被形容为"引起轩然大波"的一个事件。实际上，郭沫若本人关于《卷耳集》的自述就首先显示出了一种自信满满与犹疑不定相交融的暧昧态度。可见，对《卷耳集》文学价值的评判郭沫若未必没有清晰的认知，但他的重点不在于被全然认可，而在于以争论制造热点的"创造社式"逻辑。可惜，他本是蓄势待发，却孤掌难鸣。通过梳理可以看到这是一场相对"寂寞"的论争，其中处处隐藏着错位的对话、裂痕与误解、有意的无视或无意的忽略。

在实际效果上没有影响力的论争，却折射出了文学场域中不同力量的对比和交锋。整个"《卷耳集》事件"不是真空的，除了直接参与论争的几位人物之外，它还牵涉了更大的历史语境，即 20 世纪 20 年代初文化格局的融合、变动，特别是以胡适为代表的"整理国故"热潮的出现。当我们的考察纳入了时代背景、文坛关系、心理状态等多种因素后，浮现出了郭沫若创作《卷耳集》的一个微妙动机：与胡适的"整理国故"加以区别进而分庭抗礼。同时，在各方面时机都不成熟的情况下，这种"对抗"又明显带上了"投机"的色彩。在郭沫若的文学创作和史学研究中，《卷耳集》或多或少是一个"权宜之计"的存在。

故纸堆里的新价值，既是文学创作又是史学研究，处在新旧交融的历史节点，又因为某些原因被忽视——《卷耳集》这本小册子汇聚了多种可能性和生发点，是了解 20 世纪 20 年代初的郭沫若以及新文坛的状况的一个窗口。但如绪论所言，《卷耳集》不仅是在当时"默默无闻"，在现在的研究中也几乎一片空白。从历史影响力上说，这个不太起眼的事件不足以进入文学史叙述，也未能进入多数研究者的视野。"被忽略"并不意味着没有研究价值，相反，这种状态本身恰恰构成了一个值得思考的问题。后人有时还会想当然地认为，一部充满争议的文本、多位名人参与，必定发酵出一场引起轰动的论争，双方论点似乎也再明显不过。实则不然。论争要卓有成效，其决定因素是多方面的：抱团造势、共同的议题、有效的对话、论者的动机，等等。《卷耳集》似乎有些"生不逢时"，而注定只能是一枚"哑炮"。郭沫若饱满的期待和《卷耳集》的命运形成了强烈的"落差"，为我们挖掘事件前因后果提供了一个切入角度。

然而，由于学识和精力所限，本文对于"古诗今译"的探讨尚有许多不足之处。古诗今译是翻译中比较特殊的一种形式。它既有语内翻译的特征，又有语际翻译的特征。作为语内翻译，它的有效性保证了文化传承的可能，"维护了同一语言民族内部的统一性"[1]。因为涉及的是在"同一语言"内部的转化，所以有时还会被认为应当比外汉翻译更容易。但"转述"（paraphrase）的有限性却注定了阐释的偏差和信息的流失。作为语际翻译，它源于文言与白话之间的差异。正如王富仁所感慨的那样：白话文运动使文言文成了"一代一代的儿童和青年"他们"有类于外国语言的第二语言系统，并且永远与之保持或显或隐的距离感"[2]。

从翻译实绩上说，古诗今译的作品虽然不计其数，但我们几乎看不到一个公认成功的尝试。既有研究多数围绕着译文好坏进行评判（当然，这并不是说这样的研究毫无价值），以至于出现一个尴尬、困惑的局面：面对确实不能令人满意的成果，为之强寻文学价值这样的定式容易进入"死胡同"；反之，或者因为寻找不到价值而将这本古诗今译作品排除在研究之外。因此，笔者在此采取了"外部研究"的方式（需要承认的是，这多少带有"回避"性质）。与其纠结于封闭式的文本关照，不如将研究视角扩散开来，关注与之相关的错综复杂的外部世界。一部作品的生产毕竟不是一个纯粹个人的即兴行为。在译者思想、文坛格局、文化市场、白话文运动等多个框架下考察，探寻译者的文化野心，即出于何种目的在特定背景下创作这部作品（有时这种动机还带着某些商业逻辑的色彩，充满历史趣味），这是我们接近《卷耳集》、还原历史场景的一个途径。退一步说，即使是对古诗今译文本的评判，也不应仅仅局限于译文本身，还包括附属文本、版面形式、呈现形态等，这些部分常常包含了大量的隐性信息。

虽然这不失为一个有效的方法，但"古诗今译"的普遍性规律仍然是一个

---

1. 陈志杰：《文言语体与文学翻译——文言在外汉翻译中的适用性研究》，上海：上海外语教育出版社，2009年，第99页。
2. 王富仁：《对全部中国文化的现代化追求——论五四新文化运动的意义》，《中国社会科学》，1989年第3期。

值得深究的问题。笔者在此只能抛砖引玉，略论一二。

第一，古诗今译的状况间接地反映出了新诗相对于古诗的地位问题。大体而言，从20世纪20年代至今，关于古诗今译的实践和研究经历了三个阶段的变迁。早期古诗今译由于出现在新诗合法性确立的时期，新文化运动的强势使得质疑之声，特别是新文坛内部的质疑之声更像是"无关痛痒"的建议（《卷耳集》还有其特殊性，离不开时代语境中的多方因素成就的策略性修辞）。新中国成立后是古诗今译的一个高潮，郭沫若此时也仍然持续着这项"继承文学遗产"[1]的事业，但在合法性上却向着"大众化""平民化"靠拢，这多少暂时掩盖了译诗文学价值评判的问题。大致从20世纪90年代开始，反思西方文化冲击、提倡回归传统的声音越来越强，对古诗今译的质疑也渐渐增加，译诗与古诗放在一起更加凸显出了现代汉语表达的贫弱无力，因而它也可以说是对新诗和白话文运动质疑的一部分，涉及了新诗如何继承古典诗歌的问题。喜爱古诗的读者自然会更享受原文，在这个意义上，今译成为了"鸡肋"。从实际功用而言，值得肯定的更多的是它教学中的作用，但循序渐进的教学过程中它也只是作为"暂时之救济""过渡的桥"[2]。但假如考虑多种文化层次的读者，情况似乎不尽如此。由于语言水平和教育背景的差距，不得不承认存在部分读者，他们缺少有效解读古典诗歌的阅读能力，更有可能是从译文而不是原诗中获得意义和审美愉悦。因此，从接受学的角度来看，关于译文好坏评判的"焦虑"多少是一种精英式的焦虑（或许来自现代诗阵营的精英更是如此，而古典诗领域则可能是"自信"和"哀叹"）。

第二，如何看待美学特征在今译转换中不可避免流失的问题。《卷耳集》争论中一个主要的焦点就在于字义、句义的准确性问题。然而，保证准确是否

---

1. 郭沫若：《关于接受"文学遗产"》，《郭沫若全集·文学编》第19卷，北京：人民文学出版社，1992年。
2. 矮杨：《古文今译问题发端》，《学灯》，1924年1月31日。

就能确保诗意不变呢？似乎并不能。想通过今译接近古诗，但严格对译出来的作品有时反而会"远离"诗性，把丰富的可能性固定为唯一的解释，甚至达不到可以称之为"作品"的高度。正如陈子展在《诗经语译·序》中谦虚地声称，读者最好将他的译诗看作"有韵的注释"[1]，而不是一首诗。假如退一步说，承认古诗和新诗形成了两个不同的审美空间，那么不以原诗为绳，译诗本身也可以是一首较为优秀的现代诗作品，如《卷耳集》中的《月出》《蒹葭》《卷耳》等，与原诗"距离"相当遥远，却有自己独立的生命力（当然，并不是说郭式风格译成的《卷耳集》中所有的译文都很好）。有意思的是，在外汉翻译和古诗今译中对于"独立性"的容纳有些微妙的差异。外汉翻译往往不存原文（存原文的会特别标注为"双语版本"），古诗今译通常存原文（《卷耳集》是个例外）。原文的在场俨然在捍卫着它自己的自足性，向译文施加着价值等级的压力。我们常常被建议读原文，这一点在外汉翻译中不易做到，精通一门外语达到阅读其文学作品毕竟不是一个可行的、现实的方案，翻译提供了一个退而求其次的方式；但古典诗歌被认为是中华民族古代文化的精髓，出于文化传承性的规训，它对于我们（这里是指大部分文化阶层的读者）而言似乎是一种"义务"而不是"权利"。

但这样的思路又会将我们抛入另一个问题中：真实性原则的失效。作为译文它需不需要对原文负责？郭沫若想必也曾陷入这样的困惑，对《卷耳集》独立性的维护是他的解决方法。对于研究者而言，这终究还是构成一个艰难的问题。另外，其他语种中亦存在古诗今译现象（如郭沫若在《古书今译的问题》中所说），它们与文言文/现代汉语的翻译有何异同？如何看待某些"回译"后的古诗比直接今译更具审美效果？[2] 这些问题都悬而未决，但已经超出了本

---

1. 陈子展：《诗经语译》序，上海：上海太平洋书店，1924年。
2. 参见西川：《汉语作为"有邻语言"》，唐晓渡编：《当代国际诗坛》第2辑，北京：作家出版社，2008年。

文的容纳量，有待后人进一步研究。

　　资料的缺乏也是笔者深感遗憾之处。郭沫若日记目前尚未有完整版本整理出版，如若能从第一手资料入手，关于他创作《卷耳集》背后的心理动态将会有更饱满、更准确的理解。另外，曹聚仁发表在《觉悟》上的几篇文章已经无法找到，只能通过论争对手的回应概括其大致观点。相信随着原始文献的挖掘和研究的深入，更清晰的历史面貌会逐渐呈现出来。

徐志摩诗歌的宗教文化内蕴

余婷婷

引言

从1922年10月留学归国到1931年11月因飞机失事意外离世，徐志摩（1897—1931）在中国文坛的活跃期粗略算来有近十年。约十年的时间，他以传奇的人生经历、浪漫的才情以及出众的文坛活动能力，在新文化运动初期的中国文坛获得一席之地，并留下一个特点鲜明的"五四"文人形象，也以其丰富的创作和驳杂的思想为研究者留下了几十年来说之不尽的话题。虽以诗歌与诗人形象最为世人熟知，但徐志摩所涉猎的创作范畴其实包括散文、小说、剧作、翻译，乃至日记、书信等各个方面，著者有意识的写作实验与驳杂思想的自我呈现，使得后来的研究者有了更充实的研究资料与更丰富的研究视角。

因徐志摩在中国现代文学史上的重要地位，学界对他的研究并不少，粗看似驳杂繁复，细却有重复和定式化之趋势。统观之下，关于其文艺创作的研究主要可分四类：一是对徐志摩思想倾向进行概括性论述，二是对其诗歌艺术作专门研究，三是以比较文学的方法来研究徐志摩诗歌译介与写作，四是引入文化研究的范畴。

对徐志摩的思想进行总论的文章，多出于当时与徐志摩或多或少有过交集的文艺圈人，无论主观意图是为纪念还是公正的批评，客观而言都因没有历史距离而有所局限，所以无论其价值基调上是褒扬的抑或是贬低的，文章背后的理论支撑多多少少都暗含了当时流行的阶级论与意识形态的划分，就结果而论，正是这些"经典"的评论造成了后世对徐志摩的理解多停留在"小资情调"的想象色彩。这方面比较重要的文章有钱杏邨《徐志摩先生的自画像》，茅盾的《徐志摩论》，穆木天的《徐志摩论——他的思想与艺术》等，另外徐志摩生前好友胡适的《追悼志摩》也是相关研究中比较重要的一篇。作为当时无产阶级进步作家的钱杏邨在文章中指出，"我们的徐志摩先生彻头彻尾的是中国的资产阶级（外国资产阶级的代言者的思想没有这样的贫弱可怜）的进步分子的代言者，他是彻头彻尾的一个进步资产阶级作家"。茅盾文章分析了诗人徐志摩从《志摩的诗》到《翡冷翠的一夜》再到《猛虎集》中思想由"有单纯信仰的，流入怀疑的颓废"的变化过程，客观地指出了其作为资产阶级诗人的代表性与杰出性，并且将其称为"末代诗人"，后成为一种经典的评论。穆木天文章着力于整理出诗人思想的线索，指出他是一个"不可教训的个人主义者"，并对其创作进行了分期，沿着感情的线索结合其创作，分析了不同时期的思想变化，指出理想主义遭遇社会现实后走向"黑暗与虚无"的过程。胡适的文章大致也不出这个范畴，不过他以"理想主义者"（更具褒扬色彩）对其定性，所总结的徐志摩的"单纯的信仰"——"一个是爱，一个是自由，一个是美"，也一直被评论界奉为圭臬。近几年来也有文章从思潮的角度来研究徐志摩的文艺思想，诸如俞兆平《徐志摩后期思想中的古典主义倾向》，以及硕士论文孙碧飞的《从浪漫到古典——论徐志摩的人文抉择》、李苗的《论徐志摩后期诗歌创作的现代主义倾向》等，有以文艺思潮代替阶级评论的去政治化企图。

关于其诗歌创作方面的研究，茅盾曾以"不是徐志摩，做不出这首诗"[1]来评论徐诗《我不知道风是在那一个方向吹》，其实这句感觉性的评论背后，需要更细致的分析，方能架构出徐志摩诗歌背后特有的诗学底蕴。但是，徐志摩诗歌艺术研究多年来似乎趋同而少新意。早期，除开朱湘的《评徐君〈志摩的诗〉》一文比较有见地地指出了徐诗在新诗形式方面所做的独特努力（但因朱湘本人要求新诗格律化的诗学主张，文章亦有许多一家之言之处），后期的许

---

1. 茅盾：《徐志摩论》，韩石山、伍渔编《徐志摩评说八十年》，北京：文化艺术出版社，2008年，第198页。

多文章尤其是20世纪四五十年代至七十年代末,"很多时候,为了让徐志摩的诗还能给它找到一点站得住的理由,总是想多强调一点他作品中思想的积极面,以作他可以存在的理由"[1]。这方面的文章如陈梦家《谈谈徐志摩的诗》、卞之琳的《徐志摩诗重读志感》、陆耀东的《评徐志摩的诗》等,它们的共同特点是,为了能够谈谈徐志摩诗歌艺术的妙处不得不先绕一个大圈子来为他的思想拨乱反正。至于20世纪80年代以后出现的"徐志摩热",又创造了多少研究价值呢?蓝棣之的《徐志摩的诗史地位与评价问题——从〈徐志摩诗全编〉出版谈起》[2]一文中曾经提到"在今天,在优越的社会主义制度下生活的青年,历史为他们提供了诗化生活的社会条件,他们已经有可能把'爱、自由、美'当作理想生活(用马克思主义世界观人生观加以改造,充实其内容)来追求。因此,今天的青年尤其懂得徐志摩诗中蕴藏的开掘不尽的魅力"。故而我认为,这种"徐志摩热",更多地掺杂了思想解放的热情,从极左思想压抑中走出来的反叛者们,最需要的是从单一的意识形态控制中召唤个人情感、思想的自由。而这样热情的眼睛,往往只看到了徐志摩流于表面的浪漫、热情和对自我的勇敢追求,不过是从一个极端走向另一个极端,依然没有脱离原有批评文章的叙述框架,只是把徐志摩从受到批判的资产阶级浪漫诗人推向了受到赞扬的浪漫主义诗人。近些年来,西方新的文学理论的输入,为徐志摩的诗歌艺术研究也带来了一些新的方向,出现了一些不同于意识形态叙述的新鲜文章,这些文章多以诗歌细读为方法,去发掘徐志摩诗歌意象、语言特征与音乐性等的问题,如毛迅的《论徐志摩诗艺的四种内在结构》,硕士论文潘晓青的《天空里的一片云——徐志摩诗歌天空意象群研究》、蒋志平的《审美自然化——论徐志摩诗歌的审美特征》、陈静宇的《试论徐志摩诗歌之美——音乐美、建

---

1. 据周良沛:《中国新诗库徐志摩卷》,韩石山、伍渔编:《徐志摩评说八十年》,北京:文化艺术出版社,2008年,第285页。
2. 蓝棣之:《徐志摩的诗史地位与评价问题——从〈徐志摩诗全编〉出版谈起》,《中国现代文学研究丛刊》1988年第4期。

筑美、绘画美、意象美》、李郭倩的《徐志摩诗歌的节奏艺术》,等等。

以比较文学的方法来研究徐志摩诗歌的译介与写作,这方面的研究文章大规模出现是在新世纪以来,这类文章注意到徐志摩的翻译诗文以及所受外国作家的影响,在其创作与翻译中,分析其诗歌形式、语言特色,力图在比较中找出源流。由于徐志摩多以诗歌写作为人所熟知,其翻译作品长期不被研究者注意,比较文学研究的引入,以其方法的新颖,加之纳入了世界文学的视角,为解读徐志摩诗歌、研究中国新诗发展开拓了一个新的维度。但其实,在早期研究文章中早有关于徐诗歌写作所受外来影响的论述,比如朱湘的《评徐君〈志摩的诗〉》中就谈及他可能受到泰戈尔的影响,穆木天的《徐志摩论——他的思想与艺术》中就写到"徐志摩的一切翻译,是反映着他自己的主观,换言之,他的翻译,也是他的自我实现"[1]。而后期新月派代表人物陈梦家在文章中写道:"倒是在形式上,他的诗很像英文诗。在《猛虎集》中,他的吊'哈代'的诗和他所译的'哈代'的诗,很有相似之处。他所译白雷客的《猛虎》很像他自己的诗的作风。"[2]当然,早期的论断只是零星地提及并未做系统的研究。新世纪以后,随着研究方法的成熟加之比较文学学科的发展,系统研究文章更加丰富。这类文章多把徐志摩与西方浪漫主义诗人华兹华斯、雪莱等相比较,如王勇《华兹华斯和徐志摩比较研究》、袁晓《赞美自然,渴望自由:雪莱与徐志摩大自然诗歌比较》,也有其他如陈义海《徐志摩诗歌与泰戈尔诗歌比较研究》、姚璐璐《哈代与徐志摩:倔强的疑问》等,以及硕士论文如杨全红《诗人译诗,是耶?非耶?——也谈徐志摩与诗歌翻译》、王蕾《诗人兼译者——徐志摩诗歌翻译艺术探讨》、李劲超《功能文体学视角下徐志摩诗歌翻译对其诗歌创作的影响研究》、易文琴《徐志摩对哈代的译介与接受》等。

---

1. 穆木天:《徐志摩论——他的思想与艺术》,韩石山、伍渔编:《徐志摩评说八十年》,北京:文化艺术出版社,2008年,第224页。
2. 陈梦家:《谈谈徐志摩的诗》,韩石山、伍渔编:《徐志摩评说八十年》,北京:文化艺术出版社,2008年,第253页。

统观而言，数十年来，学界的徐志摩研究可以说是既繁复又单调的，如果按照多年来的研究定式来给"徐志摩"下一个定义，我猜想可能会是这样的——徐志摩是"新月派格律诗人""资产阶级文人""自由主义知识分子"，他的思想是"浪漫的布尔乔亚民主个人主义"。不可否认，这些具有时代与意识形态特征的词汇在直接明了的层面上很好地概括了徐志摩身上的重要特征，但同时也局限了徐志摩。近年来，越来越感知到这种局限的学者们也在思考与研究中企图引入新的方法与视角，以图重新解读徐志摩。如美国加州大学的奚密教授发表在《新诗评论》上的文章《早期新诗的 Game-Changer：重评徐志摩》，就引入文学场域中的 Game-Changer（规则改变者）这一新的概念，结合中国新诗发展与大的时代背景，在文学场域概念之下重新解读徐志摩诗歌行为对早期新诗建设的重要作用，指出他气质中的浪漫并不应该成为理解其浪漫主义的限制，他的浪漫主义"具有自然、儿童、爱情、自我的深刻哲学意涵"。正是这些新鲜的声音为走入尴尬之地的徐志摩研究注入了新的生命力。越来越多新视点的引入，为我们研究与解读资料找到了新的角度，而其中文化研究方法的渗入也是当前文学研究的一种趋势。这方面的文章多着眼于探索徐志摩思想与创作中包含的文化资源，以此阐释徐志摩的独特性，不过多内置了中西文化对比的框架。相关文章如李怡《古典理想的现代重构：论徐志摩与中国传统诗歌文化》、陆耀东《在中西文化交流桥上的徐志摩》、毛迅与毛莘合作的《浪漫主义的"云游"——徐志摩诗艺的英国文学背景（一）》、黄宇《徐志摩的人生哲学观与英国文化之关系》，以及硕士论文毛贵贤的《中西文化视野中的徐志摩诗歌》、赵丹萍《人天之际的诗歌——中西文化视阈下的徐志摩诗歌自然意象研究》等。朱寿桐所著《新月派的绅士风情》以西方特有的绅士文化来探讨包括徐志摩在内的新月诸人的思想与创作特色，也是较为新颖的。另外，还有从浙西文化着眼研究的文章，如顾永棣《诗魂缕缕依故土——徐志摩与硖石》、潘正文与项耀瑶合作的《浙西文化与徐志摩的诗风》。文化范畴研究已经开始被人们关注，这一研究视野的打开，让我们看到了一个更为开阔的研究空间。当然，诗歌写作背后的思想资源，应该更复杂，除开主流资源的讨论，长期以来被放在边缘、隐而不显的那些思想文化资源同样应该受到重视。

诗人徐志摩的活跃期在20世纪的二三十年代，正值传统文化、价值观念分崩离析，外来文化资源大量涌入，知识分子既要应对本国纷繁的传统文化，又要忙于辨识与吸收外来文化，面对混乱又繁复的文化资源，逐渐形成与建构出自己的文化价值观。文学创作作为他们最为重要的一种话语方式，其背后必定蕴含了丰富的思想文化资源，但这方面的研究如前所述并未饱和，尤其是宗教文化，作为一种影响隐而不显的思想资源，一直未被研究者所重视。谭桂林在其著作中曾言"宗教文化就是'五四'新文学运动所依赖的独特的思想资料之一。'五四'新文化运动出于提倡民主科学、反对专制迷信的目的，对宗教是持猛烈的批判态度的，而'五四'时期的新文学作家却大多在情感上对宗教文化抱有好感"[1]。宗教文化在现代文学所处的位置，的确是一种悖论的存在，但这种悖论性并不意味着它的不合理，只是让它的影响变得更为微妙，言说起来更加复杂。

宗教文化本身隶属于社会文化体系，是众多社会文化现象之一，特别是佛教与基督教等外来宗教，在历史悠久的本土化的过程中，又融合了我国传统文化的诸多要素，如果略去信仰层面，就社会文化层面而言，它属于独特的思想资源。徐志摩是浪漫的，其作品从抒情方式、对神秘之美的追求上来讲都属于浪漫主义的范畴，但"浪漫主义却是'文学艺术上的新教'，是'文学上的唯神论'的表现"[2]，我们对其研究不应止步于浪漫。徐志摩诗歌中语言材料、抒情形式，甚至所表现的精神，都有宗教文化的影响。在诗歌《卡尔佛里》《最后那一天》《又一次试验》《人种由来》中诗人借用了宗教题材，在《常州天宁

---

1. 谭桂林：《百年文学与宗教》，长沙：湖南教育出版社，2002年，第3页。
2. 朱维之：《基督教与文学》导言，上海书店出版社，1992年，第4页。

寺文礼忏声》《偶然》《再休怪我脸沉》《渺小》《罪与罚》《默境》等中有类似宗教情感与氛围的出现,《一个祈祷》《拜献》《天神似的英雄》《偶然》《毒药》《白旗》《婴儿》等诗歌中的忏悔、祈祷、自悟式的语言表达方式也具有宗教文化影响之色彩,而在《我是个无依无伴的小孩》《有那一天》《夜》等诗人自白式的诗歌中,诗人借用并改造了宗教结构,以建立起支撑自己精神世界的一种结构,而频繁出现在其诗歌中的一些宗教性词汇如灵魂、天庭、上帝、地狱、人间等也值得我们探究。不难看出,在诗人的精神世界、情感方式以及语言表达中,宗教文化作为一种影响是存在的,不过,这种影响方式是有别于虔诚宗教徒的单纯信仰的。

近年来,从宗教文化入手探讨徐志摩诗歌的研究文章屈指可数,比较重要的有蒋利春2003年发表的《匿名基督徒——论徐志摩诗歌的基督情结》和孙翀2009年发表的《思想、自由与宗教——徐志摩宗教思想试论》。蒋文指出"作为理想主义与个人主义者的徐志摩,他所认同的并非是基督教神奇迷离的宗教传说和枯燥乏味的教义。他所关注更多的是耶稣那种伟大的的人格和精神,并为他的理想社会寻找依托的思想支柱"[1],并进一步分析了徐志摩诗歌中"博爱""忍耐""人性"与"忏悔"等具有基督教精神的特质,最后文章得出的结论是徐志摩诗歌是具有基督教精神的,诗人通过宗教的外壳来传达他自己对社会和人生的思考,然而基督教以温和的爱征服世界的宗旨并不适合当时矛盾激烈的社会,这也正好契合了作为理想主义者的徐志摩最终的失败。孙文提出"徐志摩独树一帜远离政治的喧嚣,他的理想主义走向了另一个方向——一种宽广的'爱'文化视野,从而加入到世界文化的大系统中成为其中一个有机组成部分"。在作者看来这种"爱"在徐志摩的思想中表现为一种生命意识,成为与宗教思想相通的灵的追求,故"爱"在徐志摩的诗歌与人生追求中就具有了宗教精神般的崇高与神秘。整篇文章主要从思想层面上,阐述了徐志

---

1. 蒋利春:《匿名基督徒——论徐志摩诗歌的基督情结》,《大理学院学报》2003年第4期。

摩"爱"的信仰所具有的宗教性意涵,强调了诗人通过自身神秘的宗教感悟为我们构筑了一个自由、舒展、纯净、神秘而又丰富的艺术世界。虽然文中最后一节作者指出"徐志摩并没有皈依基督教,但他对基督教精神的理解达到了信仰的高度,基督教文化以其绚丽的想象、形象的比喻、神秘的色彩、丰富的词语等,大大扩展了他诗歌的表达幅度",但并未在这个层面上进行更系统的讨论。可以看出,这两篇文章都主要是对徐志摩思想精神的宗教性的解读,且都集中于与基督教精神的比较,未深入细致分析宗教文化与其诗歌文本之间的关系。

谭桂林在其论著中曾指出:"中国现代文学中佛教文化与基督教文化的关系在很大程度上体现着中国传统文化与西方文化之间的关系。现代作家在处理这一关系时,往往是以心为本,佛耶互补。也就是说以建构自己的心灵世界与人格结构为主要目的,有选择地吸取佛教与基督教文化中的有益成分,融会贯通在自己的人格成长过程中。"[1]在"五四"特殊的文化氛围中,徐志摩生长于佛寺文化浓厚的江浙一带,身边也有积极参与晚清佛学复兴运动的师友,留学中又积极接触具有基督教文化传统的西方文学,宗教文化必然参与诗人的心灵世界建构,也影响诗人的思想,这是我们研究徐志摩所应该关注的一方面。而这些思想如何影响其诗歌创作,我们还需要同时兼顾其诗歌形式方面的研究。"一个伟大的宗教家必定带有大诗人的天分,就是有丰富的感情,旺盛的想象力,不凡的言辞和感人的力量"[2],换个角度说,宗教与诗歌之间,在情感与表达方式之上是有相通之处的。徐志摩的情感与表达方式上有诸多"类宗教"的因素,加之上文提到的浪漫气质,在他的诗歌文本中,宗教文化多以杂糅的形式存在,所以,我们的研究也将不局限在他是否信教、对宗教理念理解多深的层面上,而是力图摸索出徐志摩诗歌中所存在的宗教文化因素最终以什么样的

---

1. 谭桂林:《百年文学与宗教》,长沙:湖南教育出版社,2002年,第24页。
2. 朱维之:《基督教与文学》,上海书店出版社,1992年,第1页。

形态被接受与被展现,进而重新细读徐志摩诗歌以及探索诗人的思想轨迹。正如张桃洲教授发表在2007年第5期《社会科学研究》上的《论早期新诗中的宗教印痕》中谈到的,"宗教不仅潜在地构成一些诗人的精神资源,而且为新诗诞生初期的主题路向、语言材料以及诗人的思想方式、表达习惯,提供了某种可能的向度"[1],本文也将顺着这样的思路展开研究。

要探究徐志摩诗歌与宗教文化的关系,首先就要弄清楚徐志摩是否有受到宗教文化的影响,以及以何种方式受到影响,故本文第一部分主要探讨徐志摩对宗教文化的接受方式。浪漫主义是徐志摩最显著的气质特征,这一特征必然也会影响他对文化的接受方式。在这一前提下,他对西方文学作品中蕴含的基督教文化精神敏锐的感受,对传统文化中所蕴含的佛禅文化进行"审美式"的接受,以及在时代之下遭遇具有宗教文化背景的佛学复兴运动及泰戈尔来华事件时"浪漫"的反应,将成为本部分主要探究的方向。

探讨了徐志摩对宗教文化的接收方式,只是我们研究的前奏,在第二部分我们需要弄清楚的自然是徐志摩以"杂与浮"著称的思想轨迹。徐志摩作为浪漫主义诗人,其"自恋"的自我认知我认为是必然的,表现在徐志摩身上,即他的自我定位上——"误入人间的童心",在这之中蕴含了他此岸与彼岸对立的两个世界的文本世界结构,这也是他诗歌抒情的重要前提之一。而"爱"作为一个显著但并不单一的标志是他思想中必须被讨论的一部分,本部分将以"以爱之名的救赎"为中心展开论述。在徐志摩后期的思想中,一种生命即寂灭的禅宗式的思维方式在其诗歌中有明显的表现,故本文将探究一二。

思想轨迹逐渐清晰之后,第三部分我们将把视线集中到徐志摩的诗歌上,其中有一个独特的现象,即热烈与空寂两种相悖而行的美学特征并存于其诗歌之中,它们的差异使得它们甚至可以作为划分其诗歌的某种标准。在一部分诗歌中,徐志摩以以身吻火的热情去渲染一种悲剧的情节以及追求悲剧中展现出

---

1. 张桃洲:《论早期新诗中的宗教印痕》,《社会科学研究》2007年第5期。

的崇高感；而在另一部分诗歌中，诗人展现给我们的又是与之截然不同的静谧之感，这种静谧多以山水之境显现，通过借境悟心的方式营造出一种独特的空寂之美感。

当然，要探究徐志摩诗歌与宗教文化这个主题，除了宏观地研究徐志摩的思想特征以及诗歌美学特征，微观地探查其诗歌实践中的宗教痕迹也是必要的，本文的最后一部分所做的正是这方面的工作。具体到诗歌创作上，宗教文化主要从内容和形式两方面对徐志摩诗歌产生了影响。就内容而言，是宗教题材被徐志摩纳入诗歌创作，但这种纳入是一种颠覆神性彰显人性的改写，并非简单的引用；形式上，则是对诗歌抒情方式的影响，祈祷与预言的方式使徐志摩的诗歌中出现了一种可以被辨识的"呼喊"的声音，而宗教对人生终极问题的冥思等思维方式又使徐诗在无声中达到一种独特的抒情之美，即改变了徐诗中的譬喻方式，使其有譬喻向直观过渡的趋势。

一、浪漫气质下的宗教文化接受

毋庸置疑，徐志摩是浪漫主义的，这种浪漫主义区别于德国18世纪末19世纪初兴起的文学、哲学派别——浪漫派，是一种更宽泛的浪漫思潮，一种历史悠久的浪漫精神，追求自然与人性之美，而这种精神与徐志摩本身的气质相融合，最终使得诗人身上彰显出一种明显的浪漫气质。这种气质与精神必然会影响到他对文化的接受方式，可以说他对文化的接受也是浪漫化的，区别于严肃与系统的接受方式，形成了他自己个性化的接受方式。这种接受方式我们可以在他对深受基督教浸染的西方文学的接受上略窥一二，蒋利春2003年发表的《匿名基督徒——论徐志摩诗歌的基督情结》一文对此已有过论述，指出徐志摩抛开具体形式以浪漫主义的态度对基督教文化精神进行了吸收与转化。有前人之言，本文将不再论述此点，故本部分论述的重点将放在徐志摩对传统文化与时尚文化中宗教文化因素的个性化接受之上。

（一）对传统文化的"审美式"接受：自然观与"意境"

自然，在徐志摩看来是非常重要的。在其诗歌创作中，有诸多描绘自然景物或借景抒情的作品，甚至，他有效的诗歌写作可能就是从对自然的歌颂开始的。据现有研究资料表明，徐第一首被保存下来的现代诗是写于1921年11月23日的《草上的露珠儿》，此诗开篇即是"草上的露珠儿/颗颗是透明的水晶球/新归来的燕儿/在旧巢穴里呢喃个不休"这样对自然美的描绘，而紧接着创作于1922年的《夏日田间即景（近沙士顿）》《春》《沙士顿重游随笔》《情死》《私语》等都是在自然中抒情的作品。翻阅徐志摩散文作品，他不止一次告白对"自然"的崇拜,并从不同的角度阐明"自然"的重要性。比如关于自己性灵的觉醒,他就说"我生平最纯粹可贵的教育是得之于自然界,田野、森林、山谷、湖、草地是我的课室,云彩的变幻、晚霞的绚烂、星月的隐现、田野的麦浪是我的功课,瀑吼、松涛、鸟语、雷声是我的老师,我的官觉是他们忠谨的学生、受教的弟子"[1]。面对当时混乱的社会局势剖析社会的病因时,他说过:"我是一个生命的信仰者,我信生活决不是我们大多数人仅仅从自身经验推得的那样惨淡。我们的病根是在'忘本'。人是自然的产儿,就好比枝头的花与鸟是自然的产儿;但我们不幸是文明人,入世深似一天,离自然远似一天。"[2]在指导当时迷茫又躁动的青年"看向生命的前途"时所说的"话"是:"现放在我们面前的两位大教授,不是别的,就是生活本体和大自然……所以重要的在于养成与保持一个活泼无碍的心灵境地,利用天赋的身与心的能力,自觉的尽量发展生活的可能性。活泼无碍的心灵境界比如一张绷紧的弦琴,挂在松林的中间,感受大气大小快慢的动荡,发出高低缓急同情的音调"[3],是要人以"活泼无碍的心灵境界"去体会自然,且在自然中学会同情,学会感受自我,进一步明确地讲就是"大自然才是一本绝妙的奇书,每张上都写有无穷无尽的意义,我们只要学会了研究这一大本书的方法,多少能够了解它内容的奥义,我们的精神生活就不怕没有资养,我们的人格就不怕没有基础"[4]。

徐志摩如此激情澎湃地言说对自然的崇拜,仿佛真的是"自然"让他脱胎换骨、性灵解放一般。我认为不然。因为"自然"作为一种客观的存在一直都不曾隐藏过。这里借用柄谷行人在《日本现代文学的起源》一书中提出的"风

---

1. 徐志摩:《雨后虹》,韩石山编:《徐志摩全集》第一卷,天津,天津人民出版社,2005年,第159页。
2. 徐志摩:《我所知道的康桥》,韩石山编:《徐志摩全集》第二卷,天津:天津人民出版社,2005年,第341页。
3. 徐志摩:《"话"》,韩石山编:《徐志摩全集》第三卷,天津:天津人民出版社,2005年,第97—98页。
4. 同上,第100页。

景的发现"概念来说明。他"把曾经是不存在的东西使之成为不证自明的,仿佛从前就有了的东西这样一种颠倒,称为'风景的发现'"[1]。对徐志摩来说,他正是在24岁[2]时完成了具有现代性意义的"风景的发现"——"风景通过对外界的疏远化,即极端的内心化而被发现……风景一旦成为可视的,便仿佛从一开始就存在于外部似的"[3]。这里的"风景"具体到徐志摩而言就是"自然","自然"因为被徐志摩内心化而产生了高于它本身的意义,即上文提到的徐志摩赋予它的那些高尚的意义,但如果按照徐志摩自己的说法去理解,则会产生"颠倒"——自然让徐志摩的现代性"自我"觉醒。真实的顺序应当是徐志摩自我意识中先有了关于"自然"的先验的概念,而后他以这种概念去发现和言说自然,所以说,使徐志摩的"自我"觉醒的并非自然,而是让他拥有先验的"自然"概念的启发点。这个启发点毋庸置疑,是其康桥求学阶段的生活经历(我认为这其中非常复杂,既有他求学中自我认知的混乱又有与林徽因发生恋爱等的复杂心境等),以及在恰当的机缘被他接触到的西方浪漫主义诗人们的诗作与浪漫主义理论,比如对他影响甚大的济慈与雪莱就"最有这与自然谐和的变术"[4]。故而,作为徐志摩的"现代文学的起源",多年来,英国浪漫主义与徐志摩之关系的研究成果很多,比较重要的文章有毛迅与毛苹合作的《浪漫主义的"云游"——徐志摩诗艺的英国文学背景(一)》等。而关于徐志摩的自然观研究,多被内置于与英国浪漫主义的自然观的对比中,如刘介民著作《类同研究的再发现——徐志摩在中西文化之间》中"浪漫主义的启迪"

---

1. [日]柄谷行人:《日本现代文学的起源·英文版作者序(1991年)》,赵京华译,北京:生活·读书·新知三联书店,2003年,第10页。
2. 徐志摩在《猛虎集》序中曾言"在24岁以前,我对于诗的兴味远不如我对于相对论或民约论的兴味",见韩石山编:《徐志摩全集》第三卷,天津人民出版社,2005年,第392页。
3. [日]柄谷行人:《日本现代文学的起源》,赵京华译,北京:生活·读书·新知三联书店,2003年,第19页。
4. 徐志摩:《济慈的〈夜莺歌〉》,韩石山编:《徐志摩全集》第一卷,天津:天津人民出版社,2005年,第479页。

章节中的论述,以及崔桂英硕士论文的《"大自然的歌手"与"大自然的崇拜者"——华兹华斯与徐志摩的自然观比较研究》。

我认为,徐志摩受到英国浪漫主义的影响,发现了自然,可以说是通过此找到一种抒发感情的方式,找到了与自己浪漫气质契合的表达方式。因为这种契合,他一部分诗歌的抒情方式、自然意象的选择、艺术手法等都与英国浪漫派诗人有诸多可通之处。但在他的作品中,我们也发现了诸多具有中国传统审美特征的作品,他的"自然观"又往往会与"境界"相联系,性情浪漫的徐志摩,觉醒后显然在无意中完成了对中国传统文化的审美化接受,并在自己的作品中表现了出来。也就是说,英国浪漫主义文学诱导生性浪漫的徐志摩发现了"自然",而这种发现又反过来促使徐志摩完成了对中国传统文化的审美化接受,徐志摩身上的浪漫主义不应只局限于西方或者东方式的。这种不系统的接受方式带有徐志摩鲜明的个性特征。

在评价济慈的《夜莺歌》,提到对未被文明污染的自然的向往时,徐志摩不无遗憾地说,"说起真觉得可惨,在我们南方,古迹而兼是艺术品的,止淘成了西湖上一座孤单的雷峰塔"[1]。这是1924年雷峰塔已经倒塌后他写的,而早在1923年,徐志摩曾与一帮友人朱经农、胡适、陈衡哲、汪精卫等观海宁潮后去杭州,而为此所写的日记《西湖记》中曾记,"路上我们逛了雷峰塔。我从不曾去过,这塔的形色与地位,真有说不出的神秘的庄严与美。塔里面四大根砖柱已被拆成倒置圆锥形,看看危险极了。轿夫说:'白状元的坟就在塔前的湖边,左首草丛里也有一个坟,前面一个石碣,说是白娘娘的坟。'我想过去,不料满径都是荆棘,过不去。雷峰塔的下面,有七八个鹄形鸠面的丐僧,见了我们一齐张起他们的破袈裟。这倒颇有诗意"[2]。对于初次见到的西湖上的

---

1. 徐志摩:《济慈的〈夜莺歌〉》,韩石山编:《徐志摩全集》第一卷,天津:天津人民出版社,2005年,第479页。
2. 徐志摩:日记《西湖记》,韩石山编:《徐志摩全集》第五卷,天津:天津人民出版社,2005年,第282页。

雷峰塔，徐志摩就感受到"说不出来的神秘的庄严与美"，甚至连这样情景中"鹄形鸠面的丐僧"也觉得"颇有诗意"。为什么会产生这样的审美感觉？其实雷峰塔本身就是佛教建筑，其中包含了佛教的美学与文化意涵，特别是佛教本土化以后形成的禅宗，禅宗美学更是在与儒道的融合中，逐渐成为中国文人审美的一种趣味。这里有必要对中国传统美学文化中的几种自然观，做一个简单的比较说明。其实对自然的审美，一直都是中国美学的传统，儒家的自然观以"仁者乐山，智者乐水"（孔子）式的与自然比德的方式为代表，而老庄的则是追求"齐物论"而"逍遥游"。可以说"如果说儒道是持实（有）的自然观（自然主义），那么禅宗就是持主空（幻）的自然观（唯心主义）。主空的自然观与看空的人格观两相结合，就产生了一门全新的美学：心造的境界——意境。禅宗看自然，一方面巧妙地保留了它的所有细节，似乎依然是庄子、孔子和玄学家们眼中的那一个自然，另一方面，它却把同一个自然空化和心化了。"[1] 空化与心化是禅宗美学对中国美学自然观的一个重大影响，由此注重"意境"逐渐成为中国文人审美的一种潜移默化的方式之一。而这样一种对"意境"的追求也融入到一些建筑与造景之上。所以说，徐志摩对于西湖雷峰塔感受到的神秘的庄严与美，正是完成了这样一种具有禅宗美学特征的审美。当然这种对自然的审美并不需要严格系统的宗教理念训练，它正是通过审美使人具有宗教似的庄严与神秘感，是宗教文化中现世的一面。而徐志摩以雷峰塔为题材的诗作，非常罕见地有三首之多，它们分别是创作于1923年的《月下雷峰影片》、《雷峰塔》（杭白）与1925年的《再不见雷峰》。

我们可以通过其中的诗句来具体感受，在《月下雷峰影片》中：

深深的黑夜，依依的塔影，
团团的月彩，纤纤的波鳞——

---

1. 张节末：《禅宗美学》，北京：北京大学出版社，2006年，第3页。

假如你我荡一支无遮的小艇，
假如你我创一个完全的梦境！

黑夜、塔影、月彩、波鳞，这样一种意象组合，达到一种宁静神秘的境界。而这样的自然组合，是境也是意，是诗人审美后得来的一种境界，意与境在这样的组合中完美地契合了。这是典型的禅宗美学影响的结果，自然被空化与心化，能够完成这样的审美离不开西湖雷峰塔建筑所蕴含的佛教文化意蕴，也离不开具有佛教特色的传统美学对诗人潜移默化的审美影响。在《雷峰塔》（杭白）中：

一座残败的古塔，凄凉地，
庄严地，独自在南屏的晚钟声里！

一座历经沧桑的古塔与余音袅袅而又悠远的晚钟声，视觉与听觉同时受到一种超越时空之感的冲击，红尘琐事的人生仿佛也变得微不足道，宗教的超脱之感也通过这样的审美实践被非宗教徒的文人所领略。另外，徐志摩诗歌《常州天宁寺闻礼忏声》《默境》《破庙》《庐山小诗两首》之二《山中大雾看景》中也有相类似的意境美学出现。且看他日记中所记关于游天宁寺的感受："昨天与君劢、菊农等去常州。乘便游了天宁寺，大殿上有一二百个和尚在礼忏，钟声、磬声、鼓声、佛号声，合成一种宁静的和谐，使我感到异样的意境。走进大殿去，只闻着极浓馥的檀香，青色氤氲，一直上腾到三世佛的面前，又是一种庄严而和谐、静定的境界。"[1]还有《默境》发表时诗前所写附识："十二月八日与KY及SP同游西山灵寺僧家，时暮霭已沧，风籁噤寂，抚摩碑碣，仰看长松，彼此忽不期缄默，游神有顷，此中消息，非亲身经历者，孰

---

1. 徐志摩：日记《西湖记》，韩石山编：《徐志摩全集》第五卷，天津：天津人民出版社，2005年，第284页。

能领会。"[1] 这些都以散文的形式进一步阐明了自己的感受，可以说是对应诗歌审美的最好注脚。再看作于1924年8月的《庐山小诗两首》之二《山中大雾看景》：

  这一瞬息的展露——
  是山雾气，
  是台幕！
  这一转瞬的沉闷，
  是云蒸，
  是人生？

  那分明是山，水，田，庐；
  又分明是悲，欢，喜，怒：
  阿，这眼前刹那间的开朗——
  我仿佛感悟了造化的无常！

  诗中"那分明是山，水，田，庐；又分明是悲，欢，喜，怒"则是显而易见的以意化境的审美方式了。诗人于此间"仿佛感悟了造化的无常"，这是禅宗自悟式思维方式对美学影响的一种展现。

  上面提到的诗歌中诗人所展现的自然观就是典型的意境化，而这样的意境显然是受佛教文化影响的美学。我们应该注意到，徐志摩诗歌中有一部分的美学特征是与此相通的，由此可知，其诗歌中的自然观不止是受到英国浪漫主义的影响。当然，诗人诗歌题材往往来源于自己的生活，在徐志摩生长、生活的江南地区，佛教文化是极为发达的，有记载表明五代十国时期，"南方各

---

1. 徐志摩：《默境》附识，韩石山编：《徐志摩全集》第四卷，天津：天津人民出版社，2005年，第83页。

国帝王多崇信佛教，特别是在建都杭州的吴越国和闽国，一个显著的标志就是广建寺塔。闽地在王氏统治时，凡增建寺院267所，后改属吴越，27年中又建221寺。到后周显德年初大废佛寺时，杭州寺院获存者仍达四百八十所之多"[1]。而禅宗在江南地区也是极为发达的。这样历史悠久的宗教文化，必然会在建筑、风俗等各个方面影响当地文化，徐志摩硖石故居就能望见东山之上的智标塔。这样的环境之下，徐志摩诗歌中的自然观呈现出佛教文化尤其是禅宗美学的影响，是不足为奇的。我认为：诗人具有这种传统文化色彩的审美的自然观，并非表明徐志摩诗歌是传统的、古典的，诗人不过是带着这样自觉的审美意识去欣赏那些具有千百年传统美学沉淀的自然景致；他在这具有庄严、神秘的宗教之美的风景中所抒发的，也不再限于时间永恒等具有古典美学特征的主题，而更多的是与个人恋爱、理想追求等相关的憧憬及失落之感，这一点毋庸置疑又是现代与浪漫的。

（二）对时尚文化的"浪漫接受"：佛学复兴运动与泰戈尔来华

朱湘曾在评论徐志摩诗歌时，对其中一部分哲理诗，毫不客气地发表自己的意见："这些诗有太氏的浅，而无太氏的幽——因为徐君的生性根本就不近宗教。"[2] "生性根本不近宗教"这一评判，相信也是诸多研究者对徐志摩的判断，浪漫的徐志摩不可能和宗教产生联系是许多人根深蒂固的想法。然而，朱湘文中还提到，徐志摩之所以会写这类诗还自认为"最满意"，是因为受了泰戈尔的影响并为了迎合当时新文学先驱胡适的喜好。可见，不论朱湘对徐志摩这类诗的看法如何，至少表明徐志摩自己因为某些时代或个人的原因，对这类带有宗教性、哲理性的诗是比较认可的，他曾经尝试过去靠近这类文化。而徐志摩一生中真正有机会参与的与宗教相关的大事件，无非就是近代佛学复兴运

---

1. 张家成：《中国佛教文化》，杭州：浙江大学出版社，2011年，第45页。
2. 朱湘：《评徐君〈志摩的诗〉》，邵华强编：《徐志摩研究资料》，北京：知识产权出版社，2011年，第192页。

动与泰戈尔来华了。面对这类时代事件，徐志摩反应如何，他是如何去认知其中蕴含的宗教文化因素的，是本节所要关注的。

首先，我们看徐志摩对佛学复兴运动的反应。佛学复兴运动主要是指近代以来，一批佛教界以及文化界人士通过建立刻经处、推动佛书印刷出版、创办佛学院、发行佛学刊物、出版各种新的与时代相关的佛学著作等活动来推动宋明以来渐趋衰落的佛教文化，一些佛教思想被当时的思想家、革命家运用到救国、治学等方面，可以说佛教文化在这次复兴中在思想、革命、文艺等多方面都产生了影响。例如，梁漱溟、熊十力、汤用彤等学者就曾在北京大学开讲佛学；一些改革家，如谭嗣同转化佛教思想中的"无我""无畏"等作为其革命思想中的精神主旨，梁启超除了在自己的著作中吸取佛教精神，还专门作《佛学研究十八篇》来论述自己的佛教研究，苏曼殊、李叔同、丰子恺等的文学创作中也有明显的佛学思想影响。

按说，这场文化运动如此声势浩大，特别是发起地又多在南京、上海等江浙一代的城市，梁启超又是积极的参与者，属于梁启超所在的文艺团体并且是其得意门生之一的徐志摩不可能没有机会接触到。但据现有资料可知，一向对时髦思潮迅速反应的徐志摩对佛学复兴运动几乎没有过正面发声。为数不多的一次是他任《晨报》总编辑期间，曾于1925年11月28日《晨报副刊》刊载梁启超的《佛教教理概要》一文时，在文前同时刊出梁函并写附记，附记中记录了自己在南京支那内学院听欧阳竟无先生讲唯识学的经历（欧阳竟无是近代佛学复兴运动中重要人物，创办南京支那内学院）："十一年冬天，欧阳竟无先生在南京支那内学院讲唯识，每朝七时开讲。我那时在南京也赶时髦起了两个或是三个大早冒着刺面的冷风到秦淮河畔去听庄严的大道。一来是欧阳先生的乡音进入我的耳内其实比七弦琴的琴音不相上下，二来这黎明即起的办法在我是生活的革命，我终于听不满三两次拿着几卷讲义也算完事一宗。"[1]通过这番不乏自嘲的话，我们大概能看出些端倪：第一，佛学复兴这场时髦，徐志摩的确曾有心尝试；第二，正如他自己所总结的，"我的思想——如其我有思想——永远不是成系统的。我没有那样的天才。我的心灵的活动是冲动性的，简直可以说痉挛性的"[2]。思想"痉挛"的徐志摩实在没办法对微言奥义的佛教教义做出深入的研究和理解，这种严肃的学术研究可以说与浪漫诗人的性格不符。但尽管如此，诗人在此文结尾处，仍然充满热情地呼吁："我们更应得记在心里，这日子不是好过的日子，锐利的刀锋不时在我们眼前晃着，谁都不知道明天变出来的是什么玩意。这时候要你们悉心听超出时空超出一切的道理似乎不是近人情的办法，但既然有梁先生那样不合时宜的人在那里讲，又有我这样不合时宜的人来替他宣传，在读者中间我敢猜想也一定不至于绝无不合时宜的同道愿意来看。"[3]这段看似空泛的宣言，其实向我们发出了一个信号——在那个内忧外患、命若琴弦的时代中，一部分知识分子，包括浪漫的徐志摩，内心中对现实世界有一种深刻的不合时宜之感，这种不合时宜的心态，让他们的精神世界与剥离世俗、超越时空的佛教文化有了天然的亲近感。

但显而易见，严肃的研究佛教教义不属于徐志摩接受佛教文化的方式，佛学复兴运动对他而言不过是一场可赶可不赶的时髦。所以面对这场运动，徐志摩发声不多，有也多停留在空泛的宣传上，这些宣传又不排除有迎合其老师梁启超的动机。然而，与他谈教义时的大而空不同，在他的散文与诗歌中我们却看到了不一样的方式。在文章《天目山中笔记》，徐志摩有一段关于天目山

---

1. 徐志摩：《梁启超来函》附志，韩石山编：《徐志摩全集》第二卷，天津：天津人民出版社，2005年，第271—272页。
2. 徐志摩：《落叶》，韩石山编：《徐志摩全集》第一卷，天津：天津人民出版社，2005年，第453页。
3. 徐志摩：《梁启超来函》附志，韩石山编：《徐志摩全集》第二卷，天津：天津人民出版社，2005年，第273页。

中庙宇钟声的描述:"钟楼中飞下一声宏钟,空山在音波的磅礴中震荡。这一声钟激起了我的思潮。不,潮字太夸;说思流吧。耶教人说阿门,印度教人说'欧——姆'(O——m),与这钟声的嗡嗡,同是从摄口外摄到阖口内包的一个无限的波动:分明是外扩,却又是内潜;一切在它的周缘,却又在它的中心;同时是皮又是核,是轴又是廓。这伟大奥妙的'Om'使人感到动,又感到静;从静中见动,又从动中见静。从安住到飞翔,又从飞翔回复安住;从实在境界超入妙空,又从妙空化生实在:'闻佛柔软音,深远甚微妙。'"[1] 以钟声起笔,联想到宗教里的"阿门"与"欧姆",再以文字将发声的动作拆解,而在这样一种拆解中,心灵随着声音的高低远近、飞升与跌落,超越时空超越烦恼,实在与妙空交替而来,在声音的境界里,诗人理解了"闻佛柔软音,深远甚微妙"的境界,并且通过诗一样的文字,将这样的境界传递了出来。虽然,徐志摩对佛教教义不能去静心理解,但是在这一篇文章中,我们却看到他以诗人的感悟力在教义之外的佛教氛围中,准确地领悟了佛学的妙空境界。从心灵出发,以敏锐的感悟力去直观地感受佛教与佛教文化,并准确地抓住其所带来的心绪变动,这种直观的、自我色彩浓厚的感悟方式,以及通过文学化的审美方式来阐发,正是浪漫诗人的方式。这样的文化接受方式,虽然并未在教义研究上做出什么贡献,却也是文化接受的另一种形式。

泰戈尔来华,对徐志摩影响重大。泰戈尔受梁启超讲学社邀请,原计划1923年10月到华,后因身体状况等影响,延迟到1924年4月12日才到达上海。徐志摩受讲学社的请托全程负责泰戈尔的翻译和接待工作。对于能够亲自接待这样一位世界文坛的重要人物,喜爱与名士交往又尚未在中国文艺界站稳脚跟的徐志摩当然是兴奋异常的。虽说1924年4月才最终成行,但泰戈尔来华的舆论造势在1923年已经开始了。对于泰戈尔行程的变动,1923年10月

---

1. 徐志摩:《天目山中笔记》,韩石山编:《徐志摩全集》第三卷,天津:天津人民出版社,2005年,第132页。

28日的《晨报副刊》就登载了徐志摩的一封信，信中徐志摩说："我个人承讲学社的请托，要我等他来时照顾他……泰氏说他要利用延期的时间来写他要对我们说的话，我们也正好利用这半年工夫来准备听他的使命，受他的灵感，我们既然知道含糊的崇拜是不对的，我们就应得尽相当的心力去研究他的作品，了解他的思想，领会他的艺术……"[1]通过这段话，我们知道，徐志摩作为接待者其实在此之前对于泰戈尔及其文学也不是很了解。这里发愿说要利用计划改变而多出来的半年时间好好了解泰戈尔，避免含糊的崇拜。然而，通过后期资料，我们看到徐志摩除了为迎接泰戈尔而排演了泰戈尔戏剧《齐德拉》，翻译其中国期间的讲演，额外可见的工作就是翻译了泰戈尔的两首小诗，似乎并没有做到他自己所说的深入了解。

其实，泰戈尔受印度宗教思想影响很深，相信有创造天地之神，他的神不同于基督教的耶和华，也不同于佛教中的诸神，而是更加虚无的一种泛神论。这样一个宗教哲学气息浓厚的诗人，徐志摩却在宣传中说"他这回来华，我个人最大的盼望，不在他更推广他诗艺的影响，不在传说他宗教的哲学的乃至于玄学的思想，而在他可爱的人格，给我们见得到他的青年，一个伟大深入的神感"[2]，而后在同一篇文章中强调"他是一个诗人，尤其是一个男子，一个纯粹的人；他最伟大的作品就是他的人格。这话是极普通的话，我所以要在此重复地说，为的是怕误解……他最初最后只是个诗人——艺术家如其你愿意——他即使有宗教的或哲理的思想，也只是他诗心偶然的流露，决不为哲学家谈哲学，或为宗教而训宗教的"[3]。在这里，徐志摩一再强调，泰戈尔的身份是诗人，最伟大的是他的人格，企图很明显，是把舆论的注意力拉到诗人伟

---

1. 徐志摩：1923年10月21日致渊泉（陈溥生）信，韩石山编：《徐志摩全集》第五卷，天津：天津人民出版社，2005年，第270页。
2. 徐志摩：《泰戈尔来华》，韩石山编：《徐志摩全集》第一卷，天津：天津人民出版社，2005年，第294页。
3. 同上，第295页。

大的人格上，避开具体的思想特别是和宗教的关系。在我看来，这么做是有原因的：一是徐志摩本身确实从未潜心研究过泰戈尔，无从谈起；再则，当时的中国正处在一个反封建反殖民的特殊时期，对于一切带有封建色彩的老旧思想都采取排斥的态度，泰戈尔作为一个来自殖民地又具有浓厚宗教思想的外来文化宣传者，显然是容易招致非议的，这种非议在其来华之前已露端倪。泰戈尔来华后，除开欢迎的舆论，对他的批评舆论也是此起彼伏，陈独秀、郭沫若、瞿秋白等知名人士都对泰戈尔来华以及国内的吹捧风气写文批判。如果说之前徐志摩还只是在宣传时进行有偏重性的引导，而看到泰戈尔来华国内舆论的反应后，徐志摩不得不在1924年5月12日北京真光剧场的演讲中公开地为泰戈尔解释："但是我最急切要声明的是，我们的诗人，虽则常常招受神秘的徽号，在事实上却是最清明，最有趣，最诙谐，最不神秘的生灵……所以无论他怎样的伟大与深厚，我们的诗人还只是有骨有血的人，不是野人，也不是天神。"[1]这样的发言，显然是针对当时舆论有的放矢的辩解。

然而，徐志摩真的把泰戈尔当成一个有骨有血的普通人吗？这在他对泰戈尔光辉人格推崇的言论中，又显得自相矛盾。早在1923年7月，郑振铎来信要求徐志摩在《小说月报》的泰戈尔号上说几句话，他以《泰山日出》为题写了一篇颂词，并于同年9月发表，其中写道："我躯体无限的长大，脚下的山峦比例我的身量，只是一块拳石；这巨人披着散发，长发在风里像一面墨色的大旗，飒飒的在飘荡。这巨人竖立在大地的顶尖上，仰面向着东方，平拓着一双长臂，在盼望，在迎接，在催促，在默默的叫唤；在崇拜，在祈祷，在流泪——在流久慕未见而将见悲喜交互的热泪……"[2]这里他借助自己观泰山日出时的幻想来表达对泰戈尔来华的企盼，把自己想象成一个巨人，但这个巨人

---

1. 徐志摩：《泰戈尔》，此文是1924年5月12日在北京真光剧场的演讲，韩石山编：《徐志摩全集》第一卷，天津：天津人民出版社，2005年，第446页。
2. 徐志摩：《泰山日出》，韩石山编：《徐志摩全集》第一卷，天津：天津人民出版社，2005年，第312页。

向着东方,"在崇拜,在祈祷,在流泪 —— 在流久慕未见而将见悲喜交互的热泪"。这种感情正是徐志摩企盼见到泰戈尔的心情,然而,这完全是一种对神的企盼的卑微姿态,在他的心里,泰戈尔就是神!再来看后面他真正接触过泰戈尔后对他的描绘:"他是不可侵凌的,不可逾越的,他是自然界的一个神秘的现象。他是三春和暖的南风,惊醒树枝上的新芽,增添处女颊上的红晕。他是普照的阳光。他是一派浩瀚的大水,来从不可追寻的渊源,在大地的怀抱中终古的流着,不息的流着,我们只是两岸的居民,凭借这慈恩的天赋,灌溉我们的稻田,苏醒我们的消渴,洗净我们的的污垢。"[1]在他的笔下,泰戈尔完全超越了平凡的存在,而以一种神的姿态存在着,他自己则在这样的神辉的沐浴下得到升华和净化。虽然一直强调泰戈尔的非宗教性,但实际上徐志摩在思想上又将泰戈尔作为神来对待,不过不同于遥不可及的天神,这个"神"来到了徐志摩身边。

在我看来,徐志摩对泰戈尔的赞美以及崇拜方式完全是宗教式的,由此可以看出,在徐志摩的心中是有一个"宗教"存在的,或者说就他的思想结构而言,有一个神一样的位置需要去被填充被膜拜,浪漫主义诗人的情感结构中有着与宗教信仰相似的结构。当然,这一宗教并不是任何现存的宗教模式,泰戈尔的出现,不过是将他心中的宗教符号具象化。所以,泰戈尔具体的思想以及他背后代表的文化是什么都不重要,通过想象和拼凑,徐志摩赋予了这个符号新的意义,进而为自己的信仰之神找到了现实的承载者,而这个神的特征包涵了怜悯、神秘、博爱、灵性等,可以说既是人道的也是诗意的。徐志摩以一种类宗教的情感来崇拜着自己心目中的信仰,而这种信仰是一种经过自我改造的宗教结构。我认为,就本质而言,徐志摩的思想结构与情感方式是宗教化的,承认这一点,我们才能更好地理解他的诗歌与美学方式。

---

[1] 徐志摩:《泰戈尔》,韩石山编:《徐志摩全集》第一卷,天津:天津人民出版社,2005年,第445页。

二、杂与浮——跳动的思想轨迹

徐志摩自己曾在文章中复述过一个朋友对他的评价——"志摩感情之浮,使他不能为诗人,思想之杂,使他不能为文人"[1]。抛开里面的结论以及价值判断,"浮"与"杂"的确准确地说出了徐志摩思想轨迹的特征,这也是一种应该被承认的思想的存在状态。本节所要做的就是尽量在杂与浮中摸索出诗人的思想轨迹,对其中重要的部分详细分析与言说。

(一)误入人间的童心

> 我是个无依无伴的小孩,
> 无意来到生疏的人间:
>
> 我忘了我的生年与生地,
> 只记从来处的草青日丽;
> 青草里满泛我活泼的童心,
> 好鸟常伴我在艳阳中游戏;
>
> 我爱啜野花上的白露清鲜,
> 爱去流涧边照弄我的童颜;

---

[1] 徐志摩:《翡冷翠的一夜·序》,韩石山编:《徐志摩全集》第二卷,天津:天津人民出版社,2005年,第181页。

> 我爱与初生的小鹿儿竞赛，
> 爱聚沙砾仿造梦里的庭园；
>
> 我梦里常游安琪儿的仙府，
> 白羽的安琪儿，教导我歌舞；
> 我只晓天公的喜悦与震怒，
> 从不感人生的痛苦与欢娱；
>
> 所以我是个自然的婴孩，
> 误入了人间峻险的围城；
>
> …………

这是诗人1923年所作的诗歌《我是个无依无伴的小孩》中的一段，完全是一首诗人自白的诗歌。在诗中，诗人不断地表达着自己身在"人间"的不适感，并通过似真似幻的想象向我们描述了他理想的家园，那里有和谐的自然，还有安琪儿与天公，显然那里是与"人间"对立的天堂一般的地方。而诗人对自己的认知则是"无意来到生疏的人间""误入了人间峻险的围城"的"自然的婴孩"。通过这首自白的诗歌，我们可以知道，在诗人的世界里，对自己的认知与定位是一个不谙世事、纯洁如初生婴孩的天使般的人物，本该待在天堂却误入人间，经历种种人间险恶之后内心充满了惶惑和不安，在绝望之际"一闪闪神气的光，忽耀前路"。当然，这神光作为一种神秘的存在与象征，诗人并不言明。简言之，诗歌所展现的是一个与现实世界格格不入的纯洁的存在，并因与天堂有着天然的联系而显得敏感高贵，这样的认知完全符合徐志摩作为浪漫派诗人对自己诗人身份的浪漫想象。但我们也应该注意到，徐志摩的现实生活与诗歌中展现的那种孤独、落寞并不完全一致，至少在朋友间，他像一朵"永远是温暖的颜色,美的花样"的云彩,他展示给现实生活的是一种像火一样的热情,而在诗歌中他把在现实生活中隐藏起来的那一部分自我展现了出来,这一部分自我是潜在的。

我认为,徐志摩通过诗歌构建了一个独立于现实世界的文本世界,这个文本世界虽然最终是公开的,是面向外部读者的,但是他所投入与展现的却是一种内在化的自我,通过这个文本世界,我们可以看到他思想轨迹的变化与发展。分析这个存在于诗歌中的文本世界,并且以这个文本世界为基础来解读徐志摩作为一个诗人的情感与思想状态,是我们研究徐志摩及其诗歌的有效途径之一。

仔细分析《我是个无依无伴的小孩》这首作品中出现的文本世界结构,我发现诗人通过文本建构了一个具有天堂、人间这样一个此岸彼岸性质的两个世界的结构。其实,这样的文本世界结构在徐志摩的诗歌作品中是具有普遍性的,关于"天堂"或者说"天庭"与"人间"的对立结构在其诸多作品中均作为一种抒情前提,如《一个祈祷》《自然与人生》《去罢》《这是一个怯懦的世界》《我有一个恋爱》《白旗》《婴儿》《决断》等诗中都内含了这样的结构。另外一些诗歌中,虽然没有明显的两个世界对立的结构,却总有一个"上帝"作为他的抒情对话对象而出现,比如《呻吟语》《恋爱到底是怎么一回事》《他眼里有你》等。而这个上帝作为一种"神"一般的存在,虽然内涵上不是基督教或者某种宗教之神,却在结构上占据着神的位置。"上帝"作为一个外在于人间的诗人对话之对象,被诗人赋予了新的信仰内涵和意义,关于其具体含义,在后面的章节中会做详细深入的分析。不过,无论如何,"上帝"在徐志摩诗歌中的存在,使得他的文本世界指向了此岸彼岸两个世界的结构,而正是在这样一个世界结构中,诗人找到了抒发自我情感最恰当的位置,抒情变得合理而顺畅。

我认为,徐志摩之所以会选择这样具有超脱性与现实性对立的类宗教的世界结构来建构他的文本,并且最终能通过这一结构将其在现实世界无法实现的抒情成功地呈现，是因为这种此岸与彼岸两个世界的结构正好能够承载下诗人与现实世界的不协调感，诗人也能在这样的世界结构中安放他在现实世界无处搁置的内心，并且徐志摩作为浪漫主义抒情诗人的思维方式、情感方式与宗教本是相通的。那么分析诗人在这样的文本世界结构中如何投射情感与安放自我的位置，将是我们探索其思想轨迹必要与有效的工作之一。

如前所述，在《我是个无依无伴的小孩》中，抒情主体呈现给我们的"是个无依无伴的小孩，无意来到生疏的人间"的与世不协之感，而且在面对那个让他极度不适的现实世界时，抒情者"我"是以纯洁柔弱的婴孩形象出现，通篇表达的都是他作为一个来自天堂的纯洁婴孩身处人间不得脱身的错位感，是脆弱的与伤感的。这样的情感对应的是一个充满自怜的柔弱的诗人形象，而诗中所表现出来的与天堂生来相通的优越感其实又可以和现实中徐志摩的诗人观相对应。在他看来，诗人的灵感完全是一种无法言说的神秘体验，诗中出现的对自我的怜爱也与这种神秘主义诗人观相关。然而，在《一个祈祷》中，我们却看到了一个完全不同的抒情者形象：

> 人间哪一个的身上，不带些儿创与伤！
> 哪有高洁的灵魂，不经地狱，便登天堂；
> 我是肉薄过刀山炮烙，闯度了奈何桥，
> 方有今日这颗赤裸裸的心，自由高傲！

这里诗人所展现给我们的是一个自信、经历了重重磨难而不屈不挠的高洁的灵魂，与那个"无依无伴的小孩"的彷徨柔弱完全不同，也不再是只知道躲在天堂想象中自哀自怜的流落者，而是闯过人间苦难依然拥有高洁灵魂的胜利者，是一个经受住考验的坚贞的信徒，是祈求"爱的神"接受自己的虔诚的朝拜者，整首诗歌的情绪也变得高昂与激烈。但需要注意的是，诗人所向往的依然是一个想象中的天堂，人间即现实世界对他而言依旧是要逃离的地方，那种关于自我存在的错位感并未产生变化，只是不同于跌落凡俗的无助感，这首诗中诗人表达的是一种坚挺的信仰力以及渴望得到认可与救赎的诚意。

在《这是一个怯懦的世界》中，我们发现诗人的思想与情绪又发生了变化，如果说之前的诗是喃喃自语与高声祷告，在这里可以说他是用一种更高的音调在呼喊：

> 跟着我来，
> 我的爱恋！
> 人间已经掉落在我们的背后，——
> …………
> 去到那理想的天庭——
> 恋爱，欢欣，自由——辞别了人间，永远！

这是一种先知引导迷途者的激昂状态，抒情者仿佛已经找到了自己在两个世界中的位置，作为徘徊在两个世界的错位存在，他兴高采烈地带领着"我的恋爱"冲破人间的重重障碍，不再是之前孤寂无助的状态，抒情主体以自己的声音来引导"我的恋爱"脱离那个他深恶痛绝的人间，去向理想的天堂。在这里值得注意的是，诗人对引导对象的称呼是"我的恋爱"，这是一种对象化的统称，这样一来，"恋爱"便作为一种超乎具体个人的象征而存在着，诗歌也超越了单纯情诗的意义变得具有象征性。正如诗中所写，"我的恋爱"是诗人找到天堂之路必要因素，这样的状态，也完全符合徐志摩一贯高唱的恋爱至上原则，恋爱对他而言是一种理想世界的象征。不过，这种浪漫化的理想却如同他诗中的自白"像是春光，火焰，像是热情"[1]，色彩艳丽，耀眼又迷人，转瞬间又"飞了，不见了，没了"。

当诗人在现实生活中恋情受阻时，诗歌中出现的这种激情也荡然无存，甚

---

1. 徐志摩：《黄鹂》，韩石山编：《徐志摩全集》第四卷，天津：天津人民出版社，2005年，第371页。

至连他在文本中建立起来的两个世界结构也变得摇摇欲坠。在《恋爱到底是什么一回事》中,诗人就异常低落:

> 上帝,我没有病,再不来对你呻吟!
> 我再不想成仙,蓬莱不是我的分;
> 我只要这地面,情愿安分的做人,——
> 从此再不问恋爱是什么一回事,
> 反正他来的时候我还不曾出世!

在这里,他已经没有了初期对自我"高尚血统"的自信,不再期望那个满是自由、欢欣的天庭,安分地做人,对浪漫诗人而言是一种对生活失去希望的表白,这可以说是诗人的"堕落"。但直到这里,诗人的文本世界依然保持了此岸彼岸相对立的两个世界的结构,只是不同于前期那种对天堂的强烈渴望,此时的诗人已经退守人间。而在徐志摩的晚期诗歌作品中,我们会发现,原本挣扎在两个世界的诗人,在经受了现实生活的种种磨难后,最终还是将早期建立起来的文本世界结构亲手摧毁,那支撑着他从地上望向天堂的"那一点神明的火焰"还是消失了,他留给我们这样的《生活》:

> 阴沉,黑暗,毒蛇似的蜿蜒,
> 生活逼成了一条甬道:
> 一度陷入,你只可向前,
> 手扪索着冷壁的黏潮,
>
> 在妖魔的脏腑内挣扎,
> 头顶不见一线的天光,
> 这魂魄,在恐怖的压迫下,
> 除了消灭更有什么愿望?

纯真的自怜与对生活倔强的反抗，最终都烟消云散，他不再高唱作为诗人的神圣与纯洁，原来嘹亮的嗓音也变得阴郁而低沉。面对生活，这个浪漫的抒情诗人最终也在《残破》中发出了具有颓废主义倾向的音调：

> 但我不是阳光，也不是露水，
> 我有的只是些残破的呼吸，
> 如同封锁在壁椽间的群鼠，
> 追逐着，追求着黑暗与虚无！

通过以上文本的分析，我们可以看到诗人徐志摩思想轨迹的变动。在那个为了应对现实的不满而建立起的文本世界中，他的思想并非一成不变。因为内心的不稳定，他在诗歌中的情绪与思想也在不断地变化，但有一点是从未改变的，即作为浪漫的抒情诗人，他在自己建立的文本世界中，一直赋予自我一种类似宗教先觉的特质。正因为有了这样的身份认知，所以才会出现诸多上文提到的种种情感。而这样先知一般的自我认知也导致了他诗歌中出现类似宗教受难的情怀，如《拜献》：

> 给他们，给宇宙间一切无名的不幸，
> 我拜献，拜献我胸胁间的热，
> 管中的血，灵性里的光明；
> 我的诗歌——在歌声嘹亮的一俄顷，
> 天外的云彩为你们织造快乐，
> 起一座虹桥，
> 指点着永恒的逍遥，
> 在嘹亮的歌声里消纳了无穷的苦厄！

在这首诗中，诗人的拜献是为了一切最平凡的存在，而诗歌是来自诗人血液和性灵的燃烧，诗人的歌声最终会为那些最平凡的存在消纳一切的苦厄。关于诗人身份的看法，正如他在文章中说过的："我再没有别的话说，我只要你们记得有一种天教歌唱的鸟不到呕血不住口，它的歌里有它独自知道的别一个世界的愉快，也有它独自知道的悲哀与伤痛的鲜明；诗人也是一种痴鸟，他把他的柔软的心窝紧抵着蔷薇的花刺，口里不住地唱着星月的光辉与人类的希望，非到他的心血滴出来把白花染成大红他不住口。他的痛苦与快乐是浑成的一片。"[1]这种为人间带来希望而牺牲自我的诗人认知，我认为，是典型的宗教受难情怀。

在徐志摩短暂的一生当中，就如同友人的评价，感情之浮与思想之杂，是其最大的特征，但也正因为这种浪漫与驳杂，才有了我们看到的徐志摩：作为一个社会人而言，他的生活可以说是有声有色，但是在他的文本世界里我们看到的却是一个不合时宜的人，在分裂的现实与想象世界中不断挣扎与徘徊。可以说，徐志摩作为一个诗人，一生都在此岸与彼岸这两个世界中徘徊，他脚底踩在地上，又总是抬头仰望星空，想要飞升又达不到超脱的境界，时而为接近天堂而欢呼，时而为跌落人间而痛苦，他不断地寻找自己的救赎，又不断地受到挫折，起起落落间，而那个因为错位感而建立起来的文本世界也随着现实世界中理想的变动而变动着，并最终走向崩塌。这种既世俗又超脱的混杂状态，在我看来就是徐志摩独特的存在方式，是他曲折思想轨迹的一种真实呈现。

（二）以爱之名的救赎

在上一节中，我们分析指出了徐志摩诗歌文本中内含的类宗教的世界结构，相对应的，它也是徐志摩精神结构具象化的一种显现。在那个世界结构中，此岸与彼岸明显对立，与宗教提倡的两个世界结构相类似，不过几乎在所有的宗教中，都至少有一个高高在上、创造与统领一切的神的存在，佛教是佛

---

1. 徐志摩：《〈猛虎集〉序》，韩石山编：《徐志摩全集》第三卷，天津：天津人民出版社，2005年，第395页。

陀，基督教是上帝，道教是玉皇大帝，伊斯兰教是真主安拉，他们作为信仰的最高权威与代表而存在，具有超脱性与彼岸性，也确保了两个世界的结构的稳定性。在徐志摩所建立的文本世界结构中，同样有"上帝"这一角色或者说位置，而这个位置就空间而言，可以说是他所建立的文本世界的支点，不过这个位置上住着的并非宗教经典与传说中的上帝，那个典型的上帝在他的世界里处于一种死亡或者无声的状态，那么作为信仰的中心，徐志摩的"上帝"具体指涉哪些内容将是本节讨论的重点。

在诗歌《他眼里有你》中这个上帝出现过：

> 我攀登了万仞的高冈，
> 荆棘扎烂了我的衣裳，
> 我向缥缈的云天外望——
> 上帝，我望不见你！

> 我向坚厚的地壳里掏，
> 捣毁了蛇龙们的老巢，
> 在无底的深潭里我叫，
> 上帝，我听不到你！

> 我在道旁见了一个小孩：
> 活泼，秀丽，褴褛的衣衫；
> 他叫声妈，眼里亮着爱——
> 上帝，他眼里有你！

非常有趣，诗人在诗中上天下地都未找到"上帝"，反而在人间道旁，一个衣衫褴褛的小孩眼里看见了上帝，而这个上帝是"爱"，是实实在在的人间爱。其实在诸多宗教中，如基督教中的爱人与爱上帝，以及佛教中的慈悲为怀，都是类似的情感。不过这种情感在宗教中往往只是被作为一种准则，不会被升华到神的地位，人间爱这种属于人间的、完全世俗化的一种情感，却被徐志摩标举到了上帝的位置，他把宗教中对上帝的爱，转换为对人的爱。我认为，这也是徐志摩思想结构以及他所建立的文本世界结构中特别的地方，即他借用宗教中此岸与彼岸两个世界结构的特征来呈现他心目中的现实与理想，但是却将"上帝"这一彼岸世界中最高权威的代表换成了完全世俗化的人间爱。这看似充满悖论也显得不够严肃，不过，显然这符合徐志摩的浮与杂的思维方式——他以宗教般热烈的情感信仰着自己建立起来的关于生命与爱的宗教，同时，因为这种赋予人间爱神性地位的举措，也使得他建立的两个世界结构不同于宗教世界中的超脱与冷淡，变得充满人情味与生机。不过，这种人间爱具体指涉什么，还需要我们进一步探索。

徐志摩曾在《求医》谈到"这时代的苦闷现象隐示一种渐次形成宗教大运动的趋向"，显然，生在苦闷的时代，由于原有价值观的崩塌，知识分子普遍存在自我认知危机，急切地需要某种精神救赎，可以说人人都在寻找自己的"上帝"，故而会出现徐志摩提到的宗教大运动趋势。但徐志摩在文中也否定了上帝与隐居这两种方式对自己的疗治，虽然内心向往一种宗教的涅槃与超脱境界，但他也明确地知道自己身上对生命的强烈欲望，所以以宗教的世界结构拼接那个"伪上帝"——人间爱，成了他心目中稳固与完美的世界结构。作为信仰与实践准则的"爱"对徐志摩而言就意义非凡了。1922年，在他首次向国内的青年发声的演讲"ART AND LIFE"中，曾做过一段精彩的陈述：

> Love, therefore, like religion, which is but divine or cosmic love as the case may be, is transcendental and transfiguring, and being transfigured through that mysterious force one's mortal eyes are, for once to behold visions that belong to the spiritual realm and are commonly denied to matter-of-fact perception, and his ears are to be overwhelmed by the grand and sublime music

that come, like mighty waves in the sea, from the spheres. It is through that transcendental elevation of one's spirit that the creative energy heretofore inert and latent, begins to liberate itself and strives-by whatever medium it may happen to choose-to relize its own volume and shape.

虞建华、邵华强的译文为:"爱就像宗教一样(宗教本身也是神圣的宇宙的爱),是超越,是纯化,由于被那种神秘的力量所纯化,人凡俗的眼睛就能看见属于精神领域的图景,这种图景是实际眼光通常无法看到的;人的耳朵经充满庄严崇高的音乐,像浩瀚的海浪自天际滚滚而来。人的精神只有通过这样的升华和超脱,以前无生气的潜在创造力才得以解放自己,以它自己选择的某种途径,努力认识自己的体积和形态。"[1]据译文,徐志摩对"爱"的宣扬,宛如一个传教士对上帝的宣扬,而"爱"在徐志摩的诠释中完全成为了人性的一种救赎。这种用爱唤醒生命与灵性的言说方式,显然具有启蒙主义的声音特征,也可以说这其实是徐志摩启蒙主义的一种理论宣言。而他建立"爱"之信仰的初衷明显包含了人道主义动机,就如同其诗歌《铁栅歌》与《一条金色的光痕》中所表现的,诗人坚定地认为正是同情的丧失使得人间沦为地狱,而人与人之间的友爱是那照亮暗夜的金色光痕,是人间再次阳光普照的希望之源。而顺着这个逻辑,诗人进一步得出的结论是正因为社会与教条对感情的压抑,才导致了我们如今这个死气沉沉的社会,所以他继续建构自己的启蒙理论:"感情,真的感情,是难得的,是名贵的,是应当共有的;我们不应得拒绝感情,或是压迫感情,那是犯罪的行为,与压住泉眼不让上冲,或是掐住小孩不让喘气一样的犯罪。"[2]徐志摩试图建立了一个以"爱"为最高信仰的类宗

---

[1] 徐志摩:ART AND LIFE,1922年秋末在清华大学演讲稿,虞建华、邵华强译,韩石山编:《徐志摩全集》第一卷,天津:天津人民出版社,2005年,第187页。
[2] 徐志摩:《落叶》,韩石山编:《徐志摩全集》第一卷,天津:天津人民出版社,2005年,第454页。

教的世界来拯救现实世界,这符合浪漫主义本身的传统。更细致地来看,在这些宣言中,他所指涉的"爱"偏向于具有人道主义特色的普世之爱,是一种好的情感的统称,通过这种情感,人人都能被唤醒生命之灵,进而得到救赎。这种"爱"在他的理论中,是作为一种最为寻常的感情存在的,具有平民化的特征,是大众化的。

但就徐志摩自身而言,更具体的一种情感——爱情,才是他最直接的信仰来源,是他在实践中着力最多的,他对这种爱的阐述也更详细。在日记中他曾写过这样一段话:"恋爱是生命的中心与精华,恋爱的成功是生命的成功,恋爱的失败是生命的失败,这是不容疑义的。眉,我感谢上苍,因为你已经接受了我;这来我的灵性有了永久的寄托,我的生命有了最光荣的起点,我这一辈子再不能想望关于我自身更大的事情发现。"[1]在这一段对爱人的自白中,初期宣言中那种泛化的普世之爱已经被限定在了爱情这一狭义的爱中,而显然,具有这种神圣功效的爱,对诗人而言还不能是一般的爱情——"世上并不是没有爱,但大多是不纯粹的,有漏洞的,那就不值钱,平常,浅薄,我们是有志气的,决不能放松一屑屑。我们的来一个直(真)纯的榜样,眉,这恋爱是大事情,是难事情,是关生死超生死的事情——如其要到真的境界,那才是神圣,那才是不可侵犯。"[2]这里,徐志摩所提倡的"爱"更具体地展现在了我们眼前:这种爱是纯粹的、神圣的,甚至是不食人间烟火的,与其说这是一种现实的情感,还不如说是徐志摩思想中一种想象出的图腾,这样的爱与他宣言中提到的普世的爱是有区别的。虽然,他一直标举这一救世的良方不是高高在上的上帝,但实际上,他还是赋予了这种爱一种不容亵渎的神权一样的位置,这是浪漫主义与理想主义的徐志摩最终无法避开的唯美主义色彩。我认为,徐志

---

1. 徐志摩:日记《爱眉小札》,韩石山编:《徐志摩全集》第五卷,天津:天津人民出版社,2005年,第308页。
2. 同上,第305页。

摩所提倡的"爱"之信仰看似是面向大众的，是用来治疗社会的，实则更多地是对他自己启蒙者身份的完成，最终完成的是他自己的救赎。

恋爱对徐志摩而言更像是一种完成自我的仪式，不过这个仪式还需要一个合适的对象。在他与陆小曼恋爱初期所写的日记中，他是这样对陆小曼循循善诱的："眉，醒起来，眉，起来，你一生最重要的交关已经到门了，你再不可含糊，你再不可因循。你成人的机会到了，真的到了……听着：你现在的选择，一边是苟且，暧昧的图生，一边是认真的生活；一边是肮脏的社会，一边是光荣的恋爱；一边是无可理喻的家庭，一边是海阔天空的世界与人生……"[1] 不同于私人化的情爱，这种劝说完全是一种启蒙主义的声音，是典型的"五四"知识分子启蒙角色的扮演。对徐志摩而言，接受恋爱成了陆小曼"成人的机会"，的确，对于已婚的陆小曼而言，离婚追求自由恋爱在那个时代是一种革命性的举措，而他在这个恋爱中所扮演的一直是一种领路人的角色，爱语中启蒙之声更响亮。对于这场恋爱，徐志摩一再地强调："他们（朋友们）要看我们做到一般做不到的事，实现一般人梦想的境界。他们，我敢说，相信你我有这天赋，有这能力；他们的期望是最难得的，但同时你我负着的责任，那不是玩儿，对己，对友，对社会，对天，我们有奋斗到底、做到十全的责任！"[2] 显然，徐志摩自己非常清楚他们恋爱所具有的社会代表性，而他也非常愿意加入这场公演剧幕的演出，他有意将这场恋爱变成大众或者史家愿意看到的样子，并且赋予它当时主流的社会意义。对于浪漫的徐志摩而言，以一种本身具有浪漫色彩的恋爱来实现自己的英雄角色，是最符合他气质的。这样的心态，在他的诗歌《天神似的英雄》中有较明显的体现：

---

1. 徐志摩：《爱眉小札》，韩石山编：《徐志摩全集》第五卷，天津：天津人民出版社，2005年第316页。
2. 同上，第304、305页。

> 我是一团臃肿的凡庸,
>
> 她是人间无比的仙容;
>
> 但当恋爱将她拥入我的怀中,
>
> 就我也变成了天神似的英雄!

所以,我认为,与其说"爱"是徐志摩对人间的救赎,还不如说是徐志摩在这样爱的宣扬与表演中,完成了自我的救赎。爱,尤其是带有启蒙意义的恋爱是徐志摩完成自我救赎的一种仪式,这样,也能够理解他为什么会说"须知真爱不是罪(就怕爱而不真,做到真字的绝对义那才做到爱字),在必要时我们得以身殉,与烈士们爱国,宗教家殉道,同是一个意思"[1]。爱,对他而言,就是一种道,一种可以身殉的道。

总而言之,在徐志摩的思想中,"爱"是唯一明确的信仰,不过,这"爱"本身又是是混杂了多种意义的,它既包含了人道主义的动机,又具有启蒙色彩的包装,而它的内核却是唯美主义与理想主义的纯粹,是具有等级差别的。表面看来,徐志摩是企图以这种"爱"的信仰去拯救外在生命的灵魂,疗治社会的沉疴,不过隐藏在这之下的是诗人通过这样一种英雄主义的"公演"最终实现了自我的救赎,使得"自我"找到一种价值的依托,进而摆脱对"五四"知识分子而言普遍存在的自我认知危机。我认为,这种"爱"的信仰,最终更偏向于诗人的自我救赎,正因为沉浸在这种自我救赎的喜悦中而忽略了诸多的现实因素,徐志摩以"爱"救世的理论最终是以失败告终的。但多年来,我们多把徐志摩所宣扬的恋爱至上作为浪漫的资产阶级的堕落与肤浅来看待,这显然并不公平。"五四"知识分子面对原有社会价值的崩塌,普遍处在一种信仰缺失而无所适从的阶段,只是每个人所找寻的出路是不同的。对徐志摩而言,"爱"就是他找到的那个代替死去的"上帝"的一种信仰,是具有现实意义的,

---

1. 徐志摩:《爱眉小札》,韩石山编:《徐志摩全集》第五卷,天津:天津人民出版社,第315页。

从社会层面来讲,它是失败的,但是对知识分子个人而言,它却是成功的,如同徐志摩《再休怪我的脸沉》一诗中所写:

> 恋爱,我要更光明的实现:
> 草堆里一个萤火,
> 企慕着天顶星罗:
> 我要你我的爱高比得天!
>
> 我要那洗度灵魂的圣泉,
> 洗掉这皮囊腌臜,
> 解放内里的囚犯,
> 化一缕轻烟,化一朵青莲。

(三)生命即寂灭的自悟

徐志摩曾经如飞蛾扑火般热情地去实践他所建立的爱之信仰,但正如上一节中我们所分析的,这种爱的信仰理想主义色彩过于浓厚,行爱之名,实为救己,进而忽略了众多社会现实因素,使得诗人始终处在一种"世界与我们是不能并立的"的与世不谐的状态中,时常会在积极热烈中分裂出一种求空求寂的心态,特别是在其生活的后期即与陆小曼婚后的几年时间中,理想的追求与生活的状态越发不如人意,现实与理想的冲突更加激烈,他先前所受的西方积极入世人生观的洗礼也不复初入文坛时坚定,虽不至于走入佛道完全出世的道路,以消灭情感来得"自我一切痕迹的解脱",但这种属于中国传统文人面对困境的遁世心理在徐志摩晚期生命中影响却也有深之势。

关于徐志摩思想中空寂观念,我们在第一部分"对传统文化的'审美式'接受——自然观与'意境'"中是有所讨论,不过那时诗人更倾向于"审美"技巧,诗歌中对"意境"的运用更多地是受到传统审美技巧潜移默化的影响,

是对审美方式的运用。前期的心态主要还是明朗与热情的,这一点在其前期诗歌《默境》(1922年12月作)中我们可以看出:

………

听邻庵经声,听风抱树梢。
听落叶,冻鸟零落的音调,
心定如不波的湖,却又教
连珠似的潜思泛破,神凝
如千年僧骸的尘埃,却又
被静的底里的热焰熏点;

我友,感否这柔韧的静里,
蕴有钢似的迷力,满充着
悲哀的况味,阐悟的几微,
此中不分春秋,不辨古今,
生命即寂灭,寂灭即生命,
在这无终始的洪流之中,
难得素心人悄然共游泳;

………

我友!知否你妙目——漆黑的
圆睛——放射的神辉,照彻了
我灵府的奥隐,恍如昏夜
行旅,骤得了明灯,刹那间
周遭转换,涌现了无量数
理想的楼台,更不见墓园
风色,再不闻衰冬吁喟,但

> 见玫瑰丛中,青春的舞蹈
> 与欢容,只闻歌颂青春的
> 谐乐与欢踪;——
> 轻捷的步履,
> 你永向前领,欢乐的光明,
> 你永向前引:我是个崇拜
> 青春,欢乐与光明的灵魂。

在这首并不算短的诗歌中,诗人讲诉了自己与友人同游西山灵寺僧家时所见与所感,寂静的墓园、临庵的经声都给人以沉静之感,诗人也确在其中领略了那份超越时空的空寂之感,甚至有了生命即寂灭、寂灭即生命这种偏于佛教"看空"的人生感悟。但在这一系列应景的抒情之中,诗人真正强调的却是"静的底里的热焰熏点",而最终赞美的还是象征爱情与青春的玫瑰丛,表达的是自己对青春、欢乐与光明的追求。通过这首就艺术水平而言并不算成功的诗歌,可明显看出,徐志摩前期虽然有意识、有技术地去审美,但他的整个心态偏于热闹,生机勃勃,故而,这首诗意象与所抒之情之间的拼凑显得有点不伦不类。

出现这样的情况是可以理解的。在徐志摩回国初期,他与林徽因的恋爱虽并不顺利,但这正好给了他作为诗人所必需的那份忧郁,并不损害他对生活理想主义的看法。加之前期在事业上又深受梁启超集团的重用,通过泰戈尔来华等事件逐渐在文艺圈站稳了脚跟;爱情上,与陆小曼的恋爱虽备受阻挠,但正如前文所分析的,这场恋爱对他而言就是一种自我救赎的仪式,在这场恋爱中他实现了所有自己对爱与理想的崇高、美好的想象,直至其与陆小曼完婚,徐志摩的生活都是充满浪漫与理想色彩的。故而,在这样的时期,徐志摩不可能真正达到空寂的心境。

但他与陆小曼婚后,尤其是举家离开北京搬往上海后,国内局势的越发动荡、陆小曼多病的身体，以及挥霍无度的做派、经济上的窘迫等，都致使徐志摩除了忙于生计几乎没有时间和精力去为他的理想奔忙，生活的重压终于实实在在地压到了浪漫诗人的肩上。当然，这是有一个变化过程的。

在1927年底，徐志摩对一年的总结："一年容易。又到了尽头。回头望望。就只烟雾似的一片。希望、理想——好词儿。希望早给劈了当柴烧。在这小火上面慢慢烤糊了理想……再别高谈什么人生。生活就比是小孩们在地上用绳子抽着直转的地龙。东一歪西一跛。嗡嗡的扁着小嗓子且唱。"[1]可以看出，诗人此时已经开始对理想产生怀疑，生活的飘忽不定让人无暇顾及其他，初期高呼恋爱、解放性灵的激情已不再，启蒙者的热情似乎也所剩无几。

而到1929年，诗人更是明确地讲道："我知道的还只是那一大堆丑陋的臃肿的沉闷，厌（压）得瘪人的沉闷，笼盖着我的思想，我的生命。它在我的经络里，在我的血液里。我不能抵抗，我再没有力量。"[2]。褪去了早期追求爱情的热情，得到之后反而完全陷入生活的泥淖，诗人的心情变得越发低落、沉重，诗人的敏感在面对生活的复杂沉闷时往往会比一般人感触更深。而在此文中，徐志摩还回顾了自己在早期创作《毒药》《白旗》时，虽也倍感生活的不平，但是尚且还有《婴儿》中的希望，现如今是连《婴儿》里的希望也无影无踪，可见徐志摩自己也感受到了自己心态的变化。

如果说，在上面的例子中，我们尚能看到诗人面对生活时的愤恨，无论是低沉也好，咒骂也好，至少还是有力度的，诗人还会对社会现象持有一种反叛的态度。但我们来看1931年徐志摩写给亦师亦友的胡适的信："说起上月女大的二百六十薪金，不知是否已由杨宗涵付交给你。现在又等着用七月份的钱了，不知月中旬有希望否，直到二十五不来，我又该穷僵了。兴业还是挂着

---

1. 徐志摩：《年终便话》，韩石山编：《徐志摩全集》第三卷，天津：天津人民出版社，2005年，第186页。
2. 徐志摩：《秋》，韩石山编：《徐志摩全集》第三卷，天津：天津人民出版社，2005年，第339页。

账。你回北京时请为代询,如发薪有期,可否仍照上月办法,请你给我一张你的支票。"[1] 虽在多个学校兼课,却仍入不敷出,不得不从朋友那里先支取薪水数目,等发薪水后再还给胡适,根据信的内容,徐志摩显然不是第一次这样做,在这样具体的生活困境中,诗人的浪漫已经完全褪去了华丽的色彩,世俗与琐碎成为一种常态。

可以说,徐志摩在生命的后期,亲身经历了生活的种种窘境与困境后,前期思想中的天真与纯粹已经消失殆尽,这在一定程度上损伤了徐志摩前期所特有的热烈与浪漫。但从另一方面来说,在完全尝尽生活滋味后,他对自己以及生活的失望反而使得他内心真正接近一种前所未有的沉寂状态,消去了前期的浮躁,对空寂的理解也不再停留在技术性的审美之上,因为淡淡的哀伤,对生命的感悟也多了一份沉静。

以上论述旨在指出徐志摩后期思想的变化,这一点,通过他的诗歌创作,我们可以进一步讨论。前文提到,虽然早在1922年诗人就写出了"生命即寂灭"(《默境》)的感悟,但那时尚停留在审美技术之上,心境并未达到,故而也造成诗歌中情感的杂沓。到1927年以后乃至更晚,生活磨砺了诗人,棱角去后锐利不再,却也展现出一种别样的风采。我认为,徐志摩后期诗歌展现出一种区别于前期单纯浪漫状态的空寂境界,心与境之间变得更加契合,他对"生命即寂灭"的感悟也不再停留于审美的表层。且看诗歌《黄鹂》(1930年):

  一掠颜色飞上了树。
  "看,一只黄鹂!"有人说。
  翘着尾尖,它不作声,
  艳异照亮了浓密——

---

[1]. 徐志摩致胡适的信,1931年8月13日记,韩石山编:《徐志摩全集》第六卷,天津:天津人民出版社,2005年,第274页。

像是春光，火焰，像是热情，

等候它唱，我们静着望，
怕惊了它。但它一展翅，
冲破浓密，化一朵彩云；
它飞了，不见了，没了——
像是春光，火焰，像是热情。

在我看来，这首诗是徐志摩后期难得的佳作，表现形式与情感状态也与前期所创作的大部分诗歌不同。全诗共分为两节，每节五行，虽然句式并不整齐，也没有规律的韵脚，但每节最后以同样的句子结尾，整体上形成一种整饬的感觉，就形式而言是难得的简洁、干净。整首诗也没有多余的意象，就是一只由静而忽动的黄鹂。但诗人别出心裁之处在于，这只本该以歌声惊人的黄鹂从头至尾并未出声，这种无声的状态使得诗歌一直保持一种寂静的基调，而这种寂静又并不单调。在第一节中寂静是人们等待黄鹂歌唱的屏息凝神，第二节中寂静是黄鹂突然飞离给"我们"带来的震惊的定格。这首诗真正的主角（意象）还是这只黄鹂，诗人在第一节中以"春光、火焰、热情"来形容它靓丽的羽毛色彩，这本身是一种感觉性的比喻；而在第二节中，这只黄鹂却在众人的等待中一展翅，如彩云般高飞而去，对此，诗人把这种艳异色彩稍纵即逝的感觉也以"春光、火焰、热情"来作比。我们再来看春光、火焰、热情这三个独特的喻体，它们看似毫不相干，却具有明亮、绚烂、美好同时也是稍纵即逝的特征，就质地而言是轻盈与上升的，这些都与本体黄鹂的特征契合。这样的比喻是诗人艺术上的成功，而带给读者的感觉是一种空中有物，寂而有声。黄鹂自古常因歌声出现在诗歌中，本身就是歌唱者的代表，我认为，也可把它看成是徐志摩对自己诗人身份的一种自喻（徐志摩有以鸟喻诗人的习惯，诗歌《杜鹃》及散文中常出现），是他隐射了自我的一种艺术表现。而这种淡中有味，于沉寂中得以飞升的轻质感，正是徐志摩后期诗歌中常出现的，是他思想与心态变化的写照。这样的写作背后，是一颗经历生活磨砺后，沉淀下来的又略带忧伤的心，但正是这份沉淀与忧伤带给他后期诗歌一种哀伤的谐和感，一种由内而外的空寂之意。

再看诗歌《渺小》：

> 我仰望群山的苍老，
> 他们不说一句话。
> 阳光描出我的渺小，
> 小草在我的脚下。
>
> 我一人停步在路隅，
> 倾听空谷的松籁；
> 青天里有白云盘踞——
> 转眼间忽又不在。

整首诗中，自我在大自然面前变得异常渺小，而前期诗歌中常常被带入的激烈情感也最大化地弱化了。虽然诗歌中依然未能绝情，但生命的短暂如白云一般转眼即逝，一种超时空的感觉充盈于诗中，诗人在前期部分诗歌中有意追求的那种属于宗教，特别是佛教的寂灭之感在这里显得更加自然贴切。而在后期诗歌《秋月》《山中》《在病中》《卑微》等，甚至代表作《再别康桥》中，这样的基调都有出现。可以说，这是他后期不多的创作中一种较为普遍的风格倾向，而我认为这种风格上的改变正是由其思想变化而带来的。

在诗人徐志摩短暂人生的晚期，不顺甚至可以说不幸的生活最终磨去了他前期因浪漫性格而带来的过分浮躁，在失意中达到心灵的平静状态，进而真正接近了生命即寂灭的自悟。虽然这可能并非一种积极主动的靠近，但就结果与最终效果而言，却是不应被我们忽视的，即使这份自悟与看破红尘遁入空门的大彻大悟仍有很多大差距，它更多地是由消极失望而带来，但这份沉静相较于其前期思想也算是一种变化或者说成长，是其思想轨迹以及诗歌创作中客观的存在。概言之，这时期的诗人，心境更接近空寂，这种空寂不同于前期出现的"审美化"意境，是一种有了经历后的求空求寂心态，诗歌情感由于这份空寂之感也变得轻柔。

三、热烈与空寂——趋于两极的诗歌美学

上文我们对徐志摩思想轨迹中几个不同的特征进行了具体的论述，正如他诗中所写："心定如不波的湖，却又叫连珠似的潜思泛破，神凝如千年僧骸的尘埃，却又被静的底里的热焰熏点。"徐志摩身上浪漫气质浓厚，激烈时可以以身吻火，平静时又神往自然的恬静。所创作的诗歌多数感性色彩浓厚，缘情而发，有的甚至有酒神狄奥尼索斯之态，爱情与死亡在诗歌中如影随行。再则，徐志摩身上又具有古典审美的能力，加之后期理想的幻灭以及对社会和生活的失望，使其于哀伤中达到心灵的平静，一部分诗歌虽仍有情，但有以空（心）观物而不以情感物的境界之倾向。如此，就美学特征而言，徐志摩诗歌存在两种相悖而行的风格，一种如火焰燃烧一般呈现热烈灼热的美，一种又彰显冥神绝境的空寂之美，这两种美学风格并行于其诗歌创作中，值得我们研究总结。

（一）以身吻火的热烈——悲剧情结与崇高感

一提到徐志摩，我们最容易联想到的可能是"悄悄的我走了，正如我悄悄的来，我挥一挥衣袖，不带走一片云彩"（《再别康桥》）中翩翩公子的潇洒，以及"最是那一低头的温柔，像一朵水莲花不胜凉风的娇羞"（《沙扬娜拉十八首》）中东方女子的柔美怡人，无论是意象、音调还是氛围，它们都给人以和谐优美之感，在这种整饬的优雅中，几乎忽略了那个"我只是狂喜地大踏步地向前——向前——口唱着暴烈的，粗伧的，不成章的歌调"（《灰色的人生》）的徐志摩。后者所表现出的往往是震撼、扭曲、惊骇、痛苦与激烈的美学感受，诸如诗歌《梦游埃及》《婴儿》《白旗》《毒药》所展示的，以及

《无题》《自然与人生》《常州天宁寺闻礼忏声》中所出现的自然景色也多是惊悚且令人生畏的。24岁以前曾立志做中国的"汉密尔顿"的徐志摩，笔下出现这样的意象与气势，是不足为奇的。而且，徐志摩曾应邀列出青年应读书，最终以对自己"生平受益（受感）最深的书"为标准选出十部，尼采《悲剧的诞生》也入选其中。尼采笔下的酒神是一种打破常规束缚，使人恢复生命本能与自由意志的本能之神，在古希腊的酒神祭祀活动中，人们激情澎湃，"主观逐渐化入浑然忘我的境界"，进而冲破规范，打破禁忌，在平日所塑造的个体化原理的崩溃之中，回复了生命的原始本能，最终进入一种狂喜甚至是癫狂的状态，一种可以用"醉"比拟的状态。这样的体验是具有神秘主义与经验主义倾向的，与徐志摩所提倡的性灵之觉醒不谋而合。

故而，我认为，徐志摩诗歌中几乎被文学史叙述所掩盖掉的热烈的美学特征其实是不容忽略的，两种美学特征并存其实彰显了徐志摩身上酒神与日神精神相互冲动的张力。而酒神狄奥尼索斯的反叛与徐志摩内在需求更加契合，稍加注意不难发现徐志摩诗歌中的抒情者常有酒神的狂喜或者癫狂之态，渴求挣脱束缚、破除克制之欲望强烈，而在对"适度"的反叛之间，诗人表现出对那些对人构成否定性的因素的关注，并对从压迫感、被否定感中辩证转化出升华和超越的快感这一动态的心理变化过程情有独钟。诗人的悲剧情节，诗人对崇高感的偏爱也都在诗歌美学中体现得淋漓尽致。

关于悲剧，牛宏宝在其著作《美学概论》中曾做过总结，主要包括三个特点：人物遭受不幸，由于人的不幸而引起悲感，进而产生的净化作用。而上文提到影响诗人较深的《悲剧的诞生》中，尼采提出了酒神精神则是"悲剧冲突中个体的死亡、毁灭，虽然带来了巨大的痛苦，但人又在这样的毁灭中获得了自身的本源，与自己的本体合而为一。这样，生命又获得了自身，从而得到最高的形而上安慰和快乐"[1]。徐志摩的悲剧情结体现比较明显的是他对"死亡"

---

1. 牛宏宝：《美学概论》，北京：中国人民大学出版社，2007年，第二版，第130页。

的钟情,"死亡"在他的笔下总是与生命的欢愉、解脱、圆满相关联,说得更具体一点,这种悲剧情结是通过其诗歌中的宗教受难情怀以及对爱与死主题的热衷表现出来的。

徐志摩的宗教受难情怀,我们在第二部分"误入人间的童心"中讨论过,当时强调的是他在两个世界结构的文本世界结构中对自我位置的认知变化,指出他对自己诗人身份中"高贵血统"以及肩负传道责任的认知。而徐志摩面对自己这种类似宗教受难的认知,所表现出的情感并不是狂热宗教徒一样简单的狂欢与兴奋,他向读者描绘的是"天教歌唱的鸟不到呕血不住口"的命运悲剧状态。对他而言,宗教受难,往往意味着殉道,带给读者的情感体验也是悲的。而这种悲剧情结的美学特征在其诗歌中是以一种殉道模式出现的,如诗歌《为要寻一个明星》:

> 我骑着一匹拐腿的瞎马,
> 向着黑夜里加鞭;——
> 向着黑夜里加鞭,
> 我跨着一匹拐腿的瞎马。
>
> 我冲入这黑绵绵的昏夜,
> 为要寻一颗明星;——
> 为要寻一颗明星,我冲入这黑茫茫的荒野。
>
> ············
>
> 这回天上透出了水晶似的光明,
> 荒野里倒着一只牲口,
> 黑夜里躺着一具尸首。

诗中,诗人开篇即通过反复吟唱灌输给读者一个具有悲剧氛围的场景——"我骑着一匹拐腿的瞎马，向着黑夜里加鞭"，一匹残腿的瞎马已是一个残缺而令人心酸的意象，在黑夜里本该停下休息，但"我"依然骑它"向"着黑夜里加鞭。"向"字，是一种主动性的动作，表明"我"是有意而冲入黑暗，"加鞭"则表明了我内心的焦急与坚定。在第二节中诗人向读者表达了，"为要寻一颗明星"，所以诗人执着地向着黑夜快马加鞭，这颗"明星"在绵绵的昏夜里遥遥闪耀，自然就具有一种更深层意义的象征性了。诗人在这首诗中所塑造的是落魄骑士对真理坚持不懈的追求，本身就具有悲壮性色彩，拐腿瞎马在暗夜中行路的这一意象也带有浓厚的宗教感与悲剧感，但当那光明出现时，诗人最终呈现给我们的却是两具倒下的尸首。肉体的毁灭与光明的收获同时发生，骑士与瞎马的不幸使人感到失落、伤心，但他们自身的毁灭换来了"明星"的出现，读者于这样的毁灭中心灵受到震撼，进而在这样的悲剧中洗涤了心灵，唤起了内心中对真理以及英雄的崇拜。而诗人徐志摩则在这种壮烈的悲剧情节中，通过诗中的"我"之形象，完成了诗人对崇高感的想象，死亡与肉体的毁灭带来的是精神上的大超脱与大兴奋。所以，虽然这首诗歌呈现的是一种悲剧，但是对于完成此诗的诗人而言，他通过想象中的肉身毁灭，实现了存在于生命本原中的欲望，最终进入一种狂喜的状态，即"醉"。这种宗教殉道悲剧情结同样存在于诗歌《海韵》《决断》等中，而具体到他信仰的"爱"上，诗人依然展示了殉道的悲剧情结。

　　爱，作为徐志摩所提倡的具体信仰，是他一生的追求，也一直是他诗歌中常见的主题。在"以爱之名的救赎"一节中，我们曾经论述过"爱"在徐志摩思想中复杂的意义。基于此，徐志摩笔下的"情诗"所展现的美学特征往往不同于一般情诗的优美与深情，相反，其中总是充满了各种冲突、纠结甚至痛苦，爱与死，总是在他的诗歌中同时出现。创作于1922年的诗歌《情死（Liebstch）》，讲述了"我"见到雷雨过后开放的红玫瑰，被它的美与香所征服，沉醉其中并想要靠近的心路历程。诗中的玫瑰是生命丽质的峰极，而"我"则是它脚下的俘虏，诗人用"玫瑰"物化了心中理想的"爱"的对象，同时也通

过"玫瑰"表达了对生命之美的向往。面对这理想的对象,"我"的得到方式却是这样的:

> …………
> 我已经将你擒捉在手内——我爱你,玫瑰!
> 色,香,肉体,灵魂,美,迷力——尽在我掌握之中。
> 我在这里发抖,你——笑。
> 玫瑰!我顾不得你玉碎香消,我爱你!
> 花瓣,花萼,花蕊,花刺,你,我,——多么痛快啊——
> 尽胶结在一起;一片狼藉的猩红,两手模糊的鲜血。
> 玫瑰!我爱你!

作为爱中的主动追求者,"我"对玫瑰是无限仰慕的,最初就连走近都有几分胆怯,但当真正沉醉于玫瑰之美、生命之丽质时,作为追求者的"我"却选择了一种类似于"同归于尽"的结局方式。"我"要得到玫瑰,就得"擒捉"它,而"我"在真正掌握了这种迷人的美丽时,却控制不住让它香消玉殒,"花瓣,花萼,花蕊,花刺,你,我,——多么痛快啊——尽胶结在一起;一片狼藉的猩红,两手模糊的鲜血"。对"我"而言,最痛快的感受就是先相互毁灭,再尽胶结在一起。而在"我"与玫瑰共同毁灭后,红色的花瓣与"我"的鲜血融为一体时,"我"的情感达到高潮,最终高呼出对玫瑰的爱。就情感节奏来看,这首诗经历了初见的惊喜,靠近的胆怯,走近时的震撼,得到的欢愉,到最后因融为一体的质变而达到精神上的狂喜。需要指出的是,诗中最后那毁灭性的接触,虽然给双方造成了肉身的毁坏,但却在这种毁灭的痛感中达到一种质变,即使原本有距离的两个对象最终融为一体。肉身的毁灭,对徐志摩而言象征的是对一切束缚的挣脱,对所有外在法则、限制的冲破,唯有此才能达到他内心所向往的绝对自由与美好的状态,故在对爱的追求中,徐志摩一直把肉身的死亡当作最高境界。

在徐志摩抒发"爱"之情感的诗歌中,有一部分的抒情者"我"总是被设定为痴情的女子,"死亡"一再成为她们成全爱情的结局。《翡冷翠的一夜》就是一个很好的例子。诗人在诗中借一个有生命意识(爱之意识)的女子之口,向即将离去的爱人表达心中五味杂陈的爱意与思绪,面对分离,"我"想到的最好的结局就是"死":

>   …………
>   爱,就让我在这儿清静的园内,
>   闭着眼,死在你的胸前,多美!
>   头顶白树上的风声,沙沙的,
>   算是我的丧歌,这一阵清风,
>   橄榄林里吹来的,带着石榴花香,
>   就带了我的灵魂走,还有那萤火,
>   多情的殷勤的萤火,有他们照路,
>   我到了那三环洞的桥上再停步,
>   听你在这儿抱着我半暖的身体,
>   悲声的叫我,亲我,摇我,哑我,……
>   我就微笑的再跟着清风走,
>   随他领着我,天堂,地狱,哪儿都成,
>   反正丢了这可厌的人生,实现这死
>   在爱里,这爱中心的死,不强如
>   五百次的投生?……

徐志摩以弱女子的口吻抒情,这个身份定位本身就具有悲情效果,爱人的即将离去,使得抒情者被动地沦为"被遗弃者"。就是在这样悲情的情境中,抒情者依然在深情地表白,面对分离,她更愿意死在爱人的胸前。诗人不惜笔墨用一长段来描绘自己所想象的死亡的场景,在爱人的不舍与呼唤中死去,即

诗人所说的在爱里死去。这是徐志摩所偏爱的一个场景，大概也是他对自己生命结束最浪漫的想象之一了。同样，在其晚期的长诗《爱的灵感》中，诗人以一个历经沧桑的女子的身份，在临死前向爱人表白自己的爱，其中写道：

> ············
> 死，我是早已望见的。
> 那天爱的结打上我的
> 心头，我就望见死，那个
> 美丽的永恒的世界；死，
> 我甘愿的投向，因为它
> 是光明与自由的诞生。
> ············
> 　　　　现在我
> 真，真可以死了，我要你，
> 这样抱着我直到我去，
> 直到我的眼再不睁开，
> 直到我飞，飞，飞去太空，
> 散成沙，散成光，散成风，
> 啊苦痛，但苦痛是短的，
> 是暂时的；快乐是长的，
> 爱是不死的：
> 　　　　我，我要睡……

这种在爱中死去的场景再次成为诗人抒情的情境，"死"这一本该与"爱"产生距离的一个环节，却成为徐志摩情诗中频繁出现的元素。

我认为，抒情者对死亡的迷恋恰恰体现了徐志摩的悲剧情结。对徐志摩而言，"爱"是他对生命形态最理想的想象，是他神往的生命状态。而"死"对他而言，则是对压抑性的现实与现状最有力的反叛，身体本身是一切世俗性规范的最终载体，毁灭肉身就意味着打破了一切禁忌，冲破了一切规范，如同神话中的凤凰涅槃，浴火重生。相较于精神的解放，这种毁灭肉身的痛苦是短暂的，诗人认为，死亡之后等待他的是长久的快乐与不死的爱。如此，死亡中原本的痛苦与扭曲因为精神的向往，反而被转化为一种极乐的状态，是一种升华。用酒神狄奥尼索斯精神来解释，即诗人因肉体的毁灭而回到一种生命的原始、理想状态，并在这样的状态中达到巨大的狂喜。同时，这种在爱中毁灭肉身以达极乐的悲剧情结，由于徐志摩一直宣扬的对爱的信仰，它又被渲染上了一种"殉道"的崇高感。

无论是对象征性的宗教受难情怀的抒发，还是对具体的"爱"之信仰的表白，诗人徐志摩总是偏向在"得道"的同时完成肉身的死亡，或者去设置那些与死亡接近的模式。为理想之完成而肉身毁灭这是悲剧情结的体现，而毁灭肉身后收获理想的"道"，这又是崇高感的体现。在徐志摩的性格中，有以身吻火的激烈一面，而表现在诗歌中就是一种充满热烈之力的美学特征。可以说，这是审美活动经过裂变，打破了优美感的和谐和"合目的性"的关系，向"非合目的性"或"反合目的性"的领域的扩展。这种热烈的美，是徐志摩以自己浪漫的生命力为土壤，孕育出的一朵妖冶的花，与那水莲花的娇羞交相辉映。

（二）山水里的静谧——借境悟心与空寂之美

上文提到过，徐志摩多数耳熟能详的代表作带给人的美学感受都是和谐优美的，这类作品多以自然山水为写作背景，如此，也与我们在第一部分"对传统文化的'审美式'接受"一节中所谈到的诗人对自然的热衷相吻合，与那些充满激烈的情感变动、痛苦的战栗与疾呼的声音的诗歌相区别。这类诗歌中，诗人不再突出那些险峻奇崛给人以惊恐之感的自然之色，而沉浸于柔和缥缈的自然景致，诸如诗歌《再别康桥》《在病中》《云游》《私语》《珊瑚》《偶然》《黄鹂》《山中》《渺小》《卑微》等，所抒之情不尽相同，但使人尽感空灵飘逸，所示之美无浓重声色亦无剧烈动荡，给人以低调静谧之美感体验。来看徐志摩发表于1926年的《偶然》：

　　我是天空里的一片云，
　　偶尔投影在你的波心——
　　你不必讶异，
　　更无须欢喜——
　　在转瞬间消灭了踪影。

　　你我相逢在黑夜的海上，
　　你有你的，我有我的，方向；
　　你记得也好，
　　最好忘掉，
　　在这交会时互放的光亮！

　　这首诗给人的感受与上文提到过的《爱的灵感》《白旗》《毒药》《情死》等完全不同，可说是两种背道而驰的风格。单就音调来讲，热烈一类诗歌多是在呼号，全是对爱、对性灵的呼唤之声，是大声疾呼的，而这首诗却更偏于喃喃自语，是对某种刹那间相遇的冥思，基调是低沉的。全诗分为两节，每节五行，句式虽参差不齐，但两节中对应句子长短相近，每节中韵脚均有规律地押合，是一种整体形式上的整饬，具备音乐美与建筑美，给人优美和谐之感。再看内容，第一节中诗人为我们描述了一种转瞬即逝的情境，即"我"作为一朵云，飘过你的波心，并于一瞬间投影而过。"云"是缥缈轻盈的意象，它飘忽不定，无拘无束；而"波心"作为静水的一部分，稍动之后终归趋于平静，是稳定、沉静的象征。这一动一静偶然的相遇，一瞬间的投影，无论是时间还是空间上，都是给人变幻不定之感，是因缘和合在自然中极端的显现，人于如此情境中更能体悟出世事无常的虚幻之感。在这一瞬间的相遇中，诗人却说"你不必讶异，更无须欢喜，在转瞬间消灭了踪影"，诗人捕捉到了那微妙的一瞬间，在这一瞬间，相遇与分离几乎同时发生，面对这种发生，诗人并没有展现某种复杂多变的情感，而直接进入不悲亦不喜的入定状态，在这样一种心性的对照之下，那变幻不定的自然现象因短暂而更显得虚幻。在第二节中，诗人直接由第一节中的景而转向体悟，自然对诗人而言只是一种触发，记得与忘记都不再重要，"交会时互放的光亮"不过是曾经因缘和合的一种相遇，它并没对你我有任何改变。正如马祖道一禅师说："凡所见色，皆是见心，心不自心，因色故有。"（《五灯会元》卷三），徐志摩这首诗向我们呈现的正是这样一种关于心色的辩证关系，诗人于此色中顿悟了世事的变幻，进而看空，进而放下，达到一种心的自由状态。我想，这首诗中那种无法准确描摹的似有若无的美感，其实是通过云的缥缈与湖的安定之意象对照，以及景的变幻与心的悟空的递进，这一系列关于时间的短暂与永恒的隐喻，以直观感悟的方式被读者接受，使读者于此诗中感受到了一种空而不虚、寂而不灭的悟空之感。

值得后人研究时深思的是，无论是上文例举的《偶然》，还是其代表作《再别康桥》，以及后期的佳作《渺小》《卑微》《云游》，这类美感相似的诗歌有一个共同的地方，即均于自然里抒情，且会不同程度地使人感悟一种个体心灵的自由状态，读来使人有通透舒适之感。其实，中国传统审美一直非常重视自然审美，而徐诗中的美也恰源于自然，且最终追求个体的自由状态，与老庄的"逍遥游"及禅宗空寂美学都有相通之处，加之徐志摩本身浪漫的气质，极易被理解为老庄美学所倡导的"逍遥游"。不过老庄美学的"逍遥游"是"齐物"的最高境界，所重视的是万事万物的自然本性，追求的是人归于自然之道后达到天人合一的状态，是人的"物化"；同样禅宗也往往从自然中触发感悟，承续佛学的空观，认为万事万物皆由因缘和合而成，无自性而毕竟空，所谓的心，才是真正的存在（真如），而所谓自然，只不过是假象或心相（心境）。也正是因此，依据空观的观点，其美学中的自然更多的被研究者认为是纯粹的现象，作为色而与空一体了。依张节末所言禅宗："它的美学特点在于：借助神秘的直观以证成自身的佛性。一方面将以往人们视为实有的大千世界如自然山水、人间美色、社会存在、文化积累和道德权威等仅仅当作不断变幻的现象即假象，另一方面又比任何学派都更重视人对自身主体性（佛性）的亲证。"[1] 也就是说，禅宗美学是借自然而得悟空的本心，表现在美学上，重视的是心境，其中的自然也更偏于心灵化。《偶然》中出现的"你不必讶异，更无须欢喜"与"你记得也好，最好忘掉"心境的顿悟才是诗人最终的偏向。而《再别康桥》中"悄悄的我走了，正如我悄悄的来，我挥一挥衣袖，不带走一片云彩"所展现的飘逸之美显然也并非老庄美学中"逍遥游"的自在。诗人于康桥之美景中生情而终归于"悄悄"中销声匿迹，如同从不曾到来过一般，有"不以情累其生，不以生累其神"的超脱之感，同样更接近禅宗美学因顿悟而达的寂灭之心境，心境的豁达胜于"物化"的逍遥。故，我认为，徐志摩这类诗歌所展现的美学风格更偏于禅宗美学中受空观影响而形成的空寂之美感。

其实，统观徐志摩这类具有空寂之美的诗歌，多是以自然山水起兴，渐入一种悟空之心境，简言之，就是"借境悟心"，然而这与徐志摩浪漫诗人的身份也并不相悖。末世的黑暗与新生的疼痛往往使得浪漫主义诗人于呼唤性灵与爱之外，也会对死亡与寂灭进行冥思，这种冥思不过是浪漫的另一面。徐志摩此类展现空寂之美感的诗歌就是一种由冥思而得来的悟的美学，它借用禅宗美学中"借境悟心"的审美方式来抒发诗人面对现实的内忧外患所形成的心理感受。需要强调，"借境悟心"只是浪漫的徐志摩借用的一种审美方式，诗人并不是为了审美而审美，这种悟的发生是诗人面对现实境遇自然而然形成的心理反应机制。就美学而言，这种"借境悟心"是如何发生的，我们通过徐志摩的诗歌可以找到想要的答案。且看其创作于1931年4月的《山中》：

---

1. 张节末：《禅宗美学》，北京：北京大学出版社，2006年，第13页。

庭院是一片静，
听市谣围抱；
织成一地松影——
看当头月好！

不知今夜山中
是何等光景；
想也有月，有松，
有更深的静。

我想攀附月色，
化一阵清风，
吹醒群松春醉，
去山中浮动；

吹下一针新碧，
掉在你窗前；
轻柔如同叹息——
不惊你安眠！

由月色下静谧的庭院而想起静得更深的山里，由山而想到月以及月下的松，月光柔和而松影斑驳，无声的环境使人的内心达到一种虚静的状态，这种虚静的状态为纯粹的审美提供了完美的前提。而在这样一种氛围中，"我"向往化为一阵清风，虽然这种"物化"的倾向有老庄"齐物"的影子在其中，不过"我"随后所抒之情却不是"物化"之后忘我的境界，"我"所向往的不过是这清风所具有的清冷寂静，希望自己的情动如同"吹下一针新碧"的轻柔，这轻柔似我自己的独自的"叹息",不惊于你,对我也是一叹而过的轻柔。全诗静谧祥和,有化风的逍遥之态却不至无情,有情却又淡若叹息,从头至尾不过是我自己一时间心境的呈现,并未有他人情感介入,而这淡淡之情最终也随着叹息的落下而归于寂静。整首诗无论是景物描写还是其中的情感表现都是偏静的,就是那仅有的一缕情思,也是稍纵即逝,不留痕迹,于山水画一般的淡雅景致中营造出一种无悲无喜的豁达状态,借境而以悟心,一种偏于佛性的"我"得以彰显,在这之上,空寂之美感油然而生。

如果说以上例举的诗歌其中尚且还有淡淡的情愫显现,那么,徐志摩另有一部分美学效果类似的诗歌,其中情感的踪迹则更难寻觅了,如《渺小》:

> 我仰望群山的苍老,
> 他们不说一句话。
> 阳光描出我的渺小,
> 小草在我的脚下。
>
> 我一人停步在路隅,
> 倾听空谷的松籁;
> 青天里有白云盘踞——
> 转眼间忽又不在。

诗中,诗人已经不再直接在诗中表露情感,只是将所观之境描绘出来,当然,这些所现之景背后,隐含的还是诗人一颗看景的心,即境由心生。苍山长久的沉默之下是我的渺小,而我之下却还有更渺小的小草,在这无声的景色对比中,关于"渺小"我们无需更多的言语。无论是空谷的松籁,还是青天里白云的盘踞与消散,看似是自然景色的呈现,其实这背后都隐含了一个"我"。自然向来是瞬息万变的,于这万变之中看见想看之景,靠的还是自己的眼睛,所以,我们可以说这首诗中,诗人只写了景,换个视角,也可以说,诗人不过是在向我们展现他的"眼睛",以及他眼睛背后的心性,只是这样的景色中,个人性的情感似乎越来越淡,是心性还是景色越发难以辨别,反正都是转瞬即逝的短暂,一切既非真空也非真有。这样的写法,我认为是"借境悟心"审美方式比较极端的一种表现。同样的表现还出现在诗歌《醒!醒!》中:

> 和蔼的春光,
> 充满了鸳鸯的池塘;
> 快辞别寂寞的梦乡
> 来和我摸一会儿鱼儿,折一枝海棠。

徐志摩诗歌中这种难以言说的空寂之美,简单来说就是一种"悟"的美学,他的这种"悟"与对中国传统美学影响甚深的禅宗美学关系最为密切。此类诗歌中对"借境悟心"审美方式的借用也使得其诗歌美学区别于其他诗歌呈现出独特的空寂美感,尽管在一些诗歌如《云游》《珊瑚》以及《再别康桥》等中诗人并没有完全做到冥神绝境,但确实有禅宗"悟心"的倾向。据张节末对"借境悟心"的美学总结:"禅宗的悟,有许多是从自然现象得到触发,在刹那间获得的,叫'借境悟心',它似乎是'触兴'方法的延伸,而且显得更为直接。所不同之处在于,尽管面对的自然现象相同,'触兴'是为了起情,似乎延伸了自然,而'借境悟心'却是为了灭情,远离了自然,方向正好相反。"[1]这样看来,《偶然》里转瞬的忘记与《再别康桥》中来去间不带走一片云彩的洒脱,以及《山中》《渺小》中那种淡到近于无甚至完全借境呈现的心思,的确多是起兴于自然,而最终归于寂灭。也许正是这种灭情的倾向使得诗歌中的自然多缥缈空灵,也使得诗歌中的情感内敛平淡,最终带给读者一种不能言说的空寂之美感体验。

---

1. 张节末:《禅宗美学》,北京:北京大学出版社,2006年,第135页。

四、从题材到形式——诗歌实践中的宗教印痕

宗教文化对徐志摩的思想以及诗歌美学的影响,我们在上文已经详细地论述过了,落实到实际的诗歌创作中,从内容到形式,发现宗教文化的影响痕迹就不足为奇了,这种痕迹同样融合了浪漫诗人再创作的特征,彰显出自我独特的个性。本部分将主要从诗歌题材及抒情方式两方面着手对徐志摩诗歌中的宗教痕迹进行研究探讨。

(一)宗教题材的颠覆性改写:神性的弱化与人性的彰显

在周作人《圣书与中国文学》一文中,曾经描述过《圣经》在中国文学界,对文学精神与形式产生了重大的影响。他认为,《圣经》中精神对中国旧思想弊病有疗治之效,是人道主义思想源泉之一,而《圣经》的中国译文对新文学语言改造也有帮助。的确,"五四"诸多文人创作中都有涉猎《圣经》,鲁迅、冰心、郭沫若、李金发、蒋光慈等都在创作中使用过基督教的元素,而对于《圣经》中的经典母题,不同的人发掘的意义也各不相同,特别能体现作者本人思想与艺术特征。徐志摩并没有信奉任何宗教,但对于文学性很强的《圣经》有过涉猎,曾经说过"我想翻柏拉图,想翻《旧约》,想翻哈代……想翻的还多着哪,可是永远放着不动手。不得空闲虽则不完全是饰词,但最主要的原因还在胆怯——不敢过分逼迫最崇仰的偶像一类的胆怯"[1]。显然,对他

---

1. 徐志摩:《玛丽玛丽·序言》,韩石山编:《徐志摩全集》第六卷,天津:天津人民出版社,2005年,第254页。

而言，宗教经典《旧约》是与伟大的文学作品具有同样性质的，他在里面收获的是思想与情感的震撼，虽然徐志摩最终未能如愿翻译《圣经》，但却以诗歌创作的形式对经典的《圣经》故事进行了叙述。创作当然就意味着改写，而在这样一种改写的阐释中，我们可以通过体会创作者对原著的理解，更清晰地理解诗人希望通过文字传达的理念。徐志摩涉及改写宗教经典的作品主要包括《人种的由来》《卡尔佛里》《又一次试验》《最后那一天》《罪与罚》。

其中《人种的由来》所用题材出自《旧约·创世纪》。在原著中，耶和华神以土造男人亚当，将其安顿在东方的伊甸园中，并取出亚当的一条肋骨造成女人夏娃，二人生活在伊甸园中不知善恶羞耻。后来蛇出现，引诱夏娃去吃园中能让人辨善恶的智慧果，夏娃吃下并给亚当同吃，吃后均知善恶羞耻，被神耶和华发现，因违背神旨意，触怒神，蛇、亚当、夏娃及其后代生生世世均遭神诅咒和惩罚，又因人知善恶后与神智慧相似，耶和华神怕其再偷吃生命树之果实而将亚当与夏娃逐出伊甸园。在这个故事中，神、人、蛇乃至果实各具象征意义，蛇在基督教中又有撒旦之说，而人偷吃禁果是要遭到上帝惩罚的，是一种原罪。故事寓意丰富可从多方面解读，但作为基督教经典故事，主要意旨还是为说明神的权威不容侵犯，而由于亚当夏娃偷吃禁果，人生而有罪，一生都要在忏悔中忍受神加诸人的种种磨难惩罚。需要注意的是，人的堕落和对神的触怒源于人偷吃了智慧之果，这是原罪的根源。

在《人种的由来》中，徐志摩通篇采用对话形式，全诗共分四节，每一节中有不规则的韵脚出现，除个别称呼外，均保持七字一句，一句一行的格式，每一节都是由对话组成的一个场景，这显然是诗人精心设计的形式，相较于形式，诗中的对话更值得我们关注。第一节还原了亚当初见夏娃时两人的对话。在原著中，夏娃是由亚当肋骨而来，亚当见她说"这是我骨中的骨，肉中的肉，可以称她为女人，因为她是从男人身上取出来的"，并没有多余的对话；在诗人的笔下，亚当与夏娃的见面则洋溢着男女之间的爱意，夏娃说的是"你是亚当吗，上帝创造我来伴你的。你从今后再不怕荒凉，再不愁孤寂……"

这种渴求爱人陪伴的孤寂心情更像徐志摩自己心思的写照。而第二节则是蛇对夏娃的诱惑，在这一节中，夏娃的天真烂漫在徐志摩的笔下表现得淋漓尽致。第三节是夏娃亚当同吃智慧果（知识果）的对话，在对话中，亚当再次搬出上帝的教诲，比之活泼灵动的夏娃，亚当显得陈腐愚蠢。第四节是亚当夏娃吃下智慧果后眼睛明亮后的对话。在原著中，强调的是二人吃下果子后眼睛明亮，而后知道赤身裸体的羞耻，但看徐志摩想象出的对话：

> 夏娃：
> "亚当！我见亮光了。
> 　　好一个美妙天地！
> 　　赶快睁开你眼皮，
> 　　你我准备见面礼！"
> 亚当：
> "你的疯话我不信，
> 　　哪有眼皮会开闭——
> 　　咳，奇怪！果真两眼
> 　　有些发痒酸斋斋；
> 　　夏娃！夏娃！真稀奇，
> 　　果然是光亮天地！"
> 夏娃：
> "不成！慢点过来。
> 　　你我原来是裸体！
> 　　不好了！快躲起来，
> 　　那边来的上帝！"

诗中所强调的感情是开眼见到世界的无限喜悦，而且有一个细节需要注意，在原著中吃下智慧果的亚当夏娃只是眼睛明亮，诗中却是以"睁开眼皮"

为结果，开眼之后看到的是一个美妙天地。显然，"开眼"在诗中是具有象征意义的，我认为，此处与徐志摩思想理论中性灵的觉醒是一个意思。徐志摩将偷吃禁果的经典故事分四个情节片段：初见、被引诱、吃与不吃的争论、开眼看世界。故事在第四节时达到高潮，而这四个情节显然是他精心挑选的。我们应该注意到他有意将原著中上帝对亚当、夏娃与蛇的惩罚略去了，将故事停留在看到新世界的喜悦上的处理手法。而整个故事中尽管一共只有四个人物——上帝、亚当、夏娃、蛇，但讽刺的是，通篇由对话组成的诗歌中，最高权威者——上帝，却始终处于一种噤声状态，反而是象征撒旦的蛇取代上帝成为一种先知与权威的声音。而诗中所表现的是对无伴侣孤寂状态的否定，对亚当盲目信奉上帝的嘲讽，对夏娃天真烂漫之态的喜爱，对睁眼后新世界的赞美。这样看来题目《人种的由来》也变得具有象征意义，偷吃禁果在诗人看来不是人的堕落，相反，是"人"的觉醒。整篇故事中原有的寓意完全被颠覆，神性被诗人放逐，原来被作为原罪的人性却成了性灵觉醒的象征，爱情这种最具凡俗性的感情也被抬高。

与《人种的由来》题材相似的还有诗歌《又一次试验》，这也是对上帝造人的想象性书写。不过，不同于《人种的由来》中描绘人的觉醒，此诗中想象出上帝再次造人，却不再赋予人灵性，不同于之前从人的立场出发赞扬亚当与夏娃性灵的觉醒，此诗中诗人转换到上帝的位置，通过上帝之口批判了人对性灵的不珍惜，"给了也白丢，能有几个走回头……我老头再也不上当，眼看圣洁变肮脏……"对性灵的赞扬与现实人性的批判其实是同一思想的两面，对徐志摩甚至诸多现代知识分子而言，他们所处的时代是黑暗与绝望的，需要的是改头换面的新生，批判是他们的宣泄也是他们的希望。另一首诗歌《卡尔佛里》，选择了《圣经》中耶稣被钉十字架的场景，标题《卡尔佛里》就是耶稣被钉蒙难的事发地 Calvary（古代耶路撒冷城外的一座小山，骷髅地）的音译，本身具有象征意义。作为神之子的耶稣怜悯人类，一心拯救人类，反而被门徒犹大出卖，受人辱骂，最终惨死十字架上。原著是一种对场景的概括性讲述，对旁观者以及同钉者的描述非常简洁"从那里经过的人辱骂他，摇着头说……那和他同钉的人（两个强盗）讥诮他"。而徐志摩的诗歌不是对这个场景的再现，而是由这个场景，引发出两个围观者的讨论（主要由一方发言），这当然是诗人自己的想象，诗人借由这样一个经典的场景，以角色之口来抒发自己的看法。讨论中，诗人杜撰出耶稣为两个同钉十字架的强盗求情且强盗为此受到感化的情节，描述了围观妇女对耶稣受难的悲伤、得意的祭司长丑恶的嘴脸，并以长篇幅渲染性地描述了门徒犹大为了金钱的欲望对耶稣的背叛，最后以下面的话结束全诗：

>"……我信他是好人；
>就算他坏，也不该让犹大斯
>那样肮脏的卖，那样肮脏的卖！
>我看着惨，看他生生的让人
>钉上十字架去，当贼受罪，我不干！
>你没听着怕人的预言？我听说
>公道一完事，天地都得昏黑——
>我真信，天地都得昏黑——回家吧！"

其实原著中犹大背叛耶稣，耶稣钉十字架这个故事中有一很重要的线索，就是耶稣对所发生事件的预言以及最后的复活，整个故事都笼罩在一种神的权威之下，人的背叛以及种种对神之子的伤害行为，都显示的是人之愚昧以及身上的罪孽，神权在神一步步的预言以及最后的复活中被抬高。再看徐志摩的改编，借由这个题材，他也赞扬耶稣，不过他笔下的耶稣更是一种伟大人性的化生，是怜悯、宽容与牺牲精神的集合体，而着重批判的是人性中的贪婪、无知与麻木，最后以"公道一完事，天地都得昏黑"隐射现实世界的黑暗。"卡尔佛里"在诗人徐志摩的眼里，就是一个对现实世界与现实人性之暗的象征之地，人性显然比神性更受诗人的重视。诗人借用古老题材书写的是最具现世性的意义，大概是希望以此唤醒在他眼里同样处于愚昧状态的同代人。

诗歌《最后那一天》，同样是来自《圣经》的概念，"最后那一天"其实指的是基督教中的"末日审判"，在《圣经》中唯一描绘未来景象的《启示录》中有对世界末日以及末日审判的描述。世界末日终会到来，到了那一天，衷心跟随神的人会同神一起进入神的时代，但在此之前神要对所有人进行审判。末日审判是基督教传教中重要的依据，意在警示人类洁净自己的罪孽，聆听神旨，端正自己的行为。不过，借用末日审判，徐志摩表述的是：

>..........
>在一切标准推翻的那一天，
>在一切价值重估的那时间，
>暴露在最后审判的威灵中，
>一切的虚伪与虚荣与虚空：
>赤裸裸的灵魂们匍匐在主的跟前；——
>
>我爱，那时间你我再不必张皇，
>更不须声诉，辨冤，再不必隐藏，——
>你我的心，像一朵雪白的并蒂莲，
>在爱的青梗上秀挺，欢欣，鲜妍，——
>在主的跟前，爱是唯一的荣光。

对于世界末日，诗人怀着期盼的心情等待，而对于末日审判，也自信能通过"上帝"的考验。整首诗，借末日之说其实表达的还是徐志摩对理想"爱"的追求，是他对绝对洁净的人之爱的自信。诗人再一次借神之名来发表他自己的言说。至于《罪与罚》虽说借用的是《圣经》中常出现的忏悔情节，内容却依然是男女间的爱恨纠葛，最终表白的是女性的无罪。

统观之，徐志摩诗歌对基督教经典故事的改写一共涉及了偷吃禁果、耶稣被钉十字架、末日审判以及罪人向神忏悔这几个情景，这些情景都具有末世或新生的象征性。它们对诗人的吸引除了故事本身的经典性与寓意性外，还因为这诸多意象与情境的象征意义与中国国情的契合，故"五四"启蒙知识分子都能在这之中产生情感的共鸣。宗教经典故事本身是陈旧的，故事寓意多是为了彰显教义、警示后人，宗教题材入诗作为典故运用并不新鲜。但宗教故事本身是为了宣扬神权，警示人与神之间的地位差别，以及告诫人之罪恶需要不断忏悔，总是神性的彰显。而在诗人徐志摩对宗教经典故事的改写中，如上所述，上帝几乎被噤声，无论是描述性灵的觉醒、对人之爱的推崇，抑或是对人性之恶的批判，徐志摩关注的始终都是人性。诗人对宗教题材的改写可以说是颠覆性的，在对故事架构、人物的改写过程中，抽取掉意象本身的寓意，赋予其具有时代特征的新的意义。在我看来，诗人借用神的架构，在之上堆砌人性与感情的砖瓦，建构出一个个极具现代性意义新宗教故事，他的改写展示的是对神性的弱化与对人性的彰显。

（二）呼喊与冥思：探寻一种抒情方式

在浪漫主义的传统中，因同样企图拯救人类血肉之躯中的"神性"（尽管这种"神性"的具体含义并不相同，但却都倾向超验的精神世界），诗歌与宗教之间一直具有共通性，德国浪漫主义诗人诺瓦利斯在《断片》中曾言："诗人和教士最初是一体的，只是后来的时代才把他们分开了。但真正的诗人却永远是教士，正如真正的教士永远是诗人一样。"在宗教的世界里，当人面对那个超自然的"神"时，往往以呼喊的方式向神赞美、祷告或者忏悔，而这种对超验世界的向往也促使人去冥思那些被自然科学所摒弃的终极归宿问题，如生与死、永生与天国、原罪与救赎。相应的，后人对于浪漫主义诗人有过诸多评论，借用刘小枫的话，"对死亡和奇诡的冥思，对无名的和失名的事物的呼唤，又一次历史地由诗人来担当"[1]。20世纪二三十年代的中国知识分子，面对因技术时代兴起而被资本主义强硬打开国门的祖国，在对未来的彷徨、对现实世界的不满与迷茫中陷入精神危机，诗人徐志摩于危机中投入浪漫主义的怀抱，建立了一个以爱、灵性以及自然为本体论内涵的诗意化世界，并以此来对抗令其不满的现实世界。徐志摩的浪漫主义当然是归属于那个大的浪漫主义传统的，呼唤与冥思顺理成章成为他诗歌中两种并存的风格。如前所述，宗教文学传统中的呼唤与冥思也真真切切地影响到了徐志摩诗歌的抒情方式。

1. 有声的呼喊：祈祷与预言

首先，在我看来，有声的呼喊是徐志摩诗歌中值得关注的一种抒情方式，这种呼喊其实就是存在于其众多诗歌中的一种"声音"。它区别于无声的思考，区别于中国传统抒情诗中欲说还休的喃喃之音，也区别于同时期其他诗歌的声音，彰显出一种徐志摩风格。在诗歌《我是个无依无伴的小孩》结尾处，诗人写的是：

…………

光明！我不爱人间，人间难觅
安乐与真情，慈悲与欢欣；

光明，我求其你引致我上登
天庭，引挈我永驻仙境之境；

我即不能上攀天庭，光明，
你也照导我出城围之困；

---

1. 刘小枫：《诗化哲学》，上海：华东师范大学出版社，2007年，第230页。

> 我是个自然的婴儿，光明知否，
> 但求回复自然的生活优游；
> 茂林里有餐不罄的鲜柑野栗，
> 青草里有享不尽的意趣香柔……

以"光明"为抒情对象，诗中的抒情者得以直接发出声音，这是一种大声疾呼的请求，有对人间的不满，也有对仙境的向往。这种在诗中内设抒情对象，以第一人称"我"为抒情者直接抒情的方式，使得"声音"以文字为媒介得到传播，读者读诗时仿佛亲耳听到诗人在呐喊呼唤，在物理上给人一种现在进行时的感受。如此，承接叙述功能以表现时间流动性的文字，通过一种幻觉性的声音达到了造型艺术凝固瞬间情感的艺术效果。另外，这种以第一人称"我"带入诗人声音的表现手法，使得抒情变得更加直接与明了，情感传递上，一种有力度的情感通过语气与语调直接表现了出来，跳过了意象、隐喻，以"声音"的方式让读者直接感受。

在诗歌《翡冷翠的一夜》中，徐志摩同样以"声音"来直抒胸臆：

> …………
> 你不能忘我，爱，除了在你的心里，
> 我再没有命；是，我听你的话，我等，
> 等铁树儿开花我也得耐心等；
> 爱，你永远是我头顶的一颗明星：
> 要是不幸死了，我就变一个萤火，
> 在这园里，挨着草根，暗沉沉的飞，
> 黄昏飞到半夜，半夜飞到天明，
> 只愿天空不生云，我望得见天，
> 天上那颗不变的大星，那是你，
> 但愿你为我多放光明，隔着夜，

> 隔着天，通着恋爱的灵犀一点……

被抒情的对象，由"光明"变成了"爱"。在诗歌《呻吟语》中，诗人最后喊出"但如今膏火是我的心，再休问我闲暇的诗情？——上帝！你一天不还她生命与自由！"，"上帝"又变成了内设的对象。虽然，对象在变化，但总的来讲，这类诗歌中诗人或隐或显设置的这一被抒情对象，不是普通的朋友、恋人或是某一个拥有具体身份的个人，都是一些超验的、精神性的概念，它们最终指向的，其实就是徐志摩所呼唤的"无名"与"失名"之物，和宗教中超验的"神"有异曲同工之妙。这种抒情对象神圣性的设定自然会影响到抒情者的情感强度、语气、语调乃至言说方式，最终表现出一种可以辨识的风格，即包含祈求之情感的深情呼喊。

这种向"神"祈愿的抒情方式并不是无迹可寻的，在众多宗教经典，尤其是在《圣经》中诗歌集中的《诗篇》里非常常见，在众多祷告类诗篇里，"我用我的声音求告耶和华"（《诗篇》卷一，"求助的晨祷"）是最惯常的抒情手法。虽然具体言说的内容不同，有的是单纯的祈愿，有的是忏悔，有的是对神的赞美，还有的如"弃恶从善必蒙福""在主里得到安稳"等里作为"义人"进行传道的预言，但不外乎以"耶和华啊，求你留心听我的言语，顾念我的心思。我的王我的神啊，求你垂听我呼求的声音"（《诗篇》卷一，"求主保护"）这种以"我"之声，向神祈求呼喊的形式展开。可以说，这是一种《圣经》祈愿类诗歌通用的抒情模式，它与上文提到的徐志摩诗歌中的"呼喊"抒情方式不谋而合，诗歌《一个祈祷》更是一个这类抒情的典范，我们可以做更具体的分析：

> 请听我悲哽的声音，祈求于我爱的神；
> 人间哪一个的身上，不带些儿创与伤，
> 哪有高洁的灵魂，不经地狱，便登天堂：
> 我是肉薄过刀山炮烙，闯度了奈何桥，

> 方有今日这颗赤裸裸的心,自由高傲!
>
> 这颗赤裸裸的心,请收了吧,我的爱神!
> 因为除了你更无人,给他温慰与生命,
> 否则,你就将他磨成齑粉,散入西天云,
> 但他精诚的颜色,却永远点染你春朝的
> 新思,秋夜的梦境;怜悯吧,我的爱神!

"声音"在诗歌中被显著突出,而声音背后是完整的语气与情绪。当然,为了达到这种模拟发声的抒情效果,诗人采用了一种对话(其实是独白)的方式,这种设定一个不发声的对话对象的方式,既调动了抒情者的情绪,又保证了抒情者绝对的发言权,可说一举两得。同时,抒情的对象是诗人内心呼唤的神,抒情的语气自然因虔诚、内心强烈的愿望、诚挚等因素变得神圣,而语调也因一种献祭的情境而变得高昂,故而这类诗歌的抒情方式极易调动读者的情绪,并在"呼喊"的渲染中唤醒读者对爱神的向往。其实浪漫诗人想要唤醒的不是真正的神,诗人所发出的"呼喊"之声,真正针对的对象是广大读者或者说是那些尚未觉醒的人。

以上对徐志摩"呼喊"的抒情方式做了详细的分析。其实,这种针对"无名"或"失名"之物进行呼唤的独白式的抒情方式,普遍存在于宗教文学中的祈祷诗文里,根据动机与情感内涵的不同,又可具体分为祈祷、赞美、忏悔以及预言等形式,它们在徐志摩诗歌中并不少见。《拜献》《婴儿》连同前文所例举的诗歌可以作为祈祷类诗文的代表,而《白旗》《罪与罚一、二》就情感方式而言可归入忏悔类,包括一些类赞美性质的诗文,它们采取的可以说都是以神为对象而进行呼喊发声的抒情方式。

徐志摩以呼喊的形式进行抒情的诗歌中还存在另外一种声音,即预言者的声音,这种声音同样是外向于他人的,不同的是,不是对高高在上的神进行仰

视后发出的呼唤，而是以一种俯视的位置来陈述，故而情绪因为确信而变得沉稳，但"声音"相对而言却更低沉、更有力度。这种诗歌的抒情对象也不再是神，而是处于懵懂状态的芸芸众生，抒情者由神的侍奉者变成了代神发言的先觉者、预言者，《夜》的最后部分与《青年曲》中都有体现，而《毒药》中最典型：

> …………
> 但是相信我，真理是在我的话里虽则我的话像是毒药，
> 真理是永远不含糊的虽则我的话里仿佛有两头蛇
> 的舌，蝎子的尾尖，蜈蚣的触须
> …………
> 相信我，猜疑的巨大的黑影，像一块乌云似的，已经笼盖
> 着人间一切的关系：人子不再悲哭他新死的亲娘，
> 兄弟不再来携着他姊妹的手，朋友变成了寇仇，
> …………
> 在人道恶浊的涧水里流着，浮荇似的，五具残缺的尸体，
> 它们是仁义礼智信，向着时间无尽的海澜里流去；
> 这海是一个不安静的海，波涛猖獗的翻着，在每个浪头
> 的小白帽上分明的写着人欲与兽性；
> 到处是奸淫的现象：贪心搂抱着正义，猜忌逼迫着
> 同情，懦怯狎亵着勇敢，肉欲侮弄着恋爱，暴力侵凌着人道，
> 黑暗践踏着光明；
> 听呀，这一片淫猥的声响，听呀，这一片残暴的声响；
> 虎狼在热闹的市街里，强盗在你们妻子的床上，罪恶在
> 你们深奥的灵魂里……

整首诗还是以第一人称"我"为抒情者，不断重复"相信我"这一短语，

并在重复中插入表白自己的内容。语言显得扭曲、黑暗、荒诞,"真理是永远不含糊的虽则我的话里仿佛有两头蛇的舌,蝎子的尾尖,蜈蚣的触须",以如此阴森恐怖的隐喻来营造一种仿佛末世的氛围,并且用见证者一般的陈述句来直接阐述,"人子不再悲哭他新死的亲娘,兄弟不再来携着他姊妹的手,朋友变成了寇仇……"所用的句式基本是 A 是 B,或 A 不再 C,这类直接的判断句,并且以一种句式上的排比来不断推进,进而形成一种语言上的气势。而词汇的选择也是有特色的,诗人以一种佯谬的方式来使用语言,诸如"在人道恶浊的涧水里流着,浮荇似的,五具残缺的尸体,它们是仁义礼智信","贪心搂抱着正义,猜忌逼迫着同情,懦怯狎亵着勇敢,肉欲侮弄着恋爱,暴力侵凌着人道"。这些有悖于正常的语言规范的,但在诗歌中诗人却以肯定的语气来如此使用语言,进而既使人陌生也给人冲击,最终成功地达到了诗人想要的效果——告诉世人,这个世界已经完全堕落了,你需要救赎与觉醒。这就是一种针对世人的预言之声。

综上所述,徐志摩的诗歌中有一部分是具有"声音"的,而这声音背后意味着语调、语气、言说方式,以及情感形式等的不同,最终形成的是一种独特的诗歌艺术效果。不论是情绪高昂的祈祷,还是低沉阴郁的预言,"呼喊"的确是徐志摩以诗呼唤无名与失名之物惯常的抒情手法,也是他独具特色的一种诗歌形式。

2.无声的冥思:譬喻与直观

毋庸置疑,徐志摩一类诗歌中存在一种外扩的声音,即"呼喊"的抒情方式。所谓呼唤,肯定存在一个外在的抒情对象,并且声音是外扩的、响亮的,非常容易被人辨识。在论述开始时我们提到过,浪漫主义诗人除了呼唤无名与失名之物,由于追求超验的精神世界,面对被工业革命占领的现世世界,人类对自然、情感等的漠视这些现实问题时,往往会同时关注生与死、超脱与永恒等需要冥思的问题。冥思是无声的,诗人徐志摩在其诗歌中是否有受到这种冥思的影响呢？答案当然是肯定的。其实在第三部分"热烈与空寂——趋于两极的诗歌美学"中我们就已经回答了这个问题，因为在徐志摩的诗歌美学中，有一种以借境悟心而达到的空寂之美感，涉及"悟"，自然就区别于"呼喊"，是以无声的思想的形式而存在着。那么，这种无声的冥思表现在抒情方式上，又会以什么样的形式来展现呢？

区别于"呼喊"式的抒情，在"冥思"类诗歌中，诗人呼喊的"声音"隐去了，打量着"我"之色的景与物成为诗歌主要的组成部分，如徐志摩后期的一首短诗《渺小》：

> 我仰望群山的苍老，
> 他们不说一句话。
> 阳光描出我的渺小，
> 小草在我的脚下。
>
> 我一人停步在路隅，
> 倾听空谷的松籁；
> 青天里有白云盘踞——
> 转眼间忽又不在。

整首诗是寂寂无声的。第一节中，诗人仰望，看见的是沉默的群山。第二节中，诗人倾听，听到的是"空谷的松籁"。"空谷"这一意象并非首创，与唐代大诗人王维常写的"空山"有相通的意境。松籁看似是声，实为以松声反衬出静，而谷"空"本身也由寂寂而来，故虽为倾听，其实都源于静，诗人所展现乃是由静观而得，这是禅宗"凡所见色，皆是见心，心不自心，因色故有"的表现，是一种空观的审美呈现。奇妙的是，全诗并没有任何一点与情绪或者情感直接相关的词汇。另外，那些总是存在于呼喊式抒情类诗歌中的抒情对象被取消了，可以说直接的"抒情"被隐去了，更多的是陈述与描绘。但，一种"空"与"寂"的情感却通过这种寂寂无声的书写被完美地突显出来。而在这种空与寂的情绪或者说情感背后，是一种类似于冥想的境界，诗人没有言明，读者却通过诗人着"我"之色的景物描绘，感受到了关于生命短暂与时间永恒的怅然若失，一种哀而不伤的中和的情绪以及对人生归宿的思考氛围成功感染读者。这种以物为中介来传达情感的方式，何尝不是一种隐喻的书写。同属于这类"噤声"抒情方式的诗歌还有《山中》《黄鹂》《秋月》《偶然》《云游》等。

在这类被隐去"声音"的诗歌中，有一个共同的特点，即以"物"取代"话语"在抒情中所占据的主导位置，着情（意）于物成为主要的抒情方式。这些物或者景的描绘背后，如上文所分析的，往往是带有诗人感性色彩的，诗人通过景、物的描写来达到某种情感的抒发。为了融情于物，达到"借境悟心"的审美效果，徐志摩在诗歌中多用譬喻的修辞手段。当然物与物相对太过严密的明喻显然不太适合用来传情，诗人对譬喻修辞的使用也是具有选择性与创造性的。比如《黄鹂》：

> 一掠颜色飞上了树。
> "看，一只黄鹂！"有人说。
> 翘着尾尖，它不作声，
> 艳异照亮了浓密——
> 像是春光，火焰，像是热情，
>
> 等候它唱，我们静着望，
> 怕惊了它。但它一展翅，
> 冲破浓密，化一朵彩云；
> 它飞了，不见了，没了——
> 像是春光，火焰，像是热情。

总的看来，此诗的核心即一个关于黄鹂形象的比喻——"像是春光，火焰，像是热情"，但这个看似是一对一的明喻却并不简单。在第一节中，诗人主要是以黄鹂艳异的色彩作比，第二节同样的喻体，对应的却是黄鹂展翅飞去那转瞬即逝的形象。在同一首诗中，诗人利用了同一喻体的不同特征来进行比喻的修辞描写，而喻体"春光""火焰""热情"，尤其是"春光"与"热情"本身并非实物更偏向感觉，这样的喻体选择本身已经削弱了譬喻中物物对应的紧密性。再则，不论是第一节对色彩特征的比喻，还是第二节中对存在的短暂性的比喻，诗人选择进行比喻的共同性也是更偏于感觉性的。最终，这首诗歌在这样一种比喻修辞中完成的是偏于"悟"的审美，这一点与佛教中爱用譬喻来讲述深刻人生问题的方式是一致的。

再如《偶然》，开端即是"我是天空里的一片云"，以"我是云"的隐喻形式作为开端，进而在诗歌一开始就为"我"赋予云缥缈的特征。需要指出的是，这里以"我"与云的隐喻开头，诗人要引出的只是后文中"我"对人生因缘和合偶然性的种种感悟，以便读者更加顺畅地产生共鸣。《山中》"我想攀附月色，化一阵清风"，这种"化"的书写，其实也是让"我"顺理成章变为风，进而能够利用清风所具有的那种自由、轻盈与虚无缥缈的特性来表达"我"的感受。"化"在我看来是譬喻向直观的一种过渡，借用物性以彰显"我心"的意图更加明显与直接。

我认为，徐志摩借用譬喻修辞是为了更好地达到直观。《偶然》《山中》《黄鹂》是徐志摩从诗的整体架构上利用譬喻形式的极端例子，徐志摩其实也在一些诗歌的局部运用了这类修辞手法，这也使得此类诗歌风格趋于同一。如在《常州天宁寺闻礼忏声》中，诗人采用了一长串对礼忏声的比喻开篇："有如在火一般可爱的阳光里，偃卧在长梗的，杂乱的丛草里，听初夏第一声的鹧鸪，从天边直响入云中，从云中又回响到天边……有如在一个荒凉的山谷里，大胆的黄昏星，独自临照着阳光死去了的宇宙，野草与野树默默地祈祷着。听一个瞎子，手扶着一个幼童，铛的一响算命锣，在这黑沉沉的世界里回响着。"

这一长串的比喻,其实都是从诗人听闻礼忏声引出的,严格来讲它们对应的本体都是礼忏声,不过显然,喻体们所表现的都是抒情者心灵的感悟,力图表现的也是得悟的直观。类于此的还有诗歌《问谁》中"那无声的私语在我的耳边/似曾幽幽的吹嘘,——/像秋雾里的远山,半化烟,/在晓风前卷舒",以及《在病中》中的种种譬喻。

需要指出,此类诗歌所具有的美学特征正是我们之前论述过的深受禅宗美学影响的空寂之美,而禅宗重视悟的直观,故而就具体的表现形式来看,此类诗歌虽重视譬喻的方式,却又力图挣脱譬喻所重视的物物相对性,而达到直观的感受(包括舍弃声音),并非无迹可寻。张节末在其著作中提到过的,"我们细查禅宗美学,发现它的感性经验之形成,有一个逐渐脱离原始佛经中大量使用的譬喻而向禅观——空的直观的过渡"[1],这个规律用在徐志摩此类诗歌之上,也并不唐突。在本节开始我们提到的《渺小》就是徐志摩直接丢掉譬喻的形式而直达直观的典型。诗中没有任何比喻的形式,但诗人却将自己的感受成功地通过物的描绘表现了出来。这首诗成功跳过譬喻直达直观有一个重要的前提,即利用了传统文化传承而具有的审美惯性。因为这种审美积淀,审美者面对审美对象时会由于惯性而迅速联想反应出其背后的审美感觉,比如《渺小》中"倾听空谷的音籁","空谷"一词就有王国维"空山"之审美感受的延续,"空"本身因其历史文化积淀,就极易因其中国读者感受的共鸣。另外,还有巧妙地从譬喻过渡到直观的例子《云游》:

> 那天你翩翩的在空际云游,
> 自在,轻盈,你本不想停留
> 在天的那方或地的那角,
> 你的愉快是无拦阻的逍遥,

---

[1]. 张节末:《禅宗美学》,北京:北京大学出版社,2006年,第200页。

> 你更不经意在卑微的地面
> 有一流涧水，虽则你的明艳
> 在过路时点染了他的空灵，
> 使他惊醒，将你的倩影抱紧。
>
> 他抱紧的是绵密的忧愁，
> 因为美不能在风光中静止；
> 他要，你已飞渡万重的山头，
> 去更阔大的湖海投射影子！
> 他在为你消瘦，那一流涧水，
> 在无能的盼望，盼望你飞回

看似没有任何譬喻，其实"你"却隐含了以人喻云的含义，诗人是略过了对云游空际的"你"的具体指涉，利用人称代词的模糊性将所指对象宽泛化，但最终却将"你"云游空际的种种感受突显了出来。也就是说对象是谁，是什么，并不重要，重要的是表现出那种感受，读者在这种无声的抒情中，直观地和诗人所希望表现的朦胧感产生了共鸣。

综上所述，我们发现，徐志摩为了更好地表现哲理性的人生问题，以及与之息息相关的空寂美感，最终选择了一种更隐晦、意义更深远的抒情方式，即"无声"的冥思的方式，具体而言就是活用譬喻方式，以达直观的表达效果。落实到诗歌的修辞中，表现出来的就是不断减少喻体与喻依之间的直接对应关系，借用文化与审美的历史积淀，逐渐跳过物物之间的对应，减少比喻的痕迹，尽量由物到情（意），最终达到直观。但，就其诗歌而言，在这种无声的冥思类抒情中，譬喻与直观其实是同等重要的，可以说正是在譬喻到直观的过渡中，诗人实现了这种独特的抒情方式。

结语

多年来，对徐志摩诗歌的研究并不少，但从宗教文化入手进行研究的文章却寥寥无几，我想其中最主要的原因就在于大家对徐志摩与宗教文化之间的关系持怀疑态度。如果从直接影响的层面来看，的确并没有足够的外部资料证明徐志摩信奉或者仔细研究过某一宗教。然而，通读徐志摩的诗歌，我们并不能否定其中出现的明显的宗教文化的印痕，研究的难点在于我们如何去认知这种文化的影响。

我认为，"徐志摩诗歌与宗教文化"议题成立的前提是认可宗教文化对早期新诗影响的复杂性，这种复杂性区别于传统认知中直接、明显的影响方式，承认诗人面对一种博大精深的文化时，诗人个性、时代背景、思想需求以及本人已有的文化修养等，都会影响到他对这一文化的接受与转化方式，表现在徐志摩身上，即他以一种"浪漫主义"的方式对宗教文化所进行的接受，具体而言，就是本文提到的审美化与浪漫化的接受方式。

一种文化，尤其是宗教文化，本身在思想、美学、信仰、语言等诸多方面都拥有其独特性。个体接受这一文化，要受到特殊的时代背景、本身的思想需求、原有的文化积淀，以及诗歌创作的创造性等多方面的影响，其过程是复杂与微妙的，加之，徐诗的创作尚处在新诗的发轫期，新诗创作的主题、语言、抒情方式都急需新鲜的资源，如此，这背后的文化动机与文化心理变得同样复杂微妙。所以，我们今天要从徐志摩诗歌反观其中的宗教文化影响，其难度可想而知。本文在从思想、美学与诗歌形式这几个方面入手探讨了徐诗与宗教文化的关系时，有一个重要的指导思想，即注重诗人个性及特殊的时代背景，绝不脱离时代语境进行讨论。故，无论是徐志摩杂与浮的思想轨迹，热烈与空寂的两极化诗歌美学，还是诗歌实践中的宗教痕迹，都有着浪漫主义的个人在时代困境中挣扎的痕迹。精神的不合时宜正是诗歌产生的源泉，诗人的思想与诗歌也因时代和生活处境的变化而变化着。基于此，本文的讨论都是对某一动态现象的阶段性讨论，并不企图做出任何定论。

同时，我认为，通过对徐志摩诗歌与宗教文化之间关系的个案研究，也提示了我们关注宗教文化作为一种文化资源对早期新诗创作的影响。这种宗教文化影响不同于学院化的系统研究，它因为与创作关联，会受到诗人个性特征、生活状况，以及大的时代心理等因素的影响，从而以一种潜在化、碎片化的方式，通过诗歌美学、主题以及语言形式被继承与发展。对此，我们应该以更开放、更辩证的研究眼光来看待。

新诗作为语言的先锋，它的创作背后其实是一场关于语言与文化的变革运动，而要研究宗教文化与诗歌之间的关系，不仅需要深入了解宗教文化，还要对语言研究有系统的认知与高度的敏感度。并且，宗教由于其边缘地位，对文学的影响一直以一种隐而不显的形式进行着，这也注定了它的影响形式会有碎片化的倾向。加上徐志摩浪漫的性格，他对各类宗教文化，如基督教、佛教似乎都有兴趣与接触但又都不系统，如何适当地去表现与分析这类影响，会否因为这种不够系统的影响而使研究者陷入生搬硬套的尴尬，这些都是在写作中困扰我的问题。最终考虑到自己的学识、精力，以及对相关研究的思考，本文主要以文本细读的方式微观地研究了徐志摩思想中可能存在的宗教影响，以及主要从宗教美学的层面上探讨了徐志摩诗歌，而语言方面，则集中在抒情方式中的"声音"与修辞之上。这样做在很大程度上缩小了研究的范围，但在研究阐述时偏重于对诗人思想与诗歌美学进行探讨，研究尚停留在主题与修辞等浅显的层面，并未能成功做到从徐志摩诗歌研究发散到早期新诗创作的研究，也无法顾及徐诗中的宗教影响对后世诗歌创作的启迪这些更为宏观的层面，这些需要更多有能力有兴趣的学者来继续研究。

尤其，在研究宗教文化对徐诗抒情方式的影响这一点时，由于语言学知识的欠缺，以及对基督教经典——《圣经》文学研究的薄弱，最终未能全面深入地探讨出徐志摩诗歌语言的独特性（中国新诗语言与欧化语言关系密切，徐志摩新诗创作中的语言可以说是比较成熟的新白话，《圣经》语言对西方语言的形成影响深远，很有可能通过这种研究，寻找到徐诗语言的规律与特征），最终只能从抒情的语调、词汇等局部入手研究。而佛教文化对中国文学的影响更是源远流长，在中国文学的发展历程中，佛教文化一直与中国传统文化融会贯通，佛教语言、修辞与表述方式如何真正影响诗歌写作，笔者也只看到了修辞中比喻方式的影响。希望能有研究者在诗歌语言这方面更多地关注宗教文化的影响并取得更多研究成果。

20世纪40年代废名文学观的佛学维度

郭建超

引言

废名作为一个文学家,其文学之路却是颇为另类的。废名虽是英国文学系毕业,但他的文学创作却呈现出了另一种气质。他乐于从人类的超验世界出发,努力地从中国传统文化以及佛教义理中汲取资源,并结合自身经历与思想状态,从而形成了一种深玄、古雅的"彼岸"质地。而纵观其文学生涯,废名的"彼岸"不单单是指某一种元素、风格和气质,更重要的是其构成了废名的思维方式与哲学基因,深刻地影响着他的创作与研究。无论是废名早期的文学创作还是后期的学术研究,我们都能或多或少地感受到他对于超验领域的关注以及对于人类个体与群体命运终极归宿的探求。朱光潜认为废名之所以难懂,其原因并不是文本内容上的晦涩与古奥,而是文本所处的"深玄的背景",这个背景既指涉着废名的精神世界,又同废名的个人生涯、时代的文化背景之间存在着千丝万缕的联系。所以在讨论废名的思想及文学创作之前,对于近代中国文化状况(特别是佛教)的考察是十分必要的。

20世纪初期,中国近代社会的巨大变革对中国的传统文化产生了颠覆式的影响,特别是在宗教与哲学领域,中国传统文化中所秉持的儒、佛、道的精神很快便被科学与民主的声浪所掩盖。中国佛教在近代中国所面临的文化环境与之前近千年间所面临的完全不同,佛学讨论在很大程度上已经跳脱出佛教内部的义理辩论的范畴,而将讨论的重点放在如何在"新"与"旧"、"科学神"与"玄学鬼"、"进步"与"落后"等种种文化旋涡中依旧能够保持初心、弘扬佛法的问题上。文化背景的剧变为中国佛教带来了更为广阔的讨论空间,也使得民国时期中国佛教实现了一次短暂的复兴。废名真正开始系统地阅读佛经虽然已经到了抗日战争时期，但我认为这并不妨碍我们将对于废名佛学观念的讨论置放在世运更替的宏大背景之中。事实上，废名研读佛经，以及个人的颖悟所得之"种子义"，在一定程度上也可被视作废名个人思想的一条线索。依循着这条精神线索，废名先后对于"现代""民族"等诸多文化命题进行讨论，这也是废名这一代中国学者所共同面对的"深玄的背景"。

晚清以降，中国正处于内忧外患之际，在西方文明的浸染之下，儒家的道德框架与伦理观念开始解体，新学家们逐步意识到，儒家所宣扬的"内圣外王"之道是无法承担救亡图存的责任的，孔子的"圣人"形象也在"科学"与"民主"的口号中走下神坛。一方面，儒家精神以及与之相对应的文化模式在数千年的时间内支撑着封建中国的运转，儒家精神也因此成为了社会理性的一部分，规范着人们的行为。另一方面，儒也同样承担着许多形而上的任务，这在一定程度上构成儒家文化的"信条化"倾向，儒家也因此成为了信仰领域举足轻重的一部分。科学和民主精神的到来只能解决儒家文化在社会理性向度上的问题，但是在信仰领域和感性层面，"德、赛先生"并没有给出一个很好的补充方案。新文化运动动摇了儒的权威性，人们试图通过西方文化来重建一种全新的"国民性"，但同时我们对于西方文化的引进也并不是全面的，新文化运动对于西方哲学和宗教这些形而上的建构在整体上是排斥的，并且西方的经验主义、理性精神对于当时风雨飘摇的中国来说并不容易被人们所接受。所以，社会理性与感性层面之间存在着错位。狂飙突进的变革确如快刀般处理了许多繁冗的文化问题，文化界充斥着大量的新潮观点与理论。与此同时，公众的信仰领域却面临着空前的荒芜，而讲求经世致用的人间佛学在思想上很好地契合了公众的信仰需求。同时，儒家文化的没落在近代知识分子也造成了一种深重的"幻灭感"，人间佛教也很好地投合了知识分子群体的精神需要。

同时我们也应注意到，佛教精神虽然很好地贴合了近代社会民主化的心理需求，但这并不代表着佛教精神与现代化理念之间并不存在分歧，特别是在"赛先生"的科学领域，佛学与科学的之间的分歧较为集中。在20年代中期，科学界逐渐兴起了反宗教运动以及"科玄"论战，这两次运动在纲领上存在着某种相似之处，即以"科学代替超验"的科学主义倾向。从社会内在认知观念上来看，佛教所秉持的是"缘起论"，而新文化启蒙者们所推崇的是进化论，这也是佛教与现代思想之间最为直观的一组冲突。自1898年严复翻译的《天演论》发表起，进化论从"术"的地位逐渐上升到了"道"的高度，进化的理念也逐步从自然科学领域向政治、经济、文化等领域推演，并由此发展为一套关于人类历史逻辑与发展方向的完整论述。在这样的文化背景下，也出现了另外一种声音，即"进步的是不是等于好的？非进步的是不是就一定等于不好的？"问题，包括文化启蒙者在内的一部分学者也指出了在新文化推广过程中出现了唯科学论、唯进化观倾向。废名对进化论在整体上持批评的态度，认为"中国的几代人都是中了进化论的毒"。废名《阿赖耶识论》的写作意图同进化论之间也存在着十分重要的联系。从表面上看，废名之所以要完成这部论著，主要是因为"熊先生不懂阿赖耶识而著《新唯识论》，故我要讲阿赖耶识"，但从具体的文本呈现上看，废名在《阿赖耶识论》中笔锋所指的对象并不完全是熊十力以及《新唯识论》的内容本身，而废名真正的"假想敌"则是《新唯识论》以及熊十力所秉持的以进化论为主体的文化立场。而废名对于《新唯识论》的质疑，也主要集中在了"新"字之上，正如废名所言："故是历史，新是今日，历史与今日都是世界，都是人生，岂有一个对，一个不对吗？"[1]这其中虽有口舌之辩，但我们也不难看出废名对于进化论的质疑。

    佛教在经历了数百年的沉寂之后于近代再度兴起，这并非偶然。同时，佛教在一个不同于以往的文化环境中重新崛起，也具有了新的特点。特别是在近代中国世运交替之际，面临着一个"不中不西，即中即西"的文化语境，近代

---

1. 《阿赖耶识论》现有两个版本存世，其一由止庵编订，收录在《新世纪万有文库》中（辽宁教育出版社，2000年），其二则是由王风编订，收录在《废名集》第四卷中（北京大学出版社，2009年1月），本文以王风所编《废名集》为据，并结合《新世纪万有文库》版本为参考。除特殊标明之外，其余不再单独作注。

佛学突显出了一些较为鲜明的特征：

独立性。这里的独立性既强调了佛教在社会活动中坚持佛教否定精神的社会批判力度，又强调了僧众居士个体精神的独立价值。有学者指出："现代宗教与传统宗教的重大差别之一就在于前者强调作为人，首先要确立自主自立的人格——'天助自助者'——对彼岸世界的信仰进而赋予他们强大的精神力量去克服人间的困难与局限。"[1] 这在根本上完成的是一件"度僧为人"的工作，将现代意义上的独立人格精神融入到僧侣个人修行之中。在这方面，太虚做了很大努力，他取法三民主义，进而提出了佛教的"三大革命"（教理、教制、教产革命）理念，将西方文化中的自由精神与佛教教义相结合。在实践上，太虚主张"六和敬"的僧团精神，即见和同解、利和同均、意和同悦、身和同住、戒和同修、口和无诤的"六和主义"，而与"六和主义"相对应的是资产阶级民主思想中"学术自由、经济均等、民主自由、居住自由、信仰自由、言论自由"的六种基本精神。太虚这种"即中即西"的大胆改革是近代特殊的历史语境中才可得见的特殊产物，其对于重振清末混乱的僧伽团体，保持沙门与社会之间的互动活性具有重要的意义。

涉世性。佛家避世情结虽古已有之，但中国佛教既有超脱于世俗世界的属性，同时又无法脱离现实世界。特别是在内忧外患的历史时期，经世致用的入世精神不单单是沙门内部的精神诉求，同时也是多事之秋的客观需要。佛家的入世精神与救亡图存的现实要求结合在一起，构成了中国佛教在近代中国十分鲜明的特征。以太虚为核心的净土宗门，更是主张身体力行地介入到社会活动之中，建立人间佛学，并提出了"清人心之源，弘菩萨乘，正人道之本"的口号。自1867年杨文会创立金陵刻经处开始，先后有多位净土宗信众在全国范围内开展了大规模灾民救济运动。宗仰上人黄宗央追随孙中山投身革命并出任中华教育会会长一职。战乱时期，各地僧院开设粥厂周济灾民等等均表现出了

---

1. 陈兵、邓子美：《二十世纪中国佛教》，北京：民族出版社，2000年版，第244页。

近代以来中国佛教强烈的涉世愿力。

学科性。在"不中不西,即中即西"的背景下,佛教文化也表现出了中西调合特征,其中最为鲜明的一点是佛教文化愈加被视作一门学问,具有了某种现代意义上学科化的特质。其中最为明显的一点是僧侣居士传经讲法的模式的改变,同时许多思想家开始介入到佛教文化的讨论中,许多文学创作者开始将佛教的思维方式融入到文学写作之中。

从佛学研究的主体上看,可以大致分为三种,一为以太虚所创办的武昌佛学院为代表的出家僧侣办学机构,二为以杨文会、欧阳竟无所办支那内学院为代表的在家居士办学机构,第三种则是以非信众身份进行佛学讨论的思想家。从佛教文化研究方式上来看,则有三种主要研究方法,其一是以佛学院为核心、以治经为主要研究方式的经学研究,其二则是以陈寅恪、胡适、汤用彤等学者为代表的佛教史学研究,其三则是以章太炎、梁启超以及新儒家一系为代表的哲学性的佛教研究。欧阳竟无在支那内学院的办学宗旨所秉持的是"信而后考"的理念,这种带有浓重训诂考据色彩的研究方式更加符合居士群体的修行习惯。但同时需要指出的是,欧阳竟无的考经方法是建立在绝对尊重经典权威的立场之上的,正如他本人所言,训诂一定是在经典的框架内完成的,"推阐发挥皆不能外于已定之结论"[1],所以欧阳的考据学是非历史化的。与欧阳竟无不同,陈寅恪、胡适等佛教史学研究者则致力于将经还原为史,在历史的框架内重新考订经典的价值,因此从治学方法上来看,佛教史学家们从一开始就是站在质疑的立场之上的,这也是史学家与佛教信徒之间的巨大不同。由于历史的原因,中国佛教中也存在着儒家的影子,新儒家一系则试图从哲学一脉勾连起儒学与佛学之间的关系,熊十力所著《新唯识论》则是借由万法皆识的理念建构其自己"体用不二"的宇宙观和"性量分殊"的认识论。哲学维度的介

---

1. 欧阳竟无:《支那内学院研究会开会辞》,《悲愤而后有学——欧阳渐文选》,上海:上海远东出版社,1996年,第103页。

入，使得佛教文化面临着更为广阔的研究事业，是近代佛学研究中十分重要的一环。同时，为熊十力的《新唯识论》勘谬，也是废名著写《阿赖耶识论》的直接原因。

对于废名佛学研究的考察也要基于对其文学生涯的梳理：废名自20世纪20年代便初涉文坛，以小说与诗歌见长。20世纪20年代是废名文学生涯的"学徒期"，通过他的《柚子》《浣衣母》等作品，我们可以较为直观地感受到废名着意表现出的某种古拙与质朴的文学质地。阅读废名的早期文学作品，我们既可以了解到废名对于鲁迅式的乡土小说范式的独特理解，同时也能够感受到废名对乔治·艾略特以及哈代在艺术风格上的效仿。而《桥》和《桃园》则比较完整地表现出废名早期小说创作的文学风格与艺术水准。同时，作为系列作品，《莫须有先生传》及《莫须有先生坐飞机以后》为读者呈现的是废名在两个不同阶段的思想状态与文学风格。通过《莫须有先生传》，人们能够很直观地感受到中国现代知识分子身上的那种"唐·吉诃德气"[1]；《莫须有先生坐飞机以后》则更像是废名避难时期的纪实，他一种"写实"的方式，以近乎白描的手法重新呈现了20世纪40年代废名个人、家庭及民族的精神状态。

但与此同时，人们对于废名早期诗歌创作关注的并不多。废名的诗歌创作与小说几乎是同时开始的，但其早期诗歌作品并不多，也并没有呈现出一套较为完整的诗歌理念。诗歌一直是废名文学创作中一条隐没的线索，但其重要性却不亚于其小说文本，特别是在诗歌理论方面，废名在《谈新诗》中所表现出的诗学理解、文学趣味与其所倾心的"心象"性的文学观是一脉相承的。同时，它作为一份讲义，废名尽可能地回避了小说中的晦涩，比较完整地袒露了自己的诗学理解，是我们用来讨论20世纪30—40年代废名思想变化的重要文学依据。

废名的新诗观主要集中于《谈新诗》讲稿中，除此之外，还有一些讨论散

---

1. 钱理群：《中国现代唐·吉诃德的"归来"》，《云梦学刊》，1991年第1期，第55页。

见于其他文章中作为《谈新诗》的修正与补充。20世纪90年代的废名诗论研究首先要提到孙玉石的三篇文章：《废名的新诗观》[1]、《对中国传统诗的现代性的呼唤——废名关于新诗本质及其与传统关系的思考》[2]，以及《呼唤传统：新诗的现代性寻求——废名诗观及30年代现代派"晚唐诗热"阐释》[3]。孙玉石借由废名的诗歌创作找到了废名与传统诗歌之间的内在联系，强调了"隐藏"和"朦胧"在新诗美感系统中的位置。孙认为在某种程度上，温庭筠和李商隐所呈现出的表现张力与废名所力推的"诗的感觉"是相互呼应的，废名对温李的推崇以及对元白的回避事实上是完成了对"五四"审美观念的一次超越，是对胡适提出的通畅显达的现代新诗理论的一次调整，在"显"的侧面提出了一条"隐"的新诗含蓄观。更重要的是，这三篇作品构成了一个废名诗歌研究的场域系统，在以诗歌文本解读为中心的废名诗歌研究之外，提出了一条关注废名诗论整体构架以及考察中国新诗与如何处理传统与现代关系的研究路径，在90年代废名诗歌研究中，是具有一定范式性的。此外，左文华的废名研究《新诗的散文美——读冯文炳〈谈新诗〉札记》则着眼于语言角度，通过考察废名诗歌语言与"隐喻"蜕化规律之间的互动关系，指出诗的语言系统与表现系统之间会由于时代和知识结构的调整而产生错位，从这点出发，不断进行突破与革新也是现代新诗葆有活性的内在动力。王家康的《论废名的诗学》[4]则看到了废名诗论中的"中和之美"以及"文质彬彬"的美学气质。

新世纪以来，关于废名诗歌理论的研究思路更为开放。张建《废名〈谈新诗〉之我见》[5]主要是从诗质、诗感、诗情的角度对废名新诗观中"诗的内容"

---

1. 《野草》，（日本"中国文艺研究会"会刊），1996年8月第58号。
2. 《烟台大学学报》（哲学社会科学版），1997年第2期。
3. 《现代汉诗：反思与求索》，作家出版，1998年。
4. 《河南教育学院学报》1995年第2期。
5. 《锦州师范学报》2000年7月。

的概念进行诠释。邓程则看到了废名诗论中的现实主义层面[1]，他认为废名推崇温李更多地只是一种审美趣味，并不足以成为一种诗学理论，他指出废名的诗论存在着一个立足于古诗，同时又不认同古诗的审美矛盾结构。张桃洲的《重解废名的新诗观》[2]则更加侧重于对废名"诗的内容、散文的文字"的诗学观点的解读，需要指出的是，张桃洲认为虽然废名在表面上对于现代诗歌的形式不太重视，但这是建立在废名对于现代汉语的语言形式的理解之上，现代汉语天生就具有着某种散文性，并且这种散文性同新诗的本质特性是紧紧相连的，并认为应该依照现代汉语的语言特质来对现代新诗的内容进行组织。西渡《废名新诗理论探赜》[3]一文则是从诗歌本体论的角度来评价废名诗论的理论史价值，西渡认为废名在中国现代诗歌理论史的脉络中扮演了一个承前启后的角色。王泽龙《"新诗散文化"的诗学内蕴与意义》[4]则是以"新诗散文化"问题为中心，梳理了中国现代诗歌散文化问题的发展脉络。刘皓明的《废名的表现诗学——梦，奇思，幻和阿赖耶识》则是以"画梦"为内核，讨论废名"以颜料为喻"表现观同西方德里达"以音素为喻"的表现观的不同，认为废名所呈现的是一种表意的表现主义，与表音系统存在着对抗性。陈建军《废名对胡适新诗理论的反拨与超越》[5]则将废名和胡适二人的新诗理论对置起来考察，指出废名将新诗视作旧诗的一种变化，而非进化，肯定了废名诗论的普世意义。吴思敬的《新诗：呼唤自由的精神——对废名"新诗应该是自由诗"的几点思考》[6]则是以自由诗为核心进行考察。吴思敬认为废名所言的"自由诗"的"自由"二字是对新诗品格最准确的把握，更体现了新诗张扬自由的精神。

1.《废名的写实主义诗论》，《湖南大学学报》（社会科学版），2003年第5期。
2.《华中师范大学学报》2005年3月。
3.《新诗评论》2005年第2期。
4.《中国社会科学》，2007年第5期。
5.《长江学术》2009年第4期。
6.《文艺研究》2010年第3期。

本文最初的研究动机源于 2000 年一篇署名文章中所出现的知识性错误，这一点在下文中会具体阐释。笔者十分关注文中两个方面的问题：第一，废名被误认为是一个"老和尚"；第二，废名被臆撰为一个李大钊的扫墓者。尽管文章内容是臆造的，但是文章所突显出的问题确实是十分复杂的。笔者试图从这篇文章出发，并由此逐渐生成了本文最为重要的两个论题：

第一，素不信佛的废名为什么会被臆写为一个"老和尚"？废名是如何同佛教建立起关联的？这种关联又是如何同废名的文学创作形成互动的？第二，废名为李大钊扫墓的想象构成了两种文化身份的对话，那么废名个人又是如何完成从文学的"画梦者"（刘皓明语）到哲学的思想者、政治的谏言者之间的身份转换的？这种转换又同历史事件、文化问题、社会思潮之间建立了怎样的联系，从而形成一种个人化的历史描述的？

建立在这两个论题的基础上，笔者将研究的时间框架集中于对废名 20 世纪 40 年代的思想状况及文学创作的考察上。废名的个人生活及思想状态发生了深刻地转变，废名的思想兴趣逐步从文学向政治局势及国家前途命运倾向，"文学者废名"的身份在那时逐步淡化，而"思想者废名"的形象却逐渐清晰。所以，在时间节点上看，20 世纪 40 年代对于废名研究来说是具有承转意义的。

对"转换"的关注，构成了本文讨论废名的一条线索。同时，这种"转换"也并不是孤立于 20 世纪 40 年代的时间范畴内的，而是同其二三十年代的文学生涯以及五十年代的学术生涯联系在一起的，每一个时段所呈现的是废名不同的思想侧面。所以，"转换"在文中是作为一条动态线索来呈现的，它既描述了废名 20 世纪 40 年代思想状态的内在逻辑，也同整个社会的时局变化及世运更迭相关联。

基于上述内容，本文拟分三个部分对废名 20 世纪 40 年代的思想状态与文学创作情况进行分析：

在第一部分中，我将废名的佛学心得作为讨论废名 20 世纪 40 年代的整体思想状态的切入点,从《阿赖耶识论》的文本入手,讨论废名的佛学理解及其在文学上的呈现。我将对于《阿赖耶识论》的讨论集中在两个层面:第一个层面是运用文本细读的方式对《阿赖耶识论》的内容及思想内涵进行梳理;第二个层面则更为重要,《阿赖耶识论》建立了"心""有""识"的论述框架,但所包含的内容并不只是学理讨论,同时还内嵌着废名的关于人性讨论中"仁""勇""理"的内在要求。第二部分将围绕着《谈新诗》以及《莫须有先生坐飞机以后》两个文本,从废名20世纪40年代的思想转变切入,考察废名从"文人心态"向"士人心态"的过渡。在废名的文学语境内部,20世纪40年代同样也并非是一个孤立的时段,20世纪40年代在某种程度上可以视作废名文学生涯的调整期。所以本部分分为两个小节,通过20世纪30年代的《谈新诗》以及20世纪40年代的《莫须有先生坐飞机以后》来对废名从"画梦者"向"思想者"身份的转换过程进行梳理。第三部分,我试图在时代变革的视角下,借助《一个中国人民读了新民主主义论后欢喜的话》的文学样本,探讨废名及其思想状态同中国共产党在纲领政策方面的互动情况,进而论述废名在新的历史背景下所做出的思想调整与身份转换。

一、《阿赖耶识论》：20世纪40年代废名的思想内核

（一）从一篇"错误的文章"谈起

在2000年3月29日的《中华读书报》上，曾刊载过一篇名为《师生情和文人趣》的文章。关于废名，文中曾有过这样一段描述：

> 信中出现最多的另一个人是废名，即冯文炳。1987年秋，有一老和尚去北京海淀的万国公墓，向李大钊墓敬献花圈，并低声吟哦《感怀》绝句一首："临阵脱逃解甲兵，只留清白不留名；砍头烧戒一样痛，有脸敢来见先生"。这位老和尚就是废名，"五四"时期进步的热血青年，活跃的新派作家，曾师从李大钊、钱玄同，后趋向消沉，几度出家为僧。晚年去拜谒李大钊墓，明显带有自责忏悔之意。20年代末，周、俞二人通信时，正是他决意去留之际，如周1928年信中说："废名君现仍在八道湾，因为他忽然又决心不南旋了，仍有上西山去修道之意，大约此新老板如肯给他寄一点钱来，就将入山去矣"。信中常出现的"常出屋"即是废名的外号。[1]

也正是这样一段描述，在当时并不算十分活跃的废名研究圈与读者群中引发了许多讨论。由于一些知识性的错误，许多人对这段文字的真实性产生了怀

1.《师生情和文人趣》，《中华读书报·书评广场》，2000年3月29日。

疑。从现有资料来看，这段文字的错误主要集中在以下几点：

首先是关于公墓情况，根据园方提供的信息，文中所述李大钊墓所在的公墓方位应该是建立在北京市海淀区香山附近的万安公墓，而非万国公墓。李大钊烈士陵园位于公墓中心位置的旧建筑群，于1983年设立，后经过多次修缮形成现在的规模。

另外是一些关于废名的史料，根据陈建军、张吉兵、眉睫等学者以及冯思纯先生、乐黛云先生所呈现的文本材料来看，废名同钱玄同确有书信往来，但同李大钊、钱玄同二人均并不存在师承关系，同时废名虽一生同佛结缘，但却从未皈依佛门，显然也就谈不上是一名"老和尚"了。更重要的是，在1967年的酷夏，废名因膀胱癌病逝于长春。那么1987年的那个"老和尚"显然是另有其人的，关于这一点陈建军在《废名的真》一文中有着一段集中论述：

> 有资料显示，废名与钱玄同确曾有过交往，但他并未师从钱玄同，更未"师从李大钊"，倒是师从过周作人。1927年，奉系军阀张作霖入京，下令将北京大学、北京师范大学等九所学校合并为"京师大学校"。废名愤而休学，"卜居"西山。废名信仰佛教，喜欢"静坐"，还一度剃成和尚头。抗日战争爆发后，作为讲师的他按规定不能随校内迁，因交不起房租，曾寄居在雍和宫的喇嘛庙里。废名始终不曾"出家为僧"，又谈何"几度"！关键的问题是：废名1967年就已殂谢，怎会于"1987年秋""拜谒李大钊墓"，"敬献花圈"，吟哦绝句，"自责忏悔"呢？由此亦可知，废名之"名"废得也实在太久矣！[1]

《师生情和文人趣》这篇文章中所出现的知识性错误确乎无法回避，但这篇文章的出现为废名相关研究提供了一定的学术空间，引发出许多重要且复杂的话题。笔者认为，通过这篇文章我们可以延伸出两个层次的讨论：

---

1. 陈建军：《废名的真》，《书屋》2005年第9期。

首先，废名既然从未出家，那么他是如何被误解为"老和尚"的？"老和尚"的文化形象又是如何被建构、接受并作为一种基因性的印记固定下来的？废名独特的生命历程、执拗的性格特质、玄远的文法风格、朴素的文化构想又是如何参与到"老和尚"形象的建构之中的？另外，废名"拜谒李大钊墓"，"吟哦绝句"，"自责忏悔"虽是臆写，但也构成了一重问题：作为一个时代的旁观者，废名是如何同中国近现代的一系列变革形成呼应的？废名的社会文化理想是如何呈现的？又是如何同社会主义新中国、同中国共产党的文化政策产生互动的等一系列问题。

在这一系列问题的基础上，笔者试图从废名的著作《阿赖耶识论》入手展开讨论，佛家同废名的关系一直以来都是研究者关注的重点，但更多地是站在一个"文学者废名"的角度进行的考量，最终的研究结论往往更多地落脚在了风格、体式、语言、构思等文学概念上。但在另一方面，学界对于"思想者废名"所谈并不甚多，如何定义废名在思想史向度上的价值，如何理解废名对于近代中国历史现场的参与都是一些值得关注的问题。废名的一生呈现出了文学生涯与思想生涯两个鲜明的板块，这种转变同20世纪40年代废名系统地开始研习佛学有着密切的关系。本文从废名20世纪40年代所撰写的专著《阿赖耶识论》入手，希望通过对《阿赖耶识论》的系统考察来梳理废名的文学观念以及哲学思考，以此打通废名文学生涯与思想生涯之间的逻辑理路。笔者认为废名的佛学研究最为重要的意义并不在于某几篇文本的科学性与说服力，而是在于其为废名的文学观、历史观、宇宙观赋予了一种在哲学领域内进行解释的空间与资源。

需要提及的是，我们必须关注废名的"非教徒"身份，废名在《阿赖耶识论》中也出现了许多佛教义理上的知识性错误，并非一部严谨的佛学著作，废名这本册子在佛教界并未产生许多能量似乎也印证了这一点。关于这一点笔者认为，不能用某一种宗派教义来衡量废名的思想与创作，原因有以下几点：首先，《阿赖耶识论》从文本表层来看，确实讨论的是法相宗教义及相关概念，但这些概念的生成（例如：种子义）却更倾向于禅宗"行无所事，纯任本然"的"顿悟"模式。此外，废名的佛学系统并非一套完整的宗教理论结构，它是建立在与儒家对读，与进化论对抗，与熊十力辩论基础上的宗教观，至多只是一种具有相当比重的个人化色彩的宗教诠释。

（二）《阿赖耶识论》与废名的宇宙观

1.《阿赖耶识论》之缘起

1937年底，日本侵略者的战火烧至北平，北平各高校着手进行南迁事宜。按照校方安排，废名并未随北京大学南下而是回到了故乡，而是在今湖北省黄梅市东山一带住下以避战火。避难途中，1941年，废名曾作《说种子》一文，并将此文分别赠与周作人、熊十力、程侃声三人。除一些散碎文字外，只有《阿赖耶识论》一书可堪称为著，废名于1942年起开始进行《阿赖耶识论》的撰写，于1945年底脱稿但一直没有发表。中国哲学会曾于1947年有意发表此文，但由于种种原因流产，直至2000年，冯思纯先生将所藏手稿交于止庵，随后辽宁教育出版社将此书以及废名另外四篇哲学论文收录在《新世纪万有文库·第四辑》之中出版发行，《阿赖耶识论》才得以展现在公众的视野中。

《阿赖耶识论》经历了半个世纪才迟迟与读者见面，除却思想过于晦涩复杂之外，也同废名的个人性格与论述方式有关。从某种程度上讲，对于自己的才学，废名是相当自负的。在完成了《阿赖耶识论》的写作后，废名曾将文章赠与一盲阅读，并称："我的话如果说错了，可以让你们割掉舌头。"[1]一盲认为废名的论述有值得推敲的地方，并撰文《佛教漫谈》发表在张中行的《世间解》上，废名对此也有很大不满："我将《阿赖耶识论》手抄本请他看，只是让他先睹为快，并没有想他另有意见向我提出的意思。这并不是我不谦虚，乃

1.废名：《"佛教有宗说因果"书后》，王风编：《废名集》第四卷，第1931页。

是我本不应该客气的。"[1] 而另一则逸事更为出名，废名同熊十力既是同乡又是挚友，废名学佛在很大程度上也是受到了熊十力的影响，但二人对于佛教的理解则出现了不同，周作人曾在《怀废名》中写到："废名平常颇佩服其同乡熊十力翁，常与谈论儒道异同等事，等到他着手读佛书以后，却与专门学佛的熊翁意见不合，而且多有不满之意。有余君与熊翁同住在二道桥，曾告诉我，一日废名与熊翁论僧肇，大声争论，忽而静止，则二人已扭打在一处，旋见废名气哄哄地走出，但至次日，乃见废名又来，与熊翁在讨论别的问题。"[2] 作为一个谈资，我们从中不难发现废名略显执拗孤僻的性格以及他对于真理的执着和狂热，但是作为一份资料，我们不禁对二人争论的内容产生好奇。1922年，熊十力受邀到北京大学教授唯识学，但熊却逐渐偏离了支那内学院的唯识传统，伴随着1923年"科学与人生观"论战的逐步深入，在"不中不西，即中即西"的背景下，熊十力将西方的逻辑科学同唯识宗教义相结合，完成了《新唯识论》的写作，建立了与唯识宗相对的"体用不二"的哲学体系。而这部著作也是促使废名执意完成《阿赖耶识论》的直接原因。废名直言熊十力"不懂阿赖耶识"，认为"熊先生著作（指《新唯识论》）已流传人间，是大错已成，我们之间已经是有公而无私。"基于此，废名潜心学佛，并著《阿赖耶识论》与熊十力展开论辩。

2.《阿赖耶识论》的论述过程

《阿赖耶识论》共分为十章，分别为述论作之故、论妄想、有是事说是事、向世人说唯心、"致知在格物"、说理智、破生的观念、种子义、阿赖耶识、真如。从整体上看，《阿赖耶识论》的写作在结构上是十分松散的，冯、熊二人虽然对个中问题一一辩论，但都缺乏一个明确的核心观点或者逻辑脉络。《阿赖耶识论》的写作几乎是与《新唯识论》中所论述的问题相对应而

---

1. 废名：《"佛教有宗说因果"书后》，王风编：《废名集》第四卷，第1931页。
2. 陈振国：《冯文炳研究资料》，福建：海峡出版社，1991年8月，第51—52页。

产生的,并且围绕着"破—立"这一组逻辑关系展开。具体来说主要有三个方面,分别是破"物"立"心"、破"生"立"有",以及破"实体"立"藏识"。

(1)破"物法"立"心法"

在《阿赖耶识论·序章》中,废名围绕着两个问题展开讨论,一是科学问题,一是理智问题。首先是对于科学如何在超验世界中实现自身的价值。生与死是自然界的每一个生物都必须面临的问题,废名所著《阿赖耶识论》也向科学工作者抛出了一个问题,即"向科学求一个生死的答案"。废名认为西方哲学同科学相通,在本质上都是唯物的,因为"他们无论唯心唯物都是无鬼论"[1],进一步而言,西方哲学则更多地关注于人类的"五官世界",不知不觉地成为了某种"唯形论"。而与"形"相对应的"心"的世界才是废名关注的重点,废名认为关乎心灵的精神世界对于人类文明的延续与发展起到了至关重要的作用,而这超出了科学的领域,所以在精神层面上看,进化的观点是失效的。第二个问题则是关于理智,废名以康德的理性学说为例进行论述。一方面,废名对于康德突出强调了理性的先验特征表示赞同:"这同我说理智是本有的,论理是理智的作用的话,不尽同,却是相通的。"[2]而在另一方面,废名认为哲学再前进一步便是宗教,宗教则是理智的至极。本着哲学是"经验有所限",所以"理智有所蔽"的逻辑,废名认为理智的生发点还是应该回到宗教领域,《华严经》说:"识是种子,后身是芽。"所以在废名的眼中,理智的原点即是"种子",即是阿赖耶识。实质上,相较于这番论述的学术价值,我认为我们更应该关注的是废名、康德二人的思想中强烈的人文主义精神。康德的思想具有着鲜明的西方人本精神,他认为外部事物应该向人们的认识看齐,所以才有了"人为自然界立法"的口号;废名则不同,废名的道德理想是"纯东

---

1. 废名:《阿赖耶识论》,王风编:《废名集》第四卷,第1835页。
2. 同上。

方式"的,他是本着一个悲天悯人的佛家心肠来考虑人本问题的。所以从根本上看,二人的思想虽然都颇具人文主义精神,但二者所处的文化根基以及二人得出结论的思想路径是截然不同的。

《阿赖耶识论·论妄想》一章一开始便将笔锋指向了科学精神,特别是针对进化论学说,废名表现出强烈的不满,甚至斥之为"邪说","我不为学生讲我自己翻阅着,满纸荒唐言,真不啻读一部旧小说,令人叹息又叹息"。他以《天演论》中"木生子"的计算模型为案例进行论述:首先,废名指出进化论在本质上是一种妄想,"第一年以一枚木出50子,第九年以508木出509子!正如佛书上所说的'兔角'",是子虚乌有的东西,并不是事实,而是一种妄想。废名认为这种妄想基于两个层面。第一个层面则是对"木"的概念本身的合理性产生质疑:"我们眼见由种子而根而芽而根茎枝叶花果,除却种子芽根茎枝叶花果别无什么东西叫做'木'。"第二个层面则是对"木有子"的生物逻辑产生质疑,废名认为"木生子"并无事实依据,而是"由妄想堆积而成的算式",因为"世间植物,播种发芽以至根茎枝叶花果,都是事实,我们一一得而研究之,但是不能从中得出'生存竞争'的事实来"。通过这番论述我们不难看出,废名之所以反对进化论,主要是由于进化论本身并不是建立在事实的基础之上的,因而成为了一种妄想。依照废名的观点,进化论本身是"破无所破"的,事实是判定事物价值的前提,因为进化论并无事实所以自然也就不攻自破。

按照有宗的观点,众生皆有"八识",即眼识、耳识、鼻识、舌识、身识、意识、末那识以及阿赖耶识。前六识归属于我们的感官世界,末那识(manas)与前六识不同,它恒于对"我痴、我见、我慢、我爱"的执着,所以"恒审思量"成为了末那识的特质,也成为了通向阿赖耶识的通道。废名认为进化论本身不过是在六识中纠葛,在破除了进化论的影响之后,废名在第三章《有是事说是事》中不断地强调"心"的重要性。在这一章中,我们可以比较清晰地把握住废名佛学思想的两个重要判断,即"有一个东西的现象必有一个东西之体"以及"心有心这个东西"这两则判断。首先,"有其象则必有其体"是大乘佛教有宗"体用合一"理念的具体呈现,废名认为科学家所研究的声光电磁,都是事物,都是象体兼备的,万事万物皆是如此,所以,心也一定是象体兼具的。同时废名也强调这些因外部环境而生发的仅仅是"心的现象",而不是"心"本身,这就牵涉到其第二个佛学判断"心有心这个东西"。为读者阐明"心有心"的道理是《阿赖耶识论》的一个核心目的,在废名眼中,说理的前提是需要唯心,而唯心却不认为心是一个东西,就失却了讨论的意义。而这个问题也是废名对于熊十力进行批评的一个基准:"熊十力先生的《新唯识论》也因为不知心有心这个东西遂而乱添出许多话来说。熊先生仍是眼见物说话。他当然不是以物为物,他说物是大用的显现,然而他看见物了,他看见大用显现的物了。"熊十力认为唯识宗的体用观造成了"种现二分"的情况。"种子"相当于本体界,"现行"相当于现象界,"现行"和"种子""两界""对立",势必造成"体用分离":"体"不成为"用"之"体",它只是独有的空洞概念;"用"也不成为"体"之"用",因为它与"体"是各自独立的。而废名则是站在唯识宗教义的立场上进行辩护的。

(2) 破"生"立"有"

除却"心有心",《阿赖耶识论》还有另外一个基本的命题,就是"世界是'有'不是'生'"。《破生的观念》开篇废名便谈到了这个问题。废名认为世间"生"的观念并不合乎事实,人们所笃信的"眼见为实"并不成立。为了论述这一观点,废名引用了三个事例,分别是"木生子""母生子"以及"泥水生瓶",从根本上看,废名认为"生"的概念本身并不能够成立。"木"无法生"子",因为脱离了"子"的概念,"木"的概念便不存在,同时,"木""子"俱在,且"木"的存在不必然导致"子"的存在,因而也不能称之为"生"。同样的道理:"天下可以有泥水,而天下可以没有瓶,怎么能说泥水生瓶呢?"废名认为,"物生物"的逻辑并不存在,因为"物生物"的概念"堕无穷过,堕不定过",最终是要回到"鸡生蛋、蛋生鸡"的循环中。废名和熊十力的分歧还集中在对于有宗"种子义"的判断上，熊十力认为"有宗将因缘义改造，以种子为因缘，于是铸成大错"。这个"大错"是指在熊十力看来，唯识宗的"种子说"会造成本体上冲突，因而形成了"双重本体"的矛盾："为什么说他们有宗有二重本体呢？他们既建立种子为诸行之因，即种子已是一重本体，然而，又要遵守佛家一贯相承的本体论，即有所谓真如是为万法实体。"而废名对于这个问题的回应方式十分值得关注，他是借由儒家著作《伊川学案》以及儒家"格物致知"的精神来对唯识宗"种子义"进行讨论的。

回到第五章《致知在格物》，"为儒者说佛"是废名撰写《阿赖耶识论》的又一目的，"格物致知"是儒家思想中的一个重要概念。"格物"一词最早见于《礼记·大学》："古之欲明明德于天下者，先治其国；欲治其国者，先齐其家；欲齐其家者，先修其身；欲修其身者，先正其心；欲正其心者，先诚其意；欲诚其意者，先致其知；致知在格物。物格而后知至，知至而后意诚，意诚而后心正，心正而后身修，身修而后家齐，家齐而后国治，国治而后天下平。"这一段话为儒者描述了修身、齐家、治国、平天下的政治人格养成路径，其中，"格物致知"则是以一种信条性的形式被注入到儒者的文化人格之中。后世对于"格物"一词论述颇多，宋代程伊川认为："格犹穷也，物犹理也，犹曰穷其理而已也。若曰穷其理云尔。穷理然后足以致知，不穷则不能致也。"在这里，程颐将"格物"解为穷理，穷尽理的奥义，才可达到致知的境界，即"唯有理有未穷，故其知有不尽"。可以看出，程颐的"格物致知"是一个顺向的逻辑，伊川先生着意突出的是格物（穷理）在完成个人学养修习中的主动性和先导性，强调了穷理的重要价值。废名对于程颐的理解是一个逆向的逻辑，他最为看重的是程颐的另一句判断："致知在格物，非由外铄我也，我固有之也。因物有迁，迷而不知，则天理灭矣，故圣人欲格之。"废名对于"格物致知"的理解是一种逆向的逻辑，"致知"最后要达到的目的是"晓天理"，而"天理"是不会因外部世界的变化而发生偏移的。废名更为看重的是对于世界内部运转规律的把握，所以废名认为"必须能没有外物了，才能知至"。这在实质上还是一种"万法唯识"的宇宙观。站在唯识论角度,"天理"所呈现的恒定属性同"种子义"的唯识宗世界观是一致的,由此佐证了废名"世界是'有'而不是'生'"的论断。废名认为自己对"生"与"有"之间二元关系的判断是具有佛学依据的,其依据即唯识宗所论"种子识","种子识"亦是阿赖耶识的别称,又名"一切种子识"[1],是法相唯识宗的重要概念。《摄大乘论释》卷二载:"谓有能生杂染品法,功能差别相应道理,由与生彼功能相应,故名一切种子识。于此义中,有现譬喻,如大麦子,于生自芽有功能,故有种子性;若时陈久,或火相应,此大麦果功能损坏,尔时麦相虽住如本,势力坏故,无种子性,阿赖耶识亦复如是。"有宗认为,种子具有六义,即刹那灭义、果俱有义、恒随转义、决定义、待众缘义以及引自果义。[2] 废名只选取了"果俱有"和"引自果"义为自己辩护。废名认为,"种生芽"所呈现的,是狭义的"种子识",即"有种子之因,决定要生芽之果"。同时,种子还有广义上的理解,即一颗种子即是"一合相",每一棵植物的根茎花叶都是由根茎花叶的种子生发而成,而不是由某一个种子所决定的,这便是废名所理解的"引自果"义。而"果俱有"义则意味着:"因与果同时俱有。"[3] 比如氢气氧气通过化学作用形成了水,但并不意味着氢气氧气都消失了,而是换了一种物质形态而存在。水并不是"因坏而果生",而是因果兼备的。无论怎样,废名认为广义的种子决然不是物质意义上的,实物只是"实体"之用。从而废名得出了"世界

1.《成唯识论·卷二》:此能执持诸法种子,令不失,故名一切种。

2.(名数)一刹那灭义。谓眼耳鼻舌身意等诸种子,刹那才生,生即随灭,念念不停而变异也。二果俱有义。果者,识与根也。识与根同时俱起而成力用。如眼根照色境时,眼识即随而同缘,于诸实境,分明显了也。三恒随转义。识起时,种子亦随而转,如眼根照境时,种子随而相续,无有间隔也。四性决定义。诸识所缘之善恶无记三性,无有间杂。如眼识缘恶境,则成恶法,而不能成善法,缘善境,则成善法,而不能成恶法也。五待众缘义。识非为一因而生,必假众缘而成就。眼识之种子空明,得根境等之缘而始显发也。六引自果义。诸识各引自体果用,非是色心交互而成,如眼根照时,眼识即缘所对之实境,而不混声香之别体也。见《成唯识论》二。

3. 废名:《"佛教有宗说因果"书后》,王风编:《废名集》第四卷,第1931页。

是心"的判断。

(3') 破"执"而立"识"

经过了前几章的铺垫，废名在最后两章又回到了一开始提出的关于"心"的问题，但与之前对于"心"的讨论不同，无论是对于进化论的批驳还是对于科学家的劝导，废名在前几章中的论敌是十分明确的，论述目的也是十分鲜明的，即破除人们对于进化论的过度迷信，为科学家证明唯心的力量。在最后两章，废名的论述目标显然不仅仅局限在对于科学主义的批评之上了，而是扩大到了"为世人说'心'"的范围。废名认为，"世人执着有物"而不理解"世界是心"会产生许多问题，因为"物"与事实不符，因而与理不通，对"物"的执着还会导致对于"生"的执着，因而遮蔽了"有"的世界本质。废名认为熊十力在《新唯识论》中所犯的最重大的错误就是"眼见物说话"，废名认为对于"心"的忽视造成了对于世界真实面貌的遮蔽，所以废名对于"心"的作用十分看重，他认为，阿赖耶识就是"心"。上文谈到了"八识"，在唯识宗的教义中，前七识称之为转识，阿赖耶识称为藏识："阿赖耶，译曰藏。含藏一切种子之识也。依性宗，则为直真妄和合之识也。圆觉经曰：'我相坚固执持潜伏藏识，游履诸根曾不间断。'六波罗蜜多经十曰：'藏识为所依，随缘现众像。如人目有翳，妄见空中华。'业疏济缘记三下曰：'梵云阿梨耶，或云阿赖耶，此云含藏识，谓含藏一切善恶因果染净种子。'"（《丁福保佛学大辞典》）顾名思义，藏识是一切种子的藏所，转识与藏识之间各不相同却又相互联系，藏识有藏识的种子，转识有转识的种子，二者各有各自体，但同时废名认为二者"总共又是一个东西，即我们的心"。而这个"心"的终极归宿又是哪里呢？废名认为这个归宿即是"合理"，因为"合理"所以"无我"，因为"无我"，所以，末那识便不是真实的，进而便"无相"，"无我无相"则万籁皆空，空则种子灭，进而阿赖耶识断，由此便可跳出因果，达到"真如"的状态。熊十力弃佛入儒，很大一部分原因是由于他认为有宗"种子论"与"真如"构成了唯识宇宙观中的"二重本体"，在本质上与佛教的一元本体观相矛盾。废名虽然没有从正面对这个问题进行回应，但是他所选取的角度是很特别的，他引入了"理"的概念，废名认为儒者的"理"字是"体"，而佛者的"理"字是"用"。需要指出的是，废名在对于"理"的使用上存在着一定的混用，按佛家教义，理的狭义概念与广义概念是需要区别的对待的。广义上，理即"万有之本体"，按照体用二元论则应该归属在"体"的范畴；狭义的"理"则是指因理体而生发的各种道德标准与价值尺度。而废名批评儒者不能格物，因而未能见理体，所以这一句论述中废名所取"理"义应该是狭义范畴内的。废名认为，世界的真实面貌"始终是心这个东西"，所以要用超越的眼光来讨论世界本源的问题，警惕"世间气"对于心灵的遮蔽。

3.《阿赖耶识论》与《桥》："境"的道德侧面

废名将"理"的维度纳入到自己的唯识观论断之中，这种"即心即理"的论述同陆九渊、王阳明的心学体系存在着一定的相似之处。废名的"世界是心"与王阳明的"心无外物"都存在着"心本论"的倾向。但同时，废名是站在唯识宗"万法皆识"的角度进行讨论，而陆王心学则是以儒家"天人合一"的理念为出发点的，二者在宇宙观上又存在着根本上的不同。废名通过"心""有""识"这三个维度所构建起来的是一套与进化史观相对抗的超验史观。废名在有宗教义中感受到了更为丰满宇宙观论述促使他回避开进化史观扁平化的历史描述，如果说进化史观所呈现的是一种线性的、一维的历史表述的话，那么废名的"心""有""识"则呈现了一种超越性的、多维的历史理解。雷茵霍尔德在《人的本性与命运》中对于现代人对历史的粗糙处理也提出过类似的批评："现代人之所以倾向于从历史的特殊事件或者特殊腐败中去寻找人生的邪恶之源，乃是因为他以一种简单的一维历史观去看待自己的自然结果。"[1] 在18世纪的欧洲世界，人们将人类的邪恶根源归结为宗教的

---

1. [美] 雷茵霍尔德·尼布尔：《人的本性与命运》，贵州：贵州人民出版社，2006年版，第97页。

黑暗与政府的暴虐。在19世纪，马克思将自我精神的异化指认为社会阶级的不平等。这些总结都具体地呈现出某一种特定的"恶"的性质，但线性史观却无法解决一个本质问题，即为什么"恶"成为了人类社会独有的人格状态。"心""有""识"的框架为废名的历史观提供了一个最基本的道德底线。建立在这个基础上，废名的人性论才具备了某种解释世界本质的能力。这种能力是以"德性"为原则的，而正是由于废名所追求"德行"并非源于世俗生活而是源于对世界本质的理解，所以废名所谈的"德性"在很大程度上也不是以诸如信条、理论、原则的具象形式呈现的，而更多地向抽象状态倾斜。

如果我们站在这个角度，重新回过头来看废名早期的部分作品的话，很多作品也可以获得另外一种解释。在1926年前后，伴随着《桥》的发表，废名的文学观念也逐渐走向成熟。相较于前一个时期，废名更加注重对于"境"的勾画，对于意境的用墨往往大于故事情节本身。更为重要的是，从《桥》开始，废名对于"境"的渲染更加强调对物质世界的淡出，转而投射到更为复杂的精神领域。"心"逐渐成为了废名诗文观念中最为核心的概念。刘西渭认为："冯文炳先生徘徊在他记忆的王国，而废名先生，渐渐走出形象的沾恋，停留在一种抽象的存在，同时他所有艺术家的匠心，或者自觉，或者内心的喜悦，几乎全用来表现他所钟情的观念。"[1] 吴晓东将废名的《桥》定义为"心象小说"。废名的文学观是一种"意念化"的文学观，物质世界并不是文学的终极来源，废名也并没有秉持"触物生情"的灵感传统，而是将所见所感的物质世界收入"心"。废名笔下的物质世界并不是真实存在的，而是在"心"的精神统摄下吐纳生发的意念化的世界，在废名的一些文学作品中我们往往会读到一些跳跃式的、并不符合常理的段落，也是由于其遵从的是"心"的运转规律而形成的。更进一步说，"心"的运转规律也内嵌着废名对于道德的具体要求。

---

1. 刘西渭：《〈画梦录〉——何其芳先生作》，郭宏安编：《李健吾批评文集》，珠海出版社1998年，第132页。

从整体上看,《桥》是一部回避道德评判的作品,无论是小林、琴子、细竹三人的喜怒哀乐还是史家奶奶、三哑叔等其他角色,废名都极尽笔墨着力渲染一种"善"的氛围,这种"善"既是"理"的具体呈现,又同美感系统联系在一起,通过"心"的途径传递给读者。所以,《桥》所呈现出来的是一种"只可意会"的"境",而"境"的背后所呈现的是废名复杂的观念世界。

二、从文人之"心"到士人心态：
废名的思想转换及文学呈现

虽然废名对于自己所撰写的《阿赖耶识论》颇为自信，但纵观废名的笔墨生涯以及学术水准，从严格意义上，我们并不能将废名指认为一位宗教学者，更不能将他划入到僧伽信众的群体中。废名更多地是通过文学的孔道对近代中国发展过程之中的种种变化进行回应与言说的。佛教更多地只是作为废名所倾心的一种生活方式而存在，所以，将废名视作一位具有佛家心性及传统风骨的文学工作者，我认为是比较合理的。同时，废名性格较为孤僻，其文化主张更多地习惯于诉诸文学领域中自言自话的"独语"。相较于其他作家，废名与时代之间的交集较少，所以笔者认为对于废名佛学思想的研究也一定要基于对其文学作品的考察。

（一）废名的文人之"心"——以《谈新诗》为中心

1. "废名圈"语境中的《谈新诗》

废名的新诗理念主要集中在其20世纪30年代北大任教时期所编写的新诗讲义之中，除此之外废名在一些文章及访谈之中也谈到了新诗理念的问题。在废名卜居黄梅时期，由黄雨整理的一份讲义于1944年以《谈新诗》为题在北平出版。¹ 废名在《谈新诗》中将自己对于新诗的理解和盘托出,"诗的内容、散文的文字"是废名新诗观念的核心概括。同时,伴随着1944年《谈新诗》的畅销,围绕着《谈新诗》的讨论也十分值得关注,其中废名与"废名圈"之间关系尤为重要。

"废名圈"的说法源于陈均《废名圈、晚唐诗及另类现代性》一文,陈均据朱英诞《诗抄一二》中"废名及其circle"的说法,将废名与其他诗人、作家之间的关系命名为"废名圈"。按照陈均说法,"废名圈"除程侃声与沈启无之外,还应该包括朱英诞、黄雨及一批受废名、朱英诞影响的青年诗人,同时"或许还不同程度地关涉到林庚、南星、沈宝基、李景慈、李道静等人"²。"废名圈"的文学活动从整体上看与废名的性格颇有些相似,具有着"外冷内热"的特征:一方面,由于时空条件的制约,"废名圈"群体同废名本人一样,并没有过多地介入到时代语境的讨论中去,而是尽量保持"慎言"的文学姿态,始终与主流文学保持着一定距离;一方面,"废名圈"内部却保持着旺盛的诗歌活力,成员之间书信往来密切,诗学氛围浓厚。从整体上看,"废名圈"文人秉持着与废名相近的文学趣味,试图借助传统文化的历史余温重新构架中国新诗的文学史想象。

---

1. 关于《谈新诗》,主要有以下八个版本:1944年由黄雨整理、新民印书馆出版的《谈新诗》是最初的一个版本;1984年人民文学出版社出版的《谈新诗》中又加入了废名续写的部分章节;1998年由陈子善编订、辽宁教育出版社出版的《新诗及其他》,该版本于2006年以《新诗十二讲——废名的老北大讲义》为题再版;2007年由陈建军、冯思纯编订,华中师范大学出版社出版的《废名讲诗》;2008年由陈均编订、北京大学出版社出版的《新诗讲稿》;2009年由王风编订、北京大学出版社出版的《废名集》(第四卷)。本文以王风所编《废名集》为据,并以1984年版本《谈新诗》《废名讲诗》为参照,本文所引述废名文字除个别注明外,其余不再单独作注。
2. 陈均:《废名圈、晚唐诗及另类现代性》,《新诗评论》2007年第2辑。

2. 废名、废名圈以及《谈新诗》的三个关键词

（1）关于"美感"：废名对胡适诗美观的反思

在《谈新诗》中，废名将中国的诗学传统分为"元白易懂的一派"以及"温李难懂的一派"，其主要目的在于辩驳胡适所提倡的"直白易懂"的诗美观，从黄遵宪"我手写我口"起，伴随着诗界革命与新文化运动的兴替，中国新诗始终处在一种简单的进化主义逻辑与对抗的革命语境中。从表面上看，这是两种建立在不同诗歌资源在取舍关系上的博弈，同时陈建军认为："这种不同取舍的背后则隐含着二人审美原则、诗学观念上的差异。"[1] 从诗学观念上看，胡适之所以取"元白"为标准，更多程度上是出于革命的客观需要，"元白"所推崇的直白晓畅的诗学观念与新文化运动"破旧立新"的文化主张具有很高的契合度，"元白"可以以一种革命话语的形态凝固为一种新文学的美学品质，作为一个实验文本，《尝试集》的成功之处也在于此，它很好地证明了"元白"与革命融合的文学可能。废名认为胡适忽视了诗歌作为一种严肃文体的文体价值。而废名之所以推崇"温李"，主要是由于这一派的诗更好地体现了"诗的内容"。与废名的佛学观念类似，废名的诗学理念最突出的一点就是对于"本体"的关注。

在审美上，"元白"（元稹、白居易）与"温李"（温庭筠、李商隐）分别代表了具象与抽象两种美感原则。废名认为，温词是个"整个的想象"，诗歌的创作过程并不是一个酝酿诗情的过程，而是一开始就已经完成的创作。温词之所以不容易被理解，在根本上是源于其"自由"的程度超乎"一般旧诗的表现"，这种在表现形式上的抽象与晦涩在更深层的意义上指向了梦的超验世界。对于废名而言，在艺术创作过程中，梦较之于世俗现实更可靠、更贴近于艺术本质。在废名的诗学理解中，艺术与现实的界限是十分鲜明的，世俗经验的介入会模糊掉艺术与现实的差异。基于这种说法，刘皓明在《废名的表现

---

[1] 陈建军：《废名对胡适新诗理论的反拨与超越》，《长江学术》2009年第4期。

诗学——梦、奇思幻和阿赖耶识》一文中，将"画梦"视作理解废名诗学概念的"一把钥匙"。举例而言，废名认为"旧诗都是竖着写的，温庭筠则是横着写的"，从表层意义上看，"横"不容易理解，但如果站在"画梦"的角度，将温庭筠的艺术创作视作是其梦境空间的现实延伸的话，"横写"的说法则可以说通，因为绘画艺术的特殊性，使得画家的艺术构思可以在一个有限的二维空间中得以展现，"它（画梦）将一个空间平均地、共时地展现出来，因此它极大地减少了任何一种空间运动所必需的在时间上的绵延"。[1]

"画梦"的说法既强调了"梦"作为诗歌写作的美感来源，同时也强调了"画"作为一种创作方法在诗歌美学系统上的价值。作为连接超验世界与现实写作的手段，"画"所承担的艺术任务也是复合式的：一方面，"画"所呈现的是"梦"的内容，它所遵循的并不是真实世界时空逻辑，而是由"诗的内容"所规定的某种合法性，因而呈现出来的文学作品往往晦涩难懂，但其实质都在向着"诗的内容"靠拢。废名认为："温词无论一句里的一个字，一篇里的一两句，都不是上下文相生的，都是一个幻想，上天下地，东跳西跳，而他却写的文从字顺，最合绳墨不过……"同时，"画"作为一个具体的创作手段，也不能跳脱于现实世界的文法要求之外。关于这一点，废名尤其强调了艺术创作中"诚"的原则，废名认为，中国文学的命脉便在作者能够"修辞立其诚"。西渡指出，"诚"代表了废名对于创作态度及创作原则的基本要求，也就是要求作者要真诚地表现自己。[2] 笔者认为，废名所谈的"诚"，既是对作者艺术创作心态的要求，也是判定作品艺术价值高下的衡量标准，"诚"不单单要忠实地表现自己，更重要的是要对艺术本身抱以真诚。对中国新诗而言，不单要"诚于己"，更要"诚于'诗的内容'"。

---

1. 刘皓明：《废名的表现诗学——梦、奇思幻和阿赖耶识》，《新诗评论》2005年第2辑。
2. 西渡：《废名新诗理论探赜》，《新诗评论》2005年第2辑。

(2) 关于"完全": 废名的诗歌批评论

《谈新诗》的文本具有一种批评的特质,废名通过《谈新诗》的文本袒露了自己"诗的内容,散文的文字"的诗学理解与新诗观念,同时我们也可以透过废名对诗歌文本的选评,模糊地感受到一个废名诗学批评的理论框架。通过《谈新诗》的诗歌批评实践,我们可以感受到尽管废名的诗学批评框架十分松散,但废名诗歌批评论的标准却十分清晰,即以"完全性"和"当下性"为核心的诗歌批评观。

"完全"是废名所提出的一种批评标准,是以诗歌的完成情况为角度切入的。但什么是"完全",废名自己并没有一个比较清晰的界定,但通过他对于选诗的评论,我们可以对"完全"进行一个感性层面的把握。例如废名在谈胡适《一颗星儿》的时候,认为这首诗"……诗的句子也写的好,清新自然,诗的情绪也是弓拉的满满的,一发便中,没有松懈的地方"。在谈到刘半农的《扬鞭集》时,废名以《母亲》为这个集子"压卷的诗",废名指出这首诗"是作者整个人格的蕴积,遇着一件最适合于他的题材,于是水到渠成了"。废名在评论冰心的落花诗时也谈道:"大凡写新诗都好像有点迫不及待似的要将这个诗写出来,那时的新诗人有一首诗来自然更是应接不暇,直接的诗感又直接的写在纸上了,其结果自然还是诗,而写诗的方法乃太像写散文了。即是按照当时的情形直描,一杯开水就当作甜香的酒了。"其中,废名对于郭沫若《夕暮》的评论最为值得关注:

> 一群白色的绵羊,
> 团团睡在天上,
> 四维苍老的荒山,
> 好像瘦狮一样。
>
> 昂头望着天,

> 我替羊儿危险，
>
> 牧羊的人哟，
>
> 你为什么不见？

废名将这首诗视作新诗的杰作，认为"这首诗真能表现一个诗人"。《夕暮》很好地贴合了废名"完全"的诗学要求，废名认为："郭沫若的诗是直抒的，诗人的感情碰在所接触的东西上面，所接触的如果与诗感最相适合，那便是天成，成功一首好诗，郭沫若的《夕暮》成功为一代的杰作，便是这个原故。"在废名的诗学理解中存在着一个"诗的普遍性"的维度，即一首好诗，并不拒绝诗人的个性，但发挥个性是在不伤损诗情的"完全"的前提之下才能完成，每一首优秀的新诗作品，都是在一个"完全"的诗情语境内完成的，这构成了新诗创作中的一种普遍性："若诗感与所碰的东西还应加一番制造，要有诗歌人工的增减，此事便出乎诗人郭沫若的能力之外，那么这一首诗便多少要不完全，诗人的个性自然还是有的，诗的普遍性乃成问题了。"由此可见，在诗歌的完成度上，废名对于诗歌文本是否能够保持诗情浑然天成的原初状态十分看重，这种"大巧不工"式的诗学理解与克罗齐的直觉主义美学有一定的相似之处。这不单构成了废名新诗批评理论的一个标准，也成为了废名诗歌创作实践中的一个原则。

"当下"是废名从诗情灵感的触发与生成的角度对新诗提出的又一要求。废名是在诗歌"新"与"旧"的语境中谈到这一观点的。废名认为："旧诗大约是由平常格物来的，新诗每每来自意料之外，即是说当下观物。""当下"是指诗歌灵感获取的偶然性，它强调对诗歌情绪进行实时性的把握，好诗往往是"偶得"的，是情绪的蕴积膨胀直至爆发并最终以一种猝不及防的姿态交付到诗人的灵感世界中的。从这个意义上看，"偶得"与"天成"又是相通的。废名论诗乐于谈"刹那"，在废名的诗学理解中，诗歌带有某种"天启"性的意义，而苦吟式的琢磨虽然也能够成就一个诗歌文本，但过长的创作过程与过多的句读推敲实质上造成了对诗情的消耗。

诗歌的"完全"与"当下",不仅是作为一种诗学品质的判定标准出现,同时也是废名自身进行新诗实践的一个原则。废名认为:"我的诗是天然的,是偶然的,是整个的不是零星的,不写而还是诗的。"其中,"不写而还是诗的"这个判断背离了主流文学观念中一些最为基本的假定,转向了一个内在性与超验性的经验语境。废名认为,对超验世界(特别是死亡)表现的缺乏,是中国文学素来存在的问题。对于死亡,废名有着独特的理解:"中国人生在世,确乎是重视实际,少理想,更不喜欢思索那'死',因此不但生活上就在文艺里也多是凝滞的空气,好像大家缺少一个公共的花园似的。"[1]废名认为,死亡所呈现的是另一种审美状态:"'死'才是真正的诗人的故乡,他们以为那里才有美丽。"[2]而在另一方面,废名则认为佛教的进入很好地改变了这样一种文学氛围:"中国后来如果不是受了一点佛教的影响,文艺里的空气恐怕更陈腐。"[3]既然废名的新诗理念选择了超验的一端,宗教就成为了很难回避的一个层面。从20世纪30年代开始,废名的兴趣转向了佛教,废名的文学创作也逐渐成为了废名哲学思考的实验场。如果说新诗理论本身是一种理智的产物,那么"宗教便是理智的至极"。废名也很自然地从唯识宗的"种子识"义理中为他长久以来关于文学的思考找到了一个宗教层面的依据。从宗教的角度上看,废名所倾心的唯识宗围绕着"八识"所建立起的认知论对于新诗观念来说是一个有效的参考,特别是对于《谈新诗》中某些言所不及的概念("诗的内容""完全""横着写")来说更是如此。依照《阿赖耶识论》的观点,世界的本质是"心",废名在《阿赖耶识论》中反复宣说的便是"心有心这个东西",心即阿赖耶识,阿赖耶识内隐在微观世界与宏观世界之中,是一切种子的藏

---

1. 废名:《中国文章》,《世界日报·明珠》,1936年11月6日。
2. 废名:《十四行集》,《废名讲诗》,华中师范大学出版社,2007年10月,第146页。
3. 同上。

所。废名认为，旧诗几乎都无法摆脱"格物"的窠臼，旧诗所遵循的是"即物生情"的创作逻辑，文学情绪的抒发所依从的是外部世界的种种变化。废名的新诗观是内倾的，他认为新诗应该由作者的内心驱动，因此新诗应该秉持"即情生文"的创作逻辑。此外，诗也应该有诗的"心"，新诗文本与本质上看，即是种子"缘变"的一种结果，所以不应该遵从外部世界线性的时序规律与空间序列，而是应该依从因缘生变的心灵势能，在这个意义上，每一首"横写"与"乱写"的诗歌所秉持的应是阿赖耶识作为某一种特定种子的具体逻辑。

（3）关于"圈子"："废名圈"语境下的《谈新诗》

在新民印书馆版《谈新诗》的最后收录了黄雨所撰写的跋，文章除比较简略地记述了《谈新诗》的出版过程之外，还高度评价了《谈新诗》的文学史价值："盖自'五四'旧诗解放以来，虽然常常有人做过研讨新诗的题目，大抵议论纷纷，总未得要领，好像还没有怎样值得注意的成绩，我想这本书似乎可以填充这个空白的吧。"在1944年《谈新诗》独立出版的同时，由沈启无主编的《文学集刊》也比较集中地发表了废名的诗学理解。除此之外，在废名为朱英诞、林庚所作的序以及废名与程侃声、卞之琳等人的往来书信中，我们都可以发现废名对于新诗的独特理解与诗歌实践。

首先要谈《文学集刊》对于废名诗歌理论的推出。1943年，由沈启无主编的《文学集刊·第一辑》首先发表了废名《新诗应该是自由诗》一文。于1944年将《以往的诗文学与新诗》一文收录在《文学集刊·第二辑》中。两篇文章均在头条位置出现，并在第二辑后记中以"编者"的名义对废名的新诗观念进行论述。文章认为，废名站在"修正"的角度对新月派所倡导的格律说提出了质疑，同时也指出了"废名先生所体验的自由的特色并不仅是普通的定义，因此这一派诗风的学艺虽然深密，却与一般的情势中间有着很大的隔膜"[1]。这一段论述有两个层面值得关注：第一，"这一派诗风"表明这并不是废

---

1. 沈启无编：《文学集刊·后记》，艺文社，1944年，第211页。

名一个人"自说自话"式的诗学思路，而是代表了一部分诗人的新诗主张，这是关于"废名圈"概念较早的一个描述。第二，废名与"废名圈"所秉持的诗学理解并不是主流性的，与主流文学逻辑之间存在着某种"隔膜"。同时，这种隔膜并非是由于外部环境的变化与文学论敌的排挤而产生的，而是废名诗学一种天然的属性，是"废名圈"自觉选择的一种回避姿态。文章认为，废名的诗学理论是一种"哲学的认识"，而回避主流的文化选择则有着更为复杂的原因：首先，在废名的理解中，诗是具有"天生的隐逸性"的，作诗的能力在很大程度上是不能够通过教育获得的。其次，"废名先生及其一派"是站在历史的语境中来讨论新诗的问题的，这一派将新诗视作"过渡时期的产物"，并且是"依傍文化"的，所以尽管废名一派讨论的是"新"的问题，其性质"乃同时是古典的"。这一段描述充分认识到废名诗学理论的文学史甚至是思想史意义，这对于当下的废名研究也是具有启发性的。

不仅是刊物上，在废名的一些文章及书信中，我们也能够捕捉到废名的诗学理解在"废名圈"内部的交流情况。在《永远是黑暗和林庚》一文中，废名在谈到光明与黑暗的关系是说到："地球上的光明是太阳给我们的，地球上的黑暗也是太阳给我们的，黑暗这两个字，即是光明这两个字，因为光明等于黑暗，是一个东西也。又即是虚空。"[1] 显然，这样一种论述同废名学佛之间有着很大的关系，又回到了"藏识"的宗教逻辑中了。这样的逻辑在废名为林庚《冬眠曲及其他》所作的序文中也能找到："中国闹新诗的人则不大了解诗。不了解诗而闹新诗。无异作了新诗的障碍……即是说要把新诗的真面目揭发出来。不见有新诗，又何能向壁虚造。"[2] 这个"真面目"即是废名对于"诗的内容"的要求。而在为朱英诞《小园集》所写的序中，废名则一再叮嘱朱英诞："这件事是一件大事，是为新诗要成功为古典起见，是千秋事业，不要太是

1.《世界日报·明珠》，第53期，1936年11月22日。
2.《冬眠曲及其他》，风雨诗社，1936年12月。

'一身以外，一心以为有鸿鹄将至之'也。"在废名写给卞之琳的信中，对卞之琳的《道旁》给予了很高的评价，废名认为这首诗"看来拙，其实巧。似造作，其实自然"[1]。同时废名受到《道旁》的启发，在信后也附了一首诗，试图"另外用一个方法来描画一下"，现将两首诗抄录在下面（左边为卞之琳诗）：

家驮在身上像一只蜗牛，　　　　　　糊糊涂涂的睡了一觉，
弓了背，弓了手杖，弓了腿，　　　　把电灯忘了拧，
倦行人挨近来问树下人　　　　　　　醒来难得一个大醒，
（闲看流水里流云的）：　　　　　　冷清清的屋子夜深的灯。
"请教北安村打哪儿走？"

骄傲于被问路于自己，　　　　　　　目下的事情还只有埋头来睡
异乡人懂得水里的微笑，　　　　　　好像看鱼儿真要入水
又后悔不曾开倦行人的话匣　　　　　奇怪庄周梦蝴蝶，
像家里的小弟弟检查　　　　　　　　又游到了明日的早晨。
远方归来的哥哥的行箧。

从诗歌文本上看，废名认为这次仿写"结果仍是失败"，但废名并没有陈说失败的原因。就笔者来看，废名认为《道旁》的成功之处在于在一个带有故事性的诗歌文本背后，诗的"完全"性被自然地呈现出来了。就表层意义上来看，诗歌的抒情主体即是"树下人"，而倦行人故乡沦为异乡的无奈就在一次简单的问答中自然地流露出来。从深层意义上看，《道旁》中的抒情主体又是二重的，"问路"的文本内容之下承载着更为广阔的隐喻空间。在近代中国，"问路"构成了文化史叙述的一个母题，包括文学在内，任何一种探索、实验、论争与革命都是在"问路"的具体背景下展开的。从这个意义上看，"倦行人"

1.《诗及信（二）》，《水星》第1卷，1935年1月10日。

便成为了诗歌文本的抒情主体，构成了一种近似于鲁迅"过客"式的文学形象。新文化运动的干将们从新文化的"故乡"出发，经过了长期的苦行与跋涉却依然未能描述出新文化真实的面貌，迫而切的文化诉求与社会使命感使得知识分子不得不把"家驮在背上"。"归客问故乡"与"知识分子求出路"构成了一个文化模型，成为了近代中国每一个社会参与者的"元认知"。从这个角度来看，《道旁》是再"自然"不过的了。

陈均老师将废名的《谈新诗》"视作废名及友人或曰'废名圈'共同参与并借废名新诗课之契机而得以表述的诗学观念"[1]。从废名诗歌理论的整体上看，将"废名圈"纳入到废名新诗的理论框架中是必要的。《谈新诗》只是构成了废名诗学理论的文本核心，因为与《谈新诗》有着相通或者相近的审美趣味与文化理念，这个圈子得以形成，并且以一种十分特别的方式在运作着。[2] 同时，"废名圈"本身也提高了废名诗学理论的完成度，进一步补充了废名的诗学表述，为我们考察废名的文学与文化观念提供了参考。

（二）废名的士人心态——以《莫须有先生坐飞机以后》为中心

1. 从"画梦者"到思想者

上文谈到卞之琳的《道旁》指涉了知识分子的思想困境。废名似乎也逐渐认识到这点，自从废名系统地学习佛教开始，其文化兴趣也逐渐偏离了文学领域，转而向社会思想与文化选择的纵深地带发展。待到新中国成立后，废名对于文学似乎也是兴味索然，林庚回忆说："直到1950年才又和他见了几次

---

1. 陈均：《废名圈、晚唐诗及另类现代性》，《新诗评论》2007年第2辑。
2. 这里指的是废名参与到《谈新诗》讨论的特殊模式：1944年《谈新诗》出版，并且在北平引起了广泛的讨论，这也是在文学史上对于废名诗歌理论讨论的最为集中的一个历史时段。但此时的废名已远在黄梅避难，且在思想上较之于《谈新诗》写作时也发生了一定转变。这构成了一个特殊的文学讨论模式，即作者在时间与空间上都与读者产生了错位。鉴于这其中还涉及到周作人力劝废名返回北平担任伪职等诸多问题，又与本文所论述的内容关联不强，故不再进行深入的讨论。

面，在见面中我也没有再听到他谈起自己的诗作，我以为他已无心于此了。"[1] 如果说《谈新诗》中废名所呈现的是一个"文人"的文化心态的话，那么到了《阿赖耶识论》完成之后，废名更多地是以一种"士人"的文化心态进行讨论的。《莫须有先生坐飞机以后》（下文简称《坐飞机以后》）的写作时间要早于《阿赖耶识论》，但废名在《阿赖耶识论》中所表述的思想主张却在《坐飞机以后》中以一种抽象、晦涩的文学形式有所显现。从创作时间上看，在《坐飞机以后》的最后一章"莫须有先生著书立说"中，废名借莫须有先生之口吐露出自己著书的冤枉，而所著之书，正是《阿赖耶识论》。鉴于《阿赖耶识论》与《坐飞机以后》之间的种种联系，在文学的领域内，《坐飞机以后》应该被视作探求废名从文人心态向士人心态变化的一个孔道。在关于废名的讨论中，许多论者都谈到了废名"即儒即佛"的思想特质，也出现了一大批实绩。一方面，废名是出世的，隐逸与自然是废名文学生涯中一以贯之的创作风格。另一方面，废名也是入世的，他对于现实社会给予了充分的关注。儒与佛这两种判断均是从废名的文化选择这一方面展开的。在这一基础上，笔者认为，废名亲"佛"却不信佛，近"儒"却将自己自觉地划定在儒者的阵容之外。思想层面，儒与佛更多地是作为一种思考方式与文化理路而出现的，"出世"与"入世"的出发点是一样的，即是对某一种派别、某一种言论中"不合理"的表述进行修正。同时，在修正过程中，一个独属于废名的文化人格也逐渐浮出文本——"士"的文化人格。

关于"士"，余英时认为，"士"的概念，其有效性需要在中国思想史的语境内进行讨论。从孔子算起，在漫漫两千余年的文化路程中，"士"的文化形态及文化内涵在不断地调整与转变，从先秦的"游士"，到秦汉时期的"士大夫"、魏晋时期的"名士"，及至后来，伴随着佛教与道教精神的注入，"天下"逐渐构成士阶层一种独特的世界观。"先天下之忧而忧，后天下之乐而

---

1. 林庚：《朱英诞诗选书后》，载朱英诞：《冬叶冬花集》，北京：文津出版社，1994年。

乐",也逐渐成为了一种士阶层的文化风尚。除上述表述外,废名的士人心态也呈现出一些个性化的特质,这种特质既是时代性的,同时也具有着某种超越性,主要体现在三个方面:第一,对于"理性"的高度重视,"通古今,决然否"这六个字从一定程度上概述了士阶层的学术态度,废名对于这一点颇为看重,特别是对于世界内在本质的把握,这也是《阿赖耶识论》中贯穿全文的思想理路。第二,对于"民族"的重视,日军侵华改变了近代中国的文化走向,"救亡"与"启蒙"构成了近代中国的两大主题,但伴随着民族矛盾的日益尖锐,"救亡"与"启蒙"之间也出现了深重的分歧,在"救亡"压倒"启蒙"(李泽厚语)的时代语境内,如何完成启蒙的文化任务构成了废名士人心态的第二个特点。第三,废名的思想是"即儒即佛"的,同时也是"非儒非佛"的。面对着现实世界的紧张,废名是以一种入世的姿态来回应的,表现出了对救亡问题的极大关注;同时面对民族的苦难,废名的理解又是超越式的,即在超验领域给予现实世界极大的精神关怀。"关注"与"关怀"之间的转移,是废名士人心态的第三个层面。

2.《莫须有先生坐飞机以后》与废名的"士人心态"

(1)"士"与社会理性:废名对唯科学主义的反思

废名在《莫须有先生坐飞机以后》开场白中便说道:"本人向来只谈个人私事,不谈国家大事,今日坐飞机以后乃觉得话不说不明,话总要人说,幸国人勿河汉斯言……所以这部书大概是莫须有先生坐飞机以后有心写给中国人读的。"作为一个小说文本,《坐飞机以后》同废名其他小说的确大不相同,在《坐飞机以后》中,桃花源式的社会形态淡出了文本,一个真实的、饱受战火威胁的黄梅却浮出了水面。而废名的文化思考与民族想象,并没有以一种"遥寄深奥"的迷离样态出现,而是被寄托在了日常的琐碎生活与世俗世界的家长里短之中了。"写实"成为了《坐飞机以后》的审美特质:"《莫须有先生传》可以说是小说,等于莫须有先生做了一场梦,《莫须有先生坐飞机以后》完全是事实，其中五伦俱全。""事实"是废名讨论一切文化问题的基本前提，脱离了这个背景，任何角度、任何程度的争论都是无意义的。同时，种种文化问题并没有暴露在文化土壤的地表，因此，只有完整地将"事实"袒露在文本中，我们才可以进行下一步的讨论。所以，废名对于文化的思考也是隐埋于《坐飞机以后》细碎的文本之下的。

废名首先关注的是科学与人生的问题，其中，"鸟语水泉"与"收音机"构成了这个问题的两端。废名谈到了南京小孩子喜欢听收音机的情况，并认为收音机有"绝大的害处，不使得他们（孩子们）发狂便使得他们麻木"。废名认为收音机广播所带来的乐趣"不及乡下听鸟语听水泉多矣"。废名对于科学采取谨慎的态度，认为科学的勃兴压迫了精神世界的想象空间，"令人只有耳边声音，没有心底光明，只有糊涂，没有思想"，从而得出了"机械发达的国家，机械未必是幸福"的判断。这个判断同张君劢在《科学与人生观》中"科学无论如何发达，而人生观问题之解决，绝非科学所能为力"的判断有相似之处。作为一个完全意义上的"舶来品"，"赛先生"的确改变了近代中国的文化场域，但也在有意无意之间造成了近代思想领域内部逐渐形成了一种"舶来的敌意"。特别是伴随着"科玄论战"的深入，"科学神"战胜"玄学鬼"之后，这种情况愈加明显。这种敌意不单是来自认识世界方式的不同，更是在一个中西方二元背景下的对抗。新文化运动伊始，宗教同儒家一同被视作迷信来处理。而伴随着民族危机的加剧，出于对抗西方的考虑，佛教与儒家精神再度被唤醒，如何定位科学的价值问题得到了普遍讨论。废名在《坐飞机以后》中关于科学的讨论，也可以视作科玄争论在文学领域内的余绪。显然，废名并不否认科学造福于物质世界的能力，同时废名也对科学在改善人类精神生活的能力方面保持了高度的怀疑，机械的发达与人类的幸福之间并不存在着确然的因果联系，这也是废名与唯科学论之间最大的分歧。回到《阿赖耶识论》的语境，废名认为科学家往往只停留在对于五官世界的探索，所以往往将人类官能上的表现同精神世界的活动等同起来，举例而言："科学有心理学一科，其所说的现象虽是心的现象，发生这个现象的东西则是物也。"正是由于科学家不了解"心有心"的概念，所以导致了将"心"的现象与"心"等同起来。

（2）"士"与政治局势：废名眼中的"外患"与"内忧"

关于《坐飞机以后》还有一个关键性的问题就是它是在中国人民抗日战争的背景下进行创作的。战争的出现使得生存与死亡、民族性与外来性等一系列哲学问题被尖锐地摆放在了每一个人的面前，现实的紧张逼迫着人们从"只谈个人私事"的文学趣味转变为对于"国家大事"的关注。废名对于诸如民族存亡等宏大问题的思考，却往往以一种个人性的、日常性的视角展开叙述。其中，废名对中国"内忧外患"的政治局势的理解颇令人关注。结合莫须有先生在石老爹家的所见所闻，莫须有先生抛出了一个颇为特别的结论："他到这里来中国的外患忽而变成内忧了。"这种独特的时事观是农村社会所独有的，也是只有像莫须有先生这样的从城市回到农村社会的知识分子才能感受到的。

在《坐飞机以后》的第三章，废名便借石老爹之口，阐述了中国农人的战争观。在黄梅农人看来，日军的侵华战争既是真实存在的，但更多的是故事性的：

> 二十八年夏，乡下人盛传"赛老祖落了一架飞机，日本老要来寻飞机了！"……中国老百姓专门喜欢谈故事，此亦故事而已。而不久敌人兴师动众，果然打进赛老祖寻飞机，莫须有先生亲自拾得从敌机上散落下来的一张传单，说如此。
>
> ……"你说日本老腿子直不能上山，他连赛老祖都上去了，他像猴子一样会上山，他简直是跑上去的！"事过境迁乡下人又这样说，谈故事似的……"日本老的飞机"简直成了口头禅了，说日本老的飞机就是要你害怕。

莫须有先生同腊树窠的农民一样，是战争的"逃难者"，而不是亲历者。所以，莫须有先生所感受到的是一个口耳相传的战争经验。在通信并不发达的时代，故事承载着农民对于战争现场的某种想象，人们一方面希望借助对于战争的描述表现出一个"亲历者"对于中国政治局势的关注，另一方面也本着"趋利避害"的生存本能不与战争的历史现场发生过多的真实接触，而是把战争纳入到千百年来农业文明宏大的经验传统内部来处理。作为一种日常经验，"日本老的飞机"就如同农谚一般，被当地的话语传统所消化和改造，并作为一种经验保留了下来。人们更看重的是经验本身，而对于"日本老的飞机"的历史原貌反而并不太在意了，这种思路在石老爹预言战争结果的时候也有表现：

> ……莫须有先生向他谈起敌兵的可怕，他连忙说道：
> "要到三十五年才太平。"
> 这句话出乎莫须有先生的意外，使得莫须有先生向石老爹呆望着。
> "这是服丹成说的，民国十四年的话，要民国三十五年太平——那时谁知有日本老呢？他不就是神仙吗？"
> …………
> "老爹，你说我们是不是有最后胜利呢？"
> "日本老一定要败的。"
> "这个也是服丹成前辈说的吗？"
> "这个服丹成没有说，——天视自我民视，天听自我民听，说起来日本老奸掳烧杀无所不为，一定不讨好。"[1]

这段对话体现了农人智慧中超验的一面，"服丹成"是个具有深重道家色彩的形象，他以某种神秘的方式预言着战争的发展进程，并且获得了农民群体的信任。这种情况在城市文明中是鲜见的，伴随着现代教育事业以及科学观念的深化，宗教在人类超验领域内的权威性被取缔了。但笔者认为，"权威性"与"说服力"这两个概念并不能画等号，在广大的农村地区，宗教活动依然保

---

1. 废名：《莫须有先生坐飞机以后·无题》，王风编：《废名集》，第825页。

有着对世界解释的权力，特别是对于像石老爹这样的老一辈农民来说，宗教依然具有相当的说服力，并且也是被作为一种经验传导下来。有趣的是，作为一个受过良好现代教育的知识分子，莫须有先生对于这个判断的心理活动也是十分微妙的。莫须有先生联想到历史上的战争往往耗时颇长，而任何一场长期战争最终无非只是史家笔下的一笔记载而已，而长期战乱中民众所遭受的苦难却往往被历史所忽略。所以"莫须有先生虽不是相信石老爹的话，但仿佛相信这件事似的……"基于此，莫须有先生对于长期避难于此有了长足的心理准备。

而相对战争的"外患"，废名认为真正对农民的日常生活造成威胁的则是"内忧"，即内政制度，特别是基层管理制度的缺陷。在战争年代，兵役制度成为了国防事业中尤为重要的一环。伴随着战事日益激烈，兵力损耗日益严重的情况出现，征兵便成为了每一个中国家庭所要面临的问题。但当征兵的政策与并不健全的基层保甲制度结合在一起的时候，征兵便成为了农人社会难以回避的负担。当莫须有先生身为"户长"，为"抽兵"的问题周旋于王甲长与花子兄弟之间时，他对于中国的兵役制度感到了深重的失望与怨愤：

> ……"好儿不当兵，好铁不打钉"，那么谁当兵呢？军阀自然便豢养些爪牙了。那么野心家打内仗，百姓吃苦头，是应该的了。而且募兵制也非常之不人道，因为战争是人类的灾难，故服兵役是国民的义务。人民服兵役，正如人生有疾病，疾病是各自的事情，怎么要别人替我担当，让一些人做职业兵，岂不等于替我担当疾病吗？自己怕死要别人替我死吗？是非常不人道的。[1]

这番牢骚是莫须有先生针对以往征兵制度的一笔积怨，但是征兵制改革并没有改变莫须有先生的看法。从表面上看，义务兵役制度改革较之于以前的的确更加人性化，但落实到基层依然会出现种种的不公平与暗箱操作，最终失却

---

1. 废名：《莫须有先生坐飞机以后·无题》，王风编：《废名集》，第938页。

了征兵的意义，完全沦为了一些基层官员赚钱的工具。废名认为这表现出了政府的失信与无能：

> 中国社会犹有孝，但中国社会不能表现忠，这确是中国最大的弱点，即如国家征兵，一般人民畏之如虎。畏之如虎，并非认征兵制度为苛政，乃是征兵之政行得不公平，黑暗，于是苛政猛于虎了。贪官污吏借征兵而卖兵，贪污无所不用其极。[1]

在废名的社会理想中，"信"构成了理想社会状态的道德根基。所以，"失信"则是统治者最为严重的错误之一。统治者如果脱离了道德力量的约束失信于民的话，便会上行而下效，那么整个民族都会陷入到深重的信任危机之中。废名认为，这种缺陷既存在于政治高层，又向着基层管理人员顺延，所以出现了卖石灰的广告上印着"日本必败"仅仅是为了能够使石灰畅销，小学生帽子上都印着"抗日"实际上是为了躲避兵役等等现象。废名指责国民政府要老百相信政府，但统治者却没有做到忠于国家和人民，这种"失信"触及到了废名政治理想最为核心的"仁"与"信"的道德标准，成为了废名眼中当时中国政治所面临的最为重要的问题。

（3）"士"与文化选择：废名的政治构想

无论是对于唯科学主义的反思还是对于"内忧外患"问题的思考，这些问题都是在一个文化模式下显现出来的，即"城市文明——莫须有先生——农村社会"的文化观照模式。城市文明与乡村世界所保有的是两套平行推进的世界观与社会观，而莫须有先生的出现使得这两条文化路径产生了交集，而在城市与乡村两种文化模式的交锋中，一些本质性的问题被暴露了出来，并贯穿在《坐飞机以后》的整个文本当中。

首先，"理智"与"经验"构成了莫须有先生的第一重讨论。在《坐飞机

---

1. 同上，第943页。

以后》的第三章，这二者第一次在莫须有先生的脑海中产生交锋：

> 在二十七年夏，黄梅县城附近是战场，敌兵当然要占据黄梅县城。后来敌兵退了，即是黄梅地方失掉军事性了，敌兵当然不再来，再来不久无目的吗？无目的不就是胡闹吗？所以二十七年秋，黄梅县城恢复之后，莫须有先生的家庭随着县城里的居民又搬进城里。而一般的老百姓则说城里不可居。后来城里果然不可居，即是敌兵胡闹，敌兵再来，何所闻而来，何所见而又去了……以理推，莫须有先生以为敌兵不会强奸的，因为地并不都是受过教育的国民吗？所以敌兵爱中国的小孩，莫须有先生以为不出乎意外。然而日本人强奸。……[1]

依照莫须有先生的思路，世界上的一切事物均是在"理性"精神的统摄下才得以出现的，"合乎理性原则"成为了一种标准，主宰着"五四"以来知识分子的思想领域。而在农村世界，莫须有先生所秉持的"理性"逻辑却失效了。特别是在战争的事实面前，"理智"与"经验"的关系发生了倒置，对于一件事物的判断，人们往往依赖于某一种经验是否可靠，而不是某一种逻辑是否合理。所以，莫须有先生在经历了种种"事实"之后得出了"乡下人的话总有他们的理由罢"的认知。

而到了"王氏祠堂"的情节，李姓老头儿一句"王氏祠堂建不起来的"的闲谈仿佛如谶言昭示了这个它的命运。从理性角度上看，王氏祠堂能否建立更多地同砖石瓦砾与建筑构造的合理性程度有关。但李老头儿却从经验的角度出发，给出了"它建起来天下就要大乱，就要跑反，它就要毁掉的"的判断，而祠堂最终毁于日军的战火也为莫须有先生揭示了一个经验，即"王祠堂将来还是要建立起来的，将来还是有战争的，王祠堂简直是世间的命运了"。

"经验"所呈现的事实，令废名逐渐破除了对于"理智"的迷信："一个

---

1. 废名：《莫须有先生坐飞机以后·无题》，王风编：《废名集》，第827页。

人的经验是无法告诉别人的，世间的理智每每是靠不住的了。"废名并不是对于理智本身的合理性产生质疑，而是对"五四"以来中国社会中出现的"唯理智"倾向进行反思，从而改变了"理性主宰"的基本判断，但同时并不是说废名就此便进入到"经验主宰"的文化逻辑中。严格来说，与其说废名在20世纪40年代逐渐完成从理性原则逐渐对于心智经验的转向，毋宁说是完成了对于"事实主宰"的转向。在废名的思想构架中，"理性"与"经验"都是围绕着"事实"展开的，"有是事说是事"成为了废名对于真理的判断标准。这种转向不仅是文学性的，同时也是哲学性的。莫须有先生在《坐飞机以后》中大斥"中国人的语言是一套官说"，其本质则是由于"官说"所呈现的说服力与权威性是以权力为基础而非以事实为基础的，废名警惕于"官说"对于事实的遮蔽，并且渴望从民间能够寻找到一种可以与"官说"标准相对抗的世俗力量，而这次避难之旅使得废名从中国农村社会发现了这种可能。可以说，废名对于中国农村进行了一次"考古"，他在农村社会中挖掘出了一种德性传统，同时废名认为这种德性传统是对于中国文化内在本质的具体呈现，在摒弃了"科学立国"的文化构想后，"德性立国"成为了废名为中国前途所提交的文化方案。

在"理性立国"与"德性立国"的语境下，知识分子与农民构成了莫须有先生政治构想的第二重讨论。废名认为："中国只有两个阶级，即民与官，即农人与读书人。"而对于这两个阶级之间的关系，废名是在"传统"与"启蒙"两个概念下展开讨论的。

从传统意义上看，"官"与"民"构成了中国政治传统的两极，从而形成了"管理者"与"被管理者"的社会结构。而废名认为中国社会之所以陷入落后与失败，其责任主要在于"官"的"失德"，在《坐飞机以后》中，向民众抽米要粮的是官，借征兵之名巧立名目的亦是官，官场制度的腐化与堕落同近代中国的腐化与堕落是一致的。而联系到中国的官僚选拔制度中"官"与"读书人"的高度相关性，莫须有先生便将对于"苛政猛于虎"的不满，转嫁到了知识分子群体身上:"中国多事都是读书人多事,因为事情都是官做的,官是读书人,不做官的读书人也是官,因为他们此刻没有做官罢了。"而具体到"征兵"事件,莫须有先生在重述了事件来龙去脉之后得出了这番结论:

> 语云,"皮之不存,毛将焉附?"是说国与国民的关系,但就中国的农民说,国与他们有什么关系?他们真是可怜罢了。在另一方面,中国的读书人又与国有什么关系?据莫须有先生的经验,没有一家读书人家的儿子当兵的了,而中国是征兵制!中国谈不上什么叫做"政","自古皆有死,民无信不立!"[1]

在废名看来,日常生活中暴露出的种种不公正的待遇揭示了近代中国社会极大的不平等,这构成了一种极大的讽刺:历来受到"取信于民"教育的知识分子却频频失信于民,同样是国民身份的农民却始终无法参与到国家的政治生活当中,反而被政治所左右。这引起了废名对于农民的极大同情,也迫使他急切地为中国农民寻找着解救自我的方法。

从"启蒙"的意义上看,"五四"所带来的一大实绩便是为知识分子群体带上了"启蒙者"的花环,所以唤醒落后、愚昧的农民阶层便成为启蒙者天然的社会责任。而面对着"启蒙"的文化声浪,废名却抛出了一个问题:"人能够被'启蒙'吗?"废名的答案是否定的:

> 莫须有先生当然能解救他们(读私塾的孩子),绝对的能解救他们,而莫须有先生不能解救他们,绝对的不能解救他们!那么谁能解救他们呢?他们的父兄吗?政府吗?都有相对的可能。只有莫须有先生有绝对的可能而绝对不可能。一个人不能解救别人,故解救是绝对的不可能。莫须有先生决不承认自己是懦弱,因为懦弱故不自承为社会改革者。相反的,

---

1. 废名:《莫须有先生坐飞机以后·无题》,王风编:《废名集》,第954页。

莫须有先生是勇者，勇于解救自己，因为勇于解救自己，故知解救别人为不可能了。[1]

"解救"所呈现的是两重含义。一方面，莫须有先生作为一位"归乡学者"是拥有足够的政治能量改变这些孩子们在私塾中苦读的教育现状的，从这个意义上看，莫须有先生是拥有"绝对的可能"的。但在另一方面，"解救"的概念又与佛教"度"的概念相连，也因此具有了超验层面的意义，废名认为："人各一宇宙，此人的宇宙与彼人的宇宙无法雷同……我们大家都是有三世因果的，故无法强同。"人即是一个微观的宇宙，这个宇宙遵循着独属于每一个人的运转法则和生灭规律，他人无法干涉，从这个角度看，莫须有先生则拥有了"绝对的不可能"。这个判断呈现了废名士人情怀中亦儒亦佛的两面。同时，废名非但没有将农民同愚昧画等号，反而在中国的农民群体中找到了关于民族前途的某种可能，即强烈的"求存"意识："中国地大民众，中国的民众求存之心急于一切，也善于求存，只要求存，他们无所不用其极。"他一再强调"求存"意识对于中华民族的深刻意义，在中国悠长的文化传统中，正是由于"求存"意识为民族的生存与发展带来的坚韧的生命力。废名对于文化的理解、德性的呼唤与国家前途的寄望都指向了一个中心，即"'人'（普通人）自然、自由、和谐、从容地'活着'"[2]。

---

1. 废名：《莫须有先生坐飞机以后·无题》，王风编：《废名集》，第875页。
2. 钱理群：《中国现代堂·吉诃德的"归来"》，《云梦学刊》1991年第1期。

三、《欢喜的话》：新中国语境下废名的思想与文学

《一个中国人民读了新民主主义论后欢喜的话》（以下简称《欢喜的话》）一文写就于"民国三十八年四月一日"，即1949年4月1日。这是中国近代尤为重要的一个历史时段。同月，中国人民解放军渡江战役打响，最终占领南京，结束了国民党在大陆的统治。这篇文章当是作者在北平解放之后开始构思并定稿于4月。从文本内容上看，《欢喜的话》是带有鲜明的"读后感"色彩的，是废名在阅读了《新民主主义论》后的心得体会。"献给中国共产党"是作者的写作初衷，文中较为完整地还原了自己的政治构想与文化主张。结合《新民主主义论》中的某些阐述，废名对于自己之前的一部分观点也进行了修正与重述。新的政治格局与历史背景，也为废名的民族思考提供了新的视角，进而实现了一种废名式的"共和国想象"。

（一）关于"阶级"：农民阶级与废名的"农本"思想

废名笔下的农人形象与"五四"批判精神下的农人形象是不同的。一直以来，农民被启蒙者们视作一个"被拯救的对象"。他们生活在宗法社会的最底层，他们穷困潦倒一无所有却始终对于"吃人的礼教"抱以逆来顺受的态度，正是他们的无知与愚昧造成了这种根深蒂固的"精神劣根"，进而表现出整个文明的孱弱。如果说"哀其不幸，怒其不争"从某种程度上代表了知识分子群体对于中国农民的整体态度的话，那么废名恰恰是从这"不幸""不争"中挖掘出了某种积极的力量：

中国是有希望的，因为中国的农民有最大的力量，他们向来是做民族复兴工作的。历史上中国屡次亡于夷狄，而中国民族没有亡，便因为中国农民的力量。中国农民自始自终在哪里自己做主人，神圣地尽他们做人的义务、即是求生存，那怕过的是牛马的生活。[1]

《新民主主义论》描述了中国民主革命的历史进程，并且得出了"中国无产阶级、农民、知识分子和其他小资产阶级，乃是决定国家命运的基本势力"的阶级判断，在"工农兵"的阶级框架中，农民阶级具有举足轻重的阶级地位。这种认识同废名民本思想之间存在着很大的交集，可以说，"农民"是废名与中国共产党的政治构想之间"共享"的阶级基础。上文谈到，伴随着日益严峻的政治局势，废名对于知识分子群体颇感失望，从而转向农村世界的纵深中去探寻"救世"的方法。在黄梅，废名重新评估了农民群体的文化价值，废名发现农民的"不幸"与"不争"背后所隐藏的与启蒙者们的描述有所不同。中国农民发展史的背后所隐含的并不是一个冗杂、愚昧的"劣根史"，而是一个简单、朴素的生存逻辑——"求生存"。在"求生"的基本认知下，"不争"往往并不是一种愚昧，更多地是一种无奈。面对着庞大的封建官僚体制，"不争"尚有求全的可能，"争"则必然会带来更深重的压迫。废名充分肯定了中国农民坚韧的生命力，并将这种"求存"的意识视为中华民族延续至今的精神力量，从而将中国的希望寄托在了农民阶级的身上。

（二）关于"实践"：马克思主义与废名的"合理"

废名对于进化论始终保持怀疑的态度，但其对于进化论的驳斥并不是从达尔文、斯宾塞的文本入手的。废名主要的攻评对象是严复的《天演论》，而在《天演论》的编译过程中，严复认为"优胜劣汰"的自然进化法则同样适用于

---

1. 废名：《一个中国人民读了新民主主义论后欢喜的话》，《废名集·第四卷》，王风编，第1942页。

人类社会,而社会进化论则借助"五四"的风力,逐渐成为了一种普世的社会逻辑。从这个角度看,废名对于"科学"的批评,是以对"社会进化论"的批评为起点的。

在废名的论述中,"科学"一词的内涵时常会发生变化。一方面,废名认为"科学"观念的推广导致了道德水平的下滑,科学技术的发展导致了战争的蔓延,知识"只不过使得杀人的武器更加厉害了而已",因此进化论是"战争之源"。在另一方面,"科学"又代表着"合理",废名一再强调凡事要"寻一套科学的方法",所以就形成了一种"以科学的方法对抗科学"的逻辑,其本意则是以一种"合理"的方法来破除对于"科学"的迷信。这并非一种自相矛盾的情况。究其原因是在于对于"事实"的理解不同,"科学"是对于"事实"的揭示,这是废名与科学家进行讨论的一个基本前提,但在废名的理解中,"心"构成了世界的内在本质,所以"合理",即"合心",因此,"合理"构成废名"科学的道德性"论述的内在本质。

在对于科学定位的问题上,废名认为科学是学问的一种,正如宗教、哲学与文学一样。"学问"的概念,构成了中国古代学术体系的基本框架,"学"与"问",也是中国学术系统的两个基本概念。《易·乾卦·第一》曾载:"君子学以聚之,问以辨之,宽以居之,仁以行之。"《荀子·劝学》也有"不闻先王之遗言,不知学问之大也"的描述。同时,学问不单涵盖了读书人的知识范畴,同时也是士人团体共享的道德背景。这个道德背景是以"合乎天理"为标准的,所以按照这个逻辑,废名认为科学也是应该被囊括在"天理"的道德框架之下,即"科学的道德是最好的道德"。如果说"心"揭示了废名理想世界观的本质,"有"阐述了废名理想世界的内在发展力,那么"天理"则构成了废名理想世界观中的道德标准。在废名的道德观念中,"天理"应该具有以下几个属性:

第一,"天理"即善。废名认为:"世界只有善,无所谓恶,这个善,便是天理。"¹性善是人所固有的道德面貌，就像"世间父母没有不爱其子"一样是人类的精神领域达到"中庸"的稳定状态的一种表现，所以"中必是善"。恶则打破了这种平衡，"过"于善，或者"不及"于善都称之为恶，所以善即是"天理"，恶则是"惑"。

第二，"天理"即"实"。这里的"实"所指的并不是我们通过五官感知的物质世界，而是指世界本质的存在状态。废名认为，"天理"是一种"实理"，是一种"实实在在之物"，而不是一个空洞的概念。这个观点显然是更贴合有宗的观点，按照有宗的说法，世界的一切"法"（现象）都是通过"藏识"种子示现。而认清世界本质的过程则是要人们放空自我，跳离对于现象世界的执着，即是无相。同时，跳脱开末那识（我执）对于我们心智的干扰，即是无我。达到无我无相的精神状态，方能够"转识成智"，并达到"真如"的世界本质。"致知在格物"的终极目标即是达成对于"天理"的显现："须知格物是要你认识'天理'，不是要你认识'物理'。须是认识天理而后有物理之可言。"否则人们便会兜转于"业"中，遮蔽了世界的本质。

第三，"天理"即"民族性"。"天理"不仅承载着儒家对于世界的想象，同时也构成了中华民族文化人格中一种"忠恕"的特质。废名认为"天理"这种特质是中华民族本就拥有的一种民族品格，文化精英们将这种品格具象化，并以经典的形式固定下来。废名认为："凡是民族精神，都不是那个民族里面少数圣贤教训出来的，是民族自己如此的，少数圣贤好比是高山，其整个民族便是平地。"²所以，从这点出发，废名得出了"中国民族的根本精神是德不是力"的结论。"民族性"还包含着另外一个层面，即一种"自足性"的可能，废名所崇尚的社会形态，是一种以"智性"为主导的的社会，"无为而治"构成了废名理想社会形态的政治文化。这是一种建立在东方式农业精神下的社会

---

1. 废名：《说人欲与天理并说儒家道家治国之道》，王风编：《废名集》第四卷，第1913页。
2. 同上。

构想，而伴随着西方工业文明的兴起，包括日本在内的东方国家纷纷向着工业社会转变。中国也在"救亡"的过程中选定了一条工业文明的发展道路。这引发了废名的一个思考："中国民族是不是会使得科学发达起来？"对于这个问题，废名的态度是悲观的，他认为现在世界的问题并不是一个"科学的问题"，而是一个"哲学的问题"，现在中国所缺乏的是一个"立国之道"而不是科学本身。废名认为，就像蜘蛛结网、桑蚕吐丝一样，"科学"并非一种学习而来的东西，而是深藏在某个民族精神内部的文化基因，而中国不会"发达科学"的原因则恰恰是由于中国并不存在这种基因。同时，结合两次世界大战的具体情况，废名认为科学是权力的扩张并最终会导致民族的灾难。所以中国没有必要因此产生某种自卑，而是应该保持一种文化心态上的自信，自信便可"无为"，便可以"救国"，进而"救世界"。

"合理"为废名的科学观建构了道德性的维度。那么"理"是否具有道德要求呢？废名在《欢喜的话》"民族精神、科学方法"一章中给出了这样的一种答案：

> 他们二位（马克思、列宁）是人类的救星，帝国主义对于人类的灾难将无止境，非他们二位不能打倒，因为科学非非科学所能打倒的，非以子之矛攻子之盾是不能成功的。这里便见学问的意义，从事学问者必然是勇敢，智慧是勇敢者才有的。

> 三方面的圣人（这里指希腊的先哲、印度的释迦牟尼以及中国尧舜禹汤四位君主）代表三方面的民族，代表三方面的学问，学问便是知行合一，便是真理，便是中国的一个"仁"字……因为仁者人也，古训又说"二人为仁"，学问的内容必定就是人群的生活的。

"勇"与"仁"构成了废名科学观道德维度的两个原则。"勇"即是对于批判意识的强调。废名认为，只有科学才能解决科学内部的基本矛盾。同是建立在进化史观的框架内，马克思主义学说同资本主义学说虽是"一个母亲的双生子"，却呈现出了根本上的矛盾与对抗，其所依傍的是"勇"的道德原则所带来的批判力量。另一方面，"仁"所关注的是"人群的生活"，这既体现了废名的"民本"思想，又与中国共产党的"群众意识"联系在一起。废名认为，中国共产党的所秉持的阶级斗争的革命方式是从"民本"角度出发的，阶级斗争取得了民众的信任，因此也具有着广泛的群众基础。这种方法同时又合乎"仁"的道德原则，进而它又是"合理"的"科学方法"了。

（三）关于"宗教"："菩萨"与"悬设的对象"

废名的精神成长同他对于儒与佛的接受是密切相关的。废名在求学时期便接受了比较完整的儒家文化教育，尽管他曾一度抨击私塾教育的黑暗，但儒家入世济民的文化传统已经深深地嵌入到废名的文化人格当中了。可以说"儒"构成了废名一切文化讨论与文学创作的一种底色，也是研究者在讨论废名时候难以回避的一种质素。"佛"对于废名来说则体现了一种方法论的意义，唯识宗教义也罢，黄梅的禅宗传统也罢。佛学更多地是为废名提供了一种感知世界的能力。这种能力是双向的：一方面废名借助于佛学来诠释他对于这个世界的理解，一方面世人也可以借助于佛学来观照废名的思想变化。佛与儒构成了废名文化人格的两面，借"儒"之入世以救人，借"佛"之出世以救"心"。

> 我们还要好好地讲孔子，但决不是一般所谓读经。
> ……佛教对于中国的好处非常之大，不说别的，单就建筑说，佛教给了中国好大的庄严……在农村社会里，除了庙，简直没有精神集中的地方了……农民自己不做和尚，却是非常与佛教亲爱的。

废名认为，中国农民"所喜欢两件事情，一是孝悌，一是'菩萨'"。维持佛教系统的庄严感与佛教机构的稳定便可以是农民"安心"，这对于维护农村社会的稳定发展具有突出的意义。而在事实上，佛教不仅可以成为近代民众在感性向度上的依靠,在社会理性精神层面,佛教也确实参与到了社会民主进程的讨论中来。在近代中国,启蒙与救亡是两个核心的命题,改良、革命、运动等一切活动几乎都是围绕这两个命题展开的。先谈启蒙,从某种程度上看,佛家所讲求的众生平等、去苦求乐的精神与现代社会民主理念最为接近。梁启超化用佛家万象平等、智平等、众生皆平等的理念构建其民主立宪的政治主张。章太炎在《齐物论释》中也谈到"盖离言说相,离名字相,离心缘相,毕竟平等,乃合齐物之义"[1]。太虚在教理变革中所主张的六和主义,康有为的博爱精神也在很大程度上植根于佛教众生平等的观念。在救亡问题上,佛教济世度人的心灵力量与经世致用的实践精神很好地贴合了近代社会日趋严峻的生存局面。"我不入地狱,谁入地狱"的悲天悯人的精神也体现出了救亡图存的强大使命感。佛教的"度人"精神不仅作用于佛教的缁衣信众,同时也对思想界产生了影响,蔡元培的蔬食精神以及杨度的"新佛教论"等都体现出了人们对于救亡的努力。

废名十分看重农村世界中的"宗庙"与"菩萨",他认为那是农业社会中少有的"精神集中"的地方。但同时,废名并没有针对"菩萨"所蕴含的宗教义理进行论述,而仅仅停留在了"精神集中"的表层意义。通过这一点我们可以看出,废名的社会道德所看重的,并非宗教教义本身,而是一种"类信仰"的状态,具体来说则是一整套佛教文化系统(建筑、经文、造像)在中国农业传统中所传导而来的道德约束力。许多农民可能并不信仰佛教,但大多数农民都敬重神明、害怕报应,建立在这种朴素求存意识的基础之上,"菩萨"成为了中国农民达成道德自控的载体。在这里需要引入一个概念,康德研究专家克朗纳曾在一篇文章中指出,康德的道德哲学在本质上是一种道德意志

---

1. 章太炎:《齐物论释》,王仲荦校点,《章太炎全集》(六),上海:上海人民出版社,1986年12月,第4页。

论。[1]从意志论的角度看,其认为道德实践存在着两重要求:一是指意志的行为准则,可以称为意志的应当;一是指意志的行为对象,称为意志的期望。人一旦无法在感性世界中获得道德的经验,那么就可能将其推演到彼岸世界,通过悬设一个对象来保证道德价值存在的可能性。再回过头来考察废名的思想,虽然废名同康德二人的思想存在着本源上的不同,但二人都十分重视那个"悬设的对象",比如"莫须有先生"这个形象,如果我们透过文本来考察"莫须有先生"深层次的思想的话,那么我们会感到很棘手。因为"莫须有"脑海中所呈现的哲学世界是芜杂的、虚无的、经验性的,而"莫须有先生"的文学形象所传递出来的气质却是统一的、睿智而有洞见性的。所以,在废名的思想观念中,有时"悬设的对象"本身的意义是大于这个形象所负载的道德价值的。而建立在"悬设的对象"这个理解之上,我们可以更好地理解废名眼中"菩萨"的社会功能。

---

1. 里夏德·克朗纳:《论康德与黑格尔》,关子尹译,上海:同济大学出版社,2004年,第52页。

结语

透过《欢喜的话》，读者可以明显地感受到废名所做的某种努力。作为一名知识分子，废名对于公共场域的参与是十分矛盾的：一方面，同其他京派学者一样，废名惯于同主流话语保持一定的距离，对待某些问题也多以"冷"的方式来处理；另一方面，随着新中国的成立，废名又以极大的热情接受中国共产党的教育，不断改造自己的思想，用他自己的话说："学习文学的人，如果不热心政治，那是没有什么前途的，简直是个危险的道路，我的痛苦的经验告诉我是如此。"[1] 废名迫切地希望能够同社会主义意识形态之间建立起一种对话的可能。

再来讨论废名对于中国共产党的接受问题。新中国成立后，废名积极地参与到"思想改造"之中，20世纪50年代废名的思想状态与文学写作同之前发生了很大的改变。而这种改变又是如何同《欢喜的话》建立起的联系，学者冷霜认为其中存在两个可能的起点："其一，他在抗战期间体察到中国农民所遭受的'内忧'，以及他与他们在距离上的拉近，使他易于对后者产生情感上的认同……其二，他在抗战期间对'读书人'的批判，虽未指向自己，但已包含了这种可能性。"[2] 笔者所关注到的是另外一处细节，或许也具有潜在的可能性：从《欢喜的话》开始，废名开始比较系统地接触中国共产党的纲领性文章，《欢喜的话》其实质就是一篇关于《新民主主义论》的"读后感"。

---

1. 废名：《鲁迅先生给我的教育》，王风编：《废名集》第五卷，第2796页。
2. 冷霜：《建国前后废名的思想转变》，《文学评论》2016年第1期。

通过《阿赖耶识论》，废名建立起一套较为完整的德性的道德逻辑。"心""有""识"构成了这个逻辑的观念基础，"仁""勇""理"揭示了这个逻辑的道德要求。"德"为废名的文学创作、理论批评、社会思考与文化考量划定了一个思路。同时我们可以清楚地感觉到，在废名诸多论述中，始终保持着一个传统与现代、东方与西方的二元模式，这既是独属于废名的思维模式，同时也是中国现代知识分子所共享的时代背景。与大多数人寄望于科学救国不同，废名对现代精神抱以深重的怀疑，转而视角投射到广大的农村社会，并逐渐从农民坚韧不拔、自强不息的古典朴素精神中看到了中国的发展希望。这是废名个人的选择，但也是少数人的选择，这也注定了废名在知识界的寂寞。

沈从文与20世纪20年代至40年代诗坛

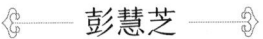
彭慧芝

引言

选择《沈从文与20世纪20年代至40年代诗坛》为题,基于这样的观察和考证:在已具规模的沈从文研究中,对沈从文文学创作活动的重要组成部分新诗及诗论虽有所关注,但对他与现代诗坛的关系却没有展开讨论。事实上,作为一名新文学建设的亲历者和参与者,沈从文着意关注了新诗的发展,对新诗发展的历史和现状比较熟悉。

从创作与评论角度看。据2000年北岳文艺版《沈从文全集》第15卷,整理收录了1949年前沈从文公开发表的新诗51首[1],民歌体诗9篇72首(另有古体诗80余首)。自然,诗歌数量不算庞大,但至少不能成为研究者忽略的理由。1931年9月,陈梦家所编《新月诗选》收录沈从文创作诗歌7首,数量仅次于徐志摩(8首),占全书诗作数量(80首)近十分之一。编者不吝美词,赞道"沈从文以各样别名散在各处的诗,极近于法兰西的风趣,朴质无华的词藻写出最动人的情调",还称"所惜他许多写苗人的情歌,一时无法尽量搜寻,是我最大的遗憾"。[2]虽然陈梦家自称"因个人喜欢抒情诗,集子里选出来的也多是抒情诗"有失偏颇,但不难看出他对沈从文诗歌质量的肯定。

---

1. 2010年《中国现代文学研究丛刊》第3期登载了解志熙、裴春芳、陈越辑校的沈从文佚诗《旱的来临》(1934年10月15日《西湖文苑》第2卷第6期)、《文字》(1939年12月9日《中央日报·平明》第140期)、《一种境界》(1940年6月16日《今日评论》)。另据邵华强《沈从文研究资料》记录,1937年1月10日《新诗》第4期及1937年2月10日《新诗》第5期,有署名上官橘发表新诗《无题》和《窗》,但目前无资料证实这两首新诗是沈从文作品。
2. 陈梦家编著:《新月诗选》,上海新月书店,1931年9月,第3页。《新月诗选》收录沈从文《薄暮》和《我喜欢你》《颂》《对话》《悔》《无题》《梦》,共7首。《鸭子》收录沈从文小说、散文、戏剧、诗歌作品共30篇,其中诗歌5篇:《残冬》《春月》《薄暮》《萤火》《我喜欢你》。

1926年11月，沈从文的第一部作品集《鸭子》由北新书局出版[1]，其中收录新诗5首，《春月》《我喜欢你》《残冬》《薄暮》4首于1925年5月至1926年6月间先后在《晨报副刊》上发表过。[2]姑且不论作品发表已是编者对作品的认可，沈从文将新诗选入首部作品集未尝不含自我肯定的成分。但看沈从文初登文坛的创作特点，大有各文体创作并重的意思，且小说、戏剧、散文、诗歌都有成果。需要注意的是，沈从文早期创作的文体尝试，与他在20世纪30年代被冠以"文体作家"的含义不同，与后来汪曾祺所说的"文体试验"也不尽相同。前者意指沈从文小说的叙述方法，后者强调沈从文在小说艺术创作道路上的大胆尝试和试验，[3]二者共通之处在于讨论的范畴专指小说体裁。或

---

1. 1926年7月15日，沈从文于"新窄而霉小斋"中作《第二个狒狒》的书引，称"在此，我应感谢帮助此书出版的朋友们——已死或犹生的，尤其是两个长眠了的朋友，给我的力量颇多"。但该书未见出版。
2. 《春月》发表于1925年5月9日《晨报副刊》第103号。《我喜欢你》发表于1926年3月10日《晨报副刊》第1451号。《残冬》发表于1926年3月13日《晨报副刊》第1362号。《薄暮》发表于1926年6月28日《晨报副刊》第1410号。
3. 依现有资料，"文体作家"头衔最早出现在1934年9月苏雪林《沈从文论》，文中写道："有人说沈从文是'文体作家'（Stylist），他义务是向读者贡献新奇优美的文字，内容则不必负责。不知文字可以荒诞无稽，神话传说和古代传说正以此见长——而不可无意义。"1931年，左翼文艺批评家韩侍桁在《一个空虚的作者——评沈从文先生及其作品》中提及了沈从文的"文体"问题，指出："一个享受着极大的声誉，在某一部分领有着多数的读者，他以轻飘的文体遮蔽了好多人的鉴赏的眼，而最有力地诱引着读者们对于低级的趣味的作者是沈从文先生。"他认为："所谓文体，简单地讲，便是叙述的方法。某一事物被构想出来后，随之就要想到怎样去叙述它，这是自然的的进展。因此，无论是怎样的一个作家，因为他自己的性格与其所选择的材料的特异，全是各自有他自己的一种文体。"而沈从文"我们可以看出他是没有得到良好的发展，他的文字变得越来越轻飘，他的内容变得越来越空虚"，"为了适合着人们的颂词，大量地写作，尽力地向着外表上发展，时时苦心地构想出那自己以为那颇有深刻意味而又机警的词句"。"文体"在苏、韩二人的文章中指的都是"叙述的方法"，且带有贬义色彩。汪曾祺在《沈从文与他的〈边城〉》中关注了20世纪30—40年代沈从文小说创作上的试验，比如《月下小景》叙事重复铺张，有意模仿六朝翻译的佛经，语言也多四字为句，近似偈语。《神巫之爱》的对话让人想起《圣经》的《雅歌》和萨孚的情诗。他还曾用骈文写过一个故事。其他小说中也常有骈偶的句子，如'凡有桃花处必有人家，凡有人家处必可沽酒'，'地方像茶馆却不卖茶，不是烟馆却可以抽烟'"，最终"形成了沈从文自己的特殊文体"。关于沈从文"文体作家"的名号演变，参见张德明《沈从文"文体作家"称谓的内涵流变》，《民族文学研究》2012年第1期。

许，可以这么理解，此时期文体尝试，用沈从文自己的话说，"是试图用不同的方法学习用笔"[1]，"用一种很笨的、异常不艺术的文字，捉萤火虫那样捕捉那些在我眼前闪过的逝去的一切"[2]，"文体也不拘常例"、"故事也不拘格局"[3]，"有自己的体裁和风格"的作品和文字[4]。如此，罗振亚在《现代中国文学（1889—1949年）》所说沈从文"灵活穿梭于各种文体，并且创造性地进行了文体间的融合，可以说是真正意义上的'文体家'"的话，正与沈从文早期的"文体尝试"中"文体"概念一致。想必没有早期"但知耕耘，不问收获"的努力痕迹，以及20世纪30年代至40年代的"文体试验"，研究者也不会得出"沈从文的小说营造了诗的意境，糅合了散文的笔法，从而达到纯美的艺术境界。他的散文则汲取了小说、游记等创作方式"结论。[5]

这里有的一个值得关注的现象，自《鸭子》集出版至1949年前，沈从文公开出版各版作品、作品集中，不再收录新诗，新诗更未单独结集出版。1949年前，对沈从文的评论、研究，绝少有人开垦过诗歌这片领地。不过，1939年秋，朱英诞在北京大学讲授新诗，在"讲稿"中专辟一章论述沈从文的诗。字里行间流露对沈从文诗歌的激赏："我以前不知道他（沈从文）写过诗，心想这可以看看，结果是愈看愈觉引人入胜"，"读这样的诗但感觉幸运，却是并非因为在我自己是新鲜之感，沈从文是小说家，看了这几首好诗之后我遂很懂得他何以结果作成小说家，而回头来说，我又更加佩服几首这样的诗，

---

1. 凌宇：《沈从文谈自己的创作——对一些有关问题的回答》，《中国现代文学研究丛刊》1980年第4期。
2. 沈从文：《第二个狒狒引》，《沈从文全集》第16卷，太原：北岳文艺出版社，2002年，第292页。
3. 凌宇：《沈从文谈自己的创作——对一些有关问题的回答》，《中国现代文学研究》1980年第4期。
4. 沈从文：《〈沈从文小说选集〉题记》，《沈从文全集》第16卷，太原：北岳文艺出版社，2002年，第375页。
5. 王宁：《沈从文：建构人性的庙宇》，罗振亚主编《现代中国文学（1889—1949）》，天津：南开大学出版社，2009年，第204—205页。

似乎非这位小说家不能写了"。[1]

　　沈从文最初引起关注的作品是散文,继而是小说。1925年5月3日,北大教授林宰平在《晨报副刊》发表《大学与大学生》,赞扬沈从文是"天才青年","《遥夜》全文俱佳——实在能够感动人"。同年11月1日,徐志摩着意对散文《市集》进行了点评,赞美沈从文的笔"真像是梦里的一只小艇,在波纹瘦鳞鳞的梦河里荡着,处处有着落,却又处处不留痕迹"。接着徐霞村于1927年4月16日《北新》第34期,专门评价了作品集《鸭子》,这本对徐霞村来说"虽不是著者最好的作品,却能代表他的作风的一般"的集子,诗歌不甚合胃口。本该评论诗歌处,却支吾道:"我本来想多写一点,但我的头现在已昏,只好放笔罢"。1949年前,较系统地研究沈从文及其作品的是苏雪林《沈从文论》和贺玉波《沈从文的作品评判》,两篇文章的核心都放在了讨论沈从文小说及创作风格的研究。[2]换句话说,1949年前的出版商和文学批评家们不约而同地选择了对沈从文新诗的漠视。就连沈从文自己,困病交加,卖了纷繁芜杂版本的小说、散文,也没曾想出本诗集赚版税填补生活。其中的原因暂且不计,我们先来考察1928年前,沈从文公开发表的新诗情况。

　　选1928年为节点,有两方面考虑。第一,经统计,沈从文的新诗创作集中在1928年前。其中,1925年5月至1928年11月公开发表新诗36首,民歌体诗7章70首。1931年9月至1941年11月公开发表新诗12首,民歌体诗2章2首。1949年5月至10月创作新诗3首,未公开发表。第二,1928年是沈从文在文坛声誉日盛、创作趋向成熟的开端。据李同愈回忆:"从甲辰的笔名开始从北京寄到上海的《小说月报》发表了小说以后,沈从文的短篇小说才引起大多数读者的注意。许多学习写作的年轻人也不知不觉地模仿起他的调

---

1. 废名、朱英诞:《新诗讲稿》,北京:北京大学出版社,2008年,第232页。
2. 苏雪林:《沈从文论》、贺玉波:《沈从文的作品评判》,邵华强主编《沈从文研究资料(上)》,北京:知识产权出版社,2011年8月,第44页、第55页。贺玉波的文章涉及了《鸭子》集的讨论,但"只讨论他的戏剧和小说,把散文和诗不提"。

子来，我就是其中一个。"[1] 沈从文第一次以甲辰为笔名在《小说月报》上发表的文章，是1928年3月10日《小说月报》第19卷第3号的《或人的太太》。此时，他已出3部作品集[2]，1本中篇小说单行本，各文体作品200余篇，其中新诗32首，民歌体诗72首。在文坛的名气日盛。同年8月，沈从文又以甲辰为笔名在《小说月报》第19卷第8号发表《柏子》，凌宇认为，《柏子》与9月12日《中央日报·红黑》发表的《有学问的人》显示出沈从文创作的新变化，"在早期创作中处于极次要地位的自我经历，以及湘西下层人民的人生现实与都市社会的形形色色，在沈从文的创作中取得越来越重要的地位"，这类作品的思想和艺术功力"预示着沈从文创作渐趋成熟"。

至于未有诗集问世，大概有如下原因：

沈从文的诗歌创作数量远不及小说、散文，成就亦然。虽然小说和散文同样优秀，但作为小说家的沈从文却明显比作为散文家的沈从文为人熟知。以众多版本现代文学史为例，研究者几乎是心照不宣地给沈从文小说家身份下定论。散文所提不多，诗歌甚至只言片语也没有。但20世纪30年代沈从文的散文成就明显很高，仅一本《从文小说自传》就赢得了多少掌声。出现这一现

---

1. 李同愈：《沈从文的短篇小说》，邵华强主编：《沈从文研究资料（上）》，北京：知识产权出版社，2011年8月，第49页。沈从文第一次用甲辰的笔名发表作品，是1927年1月1日，在《现代评论·第二周年纪念增刊》上发表诗歌《曙光》。第一次在《小说月报》发表文章是1927年8月10日，发表《我的邻》（署名懋林）。第一次以甲辰为笔名在《小说月报》上发表文章，是1928年3月10日《小说月报》第19卷第3号的《或人的太太》。同时，沈从文的作品被翻译到国外。1927年12月，日本竹内好在日本版《文艺》中翻译了《薄暮》（原载1926年6月28日《晨报副刊》第1410号）。

2. 确切可查为3本，据邵华强编《沈从文总数目》载，邵华强根据广告及1981年7月24日访问沈从文，证实1926年冬北京晨报社出版沈从文小说散文集《市集》，1927年上海某书店出版沈从文散文书信集《到世界上》，则1928年3月前，沈从文出版5部作品集。由于该两部集子尚未找到，此处认定为3本。作品集：1.《鸭子》，1926年11月，无须社丛书之一，北新书局出版。2.《蜜柑》，1927年9月，上海新月书店出版。3.《入伍后》，1928年3月，北新书局出版。单行本：《压寨夫人》（1926年4—5月间在《现代评论》上连载，初名《在别一国度》），1927年，商务印书馆出版。

象，一方面与某一时期不同文体地位的高低有关，一方面与沈从文的小说文体创作遮蔽了散文文体创作有关。那么无论从数量还是质量上，不及小说、散文成就的诗歌，绝少有研究者问津，也就不难让人理解了。另外，几次声明不懂诗却写了大量诗评、诗论的沈从文，自始至终都对诗歌创作没有自信。对创作新诗的青年诗人，他倒是尽心扶植。1930年前后，新诗地位滑落，不仅写诗、读诗的人少了，"书店老板也不欢迎新诗"，沈从文此时奔波于生计，写诗大有可能饿肚子，恐怕也算沈从文极少再写诗又没能出诗集的部分原因。

从职业角度考虑。1928年后到1949年前，除了零星发表几首诗外，沈从文的工作重心已不局限于创作领域。1929年秋，经徐志摩介绍，他到吴淞中学任教，专门开设了讲述新诗发展为内容的"新文学研究"课，自诩"我讲这个似乎还清楚（因为中国的诗人我只不熟郭沫若，其余都是熟人）"[1]。不管这句"因为中国的诗人我只不熟悉郭沫若，其余都是熟人"的话是否有暗指，却非虚言。众所周知，《晨报副刊》是沈从文早期作品发表的重要园地，新诗也不例外。自1925年5月到1927年10月，《晨报副刊》（含《诗镌》）共刊登沈从文新诗23首（1925年10首，1926年11首，1927年2首），民歌体诗4章67首（1926年2章43首，1927年2章24首）。排除研究视角，早期给予沈从文以欣赏的怕就算《晨报副刊》的编辑了，尤其是徐志摩。照沈从文的话，如果"没有他，我这时节也许照《自传》上所说到的那两条路选择了较方便的一条，不到北平市去做巡警，就卧在什么人家的屋檐下，瘪了，僵了，而且早已腐烂了"[2]。徐志摩将沈从文领入文坛，引荐他与陈西滢、闻一多等新月社成员结识。加上相继结识并熟悉活跃在北方文坛的青年诗人，刘梦苇、蹇先艾、朱湘、饶孟侃、孙大雨、焦菊隐、于赓虞等。基于读诗会的熏陶及与诗人的交

---

[1]. 沈从文：《19300103致王际真》，《沈从文全集》第18卷，太原：北岳文艺出版社，2002年，第36页。
[2]. 沈从文：《习作选集代序》，《沈从文全集》第9卷，太原：北岳文艺出版社，2002年，第7页。

往和创作体验,沈从文才有把握说自己论中国新诗,比其他人做得公平一点[1]。

1930年始,沈从文的诗歌创作锐减,对诗坛的观察和诗人的创作关注渐多。从1930年到1947年,他创作了近30篇诗歌理论和批评文章,专门论述了郭沫若、闻一多、汪静之、焦菊隐、朱湘、刘半农、卞之琳、徐志摩、刘宇、孙大雨、冯文炳等诗人的诗歌创作,对胡适、周作人、沈尹默、俞平伯、冰心、钱玄同、邵冠华、饶孟侃、刘梦苇、康白情、朱自清、冯至、戴望舒、王统照、林徽因、邵洵美、徐玉诺、梁宗岱、方玮德、姚篷子、林庚、陆志韦、蒲风、苇丛芜、曹葆华、何其芳、田间、胡也频、陈梦家、臧克家等50多位知名诗人的诗歌也有所论及。

1928年后,沈从文的另一身份是编辑。早期的投稿经历使沈从文看到编辑的重要性,在1924年香山慈幼院时,他就和胡也频、丁玲酝酿办一个属于自己的刊物,因缺资金,这"刊物于是便在幻想中产生,又复在幻想中夭折了"[2]。1929年1月10日,《红黑》月刊的出版发行使三人的办刊梦得以实现,不成想至第8期,因经费和内部文学观念的分歧而停刊。自1928年7月19日参编《中央日报·红与黑》副刊到1947年10月20日挂名主编《益世报·诗与文》,沈从文编辑刊物达17份之多,且集中于20世纪30年代至40年代,不乏对诗坛影响较大的《诗刊》《大公报·文艺副刊》《大公报·文艺》《益世报·文学周刊》等。

20世纪30—40年代,随着文坛名气的攀升,加上注重对青年作家的扶植,沈从文以所编刊物为核心,聚拢了大批作家、学者,尤其是活跃于诗坛的有生力量,给30—40年代的诗坛健将提供了一个发出声音、进行诗学探索的

---

1. 1930年9月,武汉大学出版了沈从文新文学发展课程讲义,名《新文学研究》,沈从文给好友王际真寄了这套讲义,不谦虚地说:"那个讲义若是你用他教书倒很好,因为关于论中国新诗的,我做得比他们公平一点。"见沈从文1930年7月上旬致王际真信,《沈从文全集》第18卷,太原:北岳文艺出版社,2002年,第83页。

2. 沈从文:《记丁玲》,《沈从文全集》第13卷,太原:北岳文艺出版社,2002年。

平台。这些人中既有"五四"文化运动时期的名作家，周作人、冰心、俞平伯、朱自清、杨振声等，也有沈从文同期的朱光潜、施蛰存、林徽因、金岳霖、孙大雨、陈梦家、李广田等，还有卞之琳、何其芳、孙毓棠、李同愈、孙宇、袁可嘉、甘运衡、辛笛、郑敏、穆旦、李瑛等文坛新秀。这些人通过私交、聚会和发文等形式，构成了文学活动场域，向诗坛辐射影响。不少沈从文研究者都观察到了他与30年代京派诗歌和40年代九叶诗派的关联。他大量谈论诗歌、描述诗坛面貌的文字散见在《沫沫集》《序跋集》《昆明冬景》《烛虚》《废邮存底》《文学运动杂谈》《新废邮存底》《创作杂谈》等编者言和文论中。这些体现他诗学观念的文字，虽多以感官出发，不够学理化，却不乏洞见。他从诗作本身出发，在新诗发展的历史脉络中观照诗人的创作及成就的论述手法，既较为准确地判断诗人创作的艺术特色，又反映了他对诗坛动向的敏锐捕捉。

在新诗由"两大诗潮（大众化和纯诗化）的并峙与对流"滑向"历史的大汇合"的重要历史时期，作为"展示中国现代文学最原始，最真实，最生动面貌"[1]的文学期刊，还原这一流变过程的能力自不待说。查阅沈从文此时期密集且有连续性的编报活动，及相关史料，可以窥到对这一流变的促动。但从现有研究来看，还没有人从编辑角度切入，呈现沈从文在现代诗坛的作为。

从文献角度分析。沈从文自20世纪20年代闯入文坛，20年代末到40年代尾声得到广泛关注和批评，50年代到70年代末，淡出大陆文坛，几近被新文学史屏蔽，作品和研究资料便绝少出现在大陆读者视线内。20世纪80年代，大陆掀起为沈从文"翻案"的浪潮，尤其是1988年沈从文逝世后，有关他的研究资料便层出不穷，引发了持久不衰的"沈从文研究热"。在数量可观的已有研究中，研究者醉心于对沈从文小说、散文、文学批评等文体进行探讨，对其诗歌创作方面研究较少，至于他与现代诗坛的关系更没有展开讨论。

---

1. 应国靖：《现代文学期刊漫话》，花城出版社，1986年，第2页。

此外，综观沈从文研究资料，研究者对沈从文作家身份关注度高的，对编辑及教师身份关注度相对较低。近些年部分关注到沈从文编辑身份的研究者，从编辑生涯、编辑理念、总体贡献等角度进行探讨为多，不成系统，且存在错讹。[1] 通过梳理沈从文编辑轨迹与翻阅研究资料，根据本文所需，从以下相关角度考察沈从文研究状况。

其一，研究编辑沈从文，包括研究沈从文编辑活动及编辑理念。

近年，涉及沈从文编辑活动的研究已有一些，以吉首大学沈从文研究所秘书长李端生的专著《报刊情缘——沈从文投稿与编辑活动探迹》较为系统详尽，但因参考资料受限及作者考证不足，个别地方出现纰漏、不属实现象，如1946年12月29日，沈从文主编的《平明日报·星期艺文》创刊，1948年11月14日停刊，实际出82期。李著则据周定一《从文先生琐记》回忆《星期艺文》"1946年办起，每星期日一期，办满一百期才收场"[2] 认定为100期。另，李著认为沈从文作为"旧友之一"参与了1931年1月20日创刊于上海的《诗刊》的编辑工作，"还为其撰稿"[3]，且举卞之琳事例，说明沈从文作为《诗刊》编辑对青年诗人的栽培。但据原刊及年谱等可信资料核证，沈从文既无作品在《诗刊》发表，也没参与《诗刊》编辑。至于，新月诗派的"旧友"之名，并非李端生先生所说因常投稿《晨报副刊·诗镌》那么简单，而是关涉20世纪20年代沈从文文坛交际圈的演化和渗透（论文第一部分第二节详述）。卞之琳活跃于《诗刊》主要因时任北京大学兼职教师徐志摩的发掘，与沈从文的赏识与器重关系不大（论文第二部分第二节将有论述）。再则，一些细节点，李著也存在偏颇，甚至自相矛盾，如针对沈从文作品最初得以发表是否得力于胡

---

1. 本文在呈现沈从文与20世纪30—40年代诗坛关系过程中，梳理沈从文编辑轨迹，补遗沈从文研究，另为研究者提供史料上的便宜。参见附录《沈从文编辑轨迹梳理》。
2. 李端生：《报刊情缘——沈从文投稿与编辑活动探迹》，北京：中国文联出版社，2002年，第115页。
3. 同上，第44页。

适帮助的问题，李著转呈孙锡华《我所知道的沈从文先生》观点，认为1923年刚在北京落脚（住西西会馆），沈从文就与胡适结识，文章经其修改并推荐给"《晨报》一个文学副刊编辑"得以发表。而前文曾指出沈从文开始写作是"1924年9月下旬"，"搬离西西会馆进入北大附近公寓的'窄而霉小斋'之后不久"[1]，创作时间相差一年。何况，根据沈从文一贯说法及各方面资料显示，胡适与沈从文交往是1928年到上海后的事，其文章最初得以公开发表，因郁达夫帮助，与胡适无瓜葛。即使1924到1926年，沈从文与胡适周边的徐志摩、陈西滢等过从甚密，二人也没有直接的接触。

此外，2008年陕西师范大学吴国彬硕士学位论文《作为编辑的沈从文——沈从文编辑实践、编辑思想研究》，在参照李端生《报刊情缘》的基础上，专门研究了沈从文编辑实践，但其考证内容不仅不够系统，所引用李著明显错讹处也未作更正或说明。向必颖《沈从文的编辑生涯》[2]，胡正强《沈从文报刊编辑思想论略》[3]、《沈从文报刊编辑思想与艺术探略》[4]，叶向东《沈从文的文学编辑思想》[5]，李天福《论沈从文的报刊情缘与编辑责任》[6]、《沈从文报刊编辑理念及当代价值》[7]，毛攀云《沈从文的副刊编辑思想》[8]，邱凌云《沈从文报刊编辑思想面面观》[9]，房平《文化工作者在社会大变革中的退缩与进取——从沈从文的转行说开去》[10]等，部分内容涉及沈从文编辑活动梳理，不过，更偏重

---

1. 李端生：《报刊情缘——沈从文投稿与编辑活动探迹》，北京：中国文联出版社，2002年，第16页。
2. 《编辑之友》1993年第3期。
3. 《中国矿业大学学报》（社会科学版），1999年第1期。
4. 《编辑之友》2004年第6期。
5. 《当代文坛》2008年第6期。
6. 《新闻界》2010年第4期。
7. 《新闻界》2011年第4期。
8. 《湖南人文设计学院学报》2010年第6期。
9. 《编辑学刊》2004年第6期。
10. 《新视野》2010年5月下半月刊。

编辑理念的论述。结构方式不外乎据一系列"废邮"、发刊词、编者言等，分析得出沈从文良好的编辑素养、鲜明的读者意识、热衷扶植新人、独特的报刊功能和经营观念等共识。

余者，选取沈从文所编某一刊物，或讨论办刊特色或做史料校正研究，以探讨《大公报》副刊为多，如李端生《沈从文与〈大公报〉》[1]、唐雄伟《沈从文与〈大公报〉文艺副刊》[2]、李佳佳《沈从文与〈大公报·文艺副刊〉》[3]、姚克波《沈从文与天津〈大公报·文艺副刊〉》[4]、郑晖《浅议〈大公报〉文艺副刊》[5]、朱丽《沈从文与〈大公报·文艺副刊〉》[6]、黄雅玲《〈大公报·文艺〉副刊的特色》[7]、李莎《沈从文报纸编辑思想研究——以沈从文编辑〈大公报·文艺副刊〉为例》[8]、王淳《从"人文"到"大众"——〈大公报·文学副刊〉的"吴宓—沈从文时代"》[9]、谭泽锋《沈从文萧乾〈大公报〉副刊编辑思想比较》（未刊，中国新闻研究中心发稿）[10]。

还有，涉及《益世报》副刊、《晨报》副刊、《红黑》月刊、《文学杂志》等，如杨爱琴《一个副刊能寄托些什么——论沈从文主编的〈益世报·文学周刊〉》[11]、张海英《〈红黑〉停刊原因考》[12]、黄蓉《从〈红与黑〉到〈红黑〉》[13]、

---

1. 《吉首大学学报》1995 年第 3 期。
2. 湖南师范大学 2008 年硕士学位论文。
3. 《新闻大学》2004 年第 2 期。
4. 《新闻界》2006 年第 5 期。
5. 《大众文艺》2009 年第 15 期。
6. 《湖南大众传媒技术学院学报》2010 年第 5 期。
7. 《新闻爱好者》2010 年 7 月下半月刊。
8. 《文艺生活》2011 年第 2 期。
9. 《新闻爱好者》2009 年 7 月下半月刊。
10. 网址：http://news.xinhuanet.com/zgjx/2007-03/19/content_5866888.htm。
11. 《中国社会科学院研究生院学报》2009 年第 1 期。
12. 《出版发行研究》2011 年第 1 期。
13. 《湖南人文科技学院学报》2005 年第 2 期。

李娟《沈从文与〈晨报副刊〉》[1]、石潇纯、刘景慧《〈红黑〉停刊与丁玲、沈从文分歧的源头》[2]、王任《沈从文与〈装饰〉》[3]、吴泰昌《〈文学杂志〉的编者和作者》[4]。

其二，研究诗人沈从文，包括研究沈从文诗作、诗论及与现代诗坛关系。

作为沈从文文学创作的重要组成部分，新诗及诗论得到的关注十分少。从诗人角度论沈从文的专著尚未发现，但有张洁宇和王继志两单篇文献均以"作为诗人的沈从文"为主题，张洁宇《作为诗人的沈从文——兼议新诗史研究视野问题》[5]、王继志《论作为诗人的沈从文》[6]，前者侧重新诗史研究视角的讨论，后者着重分析诗作（现代诗、古体诗及民歌体诗）。王继志文可谓对其1992年专著《沈从文论》（江苏教育出版社）的重要补充。文章对沈从文诗作逐一梳理分析，认为其各文体作品可参照阅读。

另，2007年厦门大学郝若萍的硕士学位论文《沈从文新诗研究》，借用文本分析的方法，结合沈从文生活经历，对其新诗作品进行了概括性梳理和风格评价，着重对沈从文的新诗创作艺术资源进行探析。张德明2009年发表在《民族文学研究》上的《沈从文诗歌论》，围绕沈从文20世纪20—30年代、20世纪40年代两个时期新诗创作的特点，得出前一阶段融合了"浓密的乡村记忆和生活经验"，"显得真纯、素朴，闪烁着人性的温馨和光泽"；后一阶段，受时代语境和自身处境的变化，诗歌中呈现出来的是"智者领悟生存奥妙、选择人生道路的曲折心灵轨迹"的结论。[7]张巧文《沈从文新诗中的湘西文

1.《四川文理学院学报》（社会科学版），2007年第6期。
2.《船山学刊》2004年第1期。
3.《装饰》2008年第4期。
4.《出版史料》2008年第3期。
5.《新诗研究的问题与方法研究讨论会论文集》，2007年。
6.《南京大学学报》（哲学社科版），1999年第2期。
7.张德明：《沈从文诗歌论》，《民族文学研究》2009年第3期，第126—131页。

化情结》[1]和魏小平《谈沈从文原生态诗歌》[2]、张桃洲《论沈从文诗歌中的苗文化因素》[3]，分别对沈从文新诗中洋溢的湘西文化因子、苗文化因素及呈现出来的原生态品格，做了分析、论述。

关于沈从文诗论，潘颂德《中国新诗理论批评史》、邹建军《中国新诗理论研究》两部著作有所关注，但浮光掠影，对其新诗批评特点做了概括性分析，将沈从文纳入"京派"文学批评家一群。蒋登科《沈从文新诗理论述评》[4]从诗歌本体论、诗歌创作论、诗史诗人论三方面归纳沈从文诗论特点，认为三方面无一不体现沈对诗歌艺术的独特思考和诗学品格。刘小民《论沈从文诗论中的韵律说》[5]宏观把握沈从文诗论同时，重点讨论"韵律说"在其文章中的艺术价值和历史价值。姜涛《20世纪30年代的大学课堂与新诗的历史讲述》[6]提及沈从文的诗歌史观，主要围绕《新文学研究》(课堂讲义)、《我们怎样读新诗》等以新诗发展为内容的几篇论文展开。解志熙《"乡下人"的经验与"自由派"的立场之窘困——沈从文佚文废邮校读札记》，据佚文《三秋草》[7]，钩沉20世纪30年代初沈从文对正在形成中的南北现代派诗歌独到的见解，在新诗史上始终以南北一道同风的现代派诗歌，"在当年的沈从文看来，差异近乎不可通融"[8]。还有邹建军《论沈从文诗学观》[9]、《沈从文的诗论》[10]，潘颂德《略

1.《广西师范学院学报》(哲学社会科学版)，2005年第2期。
2.《康定民族师范高等专科学校学报》2009年第4期。
3.《中国现代文学研究丛刊》2010年第4期。
4.《西南大学学报》(人文社会科学版)，2007年第1期。
5.《重庆职业技术学院学报》2008年第4期。
6.《学术月刊》2007年第1期。
7.1933年6月1日《西湖文苑》第1卷第2期，乃评卞之琳同名诗集。
8.解志熙：《"乡下人"的经验与"自由派"的立场之窘困——沈从文佚文废邮校读札记》，《中国现代文学研究丛刊》2008年第1期，第17页。
9.《怀化师专学报》1991年第5期。
10.《涪陵师范学院学报》2006年第4期。

论沈从文的新诗评论》[1]，岑琳《沈从文诗学批评研究》[2]等。

而沈从文（及所编刊物）与现代诗坛关系鲜有研究，部分资料涉及他与新月诗派、"京派"诗歌、中国新诗派渊源研究。主要有：高恒文《京派文人：学院派的风采》[3]，许道明《京派文学的世界》[4]，蒋登科《九叶诗派的合璧艺术》[5]，江南《从三十年代〈大公报〉"文艺"副刊看京派文学》[6]，凌燕萍、刘君卫《沈从文是新月派吗——"沈学"文艺思想探究》[7]，魏晓东《沈从文与新月派》[8]，刘淑玲《〈大公报·文艺副刊〉与现代主义诗潮中的京派诗歌》[9]，邱雪松《"中国新诗派"与〈大公报·星期文艺〉关系论》[10]、《一份被忽视了的准同仁副刊——〈大公报·星期文艺论〉》[11]，赵琳、赵井泉《浅论〈大公报·文艺副刊〉新诗的人本性品格》[12]。

综合创作、职业和文献三个角度，本文希望通过以沈从文编辑活动为切入点，辅以史料整理，考察沈从文与20世纪20年代至40年代诗坛关系，一方面还原20世纪20年代至40年代诗坛面貌的某一侧面，探讨沈从文在其中所为，另一方面补遗沈从文研究，为研究者提供便宜。

1.《鄂州大学学报》2007年第3期。
2.苏州大学，2008年硕士学位论文。
3.上海教育出版社，2000年。
4.复旦大学出版社，1994年。
5.西南师范大学出版社，2004年。
6.《复旦学报》(社会科学版)，2002年第4期。
7.《中南民族学院学报》(人文社会科学版)，2001年第2期。
8.《晋中学院学报》2007年第1期。
9.《江汉大学学报》2005年第1期。
10.《楚雄师范学院学报》2007年第1期。
11.《宝鸡文理学院学报》2007年第2期。
12.《电影评介》2006年第21期。

一、初入诗坛的卑微者：在北京
（1923—1928）

（一）

1925年9月的一个早晨，北京松树胡同7号，满墙的爬山虎叶子"五彩斑斓，鲜明照眼"，新月社俱乐部正在聚会。诗人徐志摩坐在墙边的石凳上，朗诵昨晚刚写好的新诗。环境好，配上诗人清而轻的声音，令人听来十分舒服。20年后沈从文回忆，新诗借助诵读的方式来欣赏，无论是1926年闻一多那间小黑房子（京畿道34号）的读诗会，还是1933年北平朱光潜家（慈惠殿3号）的读诗会，都没有这次"完全成功"。[1]

是时，沈从文来京整两年。从西河沿最便宜的旅店，到梅竹斜街61号湖南酉西会馆，再到北沙滩附近的"窄而霉小斋"，这个被新思想俘获的乡下青年双脚踏入北京的那一刻，就注定要为理想付出沉重的代价。鲁迅在《娜拉走后怎样》中断言"只有固不是钱所能买到的，但能够为钱而卖掉"[2]，沈从文清楚，要想获得完全的自由、取得支配自己生命的权力，就必然要挣脱压在头上的湘西上层社会关系[3]。1924年11月中旬，时任北京大学经济系教授的郁达夫冒雪探望沈从文后，写《给一个文学青年的公开状》大声疾呼。文中有几句话："你去投奔你同县，而且带有亲戚的大慈善家H.H又不接纳，穷极无路，只

---

1. 沈从文：《谈朗诵诗》，《沈从文全集》第17卷，太原：北岳文艺出版社，2002年，第244页。
2. 鲁迅：《娜拉走后怎样》，《鲁迅全集》第1卷，北京：人民文学出版社，1981年，第161页。
3. 沈从文：《二十年代的中国新文学》，《沈从文全集》第12卷，太原：北岳文艺出版社，2002年，第378页。

好写封信给一个和你素不相识而你也明明知道和你一样穷的我","你若实行上举的第二下策（按：偷窃），最好是从亲近的熟人方面做起。譬如你哪位同乡的亲戚老 H 家里，你可以先去试一试看。因为他的那些堆积在那里的财富，不过是方法手段不同罢了，实际上也是和你一样偷来抢来的。你若再慑于他的慈和的笑里的尖刀，不敢去向他先试，那么不妨上我这里来作了破题儿试试"。[1]

信中"H"即指熊希龄（秉三）。熊希龄 1913 年任北洋政府国务总理兼财政总长，后宦途受挫，转身慈善、教育事业。熊希龄嫡亲三弟熊燕龄（捷三）是沈从文的七姨父，大弟熊焘龄娶了湘西名门田应诏胞妹田应弼，田应弼曾差点嫁给沈从文父亲。田应诏儿子、熊希龄外甥田学曾（真逸）娶了沈从文胞姐沈岳鑫。田应诏女儿嫁给了沈从文胞弟沈月荃。而富甲一方的熊捷三，曾一心想招沈从文作女婿。沈从文曾明确表示对这种复杂姻亲关系的厌恶，离开湘西的实际行动，不无远离"富贵囚笼"的意味。在给郁达夫写求助信之前（沈从文不止给郁达夫一人写过信，他称之为"撞大运的信"，但只有郁达夫关注），沈从文究竟是否如《公开状》中所说曾投奔熊希龄而不被接纳，已无从考证。不过，1925 年 5 月，沈从文与熊希龄确发生了交集，只是中间经过了林宰平与梁启超的努力。

郁达夫说，如果没有人介绍，沈从文既当不了报馆的校对，也不可能当上图书管理员，就连门房、菜馆伙计也都需要关系，所言不虚。当时关系网遍布社会的各个领域，"连叫花子也结成帮，有帮的规矩"，《晨报》报馆的门房，如果你不答给他两三角"小费"，就不可能进去领稿费。[2]沈从文最初求学梦的失败或多或少也因了关系的缘故。他高小毕业程度，没念过新学，没有初中毕业证，外语更是力不从心，投考大学几无希望，却听说清华大学全凭关系，虽得到中法大学的录取通知书，终因没钱交 28 圆膳宿费放弃，从此断了入学念想。

---

1. 郁达夫：《给一个文学青年的公开状》，载于 1924 年 11 月 16 日《晨报副刊》。
2. 沈从文：《记胡也频》，《沈从文全集》第 13 卷，太原：北岳文艺出版社，2002 年，第 9 页。

"关系"同样将沈从文拒斥在文坛外,当时的刊物同仁色彩强,刊物主编有能力组织一批核心作者,主编辞职会"带走"这批撰稿者。所以,1925年12月孙伏园因鲁迅《我的失恋》一诗,与代总编辑刘勉己产生分歧并决裂,离开《晨报》后,鲁迅、周作人、钱玄同、沈尹默、冰心等新文学健将自然随之转到《语丝》《京报副刊》了。《晨报副刊》一时稿源匮乏,"乃有创造社郁达夫、郭沫若以及几个小东小西的文章出现"[1]。其实,为了生存,沈从文1924年春即集中向《晨报副刊》投稿,却终不得孙伏园赏识,甚至在一次集会上将沈从文作品排成一排,讥讽"这是某大作家的作品!说完后,即扭成一团投入字纸篓"[2](报馆不承担邮费,稿件不退还作者,沈从文早期作品即如此丢失)。这次插曲对沈从文影响颇深,一方面他生了自己办刊的渴望,使作品找到固定发表的地方,另一方面,在立足文坛后,无论是编刊还是执教,他尤为注意扶植青年文学爱好者。后一点,与他感念郁达夫、徐志摩、林宰平、胡适、陈西滢、杨振声等文坛前辈的提拔,及抵京初朋友的帮助也有关系。

1924年12月,郁达夫将沈从文推荐给接编《晨报副刊》的刘勉己,作品始能发表。1925年5月,北京大学哲学系兼经济学系讲师林宰平(笔名唯刚)注意到沈从文发表的《遥夜(五)》,写文盛赞他是"天才青年",并托人约见。沈从文不寻常的经历与求学打算,得到林的欣赏。不久,林宰平托梁启超出面为沈从文向熊希龄谋一份差,同时为他在京兆尹薛笃弼(薛笃弼曾随冯玉祥部驻常德,时任常德县知事)处安排了一份秘书室书记的职务。1925年8月,沈从文到熊希龄创办的香山慈幼院任图书管理员。当时熊希龄住香山双清别墅,二人不止一次见面谈话,但最终有了"隔膜"。个中原因,大致为沈从文发表的几篇讽刺香山慈幼院人事的小说(指《棉鞋》《用A字记下的事》

---

1. 沈从文:《北京之文艺刊物及作者》,《沈从文全集》第17卷,太原:北岳文艺出版社,2002年,第6页。
2. 沈从文:《1976年秋致王㐨》,《沈从文全集》第24卷,太原:北岳文艺出版社,2002年,第467页。

《第二个狒狒》等),因而受辱,故不告而别,回到北大附近公寓。1927年10月,沈从文发表的自传体诗歌《给璇若》,"为了保持尊严""怕别人'施恩'"而"甘愿做了一朵孤云/独漂浮于这冷酷的人群",怕是透露他不愿求助熊希龄等权势亲戚原因,及挣脱湘西上层社会关系网的决心。

香山慈幼院期间(1925年8月约至1926年10月)[1],有几位朋友专程探望过沈从文,如陈翔鹤、胡也频和丁玲。

沈从文与陈翔鹤的友谊始于1924年,是沈从文在北京认识的第二部分朋友之一。1923年9月沈从文到北京后,身上仅剩7圆6角钱。7圆6角,在20世纪20年代初的北京不及一个四五口人的劳动家庭每月的伙食费。北京城内一间20平米的单身宿舍,月租尚需银圆四五枚。为了最大限度节省开支,他搬进专为湘西人开办的酉西会馆(免租金)。住的问题解决后,还得解决吃饭问题,可吃饭得有钱。沈从文没钱,能在北京度过最初的生活,首要靠的就是相继认识的朋友。第一部分朋友是燕京大学和农业大学的。燕京大学的董景天(即董秋斯)是沈从文大姐夫田学曾的中学同学,与沈从文一见如故,经他介绍与张采真、司徒乔、刘廷蔚、顾千里、苇丛芜、于成泽、焦菊隐、刘谦初、樊海珊等人结识。农业大学有沈从文一位表弟黄村生,因他的关系,沈从文认识了30多个湖南同乡。每当饿到无可奈何时候,他就变成农大的"不速之客"。第二部分朋友住沙滩、北河沿附近,1924年春,沈从文搬到银闸公寓(房间由煤屋改成,沈戏称"窄而霉小斋"),这是以北京大学红楼为中心组成的十多个大小公寓之一,住着全国各地来北京求学的年轻人。不久,沈从文与湖南人刘梦苇、黎锦明、王三辛,四川人陈炜谟、陈翔鹤、赵其文,及冯至、杨晦等相熟无间。

沈从文与胡也频、丁玲的关系在文坛早不是新鲜话题,从30年代捕风捉

---

1. 糜华菱《沈从文年表》认为沈从文1925年3月即到香山慈幼院任职,随即被派到北京大学图书馆学习图书编目知识,此据《记胡也频》沈从文说4月间回香山的话。吴世勇《沈从文年谱》取梁启超推荐说,认为1925年8月,沈从文到香山慈幼院任职。

影的小道消息,到现今大量研究文献[1],已详述三人恩怨,兹不赘述。1925年春,沈从文与《京报》其一副刊《民众文艺》[2]编辑胡也频、项拙因投稿结缘,成为好友,陆续结识参编《民众文艺》的荆有麟、江震亚、陆士珏等。1925年秋,胡也频、丁玲夫妇搬到香山住,与沈从文过往频繁。沈、胡二人有同样的文学梦,他们努力创作,虽时有文章发表,但多数石沉大海。此时,沈从文在文坛才露头角,胡也频也名气不大,加上没有"各种方便因缘",在文坛巨擘主持的刊物上争得一席之地几乎不可能,因此1925年6月,胡也频托人将沈从文小说《福生》交给周作人,并发表在《语丝》,沈从文称"想抱住我这位朋友流泪",恐怕不是夸词。这时期,鲁迅还未在《莽原》"张起电气网",将沈从文与有偷文恶德的欧阳兰之类归入一途[3],但他的发稿路子仍然不多,正

---

1. 尤以李辉著《沈从文与丁玲》为详尽,湖北人民出版社,2005年。
2. 《京报·民众文艺》创刊于1924年12月9,初名《京报·民众文艺周报》,1925年6月16日更名《民众文艺》,是《京报》副刊之一,每周二随《京报》发行,由项拙(亦愚)、胡也频(崇轩)、江震亚、陆士珏、荆有麟担任编辑,主要发表小说、散文、诗歌、民俗文化介绍等,毛壮侯、陆士珏、高长虹、荆有麟是该刊主要作者,鲁迅给予该刊很大支持,杂文《忽然想到》、译文《北京的魅力》等十余篇作品在此发表。胡也频见过鲁迅两三次,与周作人有过接触。
3. 1925年4月30日,鲁迅收到丁玲求助信,鲁迅向荆有麟打听其人。荆半月后才从胡也频处得知丁玲确有其人。但5月1日晚,孙伏园已向鲁迅禀报周作人也收到同样一封信,笔迹很像休芸芸(沈从文初等文坛笔名)。鲁迅即误会丁玲即沈从文,对其假冒女士名义给自己写信行为,表示不满。隔几日,胡也频以"丁玲弟弟"名义,求见鲁迅,遭拒。1925年7月12日,《京报·国语周刊》刊发沈从文的诗《乡间的夏(镇筸土语)》。当日,鲁迅给此刊编辑钱玄同信中说道:"这一期《国语周刊》上的沈从文,就是休芸芸,他现在用了各种名字,玩各种玩意儿。欧阳兰也如此。"7月20日,鲁迅就沈从文的诗又对钱玄同说:"且夫'孥孥阿文',确尚无偷文如欧阳公之恶德,而文章亦较为能做者。然而敝座之所以恶之者,因其用一女人之名,以细如蚊虫之字,写信给我,被我察出为阿文手笔,则又有一人扮作该女之弟来访,以证明实有其人。然则亦大有数人'狼狈而为其奸'之概也。总之此辈之于著作,大抵意在胡乱闹闹,无诚实之意,故我在《莽原》已张起电气网,与欧阳公归入一类也耳矣。"鲁迅知道丁玲确有其人后,说道"那么,我又失败了。既不是休芸芸的鬼。她又赶着回湖南老家,那一定是在北京生活不下去了……她那封信,我没有回她,倒觉得不舒服"。语气中,似乎读不出对沈从文冰释前嫌的意味。对此事,沈从文也耿耿于怀,时常在文章中写些对鲁迅不敬的文字,1931年10月到11月间,在上海《时报》连载《记胡也频》时,还特意写道:"丁玲女士的信,被另一个自命聪明的人看来,还以为是我的造作。"1933年2月21日,埃德加·斯诺采访鲁迅,问"中国当今文学界最优秀的作家"时,鲁迅提到了沈从文的名字。可见,鲁迅对沈从文的看法已经发生了变化。但1935年鲁迅编《中国新文学大系·小说二卷》时,仍未收录沈从文作品。早年发生的这场误会,使得鲁、沈二人始终保持着距离。

处于艰苦的自我奋斗与成功走向文学路的转折期。真正促成沈从文命运转机的是与徐志摩的结识。沈从文说过，如果没有徐志摩的帮助和鼓励，"我这时节也许照《自传》上说的那两条路选了较方便的一条，不过北平市区里作巡警，就卧在什么人家的屋檐下瘟了，僵了，而且早已腐烂了"[1]。

沈从文与徐志摩的结识是林宰平引荐的。林宰平是新月社俱乐部（新月社）会员，1925年9月沈从文与徐志摩见面的松树胡同7号，是新月社与新月社俱乐部所在地。此时的新月社与新月俱乐部已合而为一，成员以学者（如梁启超、林长民、蒋百里、张君劢）和留学欧美的知识分子（如胡适、徐志摩、陈通伯、陈博生、郁达夫、刘勉己、杨振声、丁西林、林语堂、丁文江、闻一多、赵太侔、余上沅、熊佛西）为主，兼有黄子美、徐新六、汤尔和、王徵等银行界、军政界人士等社会精英。活动有演剧（1924年4月，为欢迎泰戈尔访华排演《齐德拉》）、读书会（梁启超讲《桃花扇》）、古琴会、书画会、新年舞会、元宵灯谜会等，但最多的是诵诗会（一来省钱省力，二来读诗、写诗是徐志摩长项）。沈从文究竟参加过多少次新月社（俱乐部）聚会，尚无确证，但他在这个以北大、清华诸校名流为核心的学者圈子的首次亮相，正是缘于一场小型读诗会。

1925年10月1日，徐志摩接编《晨报副刊》（徐留英时好友陈博生时任《晨报》社编辑处主任），在发刊词《我为什么来办我该怎么办》中，将沈从文与胡适、闻一多、陈西滢、郁达夫、郭沫若、凌淑华，及赵元任、梁启超、胡适、张奚若、傅斯年、任鸿隽、陈衡哲、丁西林、陶孟和、翁文灏、李济之、张东荪、江绍原、刘海粟、宗白华、钱稻孙、余上沅、焦菊隐等约为撰稿作者。这份名单上其余任何一个名字（无论从学历还是名气来说）远比沈从文响亮，如此赏识使沈从文离梦寐以求的文学殿堂近了一步。1925年11月11日，徐志摩以诗意的笔触专为沈从文《市集》撰写了一长段附记，欣赏之情溢

---

1. 沈从文：《从文小说习作选》，《沈从文全集》第9卷，北岳文艺出版社，2002年，第7页。

于言表。若说最初将沈从文与文坛名流并入约稿作者，是徐志摩一种无言的鼓励，那这里不遗余力的赞扬，无疑是将沈从文隆重推向文坛，加之因《市集》"一稿多投"引起的批驳，徐志摩的维护更显关切的深厚。从此，沈从文的稿子频繁被《晨报副刊》采纳，一星期能有三四篇刊载。同时《现代评论》周刊也开始发表沈从文作品（1925年8月29日，2卷38期《怯步者笔记——鸡声》）。《现代评论》是综合性刊物，支持者多留学英美的北大、清华文科系各教授[1]，文艺部编辑先后由陈西滢（1卷、2卷）、杨振声（3卷）担任，至1928年12月停刊。沈从文在上面共发文23篇，其中小说11篇，剧本3部，散文1篇，文论1篇，总数量虽远不及《晨报副刊》[2]，但对沈从文的扶植不容小视。可以说，20世纪20年代后期，沈从文能迅速崛起文坛，《晨报副刊》与《现代评论》功不可没。

（二）

投稿、乡谊和熟人介绍，是沈从文与文坛建立关系的基本途径。至20世纪20年代中期，沈从文与文坛的关系依存于两个核心交际空间——以徐志摩为代表的新月社俱乐部和以20年代活跃于北方文坛（诗坛）的文学青年聚集

---

1. 《现代评论》创刊于1924年12月13日，北京，初由王世杰任主编，燕树棠、钱端升、周鲠生、杨振声、陈西滢等参与编务。主要撰稿人包括胡适、陈西滢、高一涵、陈翰笙、彭学沛、李四光、丁西林、钱端升、袁昌英、陈衡哲、顾颉刚、尚钺等，徐志摩、凌淑华、闻一多等也为其撰稿。1927年迁上海，丁西林任主编，次年12月停刊。王世杰，留学英法，北京大学法律系主任、教务长。燕树棠，留美，北京大学法学系教授。钱端升，留美，清华大学政治学教授。陈西滢，留英，北京大学西洋文学系教授兼主任。周鲠生，留英、法，北京大学政治系教授兼主任。陈翰笙，留美、德，北京大学法学系、文学系教授。高一涵，留日，北京大学编译委员。胡适，留美，北京大学文学系教授兼代理文科学长。杨振声，留美，北京大学文学系教授。丁西林，留英，先后任北京大学物理系教授兼预科主任、北京大学物理系主任。
2. 从1924年12月22日散文《一封未曾付邮的信》到1928年5月1—5日《晨报副刊》第2279—2283号，7—10日第2285—2288号连载《新梦》，及1928年5月18日发表散文《"紫禁城骑马"归来》，沈从文在《晨报副刊》上共发作品100余篇。《晨报副刊》是其投稿、发稿最多的刊物，为沈从文积累了名气和人脉。

的沙滩、北河沿附近公寓。这两个点在时空、成员构成上的交叉、渗透，构成了沈从文20世纪20年代参与文坛（诗坛）的背景。以这两个交往圈不断向外辐射的关系脉络，为沈从文在20世纪30年代擎起京派文学大旗提供了先决条件。

沈从文与新月社（俱乐部）的关系，历来存在争议。30年代《从文小说代序》提名感谢的几个人，徐志摩、胡适、林宰平、郁达夫、陈通伯（西滢）、杨今甫（振声），恰恰都是新月社（俱乐部）社员，或许正是"一贯与新月社、现代评论派有些友谊"，一些史料将沈从文划入新月社（俱乐部）。据现有资料，除文章开头写到的一次读诗会，沈从文几乎没有留下关于新月社（俱乐部）聚会的任何文字。《谈朗诵诗》里说："在客厅里读诗供多数人听，这种试验在新月社已有过，成绩如何我不知道。"沈从文当时正对诗歌创作充满热情，对"诵诗会"活动理应有所心得，却说"不知道"，那么合理的解释要么是沈从文参加聚会次数不多，要么是（在沈从文经常参加聚会的前提下）1925年9月后诵诗会只是偶尔筹办一两次，主要为消遣娱乐，确实道不出成绩。比较起来，前一种可能性大。首先新月社（俱乐部）社员都是"体面人"，有产有业，入会得交会费。1925年到1926年，沈从文疲于生计，温饱尚待解决，他不可能要求入社。加上骨子里强烈的自尊心和自卑心理，频繁出入"高级趣味"的聚会对他来说无异于自取其辱。另外，新月社自1925年初就出现资金亏空，撑到1926年1月勉强还能两周一聚餐，但活动情状已不同往日，尔后随着"人散""心散"聚会不了了之，所以他很少或者说根本不参加新月社（俱乐部）活动。[1]实际上，沈从文是不是新月社人物，都不妨碍将他囊括在新月社（俱乐部）交际空间考察他早期文坛活动。虽然新中国成立后沈

---

1. 关于新月社（俱乐部）情况学界论述颇多，较有代表性的如付祥喜《新月社若干事实考辨》（载《中国现代文学研究丛刊》2007年第6期），专门对新月社（俱乐部）发展历程做了详尽考校。刘群著《饭局·时局·书局新月社研究》（武汉出版社，2011年1月）第22—55页，专章研究新月社（俱乐部）史实。

从文被误断为新月社员而遭到批判，但当年，倘若没有与新月社成员的私交，及借助新月社交际空间登上文坛，沈从文或许就此放弃文学梦，成了"照相制版工"。

沙滩、北河沿附近公寓在20世纪20年代是一个很奇妙的文化交往空间，它以北大红楼为中心，包括了散落在周边的许多简陋公寓，公寓里住的大部分是来京求学的文学青年，基于相似的生存状态、身份认同，以及文学爱好，他们形成了特定的交往圈，彼此互通声气，惺惺相惜。另外，乡谊（私交）、校友构成的交往圈与公寓交往空间纽结、转化，为个体（群体）活动提供有力的支撑。沈从文20年代的发展，正是这种支撑作用的例证（为方便，以下称这个交际空间为公寓交际网）。他曾自诩讲授新诗发展"还比较清楚（因为中国的诗人我只不熟郭沫若，其余都是熟人"，正是基于公寓交际网涵盖了当时活跃于诗坛的多数青年诗人。"有一些在中国新文学史上应列上一个名字的，如张采真，焦菊隐，于赓虞，王鲁彦，顾千里，王三辛，蹇先艾，朱湘皆各在那个小小公寓里，占据过一间房子。早年夭死的诗人刘梦苇君，便是在那个地方害病，临危前数日才离开住处的。"[1] 如今他列出的名字，早已留在新文学的史上。而沈从文、焦菊隐、于赓虞、蹇先艾、朱湘、刘梦苇在《晨报副镌（刊）·诗镌（刊）》上的集体登场，实现了沈从文文学活动两个核心交往圈的成功渗透。

前文提及，孙伏园离开《晨报》，《副刊》一度陷入稿荒，沈从文才获得发稿契机。徐志摩接手《晨报副刊》，重组撰稿队伍，人员大致是新月社（俱乐部）成员和沈从文等新近文学青年。《诗镌》的发起得力于徐志摩、闻一多和清华四子饶孟侃（子离）、朱湘（子沅）、杨世恩（子惠）、孙大雨（子潜），及刘梦苇、蹇先艾、于赓虞，看似与沈从文没关系，不过作为公寓交际网的一环，他促成了蹇先艾与刘梦苇等结识："不久从文请我们在东城吃饭，在那里

---

[1] 沈从文：《记胡也频》，《沈从文全集》第13卷，太原：北岳文艺出版社，2002年，第14—15页。

我（按：塞先艾）才第一次认识了你（按：刘梦苇）。那天我记得有黎锦明、朱大枬、胥之、顾千里等在座。"[1] 在沈从文眼中，"乘了一股雄心"办《副刊》的徐志摩，"两个月来，除了他自己时常写一点流水账似的文章外，就只是以前宣言上那几个列到最后的新作者写一点通常的诗歌"，无独有偶，沈从文诗歌创作的活跃期恰是1925到1926年6月间，尤以1926年3月到6月为最，与《诗镌（刊）》从酝酿到停刊日期重叠。他不止一次提到闻一多家读诗会场景，"为办诗刊，大家齐集闻先生家那间小黑房子里，高高兴兴读诗。或读他人的，或读自己的。不仅很高兴，而且很认真"。相对于新月社诵诗会成绩的沉默，沈从文对闻家读诗会的成绩却颇有体悟：

> 闻先生的《死水》，《卖樱桃老头子》，《闻一多的书桌》，朱先生的《采莲曲》，刘梦苇先生的《轨道行》以及徐志摩先生的许多诗篇，就是在那种能看能读的试验中写成的。这个试验既成就了一个原则，因此当时的作品，比较起前一时期所谓五四运动时代的作品，稍稍不同。修正了前期的"自由"，那种毫无拘束的自由，给形式留下一点地位。对文学"革命"言，有点走回头路，稍稍回头。

> 能守着第一期文学革命运动的主张，写成完美无疵的新体诗，情绪技巧也渐与旧诗脱离，则是第二期几个诗人做的事。诗到第二期既与旧诗完全划分一时代趣味，因此在第一期对于白话诗作饶舌置辩恶意指摘者皆哑了口，新诗在文学上提出了新的标准，旧的拘束不适用于新的作品，又因为一种方便（北京《晨报副刊》有诗周刊），各作者理论上既无须乎再努力于与旧诗拥护者作战（如胡适之刘复当时），作品上复有一机会在合作上清算成绩（徐志摩等新诗周刊有一诗会，每周聚集各作者，讨论各作品或读新作于各作者之前）。故中国新诗的成绩，以此时为最好，新诗的标

---

1. 塞先艾：《吊一个薄命诗人》，《塞先艾文集》（第3卷），贵阳：贵州人民出版社，2003年5月，第22页。

准的完成,也应数此时诗会(即闻家读诗会)诸作者的作品。

且对诗人逐一点评:

> 刘梦苇先生的诗,是在新的歌行情绪中写成的。饶孟侃先生的诗,因从唐人绝句上得到暗示,看来就清清白白,读来也节奏顺口。朱湘先生的诗,更从词上继续传统,完全用长短句形制作白话诗。
>
> 于赓虞作品表现的是从生存中发生厌倦与幻灭情调,与冯至、苇丛芜以女性的柔和忧郁,对爱作抒情的低俗,自剖,梦呓,又是完全不同了。

结合各诗人创作实际,沈从文的批评不乏洞见,闻一多甚至将他引为"知音"[1]。此时期,沈从文的诗歌创作或多或少受到了新月诗人的影响。创作于1925年底到1926年6月间《我喜欢你》《爱》《悔》《呈小莎》《希望》等几首以"爱"为主题的诗很有几分附和徐志摩"甜蜜的忧伤"[2]味道,直抒胸臆的表达方式明显迥异于早先创作的《痕迹》《到坟墓去》《余烬》等晦涩的作品。陈梦家所云"极近于法兰西的风趣,朴质无华的词藻写出最动人的情调"正是此时沈从文颇具浪漫主义诗风的写照。《"狒狒"的悲哀》《梦》《云曲》《薄暮》等形式整饬、节奏相对谨严的作品,则呼应了闻一多、刘梦苇等的"创格"试验。那首《读梦苇的诗想起那个"爱"字》悼亡诗,有意按照格律的形式,道明刘梦苇作品的主旋律——苦涩的爱情。[3]从《诗镌》的发稿比例(总发稿量103,新诗83首,诗论或诗评共20篇)来看,沈从文(3首,与于赓虞、杨

---

1. 闻一多:《1930年12月10日致朱湘、饶孟侃》,《闻一多全集》第12卷,武汉:湖北人民出版社,2004年,第253页。
2. 沈从文:《论志摩的诗》,《沈从文全集》第16卷,太原:北岳文艺出版社,2002年,第107页。
3. 刘梦苇有两部诗集,《青春之花》和《孤鸿集》,共90余首诗,大致分爱情与革命两类,以爱情诗为主,且影响最深。刘命运悲苦"无父无母,又无同胞","在呕血(患肺结核)与苦工间挨度光阴"(徐志摩语)。他对爱情执着,却因为身份悬殊,加上患绝症,不能如意,所以情诗写得异常悲苦。

子惠持平）虽不如刘梦苇（13首）、徐志摩（6首）、饶孟侃（9首）、蹇先艾（7首）、朱大柟（7首）、闻一多（6首）多，也算热心参与了这场"格律"试验。1926年6月10日，办了11期的《诗镌》"放假了"。随着胡适出国、徐志摩南下，新月社的波斯大地毯被金岳霖拖到家里自用，新月社不宣而散。

20世纪20年代的北京，政治空气波云诡谲，各大军阀凭借手中的武力，粉墨登场。黎元洪当大总统时，为了表示民主，还破费心思让百姓偶尔参观一下总统府。到了曹锟、吴佩孚，出门俨然是清廷皇帝的派头。20年代初，北方文坛一度低迷。到了1924年秋，冯玉祥的国民革命军进驻北京，"言论很是自由"，"刊物亦颇盛行"[1]，蛰伏许久的文化界活跃起来，一些能够支配20年代文坛趣味的刊物在1924年底到1926年相继成立，如《语丝》《现代评论》《世界日报》等。沈从文等文学青年"觉得有尽力把自己加入这事业的必要"，于是出现了附生在知名报纸上各种文学副刊和《沉钟》《燕大周刊》等学生刊物。沈从文"加入这事业"的举措是与胡也频、于赓虞、丁玲等人办《文学》周刊，成立"无须社"。

无须社成立在《诗镌》"放假"的三四个月后，"社名含义既极其幽默，加入分子也不从任何方式定下标准，故这社实在也不成个什么东西"[2]。与当时众多小社团比较来说，无须社确实不那么出色，从公寓交际网的角度看，它是一种成果。无须社分前后两期，附《世界日报》而生的《文学》是他们文学活动的阵地。前期，于赓虞任主编，至1926年11月26日第6期停刊。次年4月，仍在《世界日报》复刊，许跻青任主编。沈从文只在前期发表过文章，分别是《此后的我》（创刊号）、《记陆弢》（第1号）、诗《读梦苇的诗想到那个"爱"字》（第2号）、诗《月光下》（第5号）。除沈从文，无须社前期发表文章的有于赓虞、张采真、许跻青（超远）、胡也频、徐霞村、焦菊隐、李健吾、

---

1. 王哲甫：《中国新文学运动史》，上海书店，1986年（据北平杰成书局1933年版影印），第74页。
2. 沈从文：《记丁玲》，《沈从文全集》第13卷，太原：北岳文艺出版社，2002年，第100页。

朱湘等。这份作者名单中，于赓虞、焦菊隐与赵景深、胡倾白等1923年在天津组建绿波社，对诗坛很有几分影响。蹇先艾与朱大枬、李健吾等1923年在北京组建曦社。1924年，绿波社先后与曦社、星星社合并。星星社由张友鸾、周灵君等成立于1923年。这几个学生小社团与沈从文在燕京大学（《燕大周刊》）、北京大学交往圈（浅草社、沉钟社），几乎勾连了20年代活跃于文坛的大多数青年人。

出现于秋天的"无须社"，其实没能赶上文艺界的盛夏，看似该是成熟的季节，眨眼就成了萧条的冬。1926年3月，段祺瑞政府制造"三一八"惨案，鲁迅、周作人、朱自清、梁启超、杨振声、林语堂、闻一多、凌淑华等知识分子纷纷撰文谴责政府暴行。《京报》《语丝》《现代评论》《晨报》等连篇累牍报道惨案消息和社评。段祺瑞政府拟逮捕50多位言论过激的知识分子名单，包括鲁迅、周作人等，所以大批的教授、知识分子离开北京，文艺界大有衰落之势。不久张作霖入主北京，查封《京报》，以"宣传赤化"为由枪杀京报主笔邵飘萍。继而以各种借口钳制言论自由，1927年《现代评论》迁往上海，北新书局迁往上海，同年10月《语丝》被查封，1928年6月，阎锡山占据北京，《晨报》终刊。几年前郁郁葱葱潜滋暗长，在"数量在全国当首屈一指"的报刊、社团，如今撤离的撤离、歇业的歇业，北京的文艺界如同一片废墟。

上海取代了北京文化中心的地位，书店、报馆多如雨后春笋。生存的危机和出版物盈虚消长的消息迫使沈从文决心南下。1927年前后，随着《现代评论》南迁、《晨报》停刊，沈从文在京维持生计的基础已不存在，而母亲和九妹沈岳萌的投奔，令原本艰难的生活雪上加霜。1927年6月，上海的《小说月报》因叶圣陶接手而使沈从文的稿子获得一席之地。7月底，《现代评论》在上海复刊，丁西林任主编。同年9月，胡适、徐志摩等筹办的新月书店出版沈从文小说集《蜜柑》。上海依稀露出生存的机遇。1928年初，沈从文先于母亲、九妹南下。

二、"京海"之间的诗坛：去上海（1928—1933）

（一）

1928年1月，几乎是刚在上海落脚，沈从文就表现出对这座城市的恶感。在给兄长沈岳霖的信中明确表示对时下流行"性史""无病呻吟""枪啊炮啊之中再夹上女人"类作品的拒斥，更反对艺术成为"政治的得利"的工具，笼罩在"国家观念"[1]之下。

其时，受国际左翼文学思潮影响，以太阳社和创造社为首的革命文学作家正酝酿一场关于无产阶级文艺的激烈论争，而胡适、徐志摩、闻一多等倾向自由主义的作家高调标举思想和言论上"独立""健康"和"不折辱尊严"的原则，创办《新月》月刊，与左翼文学唱反调。基于"友谊并同一趣向"，沈从文再次向徐志摩、胡适为核心的文人群靠拢。已由丁西林主编的《现代评论》率先连载其长篇小说《旧梦》。《新月》创刊号，除主编徐志摩独占11篇文章的版面，沈从文《阿丽思中国游记》（连载，持续达7个月）与胡适《考证红楼梦的新材料》、梁实秋《文学的纪律》、叶公超《写实小说的命运》、陈西滢（译）《一个懂得女子心理的人》、闻一多《白朗宁夫人的情诗（一）》、余上沅《最年轻的戏剧》、闻家驷《谢绝》等8人并列一席。在《新月》和《现代评论》的露面及人事交往，一面显示出创作重心由多文体并重向小说

---

1. 沈从文：《南行杂记1月13日致大哥》，《沈从文全集》第11卷，太原：北岳文艺出版社，2002年，第81页。

转变的端倪，一面圈定了上海时期（1928年初到1930年9月）的诗坛活动舞台。

如果依据新诗（及诗论）发稿量直观判定，1929年前后出版了20部小说集（包括短篇小说集、单行本中篇、长篇小说）[1]，却只发表3首诗，2篇诗评[2]的沈从文根本与诗坛扯不上关系。但自1928年起，声名日盛加之职业方向扩展到教学、编刊领域，复杂的人事交往和引起论争的评论性文章，使他与诗坛又有着不容小视的联系。

如前所述，沈从文20世纪20年代前半期的诗坛活动主要围绕其与徐志摩、闻一多、饶孟侃、刘梦苇、塞先艾、朱大枬、于赓虞等所谓前期新月诗人展开。因此，当徐志摩、闻一多等"有共同信点"的朋友"重复感到'以诗会友'想再来一次集合的研讨"时，沈从文作为"五年前的旧侣"[3]与同期崛起于《新月》《诗刊》陈梦家、方玮德、卞之琳等新月第二代诗人群，便有一种天然的亲近感。虽然诗歌创作热情已明显减弱，甚至在《新月》和《诗刊》后期新

---

1. 1928年：2月上海北新书局出版小说戏剧集《入伍后》，7月上海现代书局出版小说集《老实人》，7月上海新月书店出版小说集《好管闲事的人》，7月上海新月书店出版长篇小说《阿丽思中国游记》（第一卷），8月上海光华书局出版中篇小说《长夏》，9月北平文化学社出版中篇小说《山鬼》，10月上海春潮书局出版小说集《雨后及其他》，10月上海光华书局出版小说戏剧集《刽子手》，12月上海人间书局出版日记体中篇小说《不死日记》，12月上海新月书店出版长篇小说《阿丽思中国游记》（第二卷），年底或1929年年初书信体中篇小说《一个舞女的通信》。1929年：1月上海远东图书有限公司出版日记体中篇小说《呆官日记》，2月上海红黑出版处出版小说集《男子须知》，3月上海光华书局出版小说戏剧集《十四夜间》，7月上海光华书局出版中篇小说《神巫之爱》，9月上海红黑出版处出版小说集《龙朱》。1930年：1月上海中华书局出版小说集《旅店及其他》（同年7月、12月分别再版），2月上海光大书局出版书信体中篇小说《一个天才的通信》，6月上海神洲国光社出版小说集《沈从文甲集》，12月上海商务印书馆出版长篇小说《旧梦》，另有小说集《沉》，教材《中国小说史讲义》出版。

2. 分别：新诗《想——乡下的雪前雪后》载1928年4月10日《小说月报》第19卷第4号；《絮絮》载1928年6月《现代评论·第三周年纪念增刊》；《颂》载1928年11月10日《新月》第1卷9号；诗评《论郭沫若》，载1930年5《日出》第1卷第1期；《论闻一多的〈死水〉》，载1930年4月10日《新月》第3卷第2期。

3. 徐志摩：《序语》，载1931年1月20日《诗刊》第1期。

月诗人的阵地唯有一首短诗问世,却并没有妨碍后期新月诗人对他的认同,从陈梦家《新月诗选》的收稿比例可见一斑。

《新月诗选》收录18位诗人80首诗作,徐志摩8首、闻一多7首、沈从文7首、陈梦家7首、饶孟侃6首、朱大枬6首、刘梦苇5首、邵洵美5首、朱湘4首、方玮德4首、卞之琳4首、杨子惠3首、孙大雨3首、俞大纲2首、沈祖牟2首,算得上后来被命名"新月诗人"的一次不完全亮相。沈从文7首分别是《薄暮》《我喜欢你》《颂》《对话》《悔》《无题》《梦》,其中《我喜欢你》《悔》《薄暮》《无题》《梦》发表于《诗镌》时期,《颂》虽发表于《新月》,但创作于北京,《对话》第一次出现在《新月诗选》,大致有朝着"本质的醇正,技巧的周密和格律的谨严"方向努力过的痕迹,但更明显体现的是不拘泥于格律、对自由创作的热诚。

发表于1928年11月《新月》1卷9期的《颂》,以大胆不失细腻的想象,含蓄又极具诱惑性的语言,散文式的句法,描绘青年男子与所爱女子初尝爱情禁果的情状。赋比兴手法的交错运用,将原是难以启齿的情欲冲动升华为别具一格的情爱颂歌,明显与刘梦苇"啼血孤鸿"般的苦情诗对比。1931年9月《新月诗选》首次收录的《对话》,以恋爱男女对话结构成篇,低柔的调子、清新的语言、歌谣般的韵律,加上叠字和复沓形式的运用,静美、冲淡的调子很有几分前期新月诗的余绪。1928年4月《小说月报》第19卷4期的《想——乡下学前雪后》,精炼的语言,白描的手法,展现一幅故乡雪景图,"煨干板栗""雪中猎狐、猎兔、打野猪""陪猫儿烤火""山谷""河坝""碾坊"等人、景交织,真实而情趣盎然。

《新月》与《诗刊》(季刊)是后期新月诗人得以围聚的两个重要阵地。

《新月》创刊之初坚持纯文艺的办刊方针,由徐志摩、闻一多、饶孟侃主编的一年多[1]还能不违初衷,文学样式取道多元,对新诗及新诗人培养颇为重视,但从1929年4月第2卷2期始,换任梁实秋、潘光旦、叶公超等组稿,谈政的调子浓了起来,1930年4月罗隆基主持后更甚。于是,《新月》创刊不满一年,闻一多、饶孟侃相继淡出编辑团队,徐志摩则"颇想另组几个朋友出一纯文艺期刊",直到1930年秋,闻一多、徐志摩的学生陈梦家,带着方令孺、方玮德等南京"小文会"同仁创办《诗刊》的愿望到上海找徐志摩,这一另创新刊的想法才落实,《诗刊》诞生。

《新月》诗歌栏为后期新月诗人聚拢提供了契机,即便编辑方针有变,每期仍"以相当的篇幅刊载新诗,写诗的人也慎重其事的全力以赴"[2]。撰稿诗人,除《诗镌》时期的徐志摩、闻一多、饶孟侃、朱湘、孙大雨[3]、胡适、沈从文,还有陈梦家、方玮德、林徽因、卞之琳、刘宇、曹葆华、沈祖牟、梁镇、俞大纲、臧克家、何其芳、孙毓棠、李广田等新面孔,基本构成了《诗刊》的作者群[4]。《诗刊》作为《诗镌》的延续,不仅继承了作者队伍,也继承了前期新月

---

1. 《新月》采取轮流主编制,1928年3月第1卷第1期至1929年3月第2卷第1期(每卷12期)由徐志摩、闻一多、饶孟侃编辑,1929年4月第2卷第2期至1929年7月第2卷第5期由梁实秋、潘光旦、叶公超、饶孟侃、徐志摩编辑,1929年9月第2卷6、7期合刊至1930年3月第3卷第1期由梁实秋编辑,1930年4月第3卷第2期至第4卷第1期由罗隆基编辑(第3卷第4期起,不印出版日期),1932年9月第4卷第2期至10月第4卷第3期由叶公超编辑,1932年11月第4卷第4期至1933年6月终刊(第4卷第7期)由叶公超、胡适、梁实秋、余上沅、潘光旦、罗隆基、邵洵美编辑。
2. 梁实秋:《略谈新月与新诗》,《梁实秋文学回忆录》,长沙:岳麓书社,1989年,第122页。
3. 孙大雨在《诗镌》时期没有发表诗歌,只是创刊者之一,《诗镌》创刊不久后就留学美国了,但《诗刊》时期发文较多。1930年秋自耶鲁大学毕业,不仅参与《诗刊》编辑,同时发表了较为成熟的作品。
4. 《诗刊》的作者群:徐志摩、朱湘、胡适、陈梦家、卞之琳、方玮德、孙大雨、方令孺、林徽因、邵洵美、饶孟侃、梁镇、梁宗岱、沈祖牟、程鼎鑫、宗白华、俞大纲、曹葆华、罗慕华、孙洵侯、李惟建、虞岫云、雷白韦、安农、甘雨纹、胡丑。据发稿比例(总发稿量125,新诗或译诗共122首,诗论3篇)较活跃者为陈梦家(18首)、卞之琳(13首,译诗3首)、方玮德(8首)、孙大雨(7首,译诗1首)、方令孺(6首)、林徽因(6首)、邵洵美(6首)、饶孟侃(5首)、梁镇(6首,译诗1首)、梁宗岱(6首,译诗5首,诗论1篇)、沈祖牟(4首)、程鼎鑫(4首)、宗白华(4首,译诗3首)、俞大纲(3首)几位。

的"纯诗"立场和理论基础。不过,陈梦家、方玮德、方令孺、卞之琳、林徽因、孙大雨、曹葆华等在前期新月影响下成长的第二代新月诗人,开始有意修订早期新月格律理论的流弊,不再"坚持非格律不可的论调"而趋向自由体诗。此外,时代背景变化,后期新月诗人面对黑暗的社会现实选择了逃避,试图退回艺术世界以摆脱个人精神危机。徐志摩在《诗刊》起首陈见新月诗人共识"我们少数天生爱好,与希望认识诗的朋友,想斗胆在功利气息最浓重的地处与时日,结起一个小小的诗坛,前辈的邀请国内的志同者的参加,希望早晚可以放露一点小小的光"[1],摆明不与政治为伍,独善其身。诚如同期周作人为"手拿不动竹筷的文人避难到艺术世界"[2]的辩白,虽"多有隐遁色彩,但根本却是反抗的"[3]。后期新月诗人之所以"发而为诗",正是基于对社会浑浊的不平。区别于同时期左翼诗人群(1932年9月成立中国诗歌会)投身革命,倚重对社会现实的叙述,后期新月诗人回归内心世界,偏爱抒情诗,但已很少出现早期单纯、超脱的"诗绪",而掺入了大都市人生活的病态与精神的异化。以上或许也是沈从文那几首格律不够那么严谨,又极尽"法兰西的风趣""写出最动人情调"的诗入选《新月诗选》的部分原因。

尽管从《新月》《诗刊》的发稿比例考量,沈从文在后期新月诗歌创作活动中算不得活跃,唯有《颂》一首发表于《新月》,但对逼仄的城市生活近似的"诗绪"同样感染了他。徐志摩写"香炉里的烟,远山上的雾,人的贪嗔和心机;/经络里的风湿,话里的刺,笑脸上的毒"[4]、"市场上的算盘,比那蠹着大烟筒/走大洋海的船的肚子里的机轮更来得复杂,/血管里疙瘩着几两几钱,几

---

1. 徐志摩:《序语》,载1931年1月20日《诗刊》第1期。
2. 周作人:《〈雁知草〉跋》,《周作人自编集·永日集》,北京十月文艺出版社,2011年3月,第84页。
3. 同上。
4. 徐志摩:《西窗》,韩石山编《徐志摩全集》第4卷,天津人民出版社,2005年,第341页。

钱几两,/脑子里也不知那来这许多尖嘴的耗子爷?"[1]、"阴沉,黑暗,毒蛇似的蜿蜒,/生活逼成一条甬道:/一度陷入,你只可向前"[2];饶孟侃写"我为了卖这颗灵魂,/当胸插一株草标;/从早期直喊到黄昏,/向街前街后的叫"、"今回锦绣的华夏,/只剩些酣歌醉眠的人,/他只怨弟兄不恨冤家"[3];陈梦家写"这才是人的真象,世界的究竟,/欺骗的线勾通了黑暗,交给你/一个金光的谎,教你枉然欢喜着/人间剩下来的贞洁神圣的高超"[4]……沈从文则用妓女制揭露了畸形都市生活的一角。

发表于1928年6月《现代评论》三周年纪念增刊上的叙事长诗《絮絮》,与一年前《现代评论》二周年纪念增刊上的《曙》遥相呼应,借助一位勇于爱也渴望得到真爱的妓女口吻,控诉现代都市人的虚伪做作、自私自利。比较同时期发表在《小说月报》上的小说《柏子》对"多情水手""多情妓女"之间的温情笔调,及《或人的太太》《有学问的人》《某夫妇》等形形色色都市人的嘲讽,关涉人性拷问越来越频繁出现。

与《絮絮》《曙》诗绪相仿的《微倦》一诗,同样描写女性对情爱的渴望,却不再是妓女大胆直白的疾呼,而借细腻、朦胧的笔触,使闺阁怨女的内心独白跃然纸上。其意蕴与沈从文《茹蕙》等都市题材小说异曲同工。

1931年11月,徐志摩因飞机失事而亡,沈从文怀着悲痛心情创作两首诗,《死了一个人的坦白》、《他》(未完成),赞美挚友"亲切、洒脱""年轻、富于热情"的人格魅力,客观又具体。不久,《诗刊》停刊。

从《诗镌》到《新月》"诗歌栏"、《诗刊》,为不同时期的新月诗人提供了聚合、交流、传播诗学理想的文化空间。新月诗人群的形成,代表了文化力

---

1. 徐志摩:《西窗》,韩石山编《徐志摩全集》第4卷,天津人民出版社,2005年,第341页。
2. 徐志摩:《生活》,韩石山编《徐志摩全集》第4卷,天津人民出版社,2005年,第340页。
3. 饶孟侃:《叫卖》《山河》,王锦厚、陈丽莉编《饶孟侃诗文集》,成都:四川大学出版社,1997年,第53、51页。
4. 陈梦家:《悔与回》,《中国新诗库·陈梦家卷》,武汉:长江文艺出版社,1988年,第26页。

量的组合，也体现出同仁知识分子寻找适宜文化生存空间的过程。当排除政治、资金等客观因素后，某刊物因所聚拢的文化力量解体而停刊时，人们很容易发现，近似的旨趣会使其部分成员又在另一刊物汇合。从北平到上海，沈从文的诗坛活动诠释了这一现象。

（二）

这一时期虽然诗作不多，沈从文却十分关注新诗发展，注意提拔诗人。1929年9月到1933年7月间，他辗转任教于中国公学、暨南大学、武汉大学、青岛大学[1]，讲授以新诗发展为主要内容的新文学研究等课程，于1930年秋出版《新文学研究》讲义，同时发表一篇俨然20世纪20到30年代新诗发展简史的《我们怎么样去读新诗》。针对刘半农、汪静之、郭沫若、闻一多、朱湘、徐志摩、焦菊隐、刘宇、卞之琳、刘廷蔚等诗人及其作品，发表了一系列专论、诗集序跋，构成此时期他诗论创作的一波高峰。综观这些诗论文章，不难发现，在纵（新诗发展的时代性）、横（风格异或同的诗人比较）两维度观照诗人创作及其影响的诗论特色，透露出沈从文对二三十年代诗坛发展趋向的深入观察和独特思考。结合沈从文此阶段发表的涉及新诗的其他论文《中国现代文学小感想》《窄而霉斋闲话》《论冯文炳》《郁达夫张资平及其影响》《论中国创作小说》《上海作家》等，可以看到，他所捕获日益突显的南北（京海）文学差异格局，同样存在于20世纪30年代的诗坛。

1929年9月，经徐志摩推荐，只有小学文化的沈从文被胡适延揽中国公学任教。自认为只能胜任"改卷子与新兴文学各方面之考察，及个人对作家之

---

1. 1929年9月至1930年暑假，任教吴淞中国公学。同时，由潘光旦的同学、上海暨南大学政治学讲师时绍瀛介绍任教暨南大学。1930年9月至1931年春，经徐志摩、胡适推荐，任教武汉大学中文系，其时陈西滢为武大文学院院长，孙大雨为同事。1931年9月至1933年暑假，由杨振声延揽青岛大学，闻一多、梁实秋、方令孺、游国恩等为同事。

感想"[1]，却正应胡适改革中文系、兼顾新文艺创作方面所需。与徐志摩、胡适、叶公超等学院派文人不同，他讲课做不到随性洒脱、风度翩翩，而是中规中矩、充分准备，以创作的实绩和感性经验影响学生的文艺创作。如求学于中国公学的刘宇、何其芳、甘祠森（雨纹）、罗尔纲、钟少祥、吴晗[2]等，都得到过他的提点。常在《新月》发表诗作的刘宇，1931年出版第一本诗集，沈从文更是作序勉励。该序秉承沈从文一贯序跋文风格，不在诗人及诗集本身着意，而借刘宇创作态度、诗集出版过程，表达自己对20世纪30年代初新诗的生存状况的观察和思考。

在沈从文眼中，新文学地位的堕落，很大程度取决新诗地位的下滑，这不在"近年来，做新诗的人少了一点"[3]，而在诗人创作态度的转变、商业经济对新诗生存环境的威胁。联想此阶段，他反复对上海文坛风气的描述，不难发现，1933年10月触发的那场声势浩大的京、海文学之争，其实在1930年前后就埋下了伏笔。虽然1929年，沈从文已然意识到"作者向商人分手，永远成为一种徒然的努力"[4]，但不俯就商业盈利趣味，始终是他创作观的原则之一。

---

1. 沈从文：《1929年6月致胡适》，《沈从文全集》第18卷，太原：北岳文艺出版社，2002年，第16页。
2. 胡适1934年2月14日日记写："中公学生近年常作文艺的人，有甘祠森（署名永柏，或雨纹），有何家魁、何德明、李辉英、何嘉、钟灵（香草）、孙洁讯、刘宇等。此风气皆是陆侃如、冯沅君、沈从文、白薇诸人所开。"刘宇毕业时曾在致胡适信中感念沈从文思想言论的惠泽。1929年夏，何其芳就读中国公学预科，仰慕沈从文，写信求教创作技巧，得到沈从文回应，后以禾止笔名在《新月》发表第一篇小说《摸秋》，1930年以萩萩笔名发表百余行长诗《莺莺》。甘祠森（原名永柏，笔名雨纹）与何其芳、方敬并列四川万县的"新进诗人"，在《新月》《诗刊》都有诗作登载。罗尔纲、钟少祥是中国公学学生社团"旭日社"成员，负责编辑社刊《旭日》，1930年6月1日创刊号，沈从文有杂文《男女谈》支持。罗尔纲在沈从文"小说习作"课的十余篇试作，曾得到沈称赞。毕业之际，一心打算从事历史研究的罗尔纲，又由沈从文推荐给胡适，获得事业发展的优越条件。此外，谢冰季、李连萃、高植、李同愈等文学青年，都得到过沈从文帮助，或修改习作、推荐发表（出版）或争取事业发展机会。
3. 沈从文：《〈刘宇诗选〉序》，《沈从文全集》第16卷，太原：北岳文艺出版社，2002年，第320页。
4. 沈从文：《记丁玲》，《沈从文全集》第16卷，太原：北岳文艺出版社，2002年，第117页。

30年代他所欣赏"把诗当成生活,把诗的写作,放在一切束缚之外"[1]的诗人孙大雨、方玮德、陈梦家、卞之琳、刘宇,坚守的也正是文学的"独创性与独立价值"[2]。

作为沈从文最为器重的诗人,卞之琳受的惠泽恐怕更多一些。他的第一部诗集,不仅由沈从文出资印刷,且沈从文先后发表两篇诗评推介这位初露头角的青年诗人。1931年春,沈从文在徐志摩那里首次读到卞之琳的二十几首诗作[3],十分欣赏,就给卞之琳写了一封不短的信,说"他和徐先生都认为可以印一个小册子"[4]。不久,《创作月刊》创刊号登载沈从文《〈群雅集〉附记》,卞之琳才知道"小册子"印行不仅提上了日程,业已由徐、沈二人暂拟"群鸦"之名。可惜,《群雅集》出版不顺,因"九一八""一·二八"局部战争,出版业受到影响,1931年秋徐志摩意外逝世,使这本计划由沈从文作序、新月出版社出版的集子,终究夭折。但沈从文始终没忘这件事。1933年春假,当卞之琳到青岛"找孙大雨沈从文两先生玩,谈起诗集"[5],沈从文在自己仍靠典当度日情况下,慨然出资支持卞之琳自费出版新作,即1933年5月在北平印刷问世的《三秋草》。时隔一个月,沈从文在《西湖文苑》第1卷第2期,发表了对《三秋草》的诗评。

---

1. 沈从文:《〈刘宇诗选〉序》,《沈从文全集》第16卷,太原:北岳文艺出版社,2002年,第321页。
2. 沈从文:《记丁玲续》,《沈从文全集》第13卷,太原:北岳文艺出版社,2002年,第207页。
3. 1931年2月,徐志摩任北京大学英文系教授,卞之琳为英文系学生,敬慕徐志摩诗名,又爱好诗歌,便将创作的诗歌抄几首给徐志摩看,徐志摩很欣赏,将卞之琳手边的二十几首诗带回上海,打算登在《诗刊》上。以上说法根据卞之琳1934年所述选用,但20世纪80年代,卞之琳在《雕虫纪历自序》中再提及此事时,口吻发生变化,一说诗歌由徐志摩主动向自己索要,非自己主动;二说徐志摩、沈从文"没打招呼"就将自己的诗作以真名发表于刊物,非沈从文亲自写信告知打算帮他出一个小册子。此处,取早年说法,个中原因今不做考校。
4. 卞之琳:《我的"印诗小记"》,《我与文学》,上海生活书店,1934年,第145页。
5. 同上。

诗评《三秋草》是篇佚文，2008年清华大学解志熙教授考校、辑录。[1]与多数序跋文一样，沈从文惯爱在一种整体的视域中，借对阐述对象的描述表达个人观念。于是，《三秋草》和《〈群雅集〉附记》令人难忘处，似乎不是字里行间流露出对卞之琳的推重，而是沈从文对20世纪30年代初正在形成中的现代派诗潮南北（京海）迥异诗风的捕捉及其诗歌观。因此，当叶公超"谓卞之琳确有现代（Modern）作品，在陈梦家、方韦德之上"[2]，朱自清称卞之琳诗"用现代人尖锐的眼"在"极小的角落里""发现精微道理"，"常常于平淡中出奇"[3]的时候，沈从文毅然跳过对现代派诗歌的细节讨论，直接对南北诗坛展开全景扫描，表达观察结果。

如今看来，《〈群雅集〉附记》既含南北诗风对比，还稍带对这两类诗风渊源的扼要梳理。沈从文认为，以上海为核心的一些南方诗人，为追求"入时"，在情绪和词藻方面做足文章，"于一百字或多或少的篇章上，装饰情绪，点缀词藻"，使"文字光辉眩目，略有新意"，结果误入"一条邪僻"的诗路。他将之称为"上海趣味"。[4]而北方以卞之琳为代表的部分诗人，却坚守着胡适、周作人等早期新诗人开创的"平淡朴实"诗路："去华存实"，"达到诗为口语白描最高意境"。[5]比较而言，沈从文显然倾心后者，"把诗的趣味，放到新

---

1. 佚文《三秋草》的考校经过见解志熙著《考文叙事录》，第202—221页。2010年《中国现代文学研究丛刊》第3期解先生及其学生陈越、裴春芳又辑录沈从文佚文14篇，中有诗歌《旱的来临》一首，原发表于《西湖文苑》第2卷第6期，是已知沈从文新诗中不多见的描写农民疾苦、乡村旱灾作品。
2. 1933年5月12日，朱自清日记："晚公超来谈，谓卞之琳确有现代（Modern）作品，在陈梦家、方韦德之上。又谈T.S.艾略特之批评以简劲胜。又谓其《荒芜的土地》（Waste Land）一诗结语谓当以宗教救世，盖艾略特信旧教也。"
3. 朱自清：《三秋草》，《朱自清全集》第4卷，南京：江苏教育出版社，1996年，第308页。该文原载于1933年5月22日《大公报·文学副刊》第281期。
4. 沈从文：《〈群雅集〉附记》，《沈从文全集》第16卷，太原：北岳文艺出版社，2002年，第312页。
5. 同上，第310页。

诗最初提出那个方向","运用平常的文字,写出平常人的情,因为手段的高,写出难言的美"。[1]

诗评《三秋草》似乎专论现代派诗歌南北不同风现象。南方流行用"变体文字"、"纤细、病态"的感情、"来路货"名词,制造"具有新的光辉的诗歌",初看"好像眩目惊人",实则"平平常常"。[2]北方以卞之琳《三秋草》为代表的现代派诗歌,崇尚的是与南方(上海)现代派几不相容的"简朴"风。沈从文口说两种诗风都欢喜,实际十分不屑"华丽生涩"的南方诗风,所以他强调"我欢喜这类诗歌,不过还不见到有多少我所欢喜的诗歌印行",将矛头指向上海诗坛创作风气:诗人无暇投入感情、文字"好好的作一首诗"[3],放弃本该承担的社会责任,近于"白相"的文学态度。

其实,30年代初沈从文多数评论性文章,反复谈到南北(京海)文学差异问题,也批评过政治和商业对文学独立性及价值的腐蚀,但因他在文坛的地位,尚不足以引起特别关注。到了1934年,他已堪称"北平文坛重镇"[4],再批评"海派风气",不觉引发"京海"文学之争。虽然论争中,沈从文力图公正,甚至特意将鲁迅、茅盾、叶圣陶等多数身居上海的作家、文学编辑排除在"海派"之外,同时指出北方文坛也同样存在"海派作家与海派作风"[5],但由于自身就是"京派"代表,且遣词造句的确有以"一群人所聚地域"[6]划分京、海嫌疑,对"海派"的批评不免带着当局者的偏见。1936年10月,戴望舒与卞之琳、孙大雨、冯至、梁宗岱等办《新诗》月刊,在某种程度上实现南北(京

---

1. 沈从文:《〈群雅集〉附记》,《沈从文全集》第16卷,太原:北岳文艺出版社,2002年,第310页。
2. 沈从文:《三秋草》,《考文叙事录》,北京:中华书局,2009年,第202页。
3. 同上。
4. 姚雪垠:《学习追求五十年(一)》,《新文学史料》1980年第3期,第46页。
5. 沈从文:《论"海派"》,《沈从文全集》第17卷,太原:北岳文艺出版社,2002年,第56页。
6. 鲁迅:《"京派"与"海派"》,《鲁迅全集》第5卷,北京:人民文学出版社,1981年,第432页。该文原载于1934年2月3日《申报·自由谈》。

海)现代派诗歌的交汇。当年鲁迅讥讽京海文学合流现象是一碗"黄鳝田鸡,炒在一起的苏式菜——'京海杂烩'"[1],作为这一现象产物的现代派诗潮,也常被后世研究者做整体性描述,沈从文洞悉其中的南北之别,的确值得重视。

(三)

对新诗的发展问题,沈从文也颇为用心。1930年9月,武汉大学出版沈从文以新诗发展为内容的讲义《新文学研究》。讲义分两部分,前部分为新诗分类引例,供学生参考,后部分专论汪静之、徐志摩、闻一多、焦菊隐、刘半农、朱湘6位诗人代表作。6篇诗论后逐一发表于报刊,构成此时期沈从文诗论创作的一波高峰。同年10月《现代学生》创刊号登载其《我们怎么样去读新诗》,该文大致勾勒出1917—1930年新诗史,可视作"讲义"的补充。

《新文学研究》很能体现沈从文的"新诗史研究"特色:历史的分期叙述。前部分"分类引例",明确将新诗发展分为三期,后面讨论的6位诗人及涉及其他诗人,也被安置在相应时期。在《新文学研究》稍后发表的《我们怎么样去读新诗》,则采用分期叙述,更清晰、系统地展现了早期(1917—1930年)新诗历史图景。实际上,《我们怎么样去读新诗》作于1930年暑假(是时,沈从文在中国公学讲新诗),与"讲义"同属课堂教学成果。这篇论文,开篇就流露研究新诗历史的意图——"要明白它,先应当略略知道新诗的来源及变化",随后将1917—1930年新诗历史分三期:尝试(1917—1920或1921年)、创作(1922—1926年)、成熟(1926—1930年),又把每一期划分两阶段,对各时期、各阶段特征及代表诗人予以介绍、分析、总结。如此条分缕析地描述新诗史,恐怕是沈从文采用"分期叙述"方式其一原因。分期叙述方式,有概括性、系统性特点,它要求"划分者"熟悉各流派、诗风之间的交

---

1. 鲁迅:《"京派"与"海派"》,《鲁迅全集》第6卷,北京:人民文学出版社,1981年,第302页。该文原载于1935年5月5日《太白》半月刊。

叠、演进和转化，从而剔除旁枝末节、明晰新诗历史流变脉络。当然，前提是新诗历史存在进化、演变规律。

沈从文说"对于这三个时期的新诗，从作品、时代、作者各方面加以检查、综合比较的有所论述，在中国此时还无一个人"[1]，显然对自己的"研究"充满自信。而"从作品、时代、作者各方面加以检查、综合比较"的研究策略，是新诗史脉络系统、立体的关键。他其余诗论贯彻的也是这样的方法。

20世纪30年代，随着"新文学"被纳入大学课堂，新诗的讲授也成为课堂的公共性话题。学者姜涛专论"20世纪30年代的大学课堂与新诗的历史叙述"时，就关注到30年代的大学课堂，新诗往往是新文学讲授的重点[2]。如朱自清《中国新文学纲要》，"新诗"一章内容最为丰富、精彩。而1929年夏，沈从文在中国公学讲授"新文学研究"时，基本上"就讲新诗，别的不说"[3]。后来废名（1936年）在北京大学讲新诗，谈到《尝试集》时开宗明义，说："要讲现代文艺，应该先讲新诗。"[4]不过，由于授课者个人观念和观察视角的差异，对"新诗"的讲述多少会隐藏些个性色彩，沈从文的"讲义"就表现出了自己的偏好。与一般新诗史的讲述者不同，他多关注新诗承载的内容，而少讨论新诗形式（诗体）的演变。

从"讲义"选取的6位诗人（诗作）顺序看，汪静之《蕙的风》、徐志摩、闻一多《死水》、焦菊隐《夜哭》、刘半农《扬鞭集》、朱湘，很难找到诗体演变的内在规律，也不严格遵守历史分期叙述的时间顺序，明明属于第一期的刘半农，搁置第二期诗人后讨论，第二期与徐志摩、闻一多并列参考的朱湘，被

---

1. 沈从文：《我们怎么样去读新诗》，《沈从文全集》第16卷，太原：北岳文艺出版社，2002年，第459页。
2. 姜涛：《20世纪30年代的大学课堂与新诗的历史叙述》，《学术月刊》2007年第39卷1月号。
3. 沈从文：《19300103复王际真》，《沈从文全集》第18卷，太原：北岳文艺出版社，2002年，第33页。
4. 废名、朱英诞：《新诗讲稿》，第24页，北京大学出版社，2008年3月。

放在最后讨论。不过，若从诗论本身入手，会发现沈从文的安排自有道理。

开篇以汪静之《蕙的风》作为第一期的代表，考虑的是由"五四"运动衍生的"男女关系变革"问题。《蕙的风》解释了"同一时代的青年人"对于"男女关系"所有想象，那份对于情欲的肆意挥写，"较之陈独秀对政治上的论文还大"[1]。第二篇选入徐志摩，源于初期文学运动引发的纷争已经结束，新的趣味为文学提出新要求，徐志摩恰以"一种奢侈的想象，挖掘出心的深处的苦闷，一种恣纵的，人情的，力的奔驰"[2]的独特诗风攫住了"青年男女"的兴味。闻一多《死水》跳脱了时代流行（不安的年轻人钟爱的）的调子，"理智的静观的"在诗歌中注入"生活的懑怨与忧郁气分"[3]。焦菊隐《夜哭》代表了"一个时代文字的兴味的高点"，指明"中国诗歌可以在怎样情形下发展"，它"是一本表现年青人欲望最好的诗"。[4] 刘半农的《扬鞭集》放在倒数第二位讨论，从时间上分析，如此安排的确费解，但看沈从文关注的重点：第一，朴素的诗；第二，方言山歌。前一点，联想上小节对南北现代派诗风的讨论，不难发现此处关乎同一问题。刘半农散文化、口语化的朴素诗比同时期"词藻华丽""调子诱人"的诗更令沈从文欣赏。后一点，似乎是沈从文对新诗发展方向的期冀"使诗可以达到一个理想的标准"，"歌谣可取法处，或较之词曲还多些"[5]。最后，朱湘的诗"代表了中国十年来诗歌一个方向"："自然诗人用农民感情从容歌咏而成的从容方向"，他用"新时代的感情"，借鉴"新诗式"，使"旧诗""在他手中成为现在的诗"，"带着古典与奢华而成就的地位"远离了30年代受"灵魂与官能"搅扰的文坛风气。[6]

---

1. 《沈从文全集》第16卷，太原：北岳文艺出版社，2002年，第87页。
2. 同上，第99页。
3. 同上，第110页。
4. 同上，第117页。
5. 同上，第128页。
6. 同上，第130—142页。

不得不说，6 位诗人（诗集）在沈从文的新诗史叙述中的确具备着代表性和典范意义。有一点值得注意，或许是考虑到"受众"——青年学生，6 篇诗论不约而同提及新诗与青年人的关系。结合 30 年代诗坛风气及沈从文其他诗论，隐约可以看到一条连接"受社会的与生理的骚扰"[1]的年轻人与诗坛风气（趣味）、新诗发展之间的丝线。到了 30 年代末 40 年代初，沈从文对新文学与大学教育之间关系、女子教育问题的关注，或许能从此时他的诗论中找到些许因缘。

1.《沈从文全集》第 16 卷，太原：北岳文艺出版社，2002 年，第 110 页。

三、"京派"诗人的流变：回北平
（1933—1937）

（一）

"啪"的一声巨响，戏剧课讲师叶公超又一次拍响了教桌，初听的同学相顾失色，日子久了，往往暗中窃笑，卞之琳就是其中一位。1929年秋，叶公超与暨南大学校长一言不合，辞职北上，执教清华大学外文系，兼授北京大学戏剧课。叶公讲课不怎么准备，上课让学生轮流念戏剧对白，稍有发音或语调不妥，教桌上就爆发出那么一声巨响。[1]1929年秋，卞之琳考入北京大学英文系。两年前他在上海，正逢南方大闹"清党"，"悲愤之余，也报了幻灭感"[2]。而今，未杀尽的中国共产党人仍在与国民党顽抗。大规模的围剿运动还在酝酿，国民政府与军阀之间虽然还有摩擦，比起一年后爆发的"九一八"，根本不值一提。1929年，远离现实斗争漩涡的故都获得了难得的平静。

与当时投身现实斗争的青年不同，卞之琳选择北行。虽然兴趣只在凭吊、寄怀"五四"运动的发祥地和破旧的故都，却意味着远离政治的喧嚣。几年后，当"京海之争"将沈从文文学观念之一隅推衍成南北地域文化形态的分歧，人们轻而易举地就找到了北平文人意识形态上的共性：1933年前后汇聚北平的文人不约而同选择了政治的中间状态。

---

1. 卞之琳：《赤子之心与自我戏剧化：追念叶公超》，《人与诗：忆旧说新》，合肥：安徽教育出版社，2007年，第47页。
2. 卞之琳：《雕虫纪历自序》，《卞之琳文集》（中卷），合肥：安徽教育出版社，2002年，第445页。

卞之琳说："中国现代史证明，绝大多数知识分子说是处于中间状态，可以，和当时反动统治沾边，却几乎绝无仅有。"[1] 1928年上海"革命文学"的论争如火如荼，蛰居北平的周作人、朱自清等则自觉地与之保持距离，"将成明哲"[2]。也并非不忧时，只是在周作人看来，"这个年头，不是写字的年头儿"[3]。在所谓"非进步青年"看来，"以行动介入政治既不见立竿见影，亦无能为力的"[4]。于是，周作人"一九二九几乎全不把笔"[5]，还几次致信胡适"抛开上海的便利与繁华，回到萧条的北平来。在冷静寂寞中产生出丰富的工作"[6]。朱自清钻进国学与文学，欲"消磨了这一生"[7]。卞之琳"经过一年的呼吸荒凉空气、一年的埋头读书"，终不能安定，"悄悄发而为诗"[8]。何其芳"由于当时政治上的落后"，几乎完全沉浸在文学书籍里，爱好"消极"倾向的作品胜过"正规的现实主义杰作"[9]。身居上海的沈从文说："我不轻视左倾，也不鄙视右翼，我只信仰真实……文学实有其独创性与独立价值。"[10]

---

1. 卞之琳：《孙毓棠诗集序》，《卞之琳文集》（中卷），合肥：安徽教育出版社，2002年，第380页。
2. 《1930年2月1日周作人致胡适》，中国社会科学院近代史研究所中华民国史研究室编《胡适往来书信选》，北京：社会科学文献出版社，2013年，第403页。
3. 周作人：《半封回信》，《周作人文类编》第3卷，长沙：湖南文艺出版社，1998年9月，第124页。
4. 卞之琳：《孙毓棠诗集序》，《卞之琳文集》（中卷），合肥：安徽教育出版社，2002年10月，第380页。
5. 中国社会科学院近代史研究所中华民国史研究室编《胡适往来书信选》，《1930年2月1日周作人致胡适》，北京：社会科学文献出版社，2013年，第403页。
6. 中国社会科学院近代史研究所中华民国史研究室编《胡适往来书信选》（上），《1929年8月30日周作人致胡适》，北京：社会科学文献出版社，2013年，第387页。
7. 朱自清：《我们的路》，《朱自清全集》第4卷，南京：江苏教育出版社，1996年8月，第243页。
8. 卞之琳：《雕虫纪历自序》，《卞之琳文集》（中卷），合肥：安徽教育出版社，2002年10月，第445页。
9. 何其芳：《关于写诗和读诗》，《何其芳全集》第4卷，石家庄：河北人民出版社，2000年，第323页。
10. 沈从文：《记丁玲续》，《沈从文全集》第13卷，第207页，太原：北岳文艺出版社，2002年12月。

关心政治，却不再介入。不满现实，却不再尖锐披露。在动荡的20世纪30年代，留守北平或重返故都，成了文人对政治和文化做出的双重选择。他们构成自由主义文化阵营的主力军，在民族危亡关头，以不同于革命文学家的方式，保持对民族和社会现实的关注，探索开辟"中国新文艺泱泱大国"[1]的道路。他们虽不曾讳言蜗居艺术世界以回避现实与个人精神危机，但对文艺、人生、社会严正的拷问态度，未尝不是对左翼文学补正。

1930年10月，不管是否与周作人催促有关，胡适北上北平，执教于北京大学。暑假，梁宗岱留法归国，经徐志摩推荐，任北京大学法学系教授，兼清华大学讲师。次年2月，徐志摩经胡适之劝，赴任北京大学英国文学系教授。[2]1931年秋，林徽因、梁思成夫妇定居北平中布胡同3号。1932年，闻一多由青岛大学调任清华大学教授。孙大雨由武汉大学改教北京师范大学、北平大学女子文理学院英文系。1933年7月，杨振声重回北京大学中文系，并应教育部之邀，主持中小学教科书编纂工作。沈从文辞青岛大学教职，与朱自清、吴晗等参加教科书编纂委员会。9月，朱光潜与李健吾自法同船归国，朱任教北京大学外文系，与梁宗岱同租慈惠殿3号。至此，20年代末南下（或出国）文人基本回京。

与此同时，一批文坛新生力量在北平各高校诞生，北京大学"汉园三诗人"卞之琳、何其芳、李广田已在诗坛露锋芒，清华大学林庚、李长之、吴组缃、季羡林、赵萝蕤、孙毓棠、彭丽天各有所长[3]，还有燕京大学萧乾、陈

---

1. 朱光潜1937年5月1日为《文学杂志》写的发刊词。
2. 由于陆小曼仍在上海，徐志摩两地奔波，终于1931年11月因飞机失事而亡。
3. 季羡林就读清华外文系，热衷新诗、散文，1935年从清华毕业留学德国，归国后研究梵文、巴利文。林庚就读清华中文系，热衷新诗，其父林宰平。李长之就读清华哲学系，偏好文学批评。吴组缃就读清华中文系，与林庚同班，醉心小说、散文创作。孙毓棠1933年自清华历史系毕业，30年代热衷新诗。彭丽天1934年由青岛大学转入清华大学中文系，热衷新诗，曾受闻一多、杨振声提携。此外，清华大学还有钱钟书、常风，不过，二人于1933年毕业，钱留学德国，常回山西教书。1935年经过叶公超推荐，常风任教北平艺文中学，与沈从文等过从甚密，以文学批评著名。

梦家等[1]也颇引人注目。

其实，在沈从文等北归前，北方文艺界出现过短暂的热闹，即由周作人、废名、冯至等筹划的《骆驼草》。《骆驼草》于1930年5月创刊，同年11月停刊，昙花一现，却像一棵小草为荒凉的文坛带来了一抹生命的活力。为它撰稿的主要是《语丝》分裂后留守北平的学者、作家（周作人、俞平伯、朱自清、废名、梁遇春、冯至、程鹤西等），这批人在20年代末围绕周作人凝聚起小文人圈，秉承了《语丝》的思想倾向，颇引起时人的注意：卞之琳等北平各高校文学青年，是它忠实的读者，南方的鲁迅、谭丕谟、傅非白等纷纷撰文批评。由于缺稿严重，《骆驼草》仅维持26期就停刊了。

就在《骆驼草》诞生之际，远在上海的《新月》内部出现分裂，坚持"纯文艺"方针的徐志摩、闻一多诸人酝酿另创《诗刊》，集结起了第二代新月诗人群。1931年，徐志摩逝世，《诗刊》停刊，《新月》《诗刊》的核心文人先后离开上海，因缘际会，于1933年前后聚会北平。随着1931年秋林徽因夫妇定居北平、20年代消散的新月部分文人北归，这批雅好文艺的留学欧美知识分子聚首林太太的客厅，形成30年代著名的文化沙龙。

有意思的是，上述两个文人群，除个别人之间有私交，之间几乎没有互动，直到《大公报·文艺副刊》问世。

（二）

1933年9月，杨振声、沈从文从吴宓手中接过《大公报》"文学副刊"，更名《文艺副刊》，沈从文主要负责日常编务，编委由周作人、朱自清、林徽因、邓以蛰、沈从文、杨振声组成。这不是沈从文第一次编刊。1928年夏到1929年初，他就和胡也频、丁玲夫妇合编过《中央日报·红与黑》，《红黑》创

---

1. 陈梦家1934年初入燕京大学研究生院，专攻古文字学。1933年萧乾由辅仁大学转入燕京大学新闻系。

作月刊、《人间》月刊。其中,《红黑》从编辑、出版到发行,他都亲力亲为。几个刊物维持的时间都不长,但反映了沈从文的基本编辑理念:第一,踏实诚恳办刊态度;第二,不受政治、商业影响的纯文学立场;第三,重视创作本身,维护个人创作自由。[1]他将这一理念融入《文艺副刊》。

《文艺副刊》没有发刊词,"纯粹的新文学"的文化品位定位,以创作为主,兼发翻译、评论文章的版面内容,似乎是编委间心照不宣的选择。在给沈云麓的家信中,沈从文写道:"《大公报》弟编之副刊已印出,此刊物每星期两次,皆是知名之士及大教授执笔,故将来希望殊大,若能支持一年,此刊

---

1. 《中央日报·红与黑》创刊于1928年7月19日,刊名由沈从文、胡也频、丁玲三人商议决定,胡也频主编,沈从文、丁玲参编,每周三、周四出版,从8月15日起,每周二、三、四、五出版,10月31日停刊。《红与黑》没有发刊词,第1至7号均为胡、丁、沈三人及友人黎锦明、戴望舒、徐霞村创作或翻译的文学作品。8月14日第7号,胡也频在《写在篇末》中首次表露三人坚持的文艺态度,后又在《本报副刊部启事》《一个观念》等编者话中重申这一理念。沈从文在《红与黑》发表过《上城里来的人》(8月17日,《红与黑》第10号)、《不死日记》(8月24日、28日—30日,第14—17号)、《有学问的人》(9月12日,第24号)、《某夫妇》(9月28日,第34号)、《采蕨》(10月9日,第34号)。1928年10月,国民党决定将《中央日报》迁往南京,胡也频、丁玲也因"逐渐懂得要从政治上看问题,处理问题",认为不能再编这个副刊了。于是三个人商议退出《中央日报》。其间,三人已着手筹备自己的刊物《红黑创作》,于是在10月26日《红与黑》第47号上,胡也频表示刊物将停刊同时,刊登了《〈红黑创作〉预告》,表示《红与黑》停刊"事实我们缄默,我们只能暂时把这工作停顿"。但"我们希望因了修养与训练,可以用作品来作证据,将文学价值提高到时行的一般低级趣味以上,故筹备一种月刊,继续红与黑"。预告中胡也频申明了三人的编辑主张:"不漠视别人,不夸捧自己,不以抄袭贩卖新舆论思想惊吓年青人,不假充志士或假装热情骗一部分人的喜欢。"1929年1月10日,《红黑》创刊,胡也频主编,沈、丁二人参编。创刊号胡也频专为三人商议决定的刊名"释名"。沈从文多篇重要小说都在《红黑》发表。《龙朱》(1月10日,《红黑》创刊号)、《参军》(2月10日,第2号)、《神巫故事之一》(3月10日,第3号,收入《神巫之爱》时更名《第二天晚上的事》)、《日与夜》(4月10日,第4号,收入《神巫之爱》时更名《第三天的事》)、《七个野人与最后一个迎春节》(5月10日,第5号)、《道师与道场》(6月10日,第6、7号)、《一个天才的通信》(分别于6月10日、7月10日,第6、7合号、第7、8合号连载)。《人间》创刊于1929年1月20日,是沈从文受人间书店故友程朱溪委托编辑,沈从文任主编,胡也频、丁玲参编。创刊号有沈从文卷首语,语调及内容反映办刊理念与《红黑》《红与黑》颇似。《人间》只出3期,沈从文《媚金·豹子·与那羊》(1月20日,第1期)、《十年以后》(2月20日,第2期)在上发表。

物或将大有影响北方文学空气，亦意中事也。"[1] 显然，对《文艺副刊》寄予热望。他从《红黑》《人间》的"短命"中汲取教训，有意识地重视作者队伍的建设。刊物面世前，他就独自或偕同杨振声以《大公报》名义举办茶话会（聚餐会），邀请北平文艺界知名作家、学者共商创刊事宜，到了刊物面世，每月仍不定期在北海漪澜堂或丰泽园等地举办一两次宴会。[2] 此外，注意奖掖后进，也使他的作者队伍日渐充盈。除了耐心指导文学爱好者的创作，推荐发表、出版，每月的编辑费，他也常用于请青年作者聚餐或预支稿酬。[3] 30年代中期，达子营胡同28号院沈家，几乎是北平文学青年最愿意光顾的地方。

跳出编辑策略考虑，沈从文凝聚新老作家的努力，俨然将他推上了平津文坛的枢纽地位。他虽不欣赏周作人、废名等"文学趣味化的畸变"[4]，也与林徽

---

1. 沈从文：《19330924致沈云麓》，《沈从文全集》第18卷，太原：北岳文艺出版社，2002年，第187页。

2. 据可靠资料载，《文艺副刊》最早的聚会始于1933年8月15，杨振声举办茶话会，沈从文、朱自清等参加。8月31日，沈从文、杨振声举办午宴，朱自清、林徽因、郑振铎等出席。9月10日，沈从文以《大公报》名义举办茶话会，邀周作人等北平文艺界知名学者、作家商议《文艺副刊》事宜，可能是在这次茶话会上，确定杨振声、沈从文、朱自清、周作人、林徽因、邓以蛰为编委。10月22日，沈从文与杨振声以《文艺副刊》名义，在北海漪澜堂举办宴会，邀请周作人、俞平伯、废名、余上沅、朱光潜、郑振铎等参加。12月16日，《文艺副刊》在忠信堂举办宴会，沈从文、周作人、朱自清、杨振声、郑振铎等出席。1934年1月，《文艺副刊》在丰泽园举办宴会，杨振声、胡适、周作人、朱自清、闻一多、叶公超、梁思成、余上沅、巴金等出席（沈从文回湘西，不在座）。1934年2月25日，《文艺副刊》在丰泽园举办宴会，沈从文、杨振声、周作人、俞平伯、郑振铎、闻一多、叶公超、卞之琳、巴金等出席。1934年3月17日，《文艺副刊》在丰泽园举办宴会，杨振声、闻一多、叶公超、余上沅、郑振铎、巴金等出席。1934年3月25日，《文艺副刊》在谭篆卿家聚会，朱自清、郭有守、沈从文等出席。1934年4月29日，《文艺副刊》在丰泽园举办宴会，沈从文、周作人等出席。1934年5月27日，《文艺副刊》在丰泽园举办宴会，沈从文、杨振声、周作人、李健吾、余上沅、朱自清等出席。以后每月不定期举办聚餐一两次，多是在丰泽园。

3. 王西彦、严文井、常风等都回忆过青年时期受沈从文提携事实，参见王西彦《宽厚的人，并非孤寂的作家——关于沈从文的为人和作品》、严文井《谁也抹煞不了他的存在》、常风《留在我心中的记忆》，收录在《长河不尽流——怀念沈从文先生》，长沙：湖南文艺出版社，1989年4月。

4. 沈从文：《论冯文炳》，《沈从文全集》第16卷，太原：北岳文艺出版社，2002年，第148页。

因等喝过洋墨水的绅士淑女有隔膜,却不妨碍他与两方酬酢周旋,领着萧乾到"林家客厅"吃午茶[1]。从当时北平文艺界的力量分布来看,《文艺副刊》首先整合了原"骆驼草"文人圈和"林家客厅"文人圈,同时不断吸纳进新的文化力量。这支经过重新整合的文化新军,不满于《文艺副刊》有限的文化空间,开始有计划地展开文学活动。

1935年11月8日创刊的《诗特刊》,就是这支文化新军通力协作的成果。不过,这份借《文艺副刊》筹划的"刊中刊",不是他们第一次合作。1934年春,沈从文与叶公超、闻一多、林徽因、朱光潜等筹办《学文》杂志,除了作家间相近的文化旨趣,《学文》似乎还有与左联"创作成绩不显著,反倒批评一切"的《文学》月刊"存心唱对台戏"的嫌疑,毕竟北平文艺界人士多曾对"左翼"好理论而"创作歉收"现象表示过不满。[2]如果大致了解一下撰稿队伍——胡适、叶公超、闻一多、沈从文、杨振声、林徽因、饶孟侃、梁实秋、余上沅、闻家驷、方令孺、陈梦家、孙洵侯、钱钟书、孙毓棠、曹葆华、杨联升、赵萝蕤、季羡林、卞之琳、何其芳、废名、李健吾、吴世昌、唐兰,就会发现这是北平文化力量的一次较为集中的展示。1934年10月附《文学季刊》创刊的《水星》,也让人找到了这支文化队伍的影子。这份由沈从文、郑振铎、巴金、李健吾、靳以、卞之琳挂名编委的月刊,名字都是众人在北海五龙亭的聚会上想出来的[3]。虽然在《水星》上能发现张天翼、茅盾小部分左翼作家身影,但比起沈从文、郑振铎、巴金、李健吾、靳以、卞之琳、李广田、何其芳、蹇先艾、杜南星、萧乾、芦焚、臧克家、废名、曹葆华等组成的核心撰

---

1. 萧乾:《一代才女林徽因》,《萧乾文集》第4卷,杭州文艺出版社,1998年,第329页。
2. 《学文》重视创作实际,源于沈从文、闻一多、叶公超等人"不事论争"、只登创作和论文的办刊理念。卞之琳在《窗子内外:忆林徽因》曾说过《学文》或有与左翼刊物《文学》"唱对台戏嫌疑"。而北平文人多曾批评过左翼文学空谈理论、不重视创作现象,最典型是1936年10月25日,沈从文在《大公报·文艺》发表《差不多现象》,引发的"反差不多论争"。
3. 卞之琳:《星水微茫忆〈水星〉》,《卞之琳全集》(中卷),合肥:安徽教育出版社,2002年,第76页。

稿群，几乎毫无锋芒。

《诗特刊》表面是《文艺》副刊[1]新开辟的栏目，背后隐藏的却是《文艺》与朱光潜家读诗会的密切关系。

《学文》创刊的时候，在北平各高校讲《诗论》的朱光潜，开始在慈慧殿3号院的家中定期举办读诗会。1938年沈从文在《谈朗诵诗》中给读诗会的参与者列过名单："计北大梁宗岱、冯至、孙大雨、罗念生、周作人、叶公超、废名、卞之琳、何其芳、徐芳……诸先生，清华有朱自清、俞平伯、王了一（按：王力）、李健吾、林庚、曹葆华诸先生，此外尚有林徽因女士，周煦良先生"，"唐宝鑫先生，读过几首诗"。[2]另据《朱光潜传》作者王攸欣考证，名单应增补清华大学学生顾宪良、董同和、张清常、孙作云，北京大学学生杨周翰，燕京大学学生萧乾、李素英，清华大学教授顾颉刚，及尚待商榷的梁思成、王文显（清华教授），奚茂芳、奚淑芳（朱光潜两小姨），尤淑芬（李健吾妻子），马静蕴（小剧场演员）。[3]此外，还应有北京大学外文系学生陈世骧。[4]

1935年10月22日，陈世骧给沈从文写信道："那天在朱先生家'诗会'上会见，到现在已有几个礼拜了，自己每日忙着教书，很少有阅读杂志和拜会朋友的余暇，不知先生所计划诗刊已怎样"，"先生如果同意，下次大家聚会

---

1. 1935年9月1日，《文艺副刊》改版，与《大公报》另一个文艺副刊《小公园》合并为新副刊《文艺》，逢周一、三、五、日出版，周一、三、五占半个整版，新增"文艺新闻"（国内、外）、"书报简评"、"答辞"等版块。周日辟为特刊，版面整洁、稠密均匀，"为读者方便，不登续稿"。前者由沈从文扶植起来的年轻编辑萧乾主持，后者沈从文负责。但《文艺》具体编务（组稿、审稿、专栏安排、联系作者、答读者问等）工作，由二人协商决定。
2. 上官碧（沈从文笔名）：《新诗旧账——并介绍诗刊》，《大公报·文艺》1935年11月10日第40期。
3. 王攸欣：《朱光潜慈慧殿读诗会考论》，《湖南大学学报》（社会科学版），2011年5月第25卷第3期。
4. 由于资料受限，没人确切列出读诗会全部成员名单，上述统计的也许只是部分。

的时候是否可以把以后诗刊中批评一栏规划得具体一点"？[1] 次月 10 日，沈从文专为"所计划诗刊"写篇介绍文章《新诗的旧账——介绍诗特刊》，详细说明创刊的目的、编者、作者队伍及与读者互动的期待。字里行间流露出读诗会与《诗特刊》之间的关联。而从日后沈从文、朱自清、废名、叶公超等人的回忆文字看，读诗会上的话题[2]与《诗特刊》登载的内容密切相关。如关于"诗歌"，读诗会研讨的重心往往在诗歌形式内部要素（节奏、音韵等）的处理、形式与内容关系方面，《诗特刊》相应出现朱光潜《从生理观点论诗的'气势'和'神韵'》（1935 年 12 月 24 日《诗特刊》第 4 期）、罗念生《节奏与拍子》（1936 年 1 月 10 日《诗特刊》第 5 期）、《音节》（1936 年 2 月 28 日《诗特刊》第 8 期）、梁宗岱《关于音节》（1936 年 1 月 12 日《诗特刊》第 6 期）、叶公超《音节与意义》（1936 年 4 月 17 日《诗特刊》第 11 期）、郭绍虞《从永明体到律体》（1936 年 6 月 11 日《诗特刊》第 15 期）一系列理论文章，林徽因、孙大雨、卞之琳、林庚等诗人作品也显示出从音律、节奏上对诗歌形式技巧的斟酌。可以说，读诗会成员不厌其烦地对诗歌形式的理论探讨，在某种程度上引导了内部成员的诗歌创作，尤其是资历尚浅的年轻诗人。

《诗特刊》不仅为读诗会成员提供了发表作品、探讨理论的平台，而且打开了一扇面向公众的窗口。沈从文曾期待《诗特刊》在与公众（读者）互动的过程中，给"正陷入一个可悲的环境里"的新诗寻找"出路"[3]，不过，从实际情况看，它更多展现地是一种自足。截至 1936 年 6 月 26 日停刊，16 期 74 首诗（10 首译诗）、14 篇诗论（4 篇译作），有 44 首诗（6 首译诗）、11 篇诗论（3 篇译作）由读诗会核心成员所作，余下如闻家驷、戴望舒、南星（杜

---

1. 陈世骧：《对于〈诗刊〉的意见》，1935 年 12 月 6 日《大公报·文艺》第 55 期，《诗特刊》第 3 期。
2. 读诗会的话题不限于诗歌，也有关于散文阅读、戏剧片段表演等，详见王攸欣的《朱光潜慈慧殿读诗会考论》。
3. 上官碧（沈从文笔名）：《新诗的旧账——并介绍诗刊》，《文艺》1935 年 11 月 10 日第 40 期。

文成）、李广田与读诗会关系也非同一般。6月底，因战事吃紧而缩版的《文艺》，策划"星期特刊"，"为了充实这些特刊"，编辑部多次发出征集诗歌稿件通知。不难揣摩刚停刊的《诗特刊》，公众参与度尚不高。自1936年7月19日到1937年7月29日，《文艺》共出"诗歌特刊"10期，"半页诗歌"1期，上面仍多诗歌会成员作品，继续"发现新音节，创造新格律"的探索。而1936年10月，由戴望舒、卞之琳、孙大雨、梁宗岱、冯至在上海创办的《新诗》月刊，以及1937年5月继《文艺副刊》后，北平新老作家再度携手组办的《文学杂志》[1]，也几乎延续了读诗会成员对新诗艺术形式、发展途径等探索过程中关涉的所有感兴趣课题。

回过头来说，沈从文那篇带着"清算"意味的《新诗旧帐》，可以说是读诗会理论家集中意志的体现。张洁宇曾在一篇以"新诗格律的实验与讨论"为视角的文章中，考察过沈从文《新诗旧账》对梁宗岱（《诗特刊》主编）发刊词《新诗底分歧路口》的呼应及补充，认为梁、沈二人"有意识地一唱一和，目的就在将彼此共同的观念表达得更加充分"[2]。《诗特刊》成员所期待的，是以群体之力，使新诗摆脱走上"无展望的绝径"[3]的命运，通过"发现新音节和创造新格律"[4]的实验与讨论，"重新树立中国'新诗'的观念，有效地突破'自由诗'的写作方式，建立一种汉语现代诗的新的写作策略，达到一种兼顾汉语语言特征和旧诗传统的'纯诗'理想"[5]。

---

1. 参见常风《回忆朱光潜先生》、《留在我心中的记忆》（回忆沈从文）。两篇文章详细记录了《文学杂志》的创刊、出版、发行及停复刊过程。朱光潜《敬悼朱佩弦先生》也回顾了《文学杂志》的编辑过程。
2. 张洁宇：《一场关于新诗格律的试验与讨论——梁宗岱与〈大公报·文艺·诗特刊〉》，《现代中文学刊》2011年第4期。
3. 梁宗岱：《新诗底分歧路口》，载《文艺·诗特刊》1935年11月8日第1期。
4. 同上。
5. 张洁宇：《一场关于新诗格律的试验与讨论——梁宗岱与〈大公报·文艺·诗特刊〉》，《现代中文学刊》2011年第4期。

诚如朱光潜、梁宗岱等不满新诗与传统的割裂，沈从文同样对早期新诗偏激的"革命"倾向予以反思。"新诗要出路，也许还得找更新的路，也许得回头，稍稍回头。"[1] 3年前，在回复一位诗人请教写作技巧时，他就期待新诗从传统汲取形式方面的便宜，"诗有两种方法写下去：一是平淡，一是华丽。或在思想上有幻美光影，或在文字上平妥匀称，但同时多少皆得保守到一点传统形式"，"形式中有些属于音律的，在还没有勇气彻底否认中国旧诗的存在以前，都值得注意"。[2] 如今，"接续传统"，在诗歌的形式特质上重拾"诗底真元"[3]，已是读诗会成员的共识。

在远离"五四""革旧图新"的激进背景下，沈从文与他周围的诗人已没有那份非新即旧的决然态度，他们考虑的重心不再是新诗、旧诗问题，而是诗歌的创造力与新诗的明天。在他们眼中，中国传统文化与西方文化一样精深，与其移植异域文化，因水土不服而枯萎，不如接续"最好的传统"，使新诗复兴。当然，"接续传统"并不排斥西方文化，只是在"本国土壤"中接受"传统雨露的灌溉"[4]，为新诗提供有益的营养。取舍之间，自然需要适度："抛下历史，注重事实（如初期新诗）办不好，抱紧历史不顾事实（如少数人写旧诗）也不成。"[5] 由此，在新诗的建设期，《诗特刊》及《文艺》等多块新诗建设期的"试验田"，最艰巨的任务是在东西方文化的交融、碰撞中，为新诗寻找前进的内在动力，创造不逊于两千多年诗歌传统的不朽天地。

1933年10月18日，沈从文一篇《文学者的态度》，引发"京海文学之争"。他口中的"北方作家""北方文坛"，被冠以"京派"头衔。后世研究者

---

1. 上官碧（沈从文笔名）：《新诗的旧账——并介绍诗刊》，《文艺》1935年11月10日第40期，。
2. 沈从文：《给一个诗人》，《沈从文全集》第17卷，太原：北岳文艺出版社，2002年，第186页。
3. 梁宗岱：《新诗底纷歧路口》，《文艺·诗特刊》1935年11月8日第1期。
4. 梁宗岱：《论诗》，《诗刊》1931年4月20日第2期。
5. 上官碧（沈从文笔名）：《新诗的旧账——并介绍诗刊》，《文艺》1935年11月10日第40期。

将"京派"里的诗人称作"京派诗人"。就像没有人笃定"京派"文人究竟有谁,也没人彻底弄清"京派诗人"的名单。已有的史料,让人模糊厘定这一诗人群体曾聚居北平,诗学旨趣或理论观点、艺术实践相近,与朱光潜家读诗会,与《大公报·文艺副刊》《学文》《水星》《文学杂志》等刊物关系密切,同时发现沈从文在一定程度上促动了他们的聚拢与流变。

30年代中期,叶公超说:"缺乏诗的素养,无法了解沈从文。"[1]《边城》问世后,李健吾则直接将沈从文称作"诗人""艺术家"。此时,假小说与《文艺》"副刊"蜚声文坛的沈从文,却不再如20年代密集发表新诗。据《沈从文全集》统计,1933年9月到1937年8月,他只公开发表5首新诗,《卞之琳浮雕》《何其芳浮雕》《北京》《时与空》《忧郁的欣赏》。1934年12月1日为卞之琳创作的"浮雕",在形式、内容上戏拟诗人作品,呈现30年代卞之琳苦苦追索生存意义的诗歌主题。不过,倾心阿左林的卞之琳,在沈从文眼中似乎过于忧郁,"唉,钟,唉,风,唉,一切声音!/(且关上这扇门,得一分静。)/'天气多好,我不要这好天气。/我讨厌一切,真的,只除了阿左林'"[2],多少忽略了他从阿左林作品中"增得了对本国的感情"、对时代和世事风云的关心。相比较,1935年2月的《何其芳浮雕》更透彻地刻画了一位钟情色彩、光影,追逐镜花水月般空灵境界的"画梦者"形象,诗句中唯美的辞藻也是何其芳常用的。

如同《沈从文全集》收录的多数诗作,1936年8月和10月的《时与空》和《忧郁的欣赏》仍是轻抒情味道的爱情诗,有着"京派"诗人基调相仿的忧郁。而1934年10月创作的《旱的来临》和1935年1月《水星》第4期登载的《北京》却直逼现实,一为农民因旱灾受苦难"发而为诗",另一写出苍凉

---

1. 转引自林蒲:《投石麝退香》,《长河不尽流——怀念沈从文先生》,长沙:湖南文艺出版社,1989年,第158页。
2. 沈从文:《卞之琳浮雕》,载1934年12月1日《大公报·文艺副刊》。

北国风光，对底层平民的生死无常寄予同情。

1937年7月，日寇兵临城下，战争一触即发，"故都"再也容不下一方宁静。北平文人那份雅致从容讨论"艺术良知""文学经典"的心境，一夜之间被卢沟桥的炮火轰得灰飞烟灭。承载了沈从文与北平文人极大热诚与厚望的《文学杂志》，终究没能在战争的铁蹄下，挽回文化力量流散的命运，出版4期，绚烂落幕。7月28日，北平沦陷。29日、30日，南开大学遭到日军重创；8月5日、8月8日，清华大学、北京大学相继陷落。8月11日晚，沈从文接到教育部密令，与清华、北大等校一批文人，仓皇"南渡"。

四、残缺的生命诗章：南渡昆明
（1938—1949）

（一）

1938年4月底，沈从文孤身抵达昆明，与杨振声一家暂住翠湖附近的青云街，继续1933年启动的教科书编纂事业。闲暇时，除了围着翠湖散散步，他也同老友施蛰存逛逛福照街的古董摊。彼时，施蛰存与李长之、吴晗已执教云南大学近一年，三个人利用课余"觅宝"，搜集了不少缅盒、缅刀，原本痴迷文物的沈从文，很快成了福照街的常客，专收缅甸漆盒。朱自清和林徽因夫妇有时也来看看他，林徽因坐在稻草墩上，"海阔天空的谈文学，谈人生，谈时事，谈昆明印象"[1]。七八月间，沈从文开始创作《长河》，寄给远在香港的戴望舒。同时，在萧乾主持的香港版《大公报·文艺副刊》连载《湘西》。此时，"京派"文人已是风流云散，他们中多数随北大、清华等高校南迁，汇聚西南联大，另有周作人、废名、何其芳等中坚力量，选择了别样的人生路。

1939年6月27日，国立西南联合大学师范学院聘沈从文为副教授，授"大一国文"与"各体文习作"。次年，转聘为北京大学教授。1934年胡适曾将中国公学能开新文艺创作风气之先，归功于沈从文。那么这次以教授身份进入最高学府，其意义对沈从文个人及现代教育史、文学史非同小可，似乎预示着某种变革即将到来。

1.施蛰存：《滇云浦雨化从文》，《新文学史料》1988年第4期。

新文学自"五四"运动至此,虽已过去近20年,但地位远不如旧文学,尤其在官方文化机构及高等学府。1937年,因卞之琳、何其芳诗歌引发梁实秋与"京派"间"关于看不懂"的论争,沈从文就借题指责过"大学校对它(按:指新文学)实在太疏忽了"[1]。而1934年、1935年,有关"大众语"问题的讨论中,沈从文作为教科书与新文艺刊物的编者,也写过几篇文章,如《从"小学读经"到"大众语言问题"的感想》(1934年8月1日《大公报·文艺副刊》第89期)、《上海通信》(1934年8月11日《大公报·文艺副刊》第93期)、《论读经》(1935年1月21日《国闻周报》第12卷第4期)、《尽责》(1935年4月29日《国闻周报》第12卷第35期)。到了40年代初,宽容如西南联大,"新文艺""大众语"仍被视为难登大雅之堂。沈从文以非科班出身、成名新文学的作家身份,出现在"国学天下"的联大中文系,引起的震动可想而知。据悉,上至教授如刘文典,下至学生如穆旦[2],不少人表示不满。

耐人寻味的是沈从文使用的"大一国文"教本。这本由杨振声主持编纂的教科书,1938年初起编,几经修订,1942年告成。目前尚难断言沈从文是否参与工作,教本的内容也不得确知。联大助教周定一曾回忆,大一国学教本,"文言选文和'五四'以后新文艺选文(有小说、散文、戏剧),几乎分量上各占一半","沈先生和我商定,他教白话部分,我教文言部分"[3]。"文言文部分有:《论语》选读、《左传·鞌之战》、《史记·司马相如列传》、《三国志·诸葛亮传》、《文心雕龙·神思》、李清照《金石录后序》、王国维《人间词话》等","诗方面从《诗经》选起,往下有古诗'十五从军行',陶诗《咏荆轲》等",

---

1. 沈从文:《关于看不懂》,《沈从文全集》第17卷,太原:北岳文艺出版社,2002年,第145页。
2. 《杨振声编年事辑初稿》载"穆旦看不起沈从文的事情"。但20世纪40年代末沈从文对穆旦等人的提拔可谓不遗余力。
3. 周定一:《沈从文先生琐记》,《长河不尽流——怀念沈从文先生》,长沙:湖南文艺出版社,1989年,第215页。

"新诗似乎没有"。[1] 虽然不能观测教材全貌，40年代颇受沈从文青睐的汪曾祺，就曾质疑过教材"编得很有倾向性"，大有"京派国文"嫌疑：

> 文言文部分突出地选了《论语》其中最突出的是《子路曾皙冉有公西华侍座》。"暮春者，春服既成，冠者五六人，童子六七人，浴乎沂，风乎舞，咏而归"，这种超功利的生活态度，接近庄子思想的率性自然的儒家思想对联大学生有相当深广的潜在影响。还有一篇李清照的《金石录后序》。一般中学生都读过一点李清照的词，不知道她能写这样感情深挚、挥洒自如的散文。这篇散文对联大文风是有影响的。语文体部分，鲁迅的选的是《示众》。选一篇徐志摩的《我所知道的康桥》，是意料中事。选了丁西林的《一只马蜂》，就有点特别。更特别的是选了林徽因的《窗子以外》。这本《大一国文》可以说是一本"京派国文"。[2]

这本各系共同必修的课本，在联大和年轻学子心目中确立了新文学的合法地位，成为部分学生"走上文学道路的一本启蒙书"[3]。沈从文、杨振声、朱自清等新文艺家的授课与艺术实践，更是直接影响了学生文学创作活动及文学观念的养成。40年代初，沈从文就用他那低低的、有几分自抑的浓重湘西口音，讲着新文学自1919到1940年出现全部语文体作家，从鲁迅、周作人到徐志摩、废名，从冰心、朱自清到许地山、章川岛，有意识地在语言与审美角度培养学生对新文学的认知。而他自己"充满泥土气息"（湘西方言）、"文白杂糅"，间或有一些欧化句子的语言实践，正为初出茅庐的文学青年做了示范。需要注意的是，"语言问题"几乎是这段时间杨振声等关注的焦点，他们

---

[1] 转引自周定一1988年9月14日写给学者姚丹的信，《西南联大历史情境中的文学活动》，第136页。

[2] 汪曾祺：《西南联大中文系》，《汪曾祺全集》第4卷，北京师范大学出版社，1998年8月，第356页。

[3] 同上。

将语言视作文学作品重要的因素进行讨论,认为新文学最大的弊端就在于"对语言缺乏研究与努力"。后来,汪曾祺、刘北汜、穆旦、杜运燮、袁可嘉等在语言上的着意锻造,某种程度上来说,是回应了此时期老师们"自创语言"的倡导。

与此同时,学生社团与学生刊物的出现,显示了联大学生对新文艺追求的自觉。1938年4月,联大第一个学生社团——南湖诗社的成立。这个由刘兆吉、向长青、赵瑞蕻、查良铮(穆旦)、杜运燮、周定一、林振述(林蒲)等20余名"爱写诗的人"组成的社团,在闻一多、朱自清的指导下,以"研究新诗、写新诗为主要方向",讨论"新诗的前途、动向""新旧诗对比"等问题[1],依稀可察"京派"诗人探索新诗前途的拳拳之心。从南湖诗社开始,联大的学生社团蓬勃发展起来。1938年夏,南湖诗社随联大文法学院迁至昆明,改组"高原文艺社",发展了一些新成员,"办了几期文艺墙报"[2]。同年秋,一个由联大地下党员领导的较大学生社团——群社成立,次年初,为"团结更多的进步和中间同学",群社内部小组开始分化,其中文艺小组,发展成冬青文艺社,吸纳了杜运燮、林抡元(后更名林元)、施载宣(萧荻)、王凝(王铁臣,笔名田堃)、刘北汜、陈蕴珍(萧珊)、汪曾祺、查良铮(穆旦)、巫宁坤、卢福庠(卢静)、蔡汉荣(马尔俄)等众多文艺青年。皖南事变后,笳吹弦诵,除冬青社,群社等进步学生社团陆续停止活动。后来,零星又出现了文聚社、新诗社、阳光美术会、文艺社、高声唱歌咏队等学生团体。它们虽然发起人、社团名目不同,但核心成员和作者,存在着交叉,如文聚社与群社、冬青社一脉相承,阳光美术会由新诗社分离而来,文艺社由新诗社成员何孝达等创建。他们聘请闻一多、冯至、沈从文、卞之琳、李广田等新文艺家为导师,自发组织各种形式文学活动(壁报、手抄本"杂志"、游园会、读诗会、文艺沙龙、

---

1. 刘兆吉:《南湖诗社始末》,《西南联大回忆》,第266页。
2. 赵瑞蕻:《梅雨潭的新绿——怀念朱自清先生》,《诗歌与浪漫主义》,南京大学出版社,1993年,第128页。

办刊等）¹、拓展文学交际空间，逐渐成长为新一代的文艺作者。

作为课堂教学的延伸，指导学生社团艺术实践及私下交往，密切了师生间关系与艺术传承。仿佛是30年代中期的情景回溯，沈从文周围聚集起一批爱好新文艺、重视艺术探索的年轻人。是时，战事已波及云南，物价飞涨，教授生活不堪，为了躲警报，沈从文举家搬到呈贡。每周，他得花一块钱雇一匹老马，颠十里路到城里上课。上课那两天，就住在文林街的职工宿舍，他一进城，宿舍里从早到晚都有学生和同事做客，或请教写作问题，或来借书、求字、聊天。他手把手地教学生创作，修改习作，告诫他们先锻炼基本功，"学会车零件，然后才能学组装"²。遇到习作写得较好的，就推荐到报刊发表。当时，昆明的文化氛围因文化机构（高校、出版业等）和文人的大规模南迁而有所繁荣，沈从文参与了多份报纸的编务工作，《今日评论》（1939年1与1日）、《中央日报·平明》副刊（1939年5月15日）、《战国策》半月刊（1940年4月1日）、《国文月刊》（1940年6月16日），同时与香港、重庆、桂林等地《大公报》副刊保持密切联系。40年代西南联大崛起的新一代文学青年，就在沈从文推介、扶植下登上文坛，并进行了最初的艺术探索。

1942年2月16日，由林元等联大学生筹办，沈从文等教师鼎力支持的文艺刊物——《文聚》诞生。已有众多研究者观察到这份由沈从文题名的刊物在现代文学史上的典型意义，毕竟日后为人瞩目的"九叶派"个别诗人及小说家汪曾祺、林蒲等成熟之作最先刊于《文聚》，如穆旦《赞美》《诗八首》，杜运燮《滇缅公路》，汪曾祺小说《花园》。而以"文聚"名义出版的丛书，如卞之琳《〈亨利第三〉与〈旗手〉》（译作）、穆旦《探险队》（诗集）、沈从文《长河》（长篇小说），也是文学史上的经典。但是，对经典的重新估价，已是

---

1. 据汪曾祺回忆，联大学生王树藏、萧珊、萧狄、刘北汜居住的文林街金鸡巷小楼，有一个学生文艺沙龙，沈从文常去坐坐，"有时还把他的朋友也拉来和大家谈谈"。老舍、金岳霖都去过。见《沈从文先生在西南联大》，《晚翠文谈》，浙江文艺出版社，1988年，第179页。
2. 汪曾祺：《沈从文先生在西南联大》，《晚翠文谈》，浙江文艺出版社，1988年，第173页。

半个世纪后的事情。当文学史重新检视"九叶"及其外围诗人时,来自史料的校正发现,他们湮灭之前受到的批判,大多涉及沈从文及其所编刊物。

1947年7月,初犊在《泥土》上发表《文艺骗子沈从文和他的集团》,指斥沈从文是"有意无意将灵魂和艺术出卖给统治阶级,制造大批的谎话和毒药去麻痹和毒害他人的精神的文艺骗子",穆旦、郑敏、袁可嘉等是他的"喽罗"。1948年7月,张羽在《新诗潮》上发表《南北才子才女的大会串——评〈中国新诗〉》,指责杭约赫、辛笛、陈敬容、唐祈、唐湜、袁可嘉、郑敏、穆旦等人创办的《中国新诗》,是"沈从文和陈敬容的私生子","虽然,这里面没有沈从文的作品,然而,它的骨子里,都流淌着沈从文的血液"。随后,舒波在《评〈中国新诗〉》先以上海诗坛存在的问题入手,"一、才子佳人的搔首弄姿;二、超凡入圣者的才情至上注意;三、十足洋相之流的莫测高深;四、隐士们的阴阳怪气;五、买办洋奴代言人的狂吠",认为"这类诗首先出现在大公报《文艺》副刊上的有袁可嘉、穆旦、郑敏、辛笛等人,后来在文汇报大登特登的,还有一员后起之秀陈敬容"。这些带有宗派情绪甚至人身攻击意味的批判不一定合理,但他们将部分"中国新诗"诗人当作沈从文"羽翼"批判,至少捕捉到二者之间相近的艺术追求。

后世不少研究者(以蒋登科《九叶派的合璧艺术》为代表)将沈从文与40年代北方诗人关系归结为提携,或多或少忽略了二者之间思想理路的共鸣。而学者陈道明虽径直将中国新诗派及其外围诗人归入"京派",但只是看到袁可嘉等人在艺术上的艰苦探索,某种程度上是沈从文等联大老师指引的结果。事实是,40年代后期沈从文在艺术上的探索、倾诉的诗学理想,深刻影响到年轻诗人的艺术追求。他说:"诗应当是一种情绪和思想的综合,一种处于思想情绪重铸重范原则的表现"[1],应当是"慢慢地把传统作广泛吸收,消化,综

---

1. 沈从文:《新废邮存底》,载1947年3月22日天津《益世报·文学周刊》,现收在《沈从文全集》第17卷,更名《致灼人先生一》,太原:北岳文艺出版社,2002年,第436页。

合，而又努力将这个传统抛弃，试用种种方式来在我所接触的人生，作种种塑造重现试验"[1]，而且，"诗必须是诗，征服读者不在强迫而近于自然皈依"[2]。由此"真正的现代诗人得博大一些，才有机会从一个思想家出发，用有韵和无韵的作品，成为一种压缩于片言只语中的人生关照"[3]，而诗坛"三十年来理论已经够多了，少的是肯用三十年功夫来实验的诗人"，"需要一群胆大、企图把作品由评议和现实生活作更紧密的结合也好，这原是个异常庄严的课题。希望用作品由个人对于自然与生命的深刻关照带来一阵新鲜空气也好，这更是个值得鼓励的探险"。[4]说这话的时候，袁可嘉提出了"新诗现代化"的诗学主张，指出诗歌的独立价值，"绝对肯定诗与政治的平行密切关系，但绝对否定二者之间有任何从属关系"，现代诗"必须是现实、象征、玄学的综合传统"。[5]

沈从文还毫不忌讳表达对这群年轻诗人的激赏："本刊由我发稿五十期中，载了不少新诗，各方面的作品都用，得到不少读者来信鼓励，也得到一二读者来信责备我不懂诗，所以，净登载和编者一样宜于入博物馆的老腐败诗作！这些善意的读者可想不到在刊物上露面的作者，最年青的还只有十六七岁！即对读者保留一崭新印象的两位作家，一个穆旦，年纪也还只二十五六岁，一个郑敏女士，还不到廿五。作新诗论特有见地的袁可嘉，年纪且更轻。写穆旦及郑敏诗评文章极好的李瑛，还在大二读书。"[6]"杜运燮，穆旦……几个新印诗集，

---

1. 沈从文：《新废邮存底二五九》，载1947年7月20日北平《平明日报·星期艺文》，现收在《沈从文全集》第17卷，更名《谈文学的生命投资》，太原：北岳文艺出版社，2002年，第459页。
2. 沈从文：《新废邮存底》，载1947年3月22日天津《益世报·文学周刊》，现收在《沈从文全集》第17卷，更名《致灼人先生一》，太原：北岳文艺出版社，2002年，第436页。
3. 沈从文：《新废邮存底三二四》，载1947年10月25日天津《益世报·文学周刊》，现收在《沈从文全集》第17卷，更名《致柯原先生》，太原：北岳文艺出版社，2002年1，第474页。
4. 沈从文：《谈现代诗》，《沈从文全集》第17卷，太原：北岳文艺出版社，2002年，第478页12月。
5. 袁可嘉：《新诗现代化——新传统的寻求》，载1947年3月30日天津《大公报·星期文艺》。
6. 沈从文：《新废邮存底三二四》，载1947年10月25日天津《益世报·文学周刊》，现收在《沈从文全集》第17卷，更名《致柯原先生》，太原：北岳文艺出版社，2002年，第475页。

又若为古典现代有所综合，提出一种比较复杂的要求"[1]。

不过，在政治空气越发紧张的年代，沈从文及围绕他形成的新一代青年作家的艺术探索被迫偃旗息鼓，已有的成果也日益被湮没，消失在20世纪五六十年代的文学史叙述之外，直到世纪末才被重新发掘。

（二）

武汉失守后，战争进入相持阶段。沈从文携妻挈子，搬进北门街的蔡锷故居，在这栋简陋的洋楼，"每天都可看到小院子三株尤加利树上的松鼠跳动"[2]。他站在晒台上，"向虚空凝眸"，"对于生命存在意义"的"想象或情感"，正像"惊蹿"的松鼠"在不可见的一种树枝间攀援跳跃"，"始终不息"。[3]两年前，他似乎就在孜孜不倦地"思量从虚无证明生命的存在"，"思索写作对于生命、对于这个社会明天可能产生的意义"。而今，对生命形式的哲思，向更深处掘去。在呈贡乡间，他长久地面对滇池和西山的风光，躺在杨家大院后山的草地上，看浮云，捕捉光与影。一支笔随兴所至，随心所欲，生命耽于美与抽象的诗意境界，于是有了像"抒情诗"一样的《虚烛》和《潜渊》。

三四十年代，沈从文对外的姿态，常被判定为不关心现实。几次较大论争中对他的点名批判，都证实他标榜"通过文学艺术类似宗教的作用，改造（升华）人的精神，进而实现国家民族的重造"[4]思想，难为现实所容。

1938年底左翼阵营对"反差不多运动"的批判余音未了，1939年初的《一般和特殊》和1942年的《文学运动的重造》又引起长达4年"反对作家从

---

1. 沈从文：《新废邮存底二五八》，载1947年7月20日北平《平明日报·星期艺文》，现收在《沈从文全集》第17卷，更名《谈新诗五个阶段》，太原：北岳文艺出版社，2002年，第456页。
2. 沈从文：《19801016复彭荆风》，《沈从文全集》第26卷，太原：北岳文艺出版社，2002年，第164页。
3. 沈从文：《昆明冬景》，《沈从文全集》第17卷，太原：北岳文艺出版社，2002年，第265页。
4. 沈从文：《新废邮存底美与爱》，《沈从文全集》第17卷，太原：北岳文艺出版社，2002年，第362页。

政论"的论争。他虽然是重申抗战前文学（作家）与政治、商业结缘，导致"作家清客化""作品商业化"的观点，但在抗战时期，将一部分作家"因缘时会一变而为统治者或指导者，部长或参议员"，放弃文学创作的特殊性，将之视同抗日宣传工作一样的"一般性工作"，将"沉默苦干"作家创造民族经典的努力，视作高于"一般"的"特殊性工作"，势必得罪不少真正出于爱国热情投身政治宣传的作家。于是，自1939年4月巴人在《展开文艺领域中反个人主义斗争》批判沈从文起，至1943年郭沫若、杨华等仍在《新华日报》批判沈从文"反对作家从政论"[1]，甚至将之归为反动文学思潮。

这些来自"异己者"的讨伐，某种程度上或说是政治上的警告，并没引起沈从文专注。他依然兴致勃勃"沉默苦干"，沉溺于"抽象的抒情"，为生命的无方着迷。他不断突破自己，寻找表达抽象最合宜的方式，进行多方的文体试验。1940年前后创作的三首诗《一个人的自述》（1940年1月）、《莲花》（1940年8月）、《看虹》（1941年3月），即是对情欲抽象的表达。综合考察，这三首承接早期《颂》的诗歌，与同时期创作的小说《摘星录》《看虹录》也存在内在情绪上的交融，只是小说的"试验"性质更明显。但这样的"试验"最终加速了沈从文文学命运的"提前死亡"。1943年《摘星录》《看虹录》一经面世，就引起哗然，先是刊登《看虹录》的编者指斥小说显示了作家"一贯的肉欲追求"[2]，随后左翼作家许杰批判《看虹录》"用漂亮的文字，掩饰着对肉欲的赞美"，并将《摘星录》与《看虹录》归为"毒害文学青年"的"色情文学"。[3] 1948年3月，当郭沫若《斥反动文艺》随《大众文艺丛刊》出

---

1. 郭沫若：《新文艺的使命》，原载《新华日报》1943年3月27日；杨华：《文学的商业性和政治性》，远在《新华日报》1943年2月17日。
2. 参见1943年7月《新文学》（桂林）创刊号《编后记》："沈从文近来的作风，似乎都想用人生问题的讨论开头，而后装入他一贯的肉欲追求，'生命的诗与火的赞美'来结束。这作兴就是他的人生态度人生观的流露了吧。"
3. 许杰：《现代小说过眼录》，《许杰文学论文集》，华东师范大学出版社，1989年，第350—351页。许杰对《摘星录》的批评与《新文学》编者对《看虹录》的看法异曲同工，措辞几乎相同，许杰道："沈从文近来的作风，似乎都想用人生问题的讨论开头，而后装入他那肉欲的追求，'生命的诗与火的赞美'来结束。这作兴就是他的人生态度人生观的基本流露了吧！"

现在香港、上海、南京、北平等地各大书摊,来自政治权威对沈从文"桃红色反动作家"的定性,一举击垮他埋首文学创造的勃勃雄心。北京大学的进步学生,掀起"打倒新月派、现代评论派、第三条路线的沈从文"的热潮,一幅幅沈从文漫画被描摹出来,批判逐渐升级"介于'二丑'与'小丑'之间的'三丑'""清客文丐""地主阶级的弄臣""反动派"……在内外压力交互作用下,沈从文陷入精神危机。他开始足不出户,封闭自己,对外界充满疑惧。高度的精神紧张和自我恐吓,终使他选择自杀。所幸,亲人和药物帮助他渡过了这场危机,治愈了他的肉体和精神。

1949年夏秋之际,写下的三首新诗记录了沈从文神智由迷乱到逐步醒转的过程。

残诗《第二乐章——第三乐章》写在"自杀"前夕,沈从文精神已然迷离。参照同月写的日记,作诗的初衷,该是他听收音机歌剧时生发的一些心绪。整首诗情绪波动较大,前两节心绪随着旋律在融化的春雪、流动的溪水、跳跃的小马、啃草的母马、飘荡的风筝等温馨场景中流转,第三节开始,出现益发激烈的灵魂拷问的痕迹,"你是谁?你存在——是肉体还是生命?"生命由具象向抽象转变,"流云,流水,和流音,——随同生命/同在,还一同流向虚无",最终转入关于"我是谁?"的问责。第七节到第八节,情绪稍显稳定,仿佛乐声低沉下来,从正反两方面分析"我"清醒与迷乱时的状态。第九节,乐声归于沉寂,"收音机哑哑的在我面前","什么都完了",文学之路或者生命之路,已经走到了尽头。

《从悲多汶乐曲所得》写于1949年9月中旬,是沈从文"重生"的写照。同月下旬《致张兆和》信,他描述了在张兆和及好友巴金、萧乾等劝慰下,"从一片音乐声中"理智复归清醒的过程。而《从悲多汶乐曲所得》就是为"纪念这个生命回复的种种"[1]。诗作是沈从文为数不多的长诗之一,分六节,

---

1. 沈从文:《19490920致张兆和》,《沈从文全集》第19卷,太原:北岳文艺出版社,2002年,第54页。

150 余行。以"我思,我在。一切均相互存在。/我沉默,我消失。一切依旧存在"警言开篇。第一节写在乐章的导引下,自己回顾生命由"矛盾、混乱"到"澄澈、统一"的转变,表达对"一切的挫折痛苦","一例沉默接受"并"回报它以悲悯的爱"的顿悟。第二节描写自己如何在"变革和进步""新和旧""死亡和新生"的交替时代,被"一种由内而来或从外而至的力量吸引",失去个体生命的独立与自由的意义,却最终"为大力所吸引、征服",融汇于"历史人民悲喜中"。第三节将作曲者的作曲经验与人的生命历程相比照,只有先"对万物深爱,和荣枯彼此关联的觉醒","方能把生命转译成一片洪壮和温柔"。乐曲对生命的教育,能代替"春风春雨,与土地亲和,泽润万有百物,彼此默契","即相去千年万里,心和心毫无时空遮隔,共同分担希望悦乐和重生喜欢"。第四节,清醒后的沈从文,回首十六年来妻子的坚守、孩子的单纯与正直,在"人事动静倚伏"中"反得回了无求无惧的谧静",而自己因"一时闭塞",迷失自我。幸好音乐传达了"我与你(指张兆和)"之间种种慰藉与申诉,使"我"重生。第五节,诉说音乐的伟大,使作者追忆与妻子颠沛流离、患难与共的生活点滴,仿佛"凡事都在眼底鲜明映照"。它"为洗濯复洗濯,保留下自然织物一角的光泽和奇美"。第六节,音乐结束,诗歌煞尾,时间"十二点已过半",一切"已结束"或"正起始"。全诗的要素,音乐、时间、生命的历程,巧妙交织成声气相通的空间。正如沈从文对张兆和说的:音乐使"我"在抽象与具象、自大与卑微、复杂与单纯、忘我与本我、刹那与永恒"作成暂时的综合或调和"中,寻得一种平衡,"清理出了个头绪"。

新中国宣告成立当日完成的抒情长诗《黄昏与午夜》,诗绪、技巧、内容与《悲多汶乐曲所得》近似,部分诗句也有重合,但对具象事物描绘相对减少,对自我、时代、历史、社会、生命、宇宙、永恒、荣枯、动静、兴衰等宏阔抽象事理的思索则更加精练和通透。全诗分两章,分别以"黄昏""午夜"两段时间设置题目。第一章,作者借助观看"神武门城楼"上的一场政治演说生发诗绪,流露出对新时代、新社会、新思想的自我理解和感悟。第二章,写音乐对"崩乱理性"的"重新粘合凝聚"及"生命重铸"的导引作用。作为沈从文一生最后一首新诗,《黄昏与午夜》既体现了诗人跳脱精神枷锁,迈向新生勇气,又不无结束文学生命的意味。

  灯熄了,罡风正吹着,出自本身内部的旋风也吹着,于是熄了,一切如自然亦如凤命。[1]

  记得二十年前写过一本小小自传,提到三十年前初,在旅客簿上写上了自己名字时,末尾说,从此就来学一课永远学不尽的人生了。这句话不意用到二十年后的当前,还十分正确而有意义。[2]

1949年"病愈"不久,沈从文经过艰难选择,放弃文学创作,转入历史研究。从此,"在历史遗留下来的巨大瓦砾堆里转来转去,探寻那通向人类真实昨天的迷径"[3]。

---

1. 1949年初沈从文重温旧作,写于《灯》空白处的文字。原书在"文化大革命"中失落,现据凌宇《沈从文自传》第296页转录。
2. 沈从文:《我的学习》,《沈从文全集》第12卷,太原:北岳文艺出版社,2002年,第369页。
3. 凌宇:《沈从文传》,北京:东方出版社,2009年,第310页。

结语

本文采用钱理群先生在《1948天地玄黄》中探索出的"历史描述"式新文学史叙述方式,力求呈现沈从文与20世纪20年代至40年代诗坛互动情况,"再现"当年的一些人和事。由于论题关涉沈从文与现代诗坛交集的近30年时长,无论作为作家、教师,还是编辑,他的所作所为与是时诗坛的流变都有一条可以捕捉的脉络,因此,"历史描述"也是最适宜直观勾勒出这条脉络的方式。

文章依历史描述的时空顺序分为五部分。引子"从保靖到北京"、"在北京"、"去上海"、"回北平"、"南渡昆明",表象是地理位置上的区分,暗含沈从文诗坛活动的四个分期与四种状态,每章侧重略有不同,但新诗创作、诗论、与诗人交往等要素都包囊在内。

"引子"和"在北京"首节,是沈从文走上文坛、寻找适宜文学生存空间的过程。他写给郁达夫的那封"撞大运"的信,可以说是叩响了"文坛(诗坛)"之门。而通过投稿、乡友、熟人介绍,与文坛构建起来的关系,是他日后在文坛(诗坛)生存、发展的基础。"《晨报副刊·诗镌》""新月俱乐部"和"无须社"等历史细节的选用,不难让人看到沈从文与20世纪20年代文坛诗坛有以下三个层面的关系:

其一,沈从文的文坛活动在某种程度上,不仅促使北方文坛两个较为重要的文坛交际空间——以徐志摩为代表的新月俱乐部和以20年代活跃于北方文坛(诗坛)的文学青年聚集的沙滩、北河沿附近公寓——在时空与成员上成功交叉、渗透,进而形成前期新月诗人群(《晨报副刊·诗镌》诗人群)。而且,"无须社"与20年代初期文学小社团间在成员等方面的交叉、融汇,以及沈从文在燕京大学、北京大学的交际圈,几乎勾连了20世纪20年代活跃于文坛(诗坛)的大多数青年人。

其二,与新月诗人的交往,影响了沈从文早期的诗歌创作活动。无论从诗作数量还是质量来说,沈从文此时期的诗歌创作,有意识地实践着前期新月诗人的格律主张。创作于1925年底到1926年6月间《我喜欢你》《爱》《悔》《呈小莎》《希望》等几首以"爱"为主题的诗很有几分附和徐志摩"甜蜜的忧伤"[1]味道,直抒胸臆的表达方式明显迥异于早先创作的《痕迹》《到坟墓去》《余烬》等晦涩的作品。《狒狒"的悲哀》《梦》《云曲》《薄暮》等形式整饬、节奏相对谨严的作品,则呼应了闻一多、刘梦苇等的"创格"试验。那首《读梦苇的诗想起那个"爱"字》悼亡诗,有意按照格律的形式,道明刘梦苇作品的主旋律——苦涩的爱情。

其三,以新月俱乐部和沙滩北河沿附近学生公寓为核心的交际圈,及其不断向外辐射的关系脉络,为沈从文在20世纪30年代擎起京派文学大旗提供了先决条件。

到了20世纪20年代末30年代初,沈从文辗转上海、武汉、青岛三地,身兼作家、编辑、教师三重身份,他与诗坛的关系比第一阶段更为密切与具体。

首先,从诗歌创作角度来说,大革命失败后,文化中心南移,沈从文南下上海,基于"友谊与同一趣味"再次向胡适、徐志摩为核心的文人群靠拢,参与到后期新月诗人的活动中。尽管从发稿量考量,沈从文的诗歌活动不再如前期新月时期活跃,但受时代氛围影响,新月诗人特有的"诗绪"与对早期新月格律理论的修正,也体现在他的作品中。比如,对逼仄城市生活相仿的恶感,

---

1. 沈从文:《论志摩的诗》,《沈从文全集》第16卷,太原:北岳文艺出版社,2002年,第107页。

徐志摩写"人的贪嗔和心机;/经络里的风湿,话里的刺,笑脸上的毒"、"阴沉,黑暗,毒蛇似的蜿蜒,/生活逼成一条甬道:/一度陷入,你只可向前";饶孟侃写"我为了卖这颗灵魂,/当胸插一株草标;/从早期直喊到黄昏,/向街前街后的叫"、"今回锦绣的华夏,/只剩些酣歌醉眠的人,/他只怨弟兄不恨冤家"。沈从文则创作长诗《絮絮》《曙》,用妓女制度揭露畸形都市生活的一角。

其次,从诗论创作角度来说,在中国公学、暨南大学、武汉大学、青岛大学任教期间,沈从文讲授以新诗发展为主要内容的"新文学研究"课程,于1930年秋出版《新文学研究》讲义,同时针对刘半农、汪静之、郭沫若、闻一多、朱湘、徐志摩、焦菊隐、卞之琳、刘宇、刘廷蔚等诗人及作品,发表了一系列专论、诗集序跋,构成此时期沈从文诗论创作的高峰。这些诗论在纵(新诗发展的时代性)、横(风格异或同的诗人比较)两维度观照诗人创作及其影响的诗论特色,透露出沈从文对二三十年代诗坛发展趋向的深入观察和独特思考。结合他此阶段发表的涉及新诗的其他论文,《中国现代文学小感想》《窄而霉斋闲话》《论冯文炳》《郁达夫张资平及其影响》《论中国创作小说》《上海作家》等,可以看到,沈从文所捕获日益凸显的南北(京海)文学差异格局,同样存在于20世纪30年代的诗坛。

最后,20世纪30年代,新诗史的讲授已是大学课堂的公共性话题,但因授课者个人观念和观察视角差异,多少会隐藏些个性色彩,沈从文的《新文学研究》讲义就表现出了自己的偏好。通过分析该讲义选取的6位诗人或诗作(汪静之《蕙的风》、徐志摩、闻一多《死水》、焦菊隐《夜哭》、刘半农《扬鞭集》、朱湘)的排布顺序,不难发现,与一般新诗史的讲述者不同,沈从文多关注新诗承载的内容,而少讨论新诗形式(诗体)的演变。同时,6篇诗论不约而同提及新诗与青年人的关系,结合30年代诗坛风气及沈从文其他诗论,隐约可以看到一条连接"受社会的与生理的骚扰"的年轻人与诗坛风气(趣味)、新诗发展之间的丝线。到了30年代末40年代初,沈从文对新文学与大学教育之间关系、女子教育问题的关注,或许能从此时他的诗论找到些许因缘。

1933年前后，随着20年代末南下或出国的文人陆续回京，加上一批文坛新生力量在北平各高校诞生，北方文坛迅速回暖。与此同时，沈从文与杨振声接手《大公报》文艺副刊，借助刊物与人格魅力，凝聚了平津文坛大部分有生力量。他们不满于《文艺副刊》有限的文化空间，陆续筹划了《学文》杂志、《大公报·文艺·诗特刊》、《水星》、《文学杂志》等刊物。30年代中期，沈从文发表的《文学者的态度》引发了"京海文学之争"，他口中的"北方作家""北方文坛"被冠以"京派"头衔。后世研究者将"京派"里的诗人称作"京派"诗人。通过梳理已有史料，不难发现，沈从文促动了他们的聚拢与流变。此外，借助考察《诗特刊》的诞生与发展，可以看到沈从文深度参与到了30年代的诗坛建设。在对"发现新音节和创造新格律"的新诗试验与讨论中，沈从文《新诗旧账》传达的诗歌观，代表了"京派诗人"的集中意志。

　　昆明时期到1946年随联大三校北上北平，沈从文与诗坛较为重要的联系，是他与"九叶派"及其外围诗人之间的关系。除了西南联大时期，沈从文对袁可嘉、穆旦等校园诗人的提携、点拨，以及40年代后期借助所编报刊，推介"中国新诗派"及其外围诗人在北方的力量，沈从文与"九叶派"诗人之间还存在着思想理路的共鸣。40年代后期，沈从文在艺术上的探索、倾诉的诗学理想，深刻影响到了袁可嘉、穆旦等年轻诗人的艺术追求。

　　总的来说，20世纪20年代—40年代，沈从文不仅始终关注是诗坛的发展、演变，而且介入到了诗坛的建设。本文实际只能作为"沈从文与20世纪20年代—40年代诗坛"之一瞥，因为在繁复史料中，那些左右历史趋向的细节，不仅没能被全部挖掘出来，而且现有细节（表象）所隐藏的历史"真实"，也还没有得到充分论证。